Phillip Margolin ist Absolvent der angesehenen Law School der New York University und ein bekannter Prozeßanwalt in Portland, Oregon, dessen Spezialgebiet das Strafrecht ist. Seine Spannungsromane sind in den USA Bestseller-Erfolge; *Auf ewig unvergessen* erreichte 1996 als Knaur-Taschenbuch höchste Auflagenzahlen.

Von Phillip Margolin ist außerdem erschienen:

Auf ewig unvergessen (Band 60448)

Vollständige Taschenbuchausgabe Februar 1998
Droemersche Verlagsanstalt Th. Knaur Nachf., München

Titel der Originalausgabe »After Dark«

Originalverlag Doubleday, New York
Umschlaggestaltung Agentur Zero, München
Umschlagfoto R. Olsenius/NGS/Premium, Düsseldorf
Satz MPM, Wasserburg
Druck und Bindung Clausen & Bosse, Leck
Printed in Germany
ISBN 3-426-60697-6

2 4 5 3

Phillip M. Margolin

Nach Einbruch der Nacht

Thriller

Aus dem Amerikanischen
von Werner Wolf

Knaur

Dieses Buch ist gewidmet all den
oft verleumdeten, völlig unterbezahlten
und ständig überarbeiteten Rechtsanwälten,
die ihre Klienten, die so dringend
auf ihre Hilfe angewiesen sind, verteidigen.

TEIL 1

Der Preis ist heiß

Kapitel eins

1

Das Gerichtsgebäude von Multnomah County nahm den gesamten Häuserblock ein, der gegenüber dem Lownsdale Park stand. Als es im Jahre 1914 fertiggestellt wurde, war es nicht nur das größte Gerichtsgebäude an der gesamten Westküste, sondern auch das größte Gebäude in ganz Portland gewesen. Seine Außenfront zierten keine Art-déco-Simse und keine beeindruckende Glasfassade. Diejenigen, die hier vorgeladen wurden, um ihrem Schicksal gegenüberzutreten, betraten ein ehrfurchtgebietendes, seelenloses Gebäude aus Stahl und abstoßendem grauem Beton.

Tracy Cavanaugh war viel zu aufgeregt, um von der ehrwürdigen Erscheinung des Gerichtsgebäudes beeindruckt zu sein. Ihr Vorstellungsgespräch im Büro des Strafverteidigers war um halb drei beendet gewesen, und so hatte sie den Nachmittag zur freien Verfügung. Es wäre zwar schön gewesen, bei dem milden Maiwetter durch Portland zu streifen, aber Abigail Griffen vertrat in einem Mordfall die Anklage, und Tracy wollte die Gelegenheit, eine der besten Staatsanwältinnen in Aktion zu sehen, einfach nicht verstreichen lassen.

Potentielle Arbeitgeber hatten Schwierigkeiten, Tracy richtig einzuschätzen, wenn sie sie zum erstenmal sahen. Heute zum Beispiel trug sie ein luftiges, marineblaues Kostüm, das ihr die Erscheinung einer jungen Geschäftsfrau geben sollte, doch das Kostüm unterstrich nur ihren sonnengebräunten Teint, der sie zusammen mit ihrer sportlichen Figur, den hellen, blauen Augen und dem glatten, blonden Haar eher wie einen Cheerleader an einem College als die Assistentin eines Richters am Oregon Supreme Court aussehen ließ.

Tracy machte sich wegen dieses ersten Eindrucks keine Sorgen. Es dauerte nie lange, bis ihr Gegenüber bemerkte, daß er es mit einem überaus intelligenten Cheerleader zu tun hatte. Prädikatsabschlüsse in Yale und an der Stanford Law School, zusammen mit ihrer Assistentenstelle, machten Tracy zu einer Wunschkandidatin für jede Position im juristischen Bereich, und als Ergebnis des heutigen Vorstellungsgespräches war ihr eine Stelle angeboten worden. So befand sich Tracy in der angenehmen Lage, entscheiden zu können, welches aus einer Reihe von exzellenten Angeboten sie annehmen wollte.

Als Tracy im vierten Stock aus dem Lift trat, strömte das Publikum in den Gerichtssaal zurück, wo eine Frau namens Marie Harwood wegen Mordes angeklagt wurde. Der Gerichtssaal mit seiner hohen Decke, den marmornen korinthischen Säulen und den Ziersimsen war beeindruckend. Sekunden, bevor der Gerichtsdiener mit seinem Holzhammer auf die Holzplatte schlug, um die Sitzung zu eröffnen, fand Tracy einen Sitzplatz. An der einen Seite der Empore öffnete sich eine Tür. Alle im Saal erhoben sich. Richterin Francine Dial, eine schlanke Frau mit dicken Brillengläsern in einem Perlmuttgestell, nahm auf dem Richterstuhl Platz. Die meisten der Zuschauer konzentrierten sich auf sie, doch Tracy beobachtete die Stellvertretende Bezirksstaatsanwältin.

Abigail Griffens lange Beine, die gute Figur und ihre klassischen, südländischen Züge ließen diese Frau selbst in einer eleganten Umgebung noch auffallen. In diesem eintönigen Gerichtssaal wirkte ihre Schönheit schlichtweg überwältigend. Die Staatsanwältin trug ein teures, schwarzes Leinenkostüm, das aus einer weich fallenden Jacke und einem glatten Rock bestand, der knapp unter ihren Knien endete. Als Abigail Griffen ihren Kopf der Richterin zuwandte, fiel ihr schwarzes Haar über ihre olivfarbene Haut und die hohen Wangenknochen.

»Noch weitere Zeugen, Mr. Knapp?« fragte Richterin Dial den Verteidiger von Marie Harwood.

Carl Knapp schraubte sich theatralisch aus seinem Stuhl und warf Abigail Griffen einen verächtlichen Blick zu. Dann meinte er: »Wir rufen die Angeklagte, Miß Marie Harwood, in den Zeugenstand.«

Die schmächtige, heruntergekommene Gestalt, die neben Knapp am Tisch der Verteidigung saß, war kaum größer als einen Meter fünfzig. Ihr bleiches, fleckiges Gesicht und die wirren, blonden Haare ließen sie wie ein Kind aussehen, und in der schlechtsitzenden Kleidung wirkte sie irgendwie pathetisch. Sie erschien Tracy als die Art von Person, bei der es den Geschworenen schwerfällt, sie wegen Mordes schuldig zu sprechen. Marie Harwood zitterte, als sie den Zeugenstand betrat, und Tracy konnte kaum ihren Namen verstehen, als sie ihn zu Protokoll gab. Die Richterin wies die Zeugin an, in das Mikrofon zu sprechen.

»Miß Harwood«, fragte Knapp, »wie alt sind Sie?«

»Neunzehn.«

»Wieviel wiegen Sie?«

»Achtundvierzig Kilo, Mr. Knapp.«

»Nun, wieviel wog der Verstorbene, Vince Phillips?«

»Vince war mächtig. Wirklich mächtig. Ich denke, so um einhundertdreißig Kilo.«

»Hat er mal als Proficatcher gearbeitet?«
»Ja, Sir.«
»Und wie alt war er?«
»Sechsunddreißig.«
»War Mr. Phillips ein Kokaindealer?«
»Als ich mit ihm zusammenlebte, hatte er immer eine Menge Stoff bei sich.«
Marie Harwood machte eine Pause und blickte in ihren Schoß.
»Möchten Sie einen Schluck Wasser haben, Miß Harwood?« fragte Knapp mit bühnenreifer Fürsorge.
»Nein, Sir. Es ist schon gut. Es ist nur ... Nun, es fällt mir schwer, über Kokain zu reden.«
»Waren Sie kokainabhängig, als Sie Mr. Phillips trafen?«
»Nein, Sir.«
»Wurden Sie, als Sie mit Mr. Phillips zusammenlebten, süchtig?«
»Ja, er machte mich abhängig.«
»Wie schlimm?«
»Wirklich schlimm. Ich konnte nur noch an Kokain denken.«
»Hat es Ihnen Spaß gemacht, drogensüchtig zu sein?«
Marie Harwood blickte Knapp mit aufgerissenen Augen an. »Aber nein, Sir. Ich habe es gehaßt. Was es aus mir gemacht hat und ... und die Dinge, die ich für Vince tun mußte, damit ich es bekam.«
»Was für Dinge?«
Marie Harwood schauderte. »Sexuelle Dinge«, sagte sie dann leise.
»Haben Sie je versucht, sich gegen Mr. Phillips' sexuelle Wünsche zur Wehr zu setzen?«
»Ja, Sir, das habe ich. Ich wollte diese Dinge nicht tun.«
»Was passierte, wenn Sie sich weigerten?«

»Er ...« Sie unterbrach sich, schaute wieder zu Boden, trocknete dann ihre Augen mit einem Taschentuch. Diesmal nahm Marie Harwood das Glas Wasser an.
»Fahren Sie fort, Miß Harwood!« forderte Knapp sie auf.
»Er hat mich verprügelt.«
Marie Harwood ließ den Kopf hängen, ihre Schultern waren hochgezogen und ihre Hände im Schoß gefaltet.
»Wie sehr?«
»Einmal hat er mir die Rippen gebrochen und ein blaues Auge verpaßt. Manchmal schlug er mich so hart, daß ich ohnmächtig wurde.«
Marie Harwoods Stimme war kaum mehr als ein Flüstern.
»Sind Sie einmal, nachdem er Sie verprügelt hatte, ins Krankenhaus gegangen?« fragte Knapp.
»Ja, Sir. Das war, als ich weggelaufen bin.«
»Sie flohen aus dem Krankenhaus?«
»Sie erlaubten nicht, daß er mich wieder mit nach Hause nahm. Da wußte ich, daß dies meine einzige Chance war, weil, wenn ich mit ihm zusammen war, hielt er mich wie eine Gefangene.«
»Wo gingen Sie von dem Krankenhaus aus hin?«
»Zurück zu John John.«
»Wer ist John John?«
»John LeVeque.«
»Nun, Mr. LeVeque ist ebenfalls ein Drogendealer, ist das richtig?«
»Ja, Sir.«
»Warum gingen Sie also zu ihm?«
»Ich suchte Schutz. Ich war mit ihm zusammen, bevor ich mit Vince anfing. Er kann ... konnte Vince nicht leiden, und Vince hatte Angst vor John John.«
»Hat John John Sie aufgenommen?«
»Ja, Sir.«

»Kommen wir zu dem Tag, an dem Sie Mr. Phillips getötet haben. Können Sie den Geschworenen erzählen, was sich gegen halb fünf am Nachmittag abgespielt hat?«

»Ja, Sir. Ich war seit ungefähr zwei Wochen bei John John, und ich glaube, ich begann, mich sicher zu fühlen, deshalb verließ ich für einen Spaziergang die Wohnung. Das nächste, woran ich mich erinnern kann, war, daß Vinces Wagen kreischend neben mir zum Stehen kam, er heraussprang und mich an den Haaren ins Auto zerrte.«

»Haben Sie sich gewehrt?«

Marie Harwood schüttelte langsam den Kopf. Sie sah betroffen aus.

»Es ging alles so schnell. Im einen Moment war ich auf der Straße, im nächsten lag ich schon auf dem Boden in seinem Wagen. Jedesmal, wenn ich aufstehen wollte, riß er an meinen Haaren oder schlug mich. Schließlich verhielt ich mich ruhig.«

»Was passierte, als Sie in sein Haus kamen?«

»Er schleppte mich ins Schlafzimmer.«

»Bitte, beschreiben Sie Mr. Phillips' Schlafzimmer.«

»Es ist wirklich groß, mit einem breiten Wasserdoppelbett in der Mitte und Spiegeln an der Decke. Es gibt eine Stereoanlage und einen Fernseher mit riesigem Bildschirm. Und es ist unheimlich. Vince hat die Wände schwarz gestrichen, und um das Bett hängen diese schwarzen Vorhänge.«

»Was ist dann im Schlafzimmer passiert?«

»Er ... Er riß mir die Kleider vom Leib. Riß sie einfach herunter.« Marie Harwood begann zu weinen. »Ich habe mich gewehrt, aber ich konnte nichts ausrichten. Er war zu stark. Nach einer Weile gab ich es auf. Dann ... Dann hat er ...«

»Es ist in Ordnung, Marie«, sagte Knapp. »Lassen Sie sich Zeit.«

Marie Harwood holte zweimal tief Luft, dann fuhr sie mit zitternder Stimme fort: »Vince drückte mich auf meine Knie. Dann streute er Kokain auf sein ... sein Ding. Ich flehte ihn an. Ich wollte das nicht tun, aber Vince lachte nur. Er packte mich an den Haaren und zwang mich. Ich ... ich mußte seinen Schwanz lutschen ...«

Marie Harwood brach erneut zusammen. Ihre Aussage berührte Tracy, und sie fragte sich, wie die Geschworenen darauf reagieren würden. Während die Angeklagte ihre Fassung wiedergewann, blickte Tracy zu den Geschworenen hinüber. Sie waren bleich und hatten die Lippen zusammengepreßt. Tracy schaute hinüber zu Abigail Griffen und war erstaunt, daß die Stellvertretende Bezirksstaatsanwältin ruhig dasaß und völlig unbeteiligt schien, während Marie Harwood die Geschworenen für sich einnahm.

»Was passierte als nächstes?« fragte Knapp, als Marie Harwood aufgehört hatte zu weinen.

»Vince vergewaltigte mich«, antwortete sie leise. »Das hat er ein paarmal gemacht. Dazwischen schlug er mich. Und ... und die ganze Zeit schrie er auf mich ein, daß er mich verstümmeln und umbringen würde.«

»Sagte er, was er dazu benutzen wollte?«

»Ja, Sir. Er hatte ein Rasiermesser, das holte er und hielt es mir ans Gesicht. Ich kniff die Augen zu, weil ich es nicht sehen wollte, aber er schlug mich, bis ich sie aufmachte.«

»Nachdem er Sie zum letztenmal vergewaltigt hatte, was passierte dann?«

»Vince schlief ein.«

»Wie entkamen Sie schließlich?«

»Es war das Rasiermesser«, sagte Marie Harwood zitternd. »Er hat es auf dem Bett vergessen. Und ... und ich nahm es und ich ...«

Marie Harwood starrte ins Leere. Sie fuhr sich mit einer Hand an der Wange entlang.
»Ich wollte ihn nicht töten. Ich wollte nur, daß er mir nicht mehr weh tat.« Sie wandte sich mit flehenden Augen den Geschworenen zu. »Es war fast wie ein Unfall. Ich wußte gar nicht, daß das Rasiermesser da war, bevor ich es berührte. Als ich es vom Bett nahm, öffnete Vince die Augen, und ich hatte solche Angst. Ich habe es einfach getan. Direkt unterhalb des Kinns. Das ist alles, an was ich mich erinnern kann.«
Marie Harwood schnappte nach Luft.
»Brauchen Sie eine Pause, Miß Harwood?« fragte Richterin Dial, aus Angst, Marie Harwood könnte in Ohnmacht fallen oder einen hysterischen Anfall bekommen.
Die Zeugin schüttelte den Kopf. Tränen liefen ihr über die Wangen.
»Marie«, fuhr Knapp sanft fort, »Sie haben die Fotos von der Autopsie gesehen. Mr. Phillips hatte viele Wunden am Körper. Können Sie sich erinnern, das getan zu haben?«
»Nein, Sir. Ich kann mich nur an den ersten Schnitt erinnern, danach ist nichts. Doch ... doch wahrscheinlich habe ich das getan. Nur, ich kann mich nicht mehr erinnern.«
»Und warum haben Sie Mr. Phillips umgebracht?«
»Um frei zu sein. Ich wollte einfach weg, damit er mir nicht mehr weh tun konnte. Und ... und wegen des Kokains. Ich wollte kein Sklave des Kokains mehr sein. Das ist alles. Aber ich wollte ihn nicht töten.«
Marie Harwood vergrub ihren Kopf in den Händen und schluchzte. Knapp blickte Abigail Griffen verächtlich an. In herausforderndem Ton sagte er: »Ihre Zeugin, Frau Staatsanwältin.«
Bevor Abigail Griffen sich ganz erhoben hatte, um mit dem Kreuzverhör zu beginnen, ging die Tür des Gerichtssaals

auf. Tracy blickte über die Schulter und sah, wie Matthew Reynolds sich auf einen freien Platz hinten im Gerichtssaal neben eine affektiert aussehende, grauhaarige Frau setzte. Als er Platz nahm, sah ihn die Frau an, wurde rot und drehte ihren Kopf mit einer kurzen Bewegung wieder nach vorne. Tracy konnte die Reaktion der Frau zwar verstehen, aber sie ärgerte sich trotzdem. Doch vermutlich war Matthew Reynolds an solche ersten, entsetzten Reaktionen auf sein Aussehen gewöhnt und ignorierte sie inzwischen. Tracys eigene Reaktion beim Anblick Matthew Reynolds' war nicht Entsetzen oder Ekel, sondern Mitleid. Wenn ihr jede denkbare Arbeitsstelle im gesamten Land offengestanden hätte, hätte sie sich dafür entschieden, in Matthew Reynolds' Kanzlei zu arbeiten, doch Matthew Reynolds hatte ihre Anfrage nach einer Beschäftigung mit einem knappen Brief beantwortet, daß er niemanden einstelle.

Matthew Reynolds war der berühmteste Strafverteidiger der USA, und sein Spezialgebiet waren Prozesse, in denen die Todesstrafe drohte. Er war ein befremdlich aussehender Mann, der schon so lange Zeit in Gerichtssälen im ganzen Land dem Sensenmann die Stirn geboten hatte, daß er inzwischen immer mehr seinem Widersacher ähnelte. Fast zwei Meter groß und so hager, daß er schon wie eine Karikatur wirkte, schien Matthew Reynolds immer am Rande des Zusammenbruchs unter der Last, die er auf seinen schmalen Schultern trug. Obwohl erst fünfundvierzig, war sein Haar aschgrau und vorne schon stark gelichtet. Seine papierne Haut spannte sich über eingefallene Wangen und eine schmale Adlernase. Die Haut hatte die Farbe von gebleichten Knochen, mit Ausnahme des Bereichs, der von einem weinroten Geburtsmal eingenommen wurde, das am Haaransatz über dem linken Auge begann und sich über die Wange bis zur Oberlippe hinunterzog. Man hätte annehmen können, daß die Geschworenen durch Matthew Reynolds' befremdliches Aussehen abgestoßen würden, doch am Ende der Verhandlung hatten sie dies meist vergessen. Es war bekannt, daß sein Mitgefühl die Geschworenen zu Tränen rührte. Niemand, den er verteidigt hatte, war jemals hingerichtet worden.

Abigail Griffen begann mit ihrem Kreuzverhör, und Tracy wendete ihre Aufmerksamkeit wieder nach vorne.

»Sind Sie in der Lage, fortzufahren, Miß Harwood?« fragte Abigail Griffen mitfühlend.

»Ich bin ... es geht schon wieder«, antwortete Marie Harwood leise.

»Dann lassen Sie mich mit ein paar einfachen Fragen beginnen, während Sie sich wieder sammeln. Und wann immer Sie eine Pause brauchen, sagen Sie es. Oder, wenn Sie eine Frage nicht verstehen, dann sagen Sie auch das, denn ich möchte Sie nicht austricksen. In Ordnung?«

Marie Harwood nickte.

»Als Sie mit Mr. Phillips zusammenlebten, war es doch nicht immer so schlimm, richtig?«

»Ich denke nicht. Ich meine, manchmal konnte er wirklich nett zu mir sein.«

»Wenn er nett war, was haben Sie dann zusammen gemacht?«

»Drogen. Wir nahmen viele Drogen. Feierten Partys.«

»Sind Sie zusammen ausgegangen?«

»Nicht oft.«

»Wenn Sie ausgingen, was haben Sie dann gemacht?«

»Vince ging gern ins Kino. Wir haben viele Filme gesehen.«

»Was für Filme mochte Vince?«

»Nun, Karate-Filme. Action-Filme.«

»Mögen Sie die auch?«

»Nein, Madam. Ich mag Komödien und Liebesfilme.«

»Sie haben erwähnt, daß im Schlafzimmer eine Stereoanlage und ein Fernseher mit großem Bildschirm waren. Haben Sie zusammen Musik gehört oder ferngesehen?«
»Natürlich.«
»Nachdem Sie Mr. Phillips getötet hatten, sind Sie nicht zur Polizei gegangen, richtig?« fragte Abigail Griffen, plötzlich das Thema wechselnd.
»Nein, ich hatte zuviel Angst.«
»Wohin sind Sie gegangen?«
»Ich ging zurück zu John John.«
»Und das war der Herr, bei dem Sie sich aufhielten, als wir Sie verhafteten, eineinhalb Wochen nachdem Sie Mr. Phillips umgebracht hatten?«
»Ja.«
»Sie waren John Johns Freundin, bevor Sie mit Mr. Phillips gingen, richtig?«
»Ja, Madam.«
»Und John John war ein Konkurrent von Mr. Phillips im Drogengeschäft?«
»Ja.«
»Wann haben Sie das Geld genommen, Miß Harwood?« fragte Abigail Griffen plötzlich ohne Übergang.
»Wie bitte?«
»Die dreißigtausend Dollar.«
»Wovon sprechen Sie?«
»Kennen Sie Roy Saylor?«
»Natürlich. Er war ein Freund von Vince.«
»Sein Partner bei kriminellen Geschäften.«
»Wie auch immer.«
»Roy wird hier bezeugen, daß Vince vorhatte, an jenem Abend zwei Kilo Stoff von einem Großdealer zu kaufen. Das Kilo zu fünfzehntausend.«
»Das hat er nicht erwähnt. Er hatte genug damit zu tun,

mich zu prügeln und zu vergewaltigen, um über Geschäfte zu sprechen«, entgegnete Marie Harwood verbittert.
»Roy wird weiterhin aussagen, daß Vince an diesem Nachmittag um vier Uhr auf die Bank ging, um das Geld aus einem Schließfach zu holen.«
»Auch das ist möglich. Ich habe es nur nie gesehen.«
»Das mag sein, aber sollten Sie es genommen haben, würden wir das verstehen. Sie hatten Angst. Er war tot. Ihnen war klar, daß Sie vielleicht fliehen mußten, also nahmen Sie das Geld an sich.«
»Mensch, ich habe keinen Gedanken an Geld verschwendet. Ich wollte nur weg von ihm. Wenn ich Geld gewollt hätte, dann wäre ich geblieben. Vince war immer großzügig in Gelddingen gewesen. Doch das war mir die Sache nicht wert.«
»Sie hatten wirklich Angst vor ihm?«
»Darauf können Sie Gift nehmen.«
»Nun, wenn ich mir Ihre Aussage in Erinnerung rufe, dann hat Mr. Phillips Sie entführt, in sein Haus geschleppt, Ihnen die Kleider vom Leib gerissen und Sie zu oralem Sex gezwungen.«
»Ja, Madam.«
»Dann hat er Sie wiederholt geschlagen und vergewaltigt und ist dann eingeschlafen?«
Marie Harwood nickte.
»Das geschah unmittelbar nacheinander? Entweder er schlug Sie, oder er vergewaltigte Sie?«
Marie Harwoods Augen waren auf die Balustrade vor ihr gerichtet. Ihr Nicken war kaum zu erkennen.
Während der Übungsverhandlungen bei ihrem juristischen Studium hatte Tracy gelernt, daß man dem Zeugen der Gegenseite nie die Gelegenheit geben durfte, seine Aussagen während des Kreuzverhörs zu wiederholen, denn da-

mit würde sich diese Version bei den Geschworenen einprägen. Tracy verstand nicht, warum Abigail Griffen die pathetische Geschichte von Marie Harwood dreimal wiederholt hatte. Sie blickte zu Matthew Reynolds hinüber, um zu sehen, wie er darauf reagierte. Der Strafverteidiger beugte sich nach vorn und konzentrierte sich auf Abigail Griffen.

»Es gab von dem Moment an, als Sie entführt wurden, bis zu Ihrer Flucht keinen Augenblick, in dem Sie nicht verrückt vor Angst waren?« fragte Abigail Griffen nach und gab Marie Harwood so die Möglichkeit, nochmals ihre Geschichte zu erzählen.

»Das ist richtig.«

»Also, entweder vergewaltigte er Sie oder prügelte Sie oder schlief. Wie lang dauerte das, Ihrer Meinung nach?«

»Weiß ich nicht. Ich habe nicht auf die Uhr gesehen.«

»Nun, in dem Videorecorder war eine Uhr und auch im Fernseher.«

»Stimmt, aber ich habe nicht hingesehen.«

»Vince hatte einen Kabelanschluß, richtig?«

»Ich denke, ja.«

»HBO, Pay-Per-View?«

Marie Harwood wurde unruhig. Tracy beobachtete Matthew Reynolds aus den Augenwinkeln. Er runzelte die Stirn.

»Sie haben mit Vince zusammen ferngesehen, stimmt das?« fragte Abigail Griffen.

»Ich habe Ihnen doch gesagt, daß er mich verprügelt hat.«

»Entschuldigung. Ich meinte bei anderen Gelegenheiten.«

»Ja, er konnte all die Spielfilmkanäle empfangen.«

»Was ist Ihr Lieblingsfilm, Miß Harwood?«

»Euer Ehren«, unterbrach Knapp, um die Geschworenen zu beeinflussen, »ich verstehe nicht, was diese Frage mit dem Prozeß zu tun hat.«

»Miß Harwood aber doch«, gab Abigail Griffen zurück.

Tracy musterte die Zeugin. Harwood schien nervös. Als Tracy zu Matthew Reynolds hinüberschaute, grinste dieser, so als ob er gerade einen Insiderscherz erkannt hatte, den nur er und Abigail Griffen verstanden.

»Das ist ein Kreuzverhör, Mr. Knapp«, meinte Richterin Dial. »Ich werde Mrs. Griffen einigen Spielraum lassen.«

»Würden Sie bitte die Frage beantworten!« forderte Abigail Griffen die Zeugin auf. »Was ist Ihr Lieblingsfilm?«

»Ich ... ich weiß nicht.«

Die Staatsanwältin nahm ein briefbogengroßes Blatt Papier aus ihren Unterlagen.

»Wie wäre es mit *Honeymoon Beach?* Haben Sie den gesehen?«

»Ja«, bestätigte Marie Harwood vorsichtig.

»Erzählen Sie den Geschworenen den Inhalt.«

»Euer Ehren, das geht jetzt wirklich zu weit!« rief Knapp, als seine Klientin unruhig im Zeugenstand hin- und herrutschte. »Das ist hier doch kein heiteres Beruferaten.«

»Die Bedeutung dieser Frage wird sich erweisen«, entgegnete Abigail Griffen in Richtung der Richterin, wobei sie Marie Harwood fest im Auge behielt.

»Einspruch abgelehnt. Sie können fortfahren, Mrs. Griffen.«

»Ist *Honeymoon Beach* eine Komödie?« fragte Abigail Griffen.

»Ja.«

»Sie handelt von zwei Pärchen in den Flitterwochen, die ihre Partner tauschen?«

»Ja.«

»Wo haben Sie den Film gesehen, Miß Harwood?«

»Im Kino.«

Abigail Griffen ging zu Marie Harwood hinüber. »Dann haben Sie den Film zweimal gesehen«, stellte sie fest und

reichte das Blatt, das sie in der Hand gehalten hatte, der Zeugin.
»Was ist das?« fragte Marie Harwood.
»Es ist die Rechnung von allen Filmen, die von Vince Phillips' Telefonanschluß bei Pay-Per-View bestellt wurden. *Honeymoon Beach* wurde von halb sechs bis sieben Uhr an dem Tag gezeigt, als Sie ihn ermordet haben. Jemand hat den Film von Mr. Phillips' Telefon aus um zehn vor fünf bestellt. Haben Sie sich den Film angesehen, bevor oder nachdem Sie ihm die Kehle durchschnitten haben?«
»Ich habe mir keinen Film angesehen«, beharrte Marie Harwood.
Matthew Reynolds stand leise auf und schlich aus dem Gerichtssaal, als Abigail Griffen fortfuhr: »Irgend jemand hat sich *Honeymoon Beach* angesehen, Miß Harwood. Nach Ihrer Aussage waren nur Sie und Vince in dem Haus, und der einzige Pay-Per-View-Empfänger steht im Schlafzimmer. Hat Vince den Film bestellt, während er Sie vergewaltigte oder während er Sie verprügelte?«
»Nein!« schrie Marie Harwood. »Ich habe Ihnen doch gesagt, daß wir keinen Film gesehen haben.«
»Oder schauten Sie sich den Film an, während John John Mr. Phillips gefoltert hat, um herauszubekommen, wo das Geld versteckt ist?«
Marie Harwood starrte Abigail Griffen an.
»Haben Sie das Treffen mit Vince arrangiert, nachdem John John von dem Geld erfahren hatte? Haben Sie ihn ins Bett gelockt und ihm die Kehle durchschnitten, während er *Honeymoon Beach* gesehen hat?«
»Das ist eine Lüge!« schrie Marie Harwood mit vor Wut gerötetem Gesicht. »Ich habe nicht einen Film gesehen.«
»Irgend jemand hat es aber, Marie, und jemand hat ihn per Telefon bestellt. Wer, glauben Sie, war das?«

2

Am Tag nach Marie Harwoods Verurteilung sah Abigail Griffen einen Stapel von Ermittlungsakten der Polizei durch, als der Bezirksstaatsanwalt von Multnomah County, Jack Stamm, in ihr Büro kam. Das milde Wetter hatte sich unerwartet in eine sengende Hitze verwandelt, und die Klimaanlage des Gerichtsgebäudes lag in den letzten Zügen. Jack Stamm hatte das Jackett seines gelbbraunen Sommeranzuges ausgezogen, die Krawatte gelockert und die Hemdsärmel hochgekrempelt, doch man sah ihm an, daß er sich immer noch verschwitzt und nicht wohl fühlte.

Der Bezirksstaatsanwalt war knapp einen Meter achtzig groß, dünn wie eine Bohnenstange und Junggeselle, dessen einzige Interessen seine Arbeit und das Joggen waren. Stamms gewelltes, braunes Haar wurde schon dünner, doch seine hellblauen Augen und sein nettes Lächeln ließen ihn jünger als achtunddreißig erscheinen.

»Meinen Glückwunsch, daß Sie Marie Harwood festgenagelt haben«, meinte Stamm. »Das war gute Arbeit.«

»Warum? Vielen Dank«, gab Abigail Griffen mit einem breiten Grinsen zurück.

»Ich habe gehört, daß Knapp herumerzählt, er würde Sie der Kammer melden.«

»So?«

»Er behauptet, Sie hätten ihm vor Prozeßbeginn nichts von der Pay-Per-View-Rechnung gesagt.«

Abigail Griffen grinste ihren Chef an. »Ich habe dem arroganten Schwein eine Kopie davon mit den Prozeßunterlagen geschickt. Er war nur zu blöd, die Bedeutung zu verstehen, wenn er sie überhaupt gelesen hat. Ich weiß nicht, was mir mehr Spaß gemacht hat: Knapps Mandantin verurteilt zu bekommen oder ihn in der Öffentlichkeit vorzuführen.«

»Nun, Sie haben beides geschafft und sich die Freude an Ihrem Triumph verdient. Deshalb tut es mir auch leid, der Überbringer von schlechten Nachrichten zu sein.«

»Was liegt an?«

»Dies hier habe ich gerade bekommen.«

Stamm reichte Abbie die Kurzfassung einer Entscheidung des State Supreme Court von Oregon in der Sache *Der Staat Oregon gegen Charles Darren Deems.* Vor fast zwei Jahren hatte Abbie die Verurteilung von Deems, einem besonders gewalttätigen Psychopathen, wegen der Ermordung eines Zeugen und dessen neunjähriger Tochter mit einer selbstgebastelten Bombe erreicht. Der Supreme Court hatte den Fall automatisch einer Überprüfung unterzogen, da das Urteil auf Todesstrafe lautete. Die Kurzfassung wurde als Kopie an alle Prozeßbeteiligten verschickt, sobald der Supreme Court zu einer Entscheidung gekommen war. Später würde die Entscheidung dann im offiziellen Urteilsband veröffentlicht werden, der an die juristischen Bibliotheken ging.

Abbies Augen wanderten das Deckblatt hinunter, an der Bezeichnung des Prozesses und den Namen der beteiligten Anwälte vorbei, bis sie gefunden hatte, was sie suchte.

»O nein!«

»Noch schlimmer«, meinte Stamm, »sie haben sich auf die Aussage von Rice bezogen.«

»Darauf war meine ganze Strategie aufgebaut«, stöhnte Abbie ungläubig. »Dann hat es keinen Zweck, es noch mal zu versuchen.«

»Sie haben es erfaßt«, stimmte Stamm ihr bitter zu.

»Welcher Richter ist für diesen Scheiß verantwortlich?« wollte Abbie mit kaum unterdrücktem Zorn wissen, während sie das Deckblatt nach dem Namen des Richters absuchte, der das Urteil begründet hatte.

Stamm konnte ihr nicht in die Augen sehen.

»Dieser Hurensohn«, flüsterte Abigail so leise, daß Stamm es kaum verstehen konnte. Abigail zerknüllte das Urteil in ihren Händen. »Ich kann nicht glauben, daß er so tief gesunken ist. Das hat er nur gemacht, um mir eins auszuwischen.«

»Ich weiß nicht, Abbie«, widersprach Stamm halbherzig. »Er mußte immerhin drei andere Richter überzeugen, ihm zuzustimmen.«

Abbie starrte Stamm an. Ihre Wut, die Enttäuschung und die Entmutigung waren so greifbar, daß er ihrem Blick auswich. Sie warf das Urteil auf den Boden und verließ das Büro. Stamm bückte sich, um das Dokument aufzuheben. Als er es glattgestrichen hatte, konnte man den Namen des ausfertigenden Richters deutlich lesen. Es war der Ehrenwerte Robert Hunter Griffen, Richter des Obersten Gerichtshofes von Oregon und Abbies von ihr getrennt lebender Ehemann.

Kapitel zwei

Der Rechtsanwalt Bob Packard war ein großer, heruntergekommener Kerl. Der Hosengürtel schnitt ihm in den Bauch, weil er blödsinnigerweise darauf beharrte, ihn ein Loch zu eng zu schnallen. Er hatte Speckrollen im Nacken und dicke Backen. Im Moment fühlte sich Packard nicht besonders wohl. Die Auszüge seines Spar- und Girokontos lagen vor ihm auf dem Schreibtisch. Er hatte sie zweimal überprüft, doch das Endergebnis blieb immer das gleiche. Unbewußt fuhr sich Packard mit der Hand über seine trockenen Lippen. Eigentlich war er davon überzeugt gewesen, daß auf beiden Konten mehr Geld hätte sein müssen. Er hatte alle Rechnungen gestellt, und seine Mandanten hatten auch bezahlt. Wo war nur das Geld hin? Seine Bürokosten hatten sich nicht verändert, und seine Haushaltsausgaben waren nicht angestiegen. Nun ja, da waren die Beträge, die er für Kokain ausgab. Die schienen in der letzten Zeit gestiegen zu sein.

Packard holte tief Luft und versuchte, sich zu beruhigen. Er drehte den Kopf und zog die Schultern hoch, um die Verspannungen zu lösen. Wenn der Schnee das Problem war, dann würde er halt damit aufhören müssen. Es war doch ganz einfach. Er brauchte das Kokain nicht. Er konnte es

nehmen oder nicht, und jetzt würde er es einfach lassen. Wenn sein momentaner Vorrat verbraucht war, würde es kein neues Kokain mehr geben.
Nun, da das Problem gelöst war, fühlte sich Packard besser. Er legte die Kontoauszüge beiseite und nahm sich die Prozeßunterlagen vor, die er studieren mußte, um seinen Antrag für die Anhörung, die in zwei Tagen stattfinden sollte, auszuarbeiten. Es war lebenswichtig, diese Anhörung für sich zu entscheiden, denn wenn sein Mandant vor Gericht gestellt würde, wäre er verloren. Sein Antrag mußte erste Klasse sein, ein absoluter Volltreffer.
Packard begann, die Akten durchzusehen, doch es fiel ihm schwer, sich zu konzentrieren. Er dachte immer noch an seine Geldschwierigkeiten und machte sich außerdem Sorgen wegen eines anderen Problems. Sein Dealer war vor zwei Tagen verhaftet worden, gerade, bevor Packard seinen schwindenden Vorrat etwas aufstocken wollte.
Natürlich hatte er vor, aufzuhören, also war das kein wirkliches Problem. Doch was wäre, nur so zum Spaß, wenn er etwas Koks brauchte und keinen bekommen könnte? Nur daran zu denken machte ihn nervös, und er mußte ganz ruhig bleiben und konzentriert sein, damit er den Antrag formulieren konnte.
Packard dachte an den Beutel mit dem Reißverschluß, der sich in der untersten Schublade seines Schreibtisches befand. Wenn er eine Prise nähme, dann könnte er wie nichts die Akten durcharbeiten und seinen Antrag schreiben. Und es würde nicht mehr genug Kokain übrigbleiben, um sich Gedanken darüber zu machen. Nun ja, er wollte damit aufhören, und das Zeug loszuwerden war ein erster, wichtiger Schritt.
Packard war dabei, sich eine letzte logische Begründung zurechtzulegen, um eine Linie abzuschnupfen, als seine Empfangsdame sich über die Sprechanlage meldete.

»Mister Packard, ein Mister Deems ist hier und will Sie sprechen.«

Packard fühlte plötzlich das dringende Bedürfnis, auf die Toilette zu gehen.

»Mr. Packard?« fragte die Empfangsdame nach.

»Ach, ja, Shannon. Ich bin da.«

Bob Packard hatte sich in der Gesellschaft von Charlie Deems nie wohl gefühlt, selbst in der Zeit nicht, als der frühere Drogenhändler in der Todeszelle saß und die beiden Männer durch eine kugelsichere Scheibe, durch die sie gezwungenermaßen sprechen mußten, getrennt waren. Die Beweise, die zu Deems' Verurteilung geführt hatten, waren so zwingend, daß ein jeder den Mut verloren hätte. Ein Mann namens Harold Shoe machte Deems sein Territorium streitig. Zwei Jungen hatten Shoes verstümmelten Körper auf einer Müllhalde gefunden. Nach Aussage des Gerichtsmediziners war Shoe langsam über einen großen Zeitraum zu Tode gebracht worden. Packard hatte sich die Fotos der Autopsie in den Prozeßunterlagen angesehen und war dann den restlichen Tag nicht mehr in der Lage gewesen, etwas zu essen.

Larry Hollins, achtundzwanzig Jahre alt, verheiratet, ein Arbeiter, der Spätschicht hatte, war zufällig an der Müllkippe vorbeigefahren, als Deems sein blutiges Päckchen dort ablieferte. Hollins hatte zunächst geglaubt, einen Körper erkannt zu haben, war dann aber davon ausgegangen, daß er sich das nur eingebildet hatte, bis er von dem Leichenfund hörte.

Hollins konnte Deems auf dem Foto in der Verbrecherkartei zwar nicht eindeutig identifizieren, war sich aber sicher, daß er den Mann bei einer Gegenüberstellung wiedererkennen würde. Jemand hatte Hollins' Namen an die Presse weitergegeben, und Deems war für ein paar Tage nicht auffindbar gewesen. An einem dieser Tage beschloß Hollins, seine neun Jahre alte Tochter zur Schule zu fahren, weil er mit ihrem Lehrer sprechen wollte. Eine Bombe, die an der Unterseite seines Wagens befestigt war, tötete beide.

Packard blickte sehnsüchtig nach der untersten Schublade, entschied dann aber, daß es besser war, alle Sinne beisammenzuhaben, wenn er Deems gegenübertreten würde. Außerdem war Charlie sicherlich in guter Stimmung. Packard hatte gerade die Berufung für ihn gewonnen. Er war wahrscheinlich ins Büro gekommen, um ihm seine Anerkennung auszusprechen.

Als Packard ins Empfangszimmer kam, las Deems gerade eine Ausgabe der *Newsweek*.

»Charlie!« begrüßte Packard ihn herzlich und streckte die Hand aus. »Schön, Sie zu sehen.«

Charlie Deems blickte von der Zeitschrift auf. Er war von durchschnittlicher Größe, hatte aber einen mächtigen Brustkorb und breite Schultern. Er war ein gutaussehender Mann mit dunklen, lockigen Haaren, der Packard ein bißchen an Warren Beatty erinnerte. Deems einnehmendster Zug war sein breites Grinsen, bei dem er seine Zähne entblößte; es mochte ihn zwar etwas dümmlich erscheinen lassen, nahm aber sein Gegenüber für ihn ein. Es sei denn, man hatte das psychiatrische Gutachten, das bei den Gerichtsakten lag, gelesen.

»Sie sehen gut aus, Bob«, meinte Deems begeistert, als sie schließlich in Packards Büro saßen.

»Danke, Charlie. Sie sehen auch recht gut aus.«

»Sollte ich auch. In dem Schuppen hat man viel Zeit, um in Form zu bleiben. Sie können sich nicht vorstellen, wie viele Kniebeugen und Liegestütze man machen kann, wenn man für dreiundzwanzig Stunden am Tag eingeschlossen ist.«

Deems trug ein kastanienbraunes, kurzärmliges Hemd. Er spannte den rechten Bizeps an und ließ ihn tanzen.
»Sieht beeindruckend aus«, stimmte Packard zu. »Also, was kann ich für Sie tun?«
»Nicht viel. Ich bin nur vorbeigekommen, um Ihnen dafür zu danken, daß Sie meinen Prozeß gewonnen haben.«
Packard zuckte gleichgültig mit den Schultern.
»Dafür haben Sie mich schließlich bezahlt.«
»Nun, Sie haben Ihre Sache gut gemacht. Ich nehme an, daß sich diese Fotze Griffen jetzt in den Arsch beißt«, meinte Deems lachend. »Haben Sie sie schon getroffen, seit die Entscheidung durch ist?«
»Einmal, im Gerichtsgebäude, doch da habe ich die Sache nicht erwähnt. Es gibt keinen Grund, Schadenfreude zu zeigen.«
»Nun, Bob, Sie haben ein zu großes Herz. Ich für meinen Teil hätte etwas darum gegeben, ihr Gesicht zu sehen, weil ich weiß, daß sie diese Sache persönlich genommen hat. Ich meine, sie wollte, daß ich sterbe. Und jetzt war das wohl nichts.«
»Nun, ich glaube nicht, daß es etwas Persönliches war, Charlie.«
»Nein?« fragte Deems mit einem Ausdruck kindlicher Neugierde.
»Nein. Ich glaube, sie hat einfach ihre Arbeit getan. Glücklicherweise habe ich meine besser erledigt.«
»Ja, vielleicht haben Sie recht, aber ich glaube das nicht. Ich habe über die Sache nachgedacht, während ich in der Todeszelle saß. Ich hatte dort viel Zeit, über sie nachzudenken. Ich bin davon überzeugt, daß die Hure es auf mich abgesehen hatte, Bob.«
Deems Gesicht nahm einen seltsamen Ausdruck an, der Packard beunruhigte.

»Sie sollten die Sache vergessen, Charlie. Die Polizei wird Ihnen Tag und Nacht auf den Fersen sein. Sie werden doch nichts tun, was auch nur im entferntesten verdächtig wirken könnte?«

»Nein. Da bin ich Ihrer Meinung«, entgegnete Deems vernünftig. »Das ist klar wie Kloßbrühe. Nein, Bob, ich will einfach mein Leben leben. Das bringt mich zu einem anderen Grund meines Besuchs.«

»Und der wäre?« fragte Packard nervös.

»Ich möchte, daß Sie mir einen Gefallen tun.«

»Was für einen Gefallen?«

»Naja, mir scheint, daß Sie meinen Fall doch recht leicht gewonnen haben. Ich meine, sie können mich nicht einmal erneut anklagen, also muß der Richter ganz schönen Scheiß gebaut haben, stimmt's?«

»Nun, er hat wirklich einen Fehler gemacht«, antwortete Packard vorsichtig, »aber so einfach war es nun auch wieder nicht, den Fall zu gewinnen.«

Deems schüttelte den Kopf. »Das sehe ich nicht so. Und das ist nicht nur meine Meinung. Im Knast gibt es eine Menge Burschen, die die Gesetze kennen. Ich habe sie wegen meiner Berufung gefragt. Sie alle waren sicher, daß Sie gewinnen. Sie meinten, das wäre nur ein Spaziergang. Also, nachdem ich jetzt weiß, wie einfach es war, dachte ich an eine kleine Rückzahlung von dem Honorar, das ich Ihnen gezahlt habe.«

»So läuft das nicht, Charlie«, widersprach Packard, wobei er versuchte sich einzureden, daß dies hier ein Mandantengespräch wie jedes andere unter zivilisierten Männern war. »Das Honorar wird nicht zurückerstattet und ist nicht vom Ergebnis abhängig. Wir haben darüber gesprochen. Erinnern Sie sich?«

»Ich erinnere mich«, gab Deems mit einer kurzen Handbewegung zurück. »Aber wissen Sie, Bob, ich denke hier mehr an Ihren Ruf. Ihr Ruf bringt Ihnen die Klienten. Das stimmt doch, oder? Und zufriedene Kunden heben Ihren Ruf. Das ist kostenlose Werbung. Ich wäre wirklich zufrieden, wenn ich die Hälfte des Honorars zurückbekäme.«

Packard erbleichte. »Das sind fünfzehntausend Dollar, Charlie. Das geht nicht.«

»Sicher geht das. Und wenn ich mich richtig erinnere, war das nur die Hälfte, die ich Ihnen in bar gegeben habe. Das Kilo Kokain, das Sie außerdem bekommen haben, hat beim Weiterverkauf wesentlich mehr gebracht, stimmt's? Aber davon will ich kein Gramm zurück, und es interessiert mich auch nicht, wieviel Sie daran verdient haben. Sie haben gute Arbeit geleistet. Ich würde mich einfach freuen, wenn ich mein Geld zurückbekäme.«

Auf Packards Oberlippe bildete sich ein dünner Schweißfilm. Er zwang sich zu einem Lächeln.

»Ich weiß, daß Sie im Gefängnis waren und ein paar Moneten brauchen können, also warum soll ich Ihnen nicht einen Riesen leihen? Hilft Ihnen das weiter?«

»Schon klar, aber fünfzehn Riesen würden viel mehr helfen«, meinte Deems, und diesmal lächelte er nicht.

»Unmöglich, Charlie«, meinte Packard dumpf. »Ein Geschäft ist ein Geschäft. Sie waren ein verurteilter Mörder, und jetzt sind Sie ein freier Mann. Ich würde meinen, ich habe mein Geld verdient.«

»Klar haben Sie das. Keine Frage. Und ich will Sie zu nichts zwingen. Wenn Sie mir mein Geld zurückerstatten, dann sollte das aus freien Stücken geschehen. Eine gute Tat, auf die Sie stolz sein können.«

Deems verstummte und lehnte sich in seinem Sessel zurück. Packards Herz raste, und er mußte an sich halten, jetzt nicht zu einer Prise Kokain zu greifen.

»He, Sie sehen ganz schön fertig aus, Bob«, meinte Deems plötzlich. »Hören Sie, vergessen wir die ganze Sache. In Ordnung? Es tut mir leid, daß ich überhaupt davon angefangen habe. Sprechen wir über etwas anderes. Sagen Sie, lieben Sie die Spielshows im Fernsehen?«

»Spielshows?« wiederholte Packard, von der plötzlichen Wendung überrascht, doch erleichtert, daß ihn Deems so einfach hatte davonkommen lassen.

»Ja, solche wie *Jeopardy* oder *Geh aufs Ganze*. Verstehen Sie?«

»Ich arbeite tagsüber, deshalb habe ich kaum Gelegenheit, mir solche Sachen anzusehen.«

»Bis sie mich in die Todeszelle gesteckt haben, habe ich sie mir auch nicht angesehen. Aber vor unseren Zellen stand ein Fernseher. Eine der wenigen Vergünstigungen. Die Wärter haben uns die Spielshows ansehen lassen. Ich bin wirklich süchtig nach ihnen.

Zuerst glaubte ich, die Shows seien einfach nur blöd, aber je mehr ich sah, desto mehr begriff ich, daß man von ihnen genausoviel lernen kann wie in der Schule. Haben Sie zum Beispiel jemals *Der Preis ist heiß* gesehen?«

»Ist das nicht die Sache, wo die Teilnehmer den Preis für einen Kühlschrank oder ein Kaffeeservice raten müssen?«

»Genau!« meinte Deems und richtete sich breit grinsend in seinem Sessel auf. »Bob Packard aus Portland in Oregon, kommen Sie auf die Bühne! Sie können bei *Der Preis ist heiß* teilnehmen! Dann eilen Sie aus den Reihen der Zuschauer herbei. Haben Sie das mal gesehen?«

»Ein paarmal.«

»Nun, das ist eine tolle Show«, erklärte Deems begeistert, »weil es den Leuten etwas über den Wert der Dinge beibringt. Wenn ich zum Beispiel zwei Steine hier auf den Schreibtisch lege und Sie bitte, ihren Wert zu schätzen, würden Sie antworten: ›Nicht viel‹, richtig? Ich meine, wir reden hier von gewöhnlichen Steinen. Aber was wäre, wenn einer ein Stück Granit und der andere ein Diamant wäre? Verstehen Sie? Zwei Steine, beide haben die gleiche Größe, doch Sie würden ihren Wert ganz unterschiedlich einschätzen.«

Packard nickte automatisch, um Deems nicht zu enttäuschen, und warf einen kurzen Blick auf seine Uhr.

»Das ist interessant, Charlie, und ich würde mich gerne länger mit Ihnen darüber unterhalten, aber ich muß einen Antrag verfassen. Er ist in zwei Tagen fällig, und die Sache ist ziemlich kompliziert.«

»Da bin ich sicher«, stimmte Deems zu, »doch ich denke, es ist auf längere Sicht gesehen wichtiger für Sie, mit mir über Werte zu sprechen.«

Die Angst, die Packard anfänglich verspürt hatte, war mit seiner wachsenden Verärgerung geschwunden, und so fiel ihm Deems' bedrohlicher Tonfall nicht auf.

»Worauf wollen Sie hinaus, Charlie? Kommen Sie zum Wesentlichen.«

»Sicher. Sie sind ein vielbeschäftigter Mann. Ich will Ihre Zeit nicht vergeuden. Aber ich glaube, eine kleine Unterhaltung hilft Ihnen, die Dinge im rechten Licht zu sehen. Zum Beispiel: Was ist mehr wert: nachts gut zu schlafen oder der erbärmliche Dienst eines heruntergekommenen, drogensüchtigen Rechtsanwalts?«

Packard errötete. »Das ist nicht fair, Charlie. Wenn ich nicht gewesen wäre, dann wären Sie jetzt tot.«

»Vielleicht ja, vielleicht nein. Wie ich schon sagte, mehr als einer, mit dem ich gesprochen habe, war der Ansicht, daß das eine ganz einfache Angelegenheit war. Damit ist der Wert Ihrer Leistung viel geringer anzusetzen als mit dreißigtausend Dollar. Verstehen Sie, was ich meine? Aber den Preis für etwas Abstraktes wie eine Rechtsvertretung festzusetzen ist viel schwerer als bei Diamanten oder Granit, Bob. Warum beginnen wir nicht damit, daß Sie den Preis einer normalen, alltäglichen Sache raten?«

»Hören Sie«, fuhr Packard ärgerlich dazwischen, »ich habe es Ihnen gerade gesagt. Ich habe keine Zeit für einen solchen Unsinn.«

Deems beachtete Packard gar nicht und zog einen Damenschlüpfer aus seiner Tasche, den er auf Packards Schreibtisch legte. Packard beugte sich vor und starrte das Kleidungsstück an. Der Baumwollschlüpfer kam ihm bekannt vor, doch er konnte sich nicht erinnern, wo er ihn gesehen hatte.

»Was ist dieser Schlüpfer wert, Bob?«

»Wo haben Sie den her?« wollte Packard wissen.

»Mal sehen, ob Sie es erraten. Ich werde Ihnen einen Tip geben.«

In Erwartung von Packards Reaktion auf seinen Hinweis beugte Deems sich grinsend vor. Er hob seine Stimme und sagte in kreischendem Ton: »›Geh von mir runter, sofort! Wenn du keinen hochkriegst, dann laß mich wenigstens schlafen.‹«

Packard wurde weiß wie ein Laken. Seine Frau, Dana, hatte das letzte Nacht, als er beim Versuch, mit ihr zu schlafen, versagt hatte, im gleichen entrüsteten Tonfall gesagt, den Deems so gut nachmachte.

»Hören Sie, Bob«, meinte Deems mit vorgetäuschter Anteilnahme, »Ihre Technik läßt sehr zu wünschen übrig. Sie beachten Danas Nippel überhaupt nicht. Sie sind doch süß. Reiben Sie sie heute nacht ein bißchen. Sie sind wie die Knöpfe eines Radios. Wenn Sie sie in der richtigen Richtung drehen, können Sie einen tollen Sender finden.«

In dem Moment erkannte Packard den Schlüpfer als den wieder, den Dana ausgezogen hatte, bevor sie ins Bett gegangen waren. Dana hatte ihn direkt neben das Bett geworfen, bevor sie mit dem Liebesspiel begonnen hatten. Das bedeutete, Deems war in dem Zimmer gewesen, während sie geschlafen hatten.

»Sie waren in meinem Haus?«

»Richtig, Bob.«

Packard sprang auf und schrie: »Hören Sie zu, Sie Arschloch ...«

»Arschloch?« unterbrach ihn Deems in einem amüsierten Tonfall. »Das ist eine Kampfansage. Nun, ein Kampf zwischen uns beiden könnte interessant werden. Schnelligkeit und Jugend gegen Größe und Kraft. Aber ich will Ihnen einen guten Rat geben, Bob. Wenn Sie einen Kampf mit mir anfangen, dann sollten Sie bereit sein, mich zu töten. Wenn Sie mich leben lassen, werde ich Sie erwischen, wenn Sie am wenigsten damit rechnen, und Sie werden sterben wie Harold Shoe.«

Packard erinnerte sich an Shoes Autopsiefotos. Der Gerichtsmediziner war davon überzeugt, daß man Shoe Hände und Füße bei lebendigem Leibe mit einer Kettensäge abgetrennt hatte.

Der Kampfesmut verließ Packard, und er brach in seinem Sessel zusammen. Er versuchte, sich zu sammeln. Deems beobachtete ihn geduldig, während Packard einige tiefe Atemzüge tat.

»Was wollen Sie von mir, Charlie?«

»Ich will, daß Sie das Spiel spielen«, meinte dieser grimmig. »Sie haben eigentlich keine andere Möglichkeit. Also, was ist dieser Schlüpfer wert?«

»Drei Dollar fünfzig? Vier Dollar?« riet Packard, den Tränen nahe. »Ich weiß nicht.«

»Sie nehmen das zu wörtlich, Bob. Denken Sie daran, wie ich an die Unterwäsche gekommen bin, und dann kennen Sie den wirklichen Wert. Ich würde ihn genauso hoch ansetzen, wie ein Leben lang gut zu schlafen. Wäre das nicht fünfzehntausend Dollar wert? Ich meine, ein Leben lang gut zu schlafen, ist damit ziemlich billig.«

Packards Kiefer zitterten. »Charlie, seien Sie vernünftig«, bettelte er. »Ich habe keine fünfzehntausend Dollar übrig. Sie haben den Betrag vor über einem Jahr gezahlt. Das Geld ist jetzt weg. Wie wäre es mit etwas weniger? Was ist mit dreitausend? Dreitausend! Das könnte ich ermöglichen.«

»Nun, Bob, für mich klingt dreitausend wie ein Rausschmiß.«

Packard wußte, daß er das Geld nicht übrig hatte. Die Miete mußte bezahlt werden, Zahlungen für den Wagen waren fällig. Dann dachte er daran, was es wert wäre, wenn er sicher sein konnte, daß Charlie Deems niemals bei Nacht in sein Schlafzimmer kam, um ihn in ein abseitiges Reich der Folter und des Schmerzes zu entführen.

Packard holte sein Scheckbuch aus der Schublade. Seine Hand zitterte so stark, daß seine Unterschrift kaum als gültig zu bezeichnen war. Er reichte Deems den Scheck über fünfzehntausend Dollar. Deems prüfte ihn, dankte Packard und öffnete die Tür. Dann drehte er sich noch einmal um, winkte ihm zu und meinte: »Schlafen Sie wohl, und träumen Sie süß.«

Teil 2

Laura

Kapitel drei

1

Salem, die Hauptstadt von Oregon, ist eine von Ackerland umgebene, verschlafene Kleinstadt ungefähr fünfzig Meilen südlich von Portland am Interstate Highway 5. Der Oregon Supreme Court befand sich seit 1914 an seinem heutigen Platz in der State Street. Der quadratische, dreistöckige Bau war mit Terrakotta verkleidet und an drei Seiten von einer schmalen Rasenfläche umgeben. Dahinter befand sich ein Parkplatz, der das Gerichtsgebäude von der Rückseite eines anderen Gebäudes trennte, in dem sich das Justizministerium und die Räume des Berufungsgerichts befanden.

Als Tracy um acht Uhr morgens zur Arbeit erschien, standen Kastenwagen mit den Aufschriften von Fernsehgesellschaften vor dem Gerichtsgebäude. Verwundert musterte sie die Fahrzeuge, während sie die Seitenstraße hinunterschlenderte, die das Gericht von dem Regierungsgelände trennte. Die strahlende Julisonne ließ die goldene Statue des Pioniers oben auf der Kuppel des Kapitols glänzen und verlieh dem Gras in dem kleinen Park rund um das Kapitol den Glanz eines makellos polierten Smaragds. Dem Wetter angepaßt, trug Tracy ein hellgelbes Kleid und eine große Sonnenbrille. Das Jahr, das Tracy als Assistentin der Richterin Alice Sherzer vom Supreme Court von Oregon zugebracht hatte, ging gerade zu Ende. Diese Assistentenstellen waren Früchte, die nur den besten Abgängern der juristischen Fakultäten in den Schoß fielen. Jeder Richter hatte einen Assistenten, der Nachforschungen bei komplizierten Fällen anstellte, Informationen über die Meinung anderer Richter sammelte und Urteilsbegründungen durchlas, um Fehler zu finden, bevor diese veröffentlicht wurden. Eine Assistentenstelle war aufreibend, aber auch interessant und dauerte ein oder zwei Jahre. Die meisten Assistenten gingen dann in gute Positionen bei angesehenen Anwaltskanzleien, die diese klugen jungen Frauen und Männer einstellten – einerseits aufgrund ihrer Fähigkeiten, andererseits aber auch, weil sie die Eigenheiten der Richter gut kannten.

Laura Rizzatti war ebenso blaß wie Tracy sonnengebräunt. Sie besaß die weiche, rundliche Gestalt eines Botticelli-Models. Wenn Laura nachdachte, dann spielte sie mit ihren langen, schwarzen Haaren. Sie hatte gerade mehrere Strähnen fest um ihren Zeigefinger gewickelt, als Tracy ihren Kopf in Lauras Büro, das nicht größer als ein Verschlag war, steckte.

»Warum warten all die Fernsehreporter da draußen?«

Laura ließ das Gerichtsprotokoll fallen, das sie gerade las, und fuhr halb aus dem Stuhl hoch.

»Mach so was nicht noch mal!«

»Tut mir leid«, meinte Tracy lachend und neigte den Kopf zur Seite, um zu sehen, was Lauras Aufmerksamkeit so in Bann geschlagen hatte. Sie sah die Bezeichnung des Prozesses und »Band XI«, bevor Laura ihn umdrehen konnte, so daß Tracy nichts weiter zu erkennen vermochte.

»Der *Deems*-Fall?« fragte Tracy. »Ich dachte, da hätten wir das Urteil vor einem Monat aufgehoben.«

»Haben wir. Warum fragst du mich dann?«

Tracy schaute von dem Protokoll auf und bemerkte die dunklen Ringe unter Lauras Augen. Lauras Kleidung war unordentlich, und sie sah aus, als ob sie die ganze Nacht nicht geschlafen hätte.
»Die Fernsehleute. Was wollen die hier?«
»Reynolds hält im Fall *Franklin gegen Pogue* um neun Uhr sein Plädoyer.«
»Reynolds? Sag mir Bescheid, wenn du in den Gerichtssaal gehst.«
»Ich gehe nicht.«
»Wie das?«
»Richter Griffen hat den Fall abgegeben, also gibt es keinen Grund, bei der Verhandlung dabeizusein.«
»Warum hat er den Fall abgegeben?«
»Seine Frau tritt als Staatsanwältin auf.«
»Kein Witz?« Tracy lachte.
»Kein Witz«, antwortete Laura bitter.
»Sie ist ein kluges Kerlchen.«
»Sie ist ein Schwein. Sie hätte einen anderen Staatsanwalt bitten können, den Fall zu übernehmen.«
»Dann hätte Richter Griffen die Verhandlung geführt. Nun kann er nicht den Vorsitz führen, denn der Staat wird von einem Mitglied seiner Familie vertreten. Auf diese Weise stellt sie den liberalsten Richter am Gericht kalt und erhöht ihre Chancen zu gewinnen. Das nenn' ich einen cleveren Anwalt.«
»Ich denke, es ist unmoralisch.«
»Nimm es doch nicht so persönlich.«
»Tu' ich nicht«, entgegnete Laura wütend. »Aber der Richter ist so ein netter Kerl. Die Scheidung macht ihn kaputt. Eine Sache wie diese ist, als ob man Salz in seine Wunden streute.«
»Ja nun, wenn sie so ein Schwein ist, wie du sagst, dann ist

er ohne sie viel besser dran. Und du solltest dir Reynolds' Plädoyer auf jeden Fall anhören. Er ist beeindruckend. Weißt du, daß er jetzt schon seit zwanzig Jahren Angeklagte, denen die Todesstrafe droht, im ganzen Land vertritt und noch nie einer seiner Mandanten hingerichtet worden ist?«
»Reynolds ist nur ein weiterer gekaufter Gangster.«
»Da liegst du falsch, Laura. Diese Fälle sind für ihn wie eine Mission. Darüber hinaus ist er ein Genie. Hast du seine Abhandlung im Prozeß *Aurelio* gelesen? Seine Argumentation mit dem fünften Verfassungszusatz war einfach brillant.«
»Er ist gut, und vielleicht tut er es aus Berufung, aber er dient der falschen Sache.«
»Sei nicht so voreingenommen. Hör dir sein Plädoyer an. Es ist wirklich wert, sich Reynolds anzusehen. Ich werde dich noch mal fragen, bevor ich hochgehe.«

2

Das Beeindruckendste am Gebäude des Oregon Supreme Court ist ein Oberlicht aus Glas, in dem das Wappen des Staates eingearbeitet ist. Diese Glasarbeit wird durch eine zweite Glaskuppel geschützt, die sich darüber befindet. An diesem sonnigen Tag fiel das Licht mit einem sanften, gelben Schimmern durch die beiden Scheiben auf die sieben Mitglieder des Gerichts, die sich versammelt hatten, um die Plädoyers im Revisionsfall *Franklin gegen Pogue* zu hören. Tracy fand, kurz nachdem die Richter ihre Plätze eingenommen hatten, einen Sitzplatz auf einer Bank an der hinteren Wand des Gerichtssaals. Das Richterkollegium saß auf einem erhöhten Podest, das sich mit einer sanften Biegung an der Stirnseite des Raumes entlangzog. Direkt vor dem Vorsitzenden, Richter Stuart Forbes, befand sich ein hölzernes Stehpult, an dem Abigail Griffen ruhig ihre Unterlagen ordnete. Als der Vorsitzende sie aufforderte, mit ihrem Plädoyer zu beginnen, hob Abbie an:

»Für das Protokoll: Mein Name ist Abigail Griffen, und ich vertrete das Büro des Bezirksstaatsanwalts von Multnomah County und die Interessen von Denis Franklin. Wir beantragen, daß das Gericht Richter David Pogue veranlaßt, seinen Beschluß, daß Mrs. Franklin ihr Haus den Spurensicherungsexperten der Verteidigung zugänglich machen muß, zu widerrufen.«

»Richter Pogue handelte aufgrund eines Antrages zur Aufklärung der Tatumstände, der von dem Beklagten, Jeffrey Coulter, gestellt wurde. War es so, Mrs. Griffen?« wollte Richterin Mary Kelly wissen, eine attraktive Frau Mitte Vierzig, die nach einer steilen Karriere als Wirtschaftsanwältin zur Richterin berufen worden war.

»Ja, Euer Ehren.«

»Was war der Grund für diesen Antrag?«

»Nach der eidesstattlichen Erklärung von Mr. Reynolds, dem Anwalt des Beklagten, hat Denise Franklins Sohn, Roger, Jeffrey Coulter in Aussicht gestellt, ihm gestohlene Juwelen verkaufen zu wollen. Coulter kam zu Franklin ins Haus, aber Franklin hatte keine Juwelen und versuchte, Coulter auszurauben. Mr. Coulter behauptet, er hätte Roger Franklin in Notwehr erschossen, nachdem dieser auf ihn geschossen hätte.«

»Und die Verteidigung will nun Mrs. Franklins Haus nach Beweisen untersuchen, die die Version des Beklagten bestätigen?«

»Ja, Euer Ehren.«

»Das erscheint mir sehr einleuchtend. Was gibt es also an Richter Pogues Beschluß auszusetzen?«

»Mrs. Franklin ist in Trauer, Euer Ehren. Sie will nicht, daß Vertreter des Mannes, der ihren Sohn erschossen hat, bei ihr im Haus herumstöbern.«
»Mrs. Franklin hat unser Mitgefühl, Frau Staatsanwältin, aber es ist nicht ungewöhnlich, daß Zeugen gleichzeitig auch Angehörige des Opfers sind. Sie sind die ganze Zeit der Unbill durch Polizeiverhöre oder auch durch die Presse ausgesetzt. Ihre Leute haben das Haus auch untersucht, richtig?«
»Mit der Zustimmung von Mrs. Franklin, als das Haus noch den Status eines Tatorts hatte. Dem ist jetzt nicht mehr so. Die Staatsanwaltschaft hat das Haus von Mrs. Franklin wieder uneingeschränkt freigegeben, die in dem Prozeß *Der Staat gegen Mr. Coulter* nicht Partei ist. Ein Richter hat nicht die Macht, der Verteidigung Zutritt zu dem Haus eines Unbeteiligten zu gewähren.«
»Haben Sie eine Rechtsgrundlage für diese Ausführungen, Frau Staatsanwältin?«
Abigail Griffen lächelte mit der Selbstsicherheit eines Staatsanwalts, der diese Frage erwartet hat. Während sie Richterin Kelly eine Reihe von Gerichtsentscheidungen vortrug, die ihre Position stützten, blickte Tracy durch den Gerichtssaal auf Abigail Griffens Gegenspieler. Der Unterschied zwischen den beiden Kontrahenten war gravierend. Abigail Griffen in ihrem maßgeschneiderten schwarzen Jakkett, dem schwarzen Faltenrock, der elfenbeinfarbenen Bluse und der Perlenkette sah wie ein Mannequin aus, während Matthew Reynolds in seinem einfachen schlechtsitzenden schwarzen Anzug, dem weißen Hemd und der schmalen Krawatte mehr wie ein Wanderprediger oder ein Leichenbestatter wirkte denn wie Amerikas bester Strafverteidiger.
Eine Frage von Richter Arnold Pope lenkte Tracys Aufmerksamkeit wieder auf die Verhandlung.

»Mrs. Griffen, als man Mr. Coulter festgenommen hat, hat er sich da auf Notwehr berufen?«

»Nein, Euer Ehren.«

»Hat die Polizei die Waffe, aus der, wie der Anwalt des Beklagten behauptet, auf seinen Mandanten geschossen wurde, bei dem Verstorbenen gefunden?«

»Am Tatort wurde keine Waffe gefunden.«

Pope, ein ehemaliger Bezirksstaatsanwalt mit einem tonnenförmigen Brustkorb und militärisch kurzgeschnittenen Haaren, runzelte die Stirn, was den Eindruck erweckte, er würde angestrengt nachdenken. Richterin Kelly verdrehte die Augen. Pope war ein geistiger Dünnbrettbohrer, der versuchte, seinen Mangel an Intelligenz durch Arroganz und Überheblichkeit auszugleichen. Er war zum Richter berufen worden, weil es ihm in einem der dreckigsten Prozesse in der Geschichte von Oregon gelungen war, einen hochangesehenen Amtsträger zu überführen.

»Könnte diese ganze Notwehrsache ein Trick sein?« wollte Pope wissen.

»Ja, Euer Ehren. Wir sind der Meinung, daß Mr. Coulter die Sache nur vorgetäuscht hat.«

»Vielleicht mit Hilfe von Mr. Reynolds?« mutmaßte Pope.

Tracy war von der Unterstellung Popes, daß Matthew Reynolds in seiner Erklärung einen falschen Eid abgegeben hätte, entsetzt. Reynolds saß starr da, sein Gesicht war rot angelaufen.

»Es gibt keinerlei Hinweise darauf, daß Mr. Reynolds in dieser Angelegenheit nicht ehrenhaft gehandelt hat, Richter Pope«, gab Abbie mit Bestimmtheit zurück.

»Außerdem«, unterbracht Richterin Kelly, um die Diskussion von diesem unangenehmen Punkt abzubringen, »geht es hier nicht darum. Richtig, Frau Staatsanwältin?«

»Richtig, Euer Ehren.«

»Wie ich die Sache sehe«, fuhr Mary Kelly fort, »müssen wir, Ihrer Meinung nach, die Anweisung von Richter Pogue unabhängig von dem Wahrheitsgehalt der Erklärung außer Kraft setzen, weil er nicht das Recht hatte, einer an dem Verbrechen unbeteiligten Partei irgend etwas vorzuschreiben.«
»Genau.«
Ein kleines Lämpchen an der Stirnseite des Podiums leuchtete rot auf und zeigte an, daß Abigail Griffens Redezeit abgelaufen war.
»Wenn das Gericht keine weiteren Fragen hat, habe ich nichts mehr hinzuzufügen.«
Der Vorsitzende Richter Forbes nickte Abigail Griffen zu und meinte dann: »Mr. Reynolds?«
Matthew Reynolds erhob sich umständlich, als ob es ihm große Mühe machte aufzustehen, und ging dann zum Podium, darauf bedacht, daß sein Ärger über Arnold Pope nicht seine Pflicht gegenüber seinem Mandanten beeinträchtigte. Reynolds nahm sich Zeit, seine Papiere zu ordnen und die Beleidigung zu vergessen. Sobald er aufblickte, wurde er von Richter Frank Arriaga, einem kleinen, pausbäckigen Mann mit einem herzlichen Lächeln, gefragt:
»Was sagen Sie zu den Ausführungen von Mrs. Griffen, Mr. Reynolds? Ich habe die von ihr angeführten Fälle durchgelesen, und sie scheinen die Position der Staatsanwaltschaft zu stützen.«
Als Reynolds zu sprechen begann, hörte man den leichten Südstaatenakzent. Die Worte klangen weich und langsam, erinnerten an kleine Boote, die auf einem ruhigen See dahinglitten.
»Diese Fälle können für die Entscheidung dieses Gerichts nicht maßgeblich sein, Richter Arriaga. Die Umstände in dem hier zu verhandelnden Fall liegen ganz anders. Mrs.

Franklin ist weit mehr als eine trauernde Mutter. Wir sind der Überzeugung, daß sie möglicherweise die Beteiligung ihres Sohnes an einem versuchten Raub deckt. Jede Minute, die wir vom Haus der Franklins ferngehalten werden, gibt Mrs. Franklin weitere Gelegenheit, Beweise verschwinden zu lassen.

Und damit komme ich zu meiner juristischen Begründung. Die Gleichstellungsforderung in der Verfassung der Vereinigten Staaten legt die Pflicht der Staatsanwaltschaft fest, Beweise zu sichern, die zu einer Verurteilung des Verdächtigen führen, aber auch seine Unschuld beweisen können. Als wir unseren Antrag Richter Pogue vorlegten, war das Haus der Franklins noch als Tatort versiegelt. Unsere eidesstattliche Erklärung hat der Staatsanwaltschaft unsere Überzeugung zur Kenntnis gebracht, daß das Haus der Franklins Beweise enthält, die Mr. Coulter entlasten können, und wir haben die Staatsanwaltschaft weiterhin davon in Kenntnis gesetzt, daß wir der Annahme sind, Mrs. Franklin könnte diese Beweise beseitigen. Kurz nachdem wir unseren Antrag eingebracht hatten, hat die Polizei die Siegel entfernt und Mrs. Franklin ihr Haus wieder zur Verfügung gestellt. Wir stellen hiermit fest, daß die Pflicht der Staatsanwaltschaft zur Sicherung von Beweisen, die einen Verdächtigen entlasten können, verletzt worden ist.«

»Glauben Sie denn, daß wir die Anweisung eines Richters, die dieser nicht treffen durfte, nachträglich autorisieren können?« fragte Richter Arriaga.

»Nein, aber wir sind der Meinung, daß dieses Gericht den Fall so behandeln kann, als ob der Tatort noch versiegelt gewesen sei. Denn ansonsten könnte die Staatsanwaltschaft berechtigte Anträge wie diesen hier einfach dadurch unterlaufen, daß sie den Tatort freigibt, bevor das Gericht eine Möglichkeit hat, über einen solchen Antrag zu entscheiden.

Die Gleichstellungsforderung gewährleistet ja in unserem Rechtssystem die Grundlagen eines fairen Prozesses. Es ist eine beeindruckende Angelegenheit, ein Rechtssystem zu haben, das auf Gleichstellung und nicht auf Macht basiert. An diesem Fall hier kann man das Verhältnis zwischen diesen beiden Polen sehen. Die Staatsanwaltschaft steht für die Macht. Sie benutzt diese Macht, um ihre Hand auf den Besitz eines Privatbürgers zu legen und ein Verbrechen zu untersuchen. Als die Staatsanwaltschaft zufrieden war und den Täter identifiziert hatte, benutzte sie ihre Macht, um meinen Mandanten festzusetzen und ihn seiner Freiheit zu berauben.

Das war der berechtigte Einsatz ihrer Macht, Euer Ehren. Ein rechtmäßiger Gebrauch. Doch der darauf folgende Gebrauch der Macht durch die Staatsanwaltschaft war unberechtigt. Sobald mein Mandant von der Staatsanwaltschaft die Möglichkeit verlangte, den Tatort nach Beweisen, die seine Unschuld belegen könnten, zu untersuchen, übte der Staat seine Macht unrechtmäßig aus.

Über rechtliche Anträge sollte von unparteiischen Richtern entschieden werden und nicht einseitig von diensteifrigen Staatsanwälten. Als die Polizei den Tatort freigab, um unseren Antrag zu unterlaufen, handelte sie gegen das Gebot der Chancengleichheit, wie es in der Gleichstellungsklausel festgeschrieben ist. Alles, was Mr. Coulter will, ist die Gelegenheit, den Tatort zu untersuchen, Euer Ehren. Nicht mehr, als was die Staatsanwaltschaft bei der Ausübung ihrer Macht getan hat. Alles, was er will, ist eine faire Behandlung. Richter Pogue hat das akzeptiert, und wir bitten Sie, nun gerecht zu sein und seine Anweisung zu bestätigen.«

Als die Anhörung beendet war, zog sich das Gericht zur Beratung zurück. Matthew Reynolds beobachtete, wie Abigail Griffen ihre Unterlagen zusammenraffte und ihren Aktenkoffer schloß. In wenigen Augenblicken würde sie sich ihren Weg durch die vor dem Gerichtssaal auf dem Flur des zweiten Stockwerks wartenden Reporter bahnen. Reynolds wußte, wenn er mit ihr sprechen wollte, mußte es jetzt sein. Abbie machte sich in Richtung Tür auf den Weg.

»Mrs. Griffen?«

Abbie drehte sich um und sah, daß Reynolds ihr folgte. Das Jackett flatterte wie die Schwingen einer täppischen Krähe hinter ihm her. Er sah aus wie ein Kranich des Ibykus.

»Vielen Dank, daß Sie dem Gericht gesagt haben, Sie glaubten nicht, ich hätte eine falsche Aussage gemacht«, erklärte Reynolds mit einem Zittern in der Stimme, das Abbie nicht aufgefallen war, während er sein Plädoyer gehalten hatte. »Meine Reputation bedeutet mir sehr viel.«

»Das war doch selbstverständlich, Mr. Reynolds. Aber, ich bin erstaunt. Das war eine merkwürdige Anschuldigung. Gibt es zwischen Ihnen und Richter Pope böses Blut?«

Reynolds nickte traurig. »Ich stand ihm in einem Mordfall gegenüber, als er noch Bezirksstaatsanwalt für Walker County war. Die Ermittlungen waren sehr nachlässig geführt, und man hatte einen Unschuldigen verhaftet. Richter Pope hatte einen Hang dazu, seine Fälle an die große Glocke zu hängen, als er noch Ankläger war, und in diesem Fall hatte er eine schnelle Verurteilung in Aussicht gestellt.«

»Ich nehme an, es ist nicht dazu gekommen.«

»Nein. Nach dem Prozeß versuchte er mich wegen Beeinflussung der Geschworenen anzuklagen.«

»Was ist dann geschehen?«

»Der Richter hatte Pope gesagt, er hätte durch eigene Schuld verloren, und kündigte an, jede Anklage wegen Beeinflus-

sung der Geschworenen durch Pope abzuschmettern. Soweit es mich betrifft, war das das Ende der Angelegenheit, aber ich denke, daß Pope immer noch einen Haß auf mich hat.«
»Tut mir leid, das zu hören.«
»Das ist sehr nobel von Ihnen, wenn man bedenkt, daß Popes Abneigung gegen mich Ihnen seine Stimme sichert.«
»Andererseits werden einige der Richter sich auf Ihre Seite stellen, nur um nicht Popes Meinung zu vertreten.«
»Ich hoffe, daß Sie recht haben, Mrs. Griffen«, gab Reynolds nachdenklich zurück, wobei er nicht auf ihre Ironie einging.
»Warum nennen Sie mich nicht einfach Abbie? Bei diesem Fall werden wir noch so oft miteinander zu tun haben, daß wir ruhig auf die Formalitäten verzichten können.«
»Gut, dann Abbie.«
»Wir sehen uns vor Gericht, Matt.«
Reynolds drückte seinen Aktenkoffer an die Brust, als sei er ein Schild, und blickte Abigail Griffen nach, als sie durch die Flügeltür des Gerichtssaals schritt.

Kaum hatte Matthew Reynolds den Flur betreten, strömten auch schon die Reporter auf ihn zu, und Abbie ergriff die Gelegenheit, über die marmorne Treppe das Gerichtsgebäude durch den Hintereingang zu verlassen. Ihr Wagen war auf der Rückseite des Blocks geparkt, da sie schon mit dem Andrang der Presse gerechnet hatte. Reynolds konnte keinen Schritt machen, ohne daß ihm die Presseleute auf den Fersen waren. Als sie um die Ecke bog, sah sie Robert Griffen auf dem Beifahrersitz ihres Autos sitzen.
Richter Griffen wirkte in seiner hellbraunen Freizeithose, dem marineblauen Hemd und den Slippern wie ein Golfprofi. Sein langes, braunes Haar fiel nachlässig in die Stirn. Als Abbie die hintere Tür öffnete und ihren Aktenkoffer auf den Rücksitz warf, lächelte er. Abbie bemerkte das Glitzern

in seinen hellblauen Augen und vergaß dabei fast, warum sie ihn verlassen hatte.

»Wie war die Anhörung?« fragte Griffen.

»Was hast du in meinem Wagen zu suchen?« wollte Abbie erbost wissen, als sie hinter das Lenkrad glitt.

Sein Lächeln wurde unsicher.

»Ich habe dich vermißt. Ich denke, wir sollten miteinander reden.«

»Da hast du falsch gedacht, Robert. Vielleicht hat eine der Frauen, die du hinter meinem Rücken gebumst hast, Zeit für ein Plauderstündchen.«

Griffen zuckte zurück. »Gibst du mir eine Minute?«

»Ich habe einen Termin in Portland, und ich will nicht zu spät kommen«, meinte Abbie, als sie den Motor anließ. »Außerdem weiß ich schon, was du willst, Robert, und übrigens ist die Bank geschlossen. Ich schlage vor, entweder suchst du dir eine reiche Mätresse, oder du änderst deinen Lebensstil.«

»Du weißt nicht, was du sagst. Ich war nie an deinem Geld interessiert, und die anderen Frauen ... Mein Gott, ich weiß nicht, was da in mich gefahren ist. Aber das ist vorbei. Das schwöre ich. Ich liebe nur dich, Abbie.«

»Du hast im Fall *Deems* das Urteil aufgehoben. War das die Art, wie du mir deine Liebe zeigst?«

Griffen wurde bleich. »Wovon redest du?«

»Du hast das Urteil aufgehoben, um mich vor den Kopf zu stoßen.«

»Das ist Unsinn. Ich habe in diesem Fall nach dem Gesetz entschieden. Und so auch die Richter, die sich dem Mehrheitsvotum angeschlossen haben. Bei Gott, sogar Arnold Pope hat mit mir gestimmt.«

»Ich bin doch nicht blöd, Robert. Du hast eine Entscheidung zugrunde gelegt, die nur in drei anderen Staaten Anwendung findet, um das Urteil gegen einen gefährlichen Psychopathen aufzuheben.«

»Diese Entscheidung ist logisch. Wir sind der Meinung ...«, Griffen brach ab. »Das ist unglaublich. Ich bin nicht hier, um meine Entscheidung im Fall *Deems* zu rechtfertigen.«

»Richtig, Robert. Du wirst auch nicht hier bleiben. Du wirst auf der Stelle meinen Wagen verlassen.«

»Abbie ...«

Abigail Griffen drehte sich in ihrem Sitz um und blickte ihren von ihr getrennt lebenden Mann direkt an. »Wenn du nicht in zehn Sekunden aus meinem Auto bist, rufe ich die Polizei.«

Griffen wurde rot vor Wut. Er setzte zu einer Erwiderung an, schüttelte dann lediglich den Kopf, öffnete die Tür und stieg aus.

»Ich hätte wissen müssen, daß man mit dir nicht vernünftig reden kann.«

»Mach die Tür zu, bitte!«

Griffen warf die Autotür zu, und Abbie rangierte aus der Parklücke. Als Griffen zum Gericht zurückging, war er so wütend, daß er nicht bemerkte, wie Matthew Reynolds ihn vom Eingang des Gerichtsgebäudes her beobachtete.

3

Im Jahre 1845 steckten zwei Siedler aus dem Osten ein Stück Land am Willamette River im Territorium Oregon ab und warfen eine Münze, ob die zu gründende Stadt Portland oder Boston heißen sollte. Schließlich wurde Portland am idyllischsten Fleckchen Erde, das man sich vorstellen konnte, gegründet. Überall Wälder, die sich an zwei hohen Hügeln auf der Westseite des Flusses hinaufzogen. Vom Westufer aus konnte man jenseits des Willamette weit über das ansteigende Vorgebirge der Kaskadenkette sehen, bis hin zu dem schneebedeckten Mount Hood, dem Mount Adams und dem Mount St. Helens, die sich hoch in den Himmel erhoben.

Die Ansiedlung nahm ihren Ausgang von der Front Street am Flußlauf und hatte sich dann langsam vom Wasser weg ausgebreitet, als sie zur Stadt wurde. Die alten Gebäude wurden abgerissen und durch Stahl- und Glaskonstruktionen ersetzt. Doch direkt unterhalb des Washington Parks lagen immer noch wunderschöne viktorianische Gebäude, die jetzt Büros von Architekten, Ärzten und Anwälten beherbergten.

Es war zehn Uhr am Abend des Tages, als Matthew Reynolds vor dem Oregon Supreme Court aufgetreten war. Die Lichter in den Büros und der Bibliothek, die das Erdgeschoß und den 1. Stock seines geräumigen viktorianischen Hauses einnahmen, waren gelöscht, doch in den Privaträumen im zweiten Stock brannte noch Licht. Die Anhörung lastete schwer auf Reynolds. Seit dem Verbrechen war so viel Zeit vergangen, daß Reynolds' Experten nicht mehr sicher waren, ob es Sinn machte, das Haus der Franklins zu durchsuchen. Gleichgültig, wie der Supreme Court entscheiden würde, Abigail Griffens juristischer Schachzug konnte seinen Mandanten um den Beweis gebracht haben, mit dem sein Prozeß zu gewinnen gewesen wäre.

Doch das war nicht das einzige, was Reynolds beunruhigte. Er war immer noch aufgewühlt von seinem Treffen mit Abigail Griffen. Reynolds war überwältigt von ihrer Intelligenz. Er betrachtete sie als eine der wenigen Personen, die sich im Gerichtssaal mit ihm messen konnten. Aber mehr noch, sie war die schönste Frau, der er je begegnet war. Und obwohl er schon früher im Gerichtssaal als ihr Gegenpart aufgetreten war, hatte es seine ganze Kraft erfordert, Abbie im Gerichtssaal anzusprechen und ihr dafür zu danken, daß sie Richter Pope entgegengetreten war, doch ihre Verteidigung seiner Ehre hatte ihn so aufgewühlt und ihm Mut gemacht, das Wort an sie zu richten.

Reynolds hatte sich schon fürs Bett fertig gemacht, doch er war noch nicht müde. Auf seiner Kommode befanden sich zwei Fotografien seines Vaters und ein gerahmter Zeitungsartikel, der seinen Vater vor einem Gerichtsgebäude auf dem Lande in South Carolina zeigte. Der Artikel war schon alt und vergilbt. Matthew blickte kurz auf den Artikel und starrte dann liebevoll auf die Fotografien.

Über der Kommode befand sich ein Spiegel. Reynolds betrachtete sein Spiegelbild. Er konnte sein wenig anziehendes Aussehen nicht verleugnen. Das Magazin *Time* war noch sehr mitfühlend gewesen, als es seine Erscheinung als freundlich beschrieben hatte. Als kleiner Junge war er die Zielscheibe von Millionen rüder Hänseleien gewesen. Wie oft war er in Tränen aufgelöst aus der Schule gekommen? Wie oft hatte er sich in seinem Zimmer vor den Gemeinheiten der Nachbarkinder versteckt?

Matthew fragte sich, was Abigail Griffen in ihm sah, wenn sie ihm gegenüberstand. Konnte sie sein Äußeres vergessen? Hatte sie eine Vorstellung davon, wie oft er an sie dachte? Dachte sie jemals an ihn? Er schüttelte ob der Vermessenheit seines letzten Gedankens den Kopf. Was hatte ein Mann, der aussah wie er, in den Gedanken von jemandem wie Abigail Griffen zu suchen? Die Vorstellung war zu abwegig.

Matthew verließ das Schlafzimmer und ging den Flur hinunter. Seine Büroräume und sein privater Bereich waren mit Antiquitäten ausgestattet. Der Sekretär in Matthews Arbeitszimmer hatte einmal einem Anwalt einer Eisenbahngesellschaft gehört, der 1897 verstorben war. Auf Matthews schwarzem Holzstuhl hatte im 19. Jahrhundert ein Richter gesessen, der für seine Todesurteile berüchtigt gewesen war. Reynolds zog eine diebische Freude daraus, seine Argumente gegen die Todesstrafe niederzuschreiben, während er es sich in diesem Stuhl bequem machte.

Neben dem Sekretär befand sich auf einem Marmorsockel ein Schachbrett mit grünen und weißen Marmorfeldern. Reynolds ging nie aus. Bücher und Schach waren als Kind seine Zuflucht gewesen, und auch als Erwachsener waren sie sein einziges Vergnügen geblieben. Er spielte zehn Partien Briefschach gleichzeitig mit Partnern in den USA und in Übersee. Die Stellung auf dem Schachbrett zeigte die Situation in einem Spiel mit einem norwegischen Professor, den er bei einem internationalen Symposion über die Todesstrafe, auf dem er einen Vortrag hielt, getroffen hatte. Die Stellung war kompliziert, und es war die einzige der Partien, in der Reynolds nicht die Oberhand hatte.

Reynolds beugte sich über das Brett. Sein Zug würde entscheidend sein, aber er war zu nervös, um sich zu konzentrieren. Nach ein paar Minuten schaltete er die Deckenbeleuchtung aus und setzte sich an den Sekretär. Jetzt war die einzige Lichtquelle im Raum die Tiffanylampe, die sich in einer Ecke des Sekretärs befand. Reynolds zog die unterste Schublade auf und entnahm ihr einen großen Briefumschlag. Kein anderes Wesen wußte, daß dieser Umschlag existierte. Darinnen befanden sich mehrere Zeitungsartikel und viele Fotografien. Er nahm die Artikel und die Fotografien heraus und legte sie auf die Schreibplatte.

Der erste Artikel war ein Lebensabriß Abigail Griffens, der im *Oregonian* nach ihrem Erfolg im *Deems*-Prozeß erschienen war. Reynolds hatte den Bericht so oft gelesen, daß er ihn Wort für Wort kannte. Ein Schwarzweißfoto von Abbie nahm ein Drittel der ersten Seite der Biographie ein. Im Innenteil befand sich ein Bild von Abbie und Richter Griffen. Der Richter hatte den Arm um ihre Schulter gelegt. Abbie, ihr samtenes Haar wurde von einem Band zusammengehalten, schmiegte sich an ihren Mann, als ob es keine Sorgen auf der Welt gäbe.

Die anderen Artikel handelten von weiteren Prozessen, die Abbie gewonnen hatte. Alle waren mit Bildern der Stellvertretenden Bezirksstaatsanwältin versehen. Reynolds schob die Artikel zur Seite und breitete die Fotografien vor sich aus. Er betrachtete sie. Dann griff er nach einer seiner liebsten – einem Schwarzweißbild von Abbie im Park gegenüber dem Gerichtsgebäude, wie sie sich, den Kopf zurückgelehnt, das Gesicht der Sonne zugewandt, auf einer Bank ausruhte.

Kapitel vier

1

Als Alice Sherzer im Jahre 1958 ihren juristischen Abschluß an der Universität machte, war sie eine von drei Frauen ihres Jahrgangs. Ihre Suche nach einer Anstellung in Portland führte von einem Vorstellungsgespräch, bei dem sie sich einem erstaunten Mann gegenübersah, zum anderen, und sie alle wußten nicht, was sie mit dieser schlanken, grobknochigen Frau, die darauf bestand, Strafverteidigerin zu werden, anfangen sollten. Als sie von einer der großen Kanzleien einen Posten in der Nachlaßverwaltung angeboten bekam, lehnte sie höflich ab. Sie wollte im Gerichtssaal stehen, sonst nichts. Die Kanzlei-Inhaber erklärten ihr, daß ihre Mandanten nie einen weiblichen Strafverteidiger akzeptieren würden, von den Reaktionen, die sie bei den Richtern und Geschworenen befürchteten, gar nicht zu reden.

Doch Alice Sherzer gab nicht auf. Sie wollte ihre eigenen Prozesse führen. Wenn das hieß, daß sie ihren eigenen Laden aufmachen mußte, dann eben so. Alice eröffnete also ihre eigene Kanzlei. Vier Jahre später fuhr ein Greyhound-Bus den altersschwachen Chevrolet eines Mandanten von Alice zu Schrott, eines Vaters von drei Kindern, der seine

Arbeit in einem Sägewerk verloren hatte. Er war daraufhin querschnittsgelähmt. Alice verklagte die Greyhound-Gesellschaft, die zufälligerweise von der Anwaltskanzlei vertreten wurde, die ihr den Posten in der Nachlaßverwaltung angeboten hatte.
Die Anwälte von Greyhound hätten der Gesellschaft möglicherweise empfohlen, einen akzeptablen Vergleich vorzuschlagen, wenn Alices Mandant nicht von einer Frau vertreten worden wäre, doch die Jungs von der Kanzlei waren der Meinung, wenn jemand von Alice vertreten wurde, dann wäre es so, als ob er überhaupt keinen Rechtsbeistand hätte. Im Gerichtssaal ignorierten sie sie, und wenn sie sich unterhielten, dann machten sie Witze über Alice. Der Prozeß war ein einziger Spaß für sie, bis die Geschworenen dem Kläger vier Millionen Dollar zusprachen, eine Entschädigung, die auch durch den Supreme Court bestätigt wurde, denn der Richter hatte sich, wann immer es ging, auf die Seite seiner Geschlechtsgenossen gestellt, und so blieb ihre Revision chancenlos.
Die Summe sprach für sich, denn vier Millionen Dollar waren 1962 viel Geld. Alice war nicht länger ein seltsamer Vogel. Eine Reihe von Kanzleien, darunter die, gegen die sie gewonnen hatte, machten ihr Angebote. »Danke, nein«, antwortete Alice höflich. Mit ihrem Honorar, das ein Prozent der Entschädigungssumme ausmachte, und den neuen Mandanten, die nach dem Urteil zu ihr kamen, war sie auf ein Angestelltengehalt nicht angewiesen. Sie brauchte jetzt selbst Angestellte.
Im Jahre 1975 war Sherzer, Randolph und Picard eine der angesehensten Anwaltskanzleien im Staat Oregon. Alice war verheiratet und zweifache Mutter, und ein Sitz im Oregon Court of Appeals war ihr in Aussicht gestellt. Bei einem privaten Treffen wies Alice den Gouverneur darauf

hin, daß noch nie eine Frau an den Court of Appeals berufen worden sei. Als der Gouverneur sie auf die politischen Probleme hinwies, die mit einer solchen Berufung einhergingen, erinnerte Alice ihn an ihre großzügige Unterstützung seines Wahlkampfes, die er bereitwillig von einer Frau angenommen hatte, und an die noch größeren Summen, die sie in den Feldzug gegen jeden männlichen Kandidaten, den er benannte, einsetzen würde. Sieben Jahre, nachdem sie an den Court of Appeals berufen worden war, wurde Alice Sherzer der erste weibliche Richter am Supreme Court von Oregon.

Inzwischen war sie einundsiebzig Jahre alt. Jedes Jahr tauchten neue Gerüchte über ihren Rücktritt auf, doch Alice Sherzers Geist war immer noch messerscharf, und sie verschwendete keinen Gedanken daran, zurückzutreten.

Richterin Sherzers Büro war ein Eckraum, von dem aus man das Capitol, die roten Backsteingebäude und die weiten Rasenflächen der Willamette-Universität sehen konnte. Als Tracy am Tage nach Matthew Reynolds' Auftritt vor Gericht an Alice Sherzers Tür klopfte, saß die Richterin an dem breiten Schreibtisch, der einmal Charles L. McNary gehört hatte, einem der ersten Richter, der in den Supreme Court eingezogen war und der Kampfgefährte von Wendell Wilkie in dessen erfolglosem Wahlkampf 1940 gegen Franklin Delano Roosevelt gewesen war. Der antike Schreibtisch stand in deutlichem Kontrast zu den abstrakten Skulpturen und Gemälden, mit denen Richterin Sherzer ihr Zimmer zu schmücken pflegte.

»Ihre Assistentenzeit ist fast vorbei, stimmt's?« fragte die Richterin, als sich Tracy ihr gegenüber in einen Sessel gesetzt hatte.

»Ja.«

»Haben Sie schon eine Stelle angenommen?«

»Ich habe verschiedene Angebote, doch ich bin mir noch nicht sicher, welches ich annehme.«
»Richter Forbes bat mich, Sie zu fragen, ob Sie an einer Sache interessiert wären, die sich jetzt ergeben hat.«
»Was ist das?«
»Matthew Reynolds schaut sich nach einem Mitarbeiter um.«
»Sie machen Spaß.«
»Einer seiner Anwälte ist zu Parish gegangen, und deshalb braucht er sofort jemanden.«
»Das kann nicht wahr sein. Für Matthew Reynolds zu arbeiten wäre mein Traum.«
»Es würde nicht leicht werden, Tracy. Reynolds behandelt seine Leute wie Sklaven.«
»Sie wissen, daß ich harte Arbeit nicht scheue.«
»Das stimmt, aber wenn wir von Reynolds sprechen, dann reden wir über Sklavenarbeit. Die meisten seiner Angestellten kündigen in weniger als zwei Jahren.«
»Danke für die Warnung, aber nichts kann mich davon abhalten, einen Versuch zu wagen, ob Reynolds mich nimmt.«
»Ich wollte nur sicher sein, daß Sie wissen, auf was Sie sich einlassen. Reynolds wohnt in seiner Kanzlei. Er kennt nur seine Prozesse und die Vorbereitungen auf die Verhandlung. Er arbeitet vierzehn Stunden am Tag, sieben Tage in der Woche. Ich weiß, das klingt unwahrscheinlich, aber ich übertreibe nicht. Reynolds hat kein Privatleben. Er weiß nicht einmal, was das Wort bedeutet. Er wird erwarten, daß Sie ihm zu jeder Tages- und Nachtzeit zur Verfügung stehen, und das auch an Wochenenden. Ich habe gehört, Matt käme mit vier Stunden Schlaf pro Nacht aus, und man sagt, man könne fast zu jeder Stunde an seinem Büro vorbeifahren und dort Licht sehen.«

»Es reizt mich immer noch.«
»Da ist noch etwas. Er hatte nie eine Beziehung zu einer Frau«, meinte die Richterin mit einem amüsierten Grinsen. »Offen gesagt, ich bin mir nicht sicher, ob er weiß, was eine Frau ist.«
»Bitte?«
»Ich weiß nicht, warum, aber er scheint Frauen zu meiden, als ob sie die Pest an sich hätten.«
»Wenn er nie eine Beziehung zu einer Frau hatte, warum ist er dann an mir interessiert?«
»Ist er nicht«, lachte die Richterin. »Reynolds hat schon einige Assistenten von unserem Gericht eingestellt, weil er mit Richter Forbes zur Schule gegangen ist und seinen Empfehlungen traut. Reynolds hat Stuart ganz aufgeregt angerufen, als er erfuhr, daß wir ihm eine Frau schicken wollten, aber Stuart hat ihm versichert, daß Sie nicht beißen würden. Also, er ist bereit, mit Ihnen zu sprechen. Hier ist seine Büronummer. Seine Sekretärin wird einen Termin für das Vorstellungsgespräch mit Ihnen ausmachen.«
Tracy nahm das Blatt Papier. »Das ist phantastisch. Ich weiß nicht, wie ich Ihnen danken soll.«
»Wenn es klappt, dann können Sie mir danken, indem Sie so gut arbeiten, daß Reynolds eine weitere Frau einstellt.«

2

Die Bibliothek nahm den größten Teil des ersten Stockwerks des Supreme Courts ein. Der Eingang befand sich gegenüber der marmornen Treppe. Direkt vor dem Eingang war ein kleiner, verglaster Bereich mit dem Ausgangsschalter und dem Büro der Bibliothekare. Auf beiden Seiten neben dem Büro lagen die Arbeitsplätze. Dahinter standen in Doppelreihen juristische Bücher in Regalen. Darüber befand sich eine Balustrade, die die Reihen der Folianten beschattete.

Laura Rizzatti saß an einem der Arbeitsplätze und schrieb, umgeben von juristischen Werken, hektisch auf einen gelben Block. Als Tracy ihr auf die Schulter tippte, fuhr Laura hoch.

»Hast du Lust auf eine Tasse Kaffee?« fragte Tracy. »Ich muß dir unbedingt etwas sagen.«

»Ich habe jetzt keine Zeit«, antwortete Laura und drehte schnell den Block um, damit Tracy nicht sehen konnte, was darauf stand.

»Nun sei doch nicht so. Eine Viertelstunde Pause wird dich nicht umbringen.«

»Ich kann wirklich nicht. Der Richter will das sofort haben.«

»An was arbeitest du?«

»Nichts Besonderes«, gab Laura zurück und versuchte, gleichgültig zu klingen, was ihr aber nicht gelang. »Was willst du mir erzählen?«

»Ich habe ein Vorstellungsgespräch bei Matthew Reynolds. Er sucht einen Anwalt, und Richter Forbes hat mich empfohlen.«

»Das ist toll«, meinte Laura, doch ihre Begeisterung schien gezwungen.

»Ich würde meinen rechten Arm dafür geben, mit Reynolds arbeiten zu dürfen. Ich hoffe, ich mache einen guten Eindruck. Richterin Sherzer meinte, daß er noch nie eine Frau eingestellt hätte, und es klang, als ob er auch sonst nicht viel von Frauen hielte.«

»Bis jetzt hat er dich ja auch noch nicht getroffen.« Laura grinste. »Ich bin sicher, du wirfst ihn um.«

»Das hoffe ich. Wenn du deine Meinung über die Kaffeepause änderst, ich gehe in ungefähr zwanzig Minuten. Ich bezahle auch.«

»Ich kann wirklich nicht. Übrigens, Glückwunsch.«

Tracy durchquerte die Bibliothek und fand den Band der *New York University Law Review*, den sie brauchte. Sie nahm ihn mit zu ihrem Arbeitsplatz und begann, sich Notizen zu machen. Nach einer halben Stunde ging sie zu Lauras Arbeitsplatz hinüber, um sie erneut zu einer Kaffeepause zu überreden. Tracy war wegen des Vorstellungsgesprächs wirklich aufgeregt und hätte gern mit jemandem darüber geredet.

Aber Laura war nicht an ihrem Platz. Tracy bemerkte den gelben Notizblock, auf den sie geschrieben hatte. Auf dem Blatt befand sich eine Auflistung dreier Straffälle. Tracy studierte die Liste, konnte aber nichts Besonderes daran entdecken. Sie wunderte sich, warum Laura den Block umgedreht hatte, damit sie die Liste nicht sehen konnte, dann zuckte sie mit den Schultern und ging ihre Freundin suchen.

Tracy wanderte zwischen den langen Reihen der Bücher hindurch, bis sie zu der Abteilung kam, in der die Entscheidungen des Oregon Court of Appeals gesammelt waren. Laura stand am entgegengesetzten Ende der Regale, in der Nähe der Wand. Tracy war erstaunt, sie im Gespräch mit Richter Pope zu finden. Sie und Laura hatten sich einige Male über Pope unterhalten, und Tracy wußte, daß Laura ihn verachtete. Im ersten Moment wollte Tracy zu ihrer Freundin und dem Richter gehen, aber in der Haltung ihrer Körper war etwas, das sie innehalten ließ.

Der Raum zwischen den Regalen war eng, und Laura und Pope standen fast Brust an Brust. Laura schien aufgeregt. Ihre Hände gestikulierten heftig, als sie sprach. Pope wurde rot und antwortete etwas. Tracy konnte nicht verstehen, was er sagte, denn sie flüsterten, doch der Tonfall klang irgendwie wütend. Tracy beobachtete, wie sich Laura von dem untersetzten Richter wegbewegte, bis sie mit dem Rücken am Bücherregal stand. Pope sagte noch etwas. Laura schüttelte den Kopf. Dann streckte Pope seine Hand aus und berührte Laura an der Schulter. Sie versuchte, seine Hand wegzustoßen, doch der Richter hatte sie fest im Griff. Tracy trat in den Gang, so daß Pope sie sehen konnte.

»Bereit für eine Kaffeepause?« fragte Tracy laut.

Pope blickte überrascht auf und ließ seine Hand von Lauras Schulter gleiten.

»Laura und ich haben einen Fall zu besprechen. Ich hoffe, es macht Ihnen nichts aus, Richter«, teilte Tracy Pope in einem Tonfall mit, der ihm bedeutete, daß sie alles gesehen hatte. Pope wurde rot. Seine Augen starrten auf Laura, dann wieder auf Tracy.

»Schon gut«, meinte er und schob sich an Tracy vorbei.

»Alles in Ordnung?« fragte Tracy, sobald Pope außer Sicht war.

»Was hast du gehört?« fragte Laura erbost.

»Ich habe nichts gehört«, gab Tracy, von der Frage überrascht, zurück. »Es sah so aus, als wollte Pope etwas von dir. Macht er dir Schwierigkeiten?«

»Nein«, antwortete Laura nervös. »Er wollte nur erfahren, wie Bob ... Richter Griffen in einem Fall stimmen würde.«

»Sagst du mir auch die Wahrheit? Du siehst nämlich ziemlich daneben aus.«

»Es ist in Ordnung, Tracy, wirklich. Vergessen wir es.«

»Sei nicht kindisch, Laura. Ich kann dir helfen, wenn du mir sagst, was los ist.«

»Wie könntest du mir helfen?« brach es aus Laura heraus. »Du hast doch keine Ahnung, was ich durchmache.«

»Laura, ich ...«

»Bitte, tut mir leid, aber du würdest das nie verstehen«, meinte Laura. Dann löste sie sich von Tracy und marschierte hinaus. Tracy blickte ihr nach, überrascht von der heftigen Reaktion ihrer Freundin.

3

»Laura wünscht Sie zu sprechen, Richter«, kündigte Griffens Sekretärin über die Gegensprechanlage an.

»Schicken Sie sie rein.«

Der Richter bereitete sich für die nachmittägliche Konferenz vor und hoffte, daß Laura die Nachforschungen in der Steuersache abgeschlossen hatte, die die Richter dann besprechen wollten. Die Tür ging auf, als Griffen gerade seine Unterschrift unter einen Brief gesetzt hatte. Als er hörte, wie die Tür sich schloß, blickte er auf und begann zu lächeln. Doch das Lächeln verschwand, als er die Miene seiner Assistentin sah. Sie schien kurz davor, in Tränen auszubrechen.

»Wir müssen miteinander reden«, kündigte Laura mit zitternder Stimme an.

Griffen stand auf und kam um den Schreibtisch herum. »Was bedrückt dich?«

»Alles«, gab Laura zurück. »Alles.«

Dann begann sie zu weinen.

Der Konferenzsaal des Supreme Courts von Oregon war ein großer Raum, in dem sich außer dem riesigen Konferenztisch und ein paar alten Bücherschränken mit Glastüren nur wenige Möbel befanden. Vier ehemalige Richter blickten von Gemälden an den Wänden auf ihre gegenwärtigen Kollegen herab. Der Vorsitzende Richter Forbes saß an der

Stirnseite des Konferenztisches, die Ärmel seines weißen Hemdes hochgekrempelt und die Krawatte gelockert. Alice Sherzer stellte ihre Kaffeetasse ab und nahm schnell an Forbes' rechter Seite Platz. Vincent Lefcourt, weißhaarig und ehrwürdig, saß zu Forbes' Linken.

Robert Griffen stürmte in den Saal. Er stieß dabei fast mit Mary Kelly zusammen, die sich der ersten Zigarette der Konferenz widmete.

»Tut mir leid«, entschuldigte sich Griffen.

Mary Kelly trug ein weites, tannengrünes, ärmelloses Kleid. Sie strich ihr blond gefärbtes Haar aus der Stirn und lächelte Griffen beiläufig an.

»Nichts passiert«, meinte sie. Dann bemerkte sie Griffens Miene, und ihr Lächeln verblaßte. Mary Kelly griff nach seinem Arm. Er blieb stehen.

»Was ist los?« fragte sie mit leiser Stimme.

»Nichts«, gab Griffen zurück und schüttelte den Kopf.

Mary Kelly drehte sich um, so daß ihr Rücken ihre Unterhaltung von den anderen Richtern abschirmte.

»Sag mir, was los ist!« beharrte sie.

Griffen blickte weg. Mary Kellys Griff wurde fester. Als Griffen sie ansah, zeigte sein Gesicht wie ein Spiegel seine Verwirrung. Er wollte gerade antworten, als Arnold Pope den Raum betrat.

»Ihre Frau hat überwältigend ausgesehen, Bob«, meinte Pope hämisch, »zu schade, daß Sie ihren Auftritt verpaßt haben.«

Griffen erbleichte, und Mary Kelly schaute Pope an wie einen Käfer, den sie in ihrem Salat gefunden hatte. In diesem Moment stürmte Frank Arriaga herein. In seiner Hand hielt er eine Tüte vom Schnellimbiß auf der anderen Straßenseite.

»Tut mir leid, Leute. Mein Assistent hat sich mit meinem Futter verspätet. Habe ich was verpaßt?«

»Beruhigen Sie sich, Frank«, meinte Forbes lächelnd. Arriaga setzte sich neben Vincent Lefcourt, der amüsiert beobachtete, wie Arriaga ein riesiges, glasiertes Donut aus seiner braunen Papiertüte zog.
»Jetzt sind wir ja alle da, also können wir beginnen«, erklärte Richter Forbes.
»Wir unterhalten uns später«, versicherte Mary Kelly Griffen.
Forbes richtete den Stapel Papier vor sich.
»Ich wollte mit Ihnen anfangen, Frank, aber Sie haben ja dieses Monster im Mund. Also wie ist es mit Ihnen, Victor? Was ist Ihre Meinung im *Berufungsfall Franklin?*«

4

Richterin Sherzer brauchte am nächsten Morgen ein Memo in einer Testamentsangelegenheit, doch Tracy war durch die Sache, die sich in der Bibliothek zugetragen hatte, so verstört, daß es ihr schwerfiel, sich zu konzentrieren. Um fünf Uhr beschloß sie, eine Pause zu machen und das Memo nach dem Abendessen fertigzustellen.
Tracys Wohnung befand sich im ersten Stock eines zweistöckigen Wohnkomplexes, der knapp einen Kilometer vom Gericht entfernt lag. Im College und auf der Universität war sie eine der besten Studentinnen gewesen, doch im Fach Haushaltsführung wäre sie sicherlich durchgefallen. Die Eingangstür öffnete sich zu einem Wohnzimmer, das schon seit einer Woche nicht mehr geputzt worden war. Zeitungen und Briefe waren über das Sofa verteilt. Tracy sah kaum fern, und ihr kleines Schwarzweißgerät stand als Staubfänger in einer Ecke. Tracys Bergsteigerausrüstung, die gut in

Schuß gehalten wurde, lag dessenungeachtet neben dem Fernsehgerät.
Tracy hatte die Wohnung möbliert gemietet. Das einzig Persönliche in diesen Räumen war eine Reihe von Fotos, die Tracys sportliche Ambitionen demonstrierten. Ein Foto im Wohnzimmer zeigte Tracy, wie sie auf einer Laufbahn vor der Haupttribüne stand und den Arm leicht um die Schulter eines anderen Mädchens gelegt hatte, das sich nach vorne beugte. Die beiden Frauen trugen das Trikot der Leichtathletikmannschaft der Yale-Universität. Sie waren erste und zweite über 1500 Meter geworden und hatten so den Ostküstentitel gewonnen. Sie blickten erschöpft, aber triumphierend in die Kamera.
Ein anderes Foto zeigte Tracy, wie sie einen schneebedeckten Gipfel erklomm. Sie trug einen Parka, die Kapuze zurückgeschoben, und schwang einen Eispickel über ihren Kopf. Auf einem Foto im Schlafzimmer konnte man Tracy kopfüber an einer Felswand hängen sehen, die einen der schwereren Aufstiege am Smith Rock in Ost-Oregon darstellte.
Sobald sie in ihrer Wohnung angekommen war, warf Tracy ihre Kleidung auf den Boden des Schlafzimmers und zog ihren Joggingdreß an. Dann begab sie sich auf ihre sieben Meilen lange Runde, die sie sich ausgesucht hatte, als sie nach Salem gekommen war.
Beim Laufen dachte Tracy über den Vorfall in der Bibliothek nach. Sie verstand Lauras Reaktion nicht. Laura konnte Richter Pope nicht ausstehen. Warum also sollte sie ihn decken, wenn er einen Annäherungsversuch unternommen hatte? Vielleicht gab es für das, was sie gesehen hatte, ja auch eine andere Erklärung, doch Tracy fiel keine ein, die einen Sinn ergab. Irgend etwas ging da in Lauras Leben vor. Tracy erinnerte sich daran, wie müde und bleich Laura ausgesehen hatte, als sie sie beim Lesen der *Deems*-Proto-

kolle überrascht hatte. Lauras Wutausbruch in der Bibliothek paßte zu ihrem erregten Zustand, den Tracy die letzten paar Tage an ihr bemerkt hatte. Doch was war der Grund dafür?

Nach dem Lauf duschte Tracy und aß dann einen Caesar-Salat mit Shrimps und zwei Scheiben dickkrustigem Sauerteigbrot. Sie stellte das schmutzige Geschirr in das Spülbecken und ging dann über den Campus der Willamette-Universität zurück zum Gericht. Tagsüber waren die weitläufigen Rasenflächen und die schattigen Bäume der Universität ein angenehmer Ort, um spazierenzugehen. Doch jetzt in der Dämmerung, während der Sommerferien, lag sie verlassen da. Straßenlaternen beleuchteten die Fußwege, und Tracy versuchte soweit wie möglich diesen Wegen zu folgen. Die Temperatur war gefallen, und eine kühle Brise ließ sie frösteln. Auf halbem Wege über den Campus glaubte Tracy eine Gestalt zu sehen, die sich in den Schatten eines der Gebäude bewegte. Sie blieb stehen und starrte in das verblassende Licht. Der Wind raschelte in den Blättern. Tracy wartete einen Moment, dann ging sie weiter. Sie schalt sich kindisch wegen ihrer Schreckhaftigkeit.

Als Tracy den Supreme Court um halb acht betrat, war er verwaist. Allein in einem leeren Gebäude zu sein war unheimlich, aber Tracy hatte schon häufiger nachts gearbeitet. Die Büros der Assistenten lagen auf der Seite des Supreme Courts, die dem Capitol zugewandt war. Ein offener Raum, der von einem Konferenztisch beherrscht wurde, lag zwischen den Büros und dem Postzimmer. Auf dem Tisch lagen Hefter, Plastikbecher, Pappteller und Gesetzesbücher verstreut. Keine zwei Stühle, die um den Tisch standen, waren von der gleichen Art oder in gutem Zustand. Hinter dem Tisch befand sich ein Gestell mit einem Computer und dem einzigen Drucker. Willkürlich im Raum verteilt, standen

Bücherregale, Aktenschränke und eine durchgesessene Couch. Tracy durchquerte den Raum und ging den kurzen Flur zu ihrem Büro hinunter. Sie fand die Notizen, die sie für das Memo in dem Testamentsfall benötigte, schaltete das Licht im Aufenthaltsraum aus und stieg die Stufen zur Bibliothek hinauf.

Eine Fußnote in einer juristischen Zeitschrift nahm Bezug auf einige interessante Fälle. Tracy suchte in den Regalen und fand sie schließlich. Diese wiederum führten zu anderen Fällen, und Tracy versank so in ihre Arbeit, daß sie erstaunt feststellte, daß es schon fast zehn Uhr war, als sie sich daranmachen wollte, ihr Memo zu schreiben. Sie packte ihre Notizen zusammen und machte das Licht in der Bibliothek aus. Ihre Schritte hallten auf der marmornen Treppe, und es hörte sich an, als wäre außer ihr noch jemand in dem Gebäude. Tracy lachte über diese Vorstellung. Sie erinnerte sich, wie ängstlich sie ein paar Stunden früher an diesem Abend gewesen war, als sie über den Campus der Willamette-Universität gegangen war. Was war nur in sie gefahren?

Tracy öffnete die Tür zum Aufenthaltsraum der Assistenten und erstarrte. Sie war sich sicher, daß, als sie zur Bibliothek hinaufgegangen war, alle Lampen ausgeschaltet waren, doch jetzt brannte in Laura Rizzattis Büro Licht. Jemand mußte, während sie im oberen Stockwerk gewesen war, ins Gebäude gekommen sein.

»Laura?« rief Tracy laut. Keine Antwort. Tracy lauschte angestrengt auf ein Geräusch, das ihr sagte, sie wäre nicht allein. Als sie nichts vernahm, schaute sie in Lauras Büro. Die Schubladen von Lauras Aktenschrank standen offen, und die Akten waren über den Boden verstreut. Protokolle lagen herum. Jemand hatte das Büro verwüstet, während Tracy oben in der Bibliothek gewesen war.

Tracy griff nach dem Telefon, um Laura anzurufen. Die Tür zum Aufenthaltsraum der Assistenten wurde geschlossen. Tracy erstarrte für einen Moment, dann stürzte sie zur Tür und riß sie auf. Niemand war im Flur zu sehen. Sie rannte zur Hintertür und schaute durch die Scheibe. Auf dem Parkplatz war auch niemand. Tracy versuchte, sich zu beruhigen. Sie dachte daran, den Vorfall der Polizei zu melden. Doch, was *war* geschehen? Vielleicht war Laura selbst für die Unordnung in ihrem Büro verantwortlich. Das war nicht so unwahrscheinlich, wenn man den Zustand bedachte, in dem Laura sich in der letzten Zeit befand. Und vielleicht hatte sie sich nur eingebildet, daß die Tür geschlossen wurde. Und schließlich hatte sie weder im Gebäude noch auf dem Parkplatz jemanden gesehen.
Tracy war zu unruhig, um in dem verlassenen Gerichtsgebäude zu bleiben. Sie beschloß, ihre Notizen liegen zu lassen und das Memo früh am nächsten Morgen zu schreiben. Sie schaltete das Licht im Aufenthaltsraum an und ging zu ihrem Büro. Aus dem Augenwinkel sah sie etwas unter dem Konferenztisch liegen. Tracy blieb stehen. Das Bein einer Frau ragte in den Lichtkegel. Der restliche Körper lag im Schatten versteckt. Tracy kniete sich hin. Der Körper war seltsam verdreht, so als hätte die Frau versucht, von einem Angreifer wegzukriechen. Das lockige, schwarze Haar war blutgetränkt. Der Kopf lag so, daß die toten Augen Tracy anstarrten. Tracy unterdrückte ein Schluchzen und kam auf die Beine. Sie wußte, daß sie nach dem Puls fühlen mußte, aber sie brachte es nicht über sich, Laura Rizzattis schmales Handgelenk anzufassen. Gleichzeitig wußte sie instinktiv, daß es keinen Unterschied mehr machen würde.

Die Polizisten, die zuerst am Tatort erschienen, sagten Tracy, sie solle in ihrem Büro warten. Der Raum war so klein, daß sie mit ausgestreckten Armen fast die Seitenwände berühren konnte. Über ihrem Schreibtisch befand sich eine Tafel, auf der ihre Prozesse aufgelistet waren. Neben dem Schreibtisch stand auf einem metallenen Aktenschrank ein alter Ventilator. Eine Reihe von Urteilsbegründungen und Protokollen stapelte sich dicht neben dem Computer auf dem Schreibtisch.

Eine schlanke Frau in einer dunkelblauen Bluse, brauner Hose und einer hellblauen Windjacke kam in Tracys Büro und hielt ihr ihre Dienstmarke entgegen. Sie sah aus, als hätte man sie aus tiefstem Schlaf geweckt. Ihre blauen Augen waren blutunterlaufen, und das struppige, blonde Haar sah ungekämmt aus.

»Ich bin Heidi Bricker von der Polizei in Salem.«

In der anderen Hand hielt Heidi Bricker einen Pappbecher mit heißem Kaffee, auf dem das McDonalds-Symbol zu sehen war. Sie bot ihn Tracy an.

»Mögen Sie?«

»Danke«, gab Tracy müde zurück und nahm den Becher.

Heidi Bricker setzte sich neben Tracy. »War sie eine Freundin von Ihnen?«

Tracy nickte.

»Es muß ein Schock für Sie gewesen sein, als Sie die Leiche gefunden haben.«

Tracy nahm einen Schluck aus dem Pappbecher. Der Kaffee war heiß, und sie verbrühte sich den Gaumen, achtete aber nicht darauf. Der Schmerz war eher eine willkommene Ablenkung.

»Was haben Sie so spät noch hier gemacht?«

»Ich bin die Assistentin von Richterin Sherzer. Sie hat einen komplizierten Erbrechtsfall in Bearbeitung und braucht von mir morgen früh ein Memo über einen bestimmten rechtlichen Aspekt in der Sache.«

»Wann haben Sie damit angefangen?«
»Ungefähr um halb acht.«
»Wo haben Sie gearbeitet?«
»Oben in der Bibliothek.«
»Haben Sie etwas Ungewöhnliches gehört?«
»Nein. Wenn man oben in der Bibliothek ist, kann man nicht hören, was im Aufenthaltsraum gesprochen wird.«
Die Polizistin machte sich in einem kleinen Spiralbuch ein paar Notizen und fragte dann: »War Laura auch Assistentin?«
»Für Richter Griffen«, antwortete Tracy und nickte dabei.
»Was hat Laura für Richter Griffen genau gemacht?«
»Sie hat die rechtlichen Bedingungen von Fällen, die vor dem Gericht verhandelt wurden, untersucht, Urteile zusammengestellt und die Eingaben gelesen, die von Parteien eingebracht wurden, die vor dem Court of Appeals verloren hatten.«
»Könnte sie wegen einer Sache umgebracht worden sein, an der sie arbeitete?«
»Kann ich mir nicht vorstellen. Es gibt nichts, was wir wissen, was nicht auch allgemein bekannt ist.«
»Erklären Sie mir das.«
»Gut. Nehmen wir einmal an, Sie werden wegen eines Verbrechens verurteilt oder verlieren einen Zivilprozeß und sind der Meinung, Sie haben keinen fairen Prozeß gehabt. Vielleicht, weil der Richter ungesetzliche Beweismittel zuließ oder die Geschworenen nicht richtig über die Gesetze aufgeklärt hat. Dann können Sie in die Revision gehen. Bei der Revision muß das Gericht entscheiden, ob der Richter einen Fehler begangen hat. Hat der Richter tatsächlich einen Fehler gemacht, der entscheidend war, um das Urteil der Geschworenen zu beeinflussen, dann weist das Berufungsgericht den Fall zu einer neuen Verhandlung zurück.

Der Gerichtsstenograph schreibt alles mit, was während des Prozesses gesagt wird. Wenn Sie in die Revision gehen, dann fertigt der Gerichtsstenograph ein Protokoll an, in dem jedes Wort, das gesagt wurde, verzeichnet ist. Der Revisionsgrund muß sich in diesem Protokoll finden lassen. Wenn jemand ein Verbrechen nach der Gerichtsverhandlung gesteht, kann dieses Geständnis nicht Grundlage der Revision sein, da es nicht im Protokoll verzeichnet ist.«

»Also gibt es keine geheimen Informationen, nach denen ein Berufungsrichter seine Entscheidung trifft?« fragte Heidi Bricker.

»Nun, manchmal existieren nicht zugängliche Teile des Protokolls, aber das ist selten. Doch niemandem ist es erlaubt, der Öffentlichkeit mitzuteilen, welcher Richter die Urteilsbegründung geschrieben hat oder welche Meinungen in der Beratung geäußert wurden. Aber das hat bestimmt nichts mit Laura zu tun.«

»Warum hat dann aber jemand Lauras Büro durchsucht?«

»Das weiß ich nicht. Ein Einbrecher ist bestimmt nicht an Urteilsbegründungen und Gerichtsprotokollen interessiert. Niemand außer den Anwälten und den Richtern, die an einem bestimmten Fall beteiligt sind, würde sich dafür interessieren.«

»Was ist mit Schmuck oder Bargeld?«

»Laura hat nicht viel Geld gehabt, und ich habe an ihr nie Schmuck gesehen, für den man sie umbringen könnte.«

»Fällt Ihnen irgend jemand ein, der ihr vielleicht etwas antun wollte? Hatte sie einen Freund, einen Ex-Mann, jemanden, der sie haßte?«

»Laura lebte allein. Soweit ich weiß, hatte sie auch keinen Freund. Sie blieb meist für sich, es könnte da natürlich jemanden gegeben haben, von dem ich nicht wußte, aber ...«

Tracy verstummte.

»Ja?« fragte Heidi Bricker nach.
»Ich habe ein seltsames Gefühl.«
»Ein seltsames Gefühl, wobei?«
»Was ich Ihnen hier sage, ist doch vertraulich?«
»Unsere Berichte müssen unter bestimmten Umständen der Verteidigung zugänglich gemacht werden, wenn es zu einer Verhaftung kommt, doch wir versuchen, die Vertraulichkeit zu wahren.«
»Ich weiß nicht, ob ich ...«
»Tracy, Ihre Freundin ist umgebracht worden. Wenn Sie etwas wissen, das uns hilft, den Mörder zu kriegen ...«
Tracy erzählte der Polizistin, wie Laura sich in letzter Zeit verhalten hatte, und erwähnte auch den Zwischenfall mit Richter Pope in der Bibliothek.
»Vielleicht hat das nichts zu bedeuten«, schloß Tracy. »Laura hat behauptet, daß Pope nie etwas versucht hätte, doch für mich war eindeutig, daß er einen Annäherungsversuch unternommen hat.«
»In Ordnung. Danke. Wenn ich mit Richter Pope darüber spreche, werde ich meine Quelle nicht nennen. Fällt Ihnen noch etwas ein, das uns helfen könnte?«
Tracy schüttelte müde den Kopf.
»In Ordnung. Sie waren mir eine große Hilfe, aber jetzt scheinen Sie doch ziemlich müde zu sein. Ich lasse Sie von jemandem nach Hause fahren. Vielleicht muß ich noch einmal mit Ihnen sprechen«, meinte Heidi Bricker und reichte Tracy ihre Karte, »und sollte Ihnen noch etwas einfallen ...«
»Werde ich Sie bestimmt anrufen. Nur, ich glaube nicht, daß es etwas gibt, was ich Ihnen noch nicht erzählt habe. Ich kann mir nicht vorstellen, warum jemand Laura umgebracht hat.«

5

Tracy wartete im Flur, während der Beamte ihre Wohnung durchsuchte. Sie war erschöpft und mußte sich an das Geländer lehnen, um nicht zusammenzubrechen. Es fiel ihr schwer zu begreifen, daß Laura, mit der sie noch vor ein paar Stunden gesprochen hatte, nicht mehr am Leben war.

»Alles in Ordnung, Miß«, meldete der Polizist. Tracy hatte nicht gehört, daß er aus der Wohnung gekommen war, und fuhr leicht zusammen. »Ich habe die Zimmer kontrolliert, doch schließen Sie gut hinter sich ab. Ich werde jede Stunde hier vorbeifahren, nur zur Sicherheit.«

Tracy dankte dem Polizisten. Wie er ihr geraten hatte, schloß sie die Tür ab. Tracy wollte einfach nur schlafen, fragte sich aber, ob das möglich war. Das erste, was sie beim Betreten ihres Schlafzimmers bemerkte, war die blinkende Lampe an ihrem Anrufbeantworter. Tracy brach auf ihrem Bett zusammen und ließ die einzige Nachricht auf dem Band ablaufen. Als sie Lauras Stimme hörte, stockte ihr der Atem.

»Tracy, ich habe Schwierigkeiten. Ich muß mit dir sprechen. Es ist fünf Minuten nach neun. Bitte, ruf mich an, sobald du nach Hause kommst, egal, wie spät es ist. Ich muß ...«

Kurz bevor Laura verstummt war, hörte Tracy im Hintergrund auf dem Band die Türglocke. Dann trat eine Pause ein, danach beendete Laura ihre Nachricht.

»Bitte ruf mich an. Ich weiß nicht mehr weiter. Bitte.«

Kapitel fünf

1

In den Tagen nach Lauras Tod ging jeder wie auf Zehenspitzen und machte einen großen Bogen um Tracy, so als hätte sie eine ansteckende Krankheit. Nur Richterin Sherzer nicht, die Tracy einlud, bei ihr zu wohnen. Tracy lehnte ab und bestand darauf, allein in ihrer Wohnung zu bleiben und ihren Ängsten ins Auge zu sehen.

Der Freitag war unglaublich schwül. Der tragbare Ventilator in Tracys kleinem Büro schaffte kaum Erleichterung. Der Prozeß um die Unfallentschädigung für einen Arbeiter, an dem sie arbeitete, war langweilig und staubtrocken, und die Hitze machte es noch schwerer, sich zu konzentrieren.

Als Arnold Pope in ihr Büro stürmte, nahm Tracy gerade einen Schluck aus dem Becher mit Cola-Light, den sie mehr wegen des Eises als wegen des Getränks selbst gekauft hatte. Popes Gesicht war zorngerötet, und er funkelte Tracy an. Mit seinem flachen Kopf und den breiten Kiefern erinnerte er sie an eine tollwütige Bulldogge.

»Haben Sie mit einer Frau namens Bricker über mich gesprochen?« brüllte Pope sie an.

Tracy war durch diesen plötzlichen Angriff erschrocken, aber es gelang ihr, dies nicht zu zeigen.
»Ich finde es nicht angenehm, wenn Sie mich anschreien, Richter Pope«, entgegnete sie mit fester Stimme, als sie aufstand, um dem Richter entgegenzutreten.
»Und ich finde es nicht angenehm, wenn eine Assistentin hinter meinem Rücken über mich spricht, junge Dame.«
»Was soll das heißen?« wollte Tracy wissen und bemühte sich, ihre Stimme ruhig klingen zu lassen.
»Ich hatte gerade Besuch von der Polizistin Bricker aus Salem. Sie behauptete, jemand beschuldige mich, in der Bibliothek einen Annäherungsversuch bei Laura Rizzatti gemacht zu haben. Sie sagte mir nicht, wer das gewesen ist, doch es waren ja nur wir drei in der Bibliothek. Glauben Sie wirklich, ich würde nicht darauf kommen, wer mir da etwas anhängen will?«
»Ich habe Heidi Bricker nur gesagt, was ich gesehen habe.«
»Sie haben nie einen Annäherungsversuch von mir bei Laura Rizzatti gesehen, weil der nicht stattgefunden hat. Und jetzt werden Sie Bricker anrufen und sagen, daß Sie gelogen haben.«
»Ich lüge nicht«, gab Tracy wütend zurück.
»Hören Sie, junge Dame, Sie stehen am Beginn Ihrer Karriere. Sie wollen sich doch keine Feinde machen? Entweder Sie rufen jetzt die Polizistin an, oder ...«
»Stimmt etwas nicht?« fragte Richter Griffen von der Tür her. Er trug ein kurzärmliges weißes Hemd. Der oberste Knopf stand offen, und die rot-gelb gemusterte Krawatte war gelockert. Sein Haar war durch die Hitze schweißnaß und fiel ihm in die Stirn. Auf diese Entfernung konnte man ihn fälschlicherweise für einen der Assistenten halten.
Pope fuhr herum. »Das geht nur Miß Cavanaugh und mich etwas an«, meinte er.

»So? Ich dachte, ich hätte gehört, wie Sie sie angeschrien haben.«
»Mir ist egal, was Sie denken, Griffen. Ich werde nicht ruhig dasitzen, während dieses Mädchen hier hinter meinem Rükken falsche Anschuldigungen in die Welt setzt.«
»Beruhigen Sie sich, Arnold. Was immer auch zwischen Ihnen und Miß Cavanaugh vorgefallen ist, das ist keine Art, damit umzugehen. Alle Assistenten können hören, wie Sie hier rumbrüllen.«
Pope hob die Schultern. Es schien, als wolle er etwas zu Griffen sagen, dann änderte er seine Absicht und wendete sich wieder Tracy zu.
»Ich erwarte, daß Sie dort anrufen. Danach erwarte ich Ihre Entschuldigung.«
Pope drängte sich an Griffen vorbei und stürmte dann den Flur hinunter aus dem Aufenthaltsraum der Assistenten hinaus. Kaum war die Tür ins Schloß gefallen, fragte Griffen: »Alles in Ordnung?«
Tracy nickte. Sie befürchtete, daß der Richter ihre Angst bemerken würde, wenn sie nur ein Wort sagte.
»Was war denn los?«
Tracy zögerte.
»Bitte«, hakte Griffen nach. »Ich möchte Ihnen helfen.«
»Ich habe der Polizei etwas gesagt. Etwas über Richter Pope und Laura. Deshalb war er so aufgebracht.«
»Was war zwischen den beiden?«
»Ich hätte es nicht erwähnen sollen. Es sind nicht mehr als Vermutungen. Vielleicht war es falsch, gleich der Polizei davon zu erzählen.«
»Tracy, es tut mir sehr leid, was mit Laura passiert ist. Wenn Sie etwas wissen, dann müssen Sie es mir sagen.«
Tracy zögerte und war sich nicht sicher, ob sie fortfahren sollte.

»Was ist es, Tracy?«
»Ich glaube, Richter Pope hat Laura belästigt.«
»Auf welche Art?«
»Sexuell. Ich ... Es gab da einen Zwischenfall in der Bibliothek. Ich konnte nicht hören, was gesprochen wurde, aber es sah nach einem Annäherungsversuch von ihm aus. Als ich Laura fragte, was los gewesen sei, rückte sie nicht damit heraus und beschwerte sich auch nicht über ihn, aber sie war sehr verstört. In der letzten Zeit war Laura häufig verstört. Sie sah aus, als ob sie wenig schlafen würde, und war sehr schreckhaft.«
»Und Sie glauben, das kam, weil Arnold ihr nachstellte?«
»Das weiß ich nicht.«
Griffen dachte darüber nach, was Tracy ihm gesagt hatte. Dann schloß er die Bürotür und setzte sich hin.
»Ich werde Ihnen jetzt im Vertrauen etwas sagen. Sie müssen mir aber versprechen, nie mit jemandem darüber zu sprechen.«
»Selbstverständlich.«
»Wir haben mit Arnold Pope Ärger, seit er an das Gericht berufen wurde. Richter Kamsky war hoch angesehen. Er war nicht nur brillant, er war überaus einfühlsam. Ich kann Ihnen nicht sagen, wie oft er mit seiner Einsicht die Richter aus einer Sackgasse herausgeführt hat.
Als Kamsky bei der Wahl gegen Pope unterlag, waren wir am Boden zerstört. Kamsky war nicht nur einer der besten Richter am Gericht, sondern auch unser aller guter Freund. Trotzdem versuchten wir Pope als Kollegen zu akzeptieren. Wir haben uns krummgelegt, um ihn gerecht zu behandeln. Doch der Mann erwies sich als eine Katastrophe. Und eins der schlimmsten Probleme, die wir hatten, war sein Verhältnis zu Frauen.
Nachdem wir Beschwerden von einer Sekretärin und einer

Assistentin erhalten hatten, führte Stuart ein langes Gespräch mit ihm über diese Angelegenheit. Wir haben alle gehofft, er hätte seine Lektion gelernt, aber anscheinend ist das nicht der Fall.«

»Was werden Sie unternehmen?«

»Ich werde die Sache, die Sie mir erzählt haben, mit Stuart besprechen, aber ich denke, daß wir nicht viel tun können. Sie sind unsere einzige Zeugin, und Sie können nicht einmal sagen, was genau passiert ist. Aber es hilft uns schon, wenn wir wissen, daß es da immer noch Probleme gibt.

Ich hoffe, Sie verstehen, warum Sie nicht darüber sprechen sollen. Das Ansehen des Gerichts ist sehr wichtig. Die Menschen müssen daran glauben, daß ihnen Gerechtigkeit widerfährt, wenn wir entscheiden. Die öffentliche Anerkennung unserer Entscheidungen stellt die Autorität der Gesetze her. Jeder Skandal schadet dem Ansehen dessen, was wir tun.«

»Ich habe es aber schon der Polizei gesagt.«

»Natürlich, das mußten Sie auch. Und ich danke Ihnen für Ihre Offenheit mir gegenüber.«

Jetzt war es an Griffen zu schweigen. Er schien sich irgendwie unbehaglich zu fühlen.

Dann aber fragte er: »Sie waren mit Laura befreundet, stimmt's?«

»Ich hätte es gern so gesehen, aber Laura war zu stark, als daß sie jemanden an sich heranließ.«

»Ach so?« meinte Griffen erstaunt. »Ich hatte den Eindruck, Sie beide wären eng befreundet.«

»Nicht wirklich. Wir waren die einzigen weiblichen Assistenten, also fanden wir irgendwie zueinander, doch Laura schloß nicht schnell Freundschaft. Sie hat mich einige Male in meiner Wohnung zum Essen besucht, und ich war auch einmal bei ihr, doch sie hat sich mir nie anvertraut.«

Tracy hielt inne und erinnerte sich an Lauras letzte Nachricht.

»Ich glaube, in jener Nacht wollte sie es doch. Ich denke, sie hat verzweifelt nach einem Freund gesucht. Ich wünschte ...«

Tracy versank in Gedanken. Griffen beugte sich vor.

»Alice Sherzer hat mir von dem Anruf erzählt. Machen Sie sich keine Vorwürfe. Sie hätten nichts ändern können.«

»Das weiß ich, doch deshalb fühle ich mich nicht besser.«

»Es war schwer, Bekanntschaft mit Laura zu schließen. Ich versuche immer, meine Assistenten näher kennenzulernen. Wir gehen während des Jahres ein paarmal zusammen fischen und wandern. Wissen Sie, etwas unternehmen, das nichts mit der Juristerei oder dem Gericht zu tun hat. Laura hatte immer eine Ausrede. Ich habe versucht, sie näher kennenzulernen, aber unsere Beziehung blieb immer rein beruflich. Und trotzdem, auch ich hatte in der letzten Zeit den Eindruck, daß sie etwas bedrückte. Es sah ein paarmal so aus, als sei sie kurz davor, sich mir anzuvertrauen, doch dann zog sie sich wieder zurück. Als ich hörte, daß sie ermordet worden ist, ich weiß nicht, ich hatte das Gefühl, irgendwie bei ihr versagt zu haben. Ich hatte gehofft, sie hätte Ihnen erzählt, was sie bedrückte.«

»Sie sollten Ihren eigenen Rat befolgen. Wenn ich mir keine Vorwürfe machen darf, wieso fühlen Sie sich dann schuldig?«

Griffen lächelte. Er fühlte sich müde.

»Es ist immer einfacher, Ratschläge zu erteilen, als welche zu befolgen. Ich habe Laura gemocht. Sie schien etwas Besonderes zu sein. Ich hätte mir gewünscht, daß sie mir mehr vertraut hätte. Vielleicht, wenn sie mir gesagt hätte, was sie bedrückt, hätte ich ihr helfen können.«

»Sie hat Ihnen vertraut, Richter. Sie war Ihre größte Bewunderin. Sie hat zu Ihnen aufgeblickt.«

»Schön, das zu wissen.«
Richter Griffen stand auf. Bevor er ging, sagte er noch: »Sie sollten wissen, daß Sie einen hervorragenden Ruf bei den Richtern genießen. Sie sind nicht nur der beste Assistent, den wir in diesem Jahr haben, sondern auch einer der besten Juristen, mit dem ich, seit ich hier am Gericht bin, gearbeitet habe. Ich bin sicher, Sie werden eine hervorragende Anwältin abgeben.«
Tracy wurde rot.
»Danke, daß Sie sich mir anvertraut haben«, fuhr Griffen fort. »Ich weiß, daß es schwer für Sie war. Wenn ich irgend etwas für Sie tun kann, würde es mich freuen, wenn Sie mich als Freund betrachten würden.«

2

Raoul Otero trug einen maßgeschneiderten grauen Anzug mit einem dünnen blauen Nadelstreifen, ein weißes Seidenhemd und eine gelb-blaue Krawatte von Hermès. In dem düsteren Licht der Casa Marie konnte man ihn leicht für einen Manager halten, doch bei genauerem Hinsehen hätte man sein pockennarbiges Gesicht und die argwöhnischen Augen eines Kindes aus den verkommensten Slums von Mexiko City bemerkt.
»Für einen Toten siehst du aber gut aus, Amigo«, meinte Otero und legte seinen Arm um Charlie Deems. Otero hatte zugenommen, doch Deems konnte immer noch die Muskeln spüren, als ihn der große Mann an sich drückte.
»Ich fühle mich auch gut«, gab Deems zurück, als ihn Otero losließ.
»Du kennst Bobby Cruz?« fragte Otero. Ein hagerer Mann

mit bläßlichem Aussehen und einem bleistiftdünnen Schnurrbart saß still in der Mitte der Nische. Als Otero Deems begrüßt hatte, war er sitzen geblieben, doch seine bleichen Augen hatten sich nie von Charlie abgewandt.
»Sicher kenne ich Bobby«, gab Deems zurück. Keiner von beiden schien sonderlich begeistert, den anderen zu sehen. Cruz trug ein weißes Hemd mit offenem Kragen und ein Sportjackett. Deems wußte, daß Cruz eine Waffe trug, doch machte er sich wegen Oteros Leibwächter keine Sorgen.
»Nun«, sagte Otero und glitt in die Nische zurück, »wie fühlt man sich, wenn man wieder draußen ist?«
»Besser, als wenn man drin ist«, knurrte Deems. Otero lachte.
»Das gefällt mir an dir, Amigo. Du hast Sinn für Humor. Die meisten Jungs kommen raus und sind verbittert. Du machst deine Witze.«
Deems zuckte mit den Schultern.
»Wir haben schon gegessen«, erklärte Otero und machte eine entschuldigende Geste in Richtung der Überbleibsel seines Essens. »Willst du ein Bier, Kaffee?«
»Ist schon gut, Raoul. Ich will sowieso gleich zum Geschäft kommen. Ich habe fünfzehn und möchte ein Kilo.«
Otero fühlte sich unbehaglich. »Da gibt es ein Problem, Charlie.«
»So. Der Preis ist es wohl nicht?«
»Der Preis ist in Ordnung, doch ich kann im Moment keine Geschäfte mit dir machen.«
»Ich weiß, ein Kilo ist nicht viel, Raoul, doch das ist nur der Anfang. Bald werde ich an das große Geld kommen, jetzt brauche ich nur das eine Kilo, um wieder Fuß zu fassen.«
»Es geht nicht.«
Deems legte den Kopf zur Seite und musterte Otero.

»Früher war dir mein Geld immer willkommen. Wo liegt das Problem?«
»Du bist ein heißes Eisen. Wenn du anfängst, Stoff zu verkaufen, werden sofort die Bullen über dich herfallen und über jeden, der mit dir gesehen worden ist. Es gibt immer noch viele Leute, die wie wild hinter dir her sind, weil du das Kind ausgeknipst hast. Da hat es Ärger gegeben. Wir konnten drei Monate keinen Stoff unter die Leute bringen. Das Geschäft lag am Boden. Ich wünschte, du hättest mit mir darüber gesprochen, bevor du es getan hast, Amigo.«
»He«, wollte Deems wissen, »was hätte ich tun sollen? Mich der Gegenüberstellung stellen und hoffen, daß der brave Bürger mich nicht identifiziert? Der Arsch hätte sich um seine Angelegenheiten kümmern sollen.«
Otero schüttelte den Kopf. »Wenn du zu mir gekommen wärst, hätte ich die Sache bereinigen können. Das kleine Mädchen umzubringen war schlecht für das Geschäft, Charlie.«
Deems beugte sich über den Tisch. Cruz spannte die Muskeln. Deems ignorierte Cruz und schaute Otero direkt in die Augen.
»War es schlecht fürs Geschäft, als ich mich um Harold Shoe gekümmert habe?« fragte er. »War es schlecht fürs Geschäft, als ich den Bullen nicht den Namen der Person nannte, die meinte, es sei ganz nett, daß jemand ein paar überflüssige chirurgische Eingriffe am Mr. Shoe vornahm, als er noch lebte?«
Otero hob die Hand. »Ich habe nie gesagt, man könne sich nicht auf dich verlassen, Charlie. Das hier ist aber Geschäft. Ich wette, daß die Bullen an deinen Fersen sind, seit du raus bist. Jedes Geschäft, das wir beide machen, erscheint bestimmt auf einem Videoband. Die Dinge gehen inzwischen wieder ihren gewohnten Gang, und ich will, daß es so bleibt.«
Charlie lächelte kalt und schüttelte den Kopf.

»Rede keinen Scheißdreck, Raoul. Du stehst in meiner Schuld.«

Otero wurde rot. »Ich bemühe mich, es ganz höflich zu sagen, Charlie, denn ich will dir nichts Böses, klar? Ich werde mit dir keine Geschäfte machen. Es ist zu riskant. Vielleicht später einmal, wenn sich alles beruhigt hat, aber nicht jetzt. Deutlicher kann ich es nicht sagen.«

»Vielleicht ist es noch schlechter fürs Geschäft, wenn du dich mit mir anlegst.«

»Was soll das heißen?«

»Du bist ein cleveres Kerlchen. Find es heraus!« Charlie stand auf. »Schon bald werde ich in der Lage sein, wesentlich mehr zu bewegen als ein Kilo. Wenn es soweit ist, werde ich wiederkommen. Bis dann hast du Zeit, darüber nachzudenken, wie intelligent es ist, einen Typen fallenzulassen, der sich in die Todeszelle gesetzt hat, anstatt deinen fetten Arsch gegen ein Lebenslänglich einzutauschen. So jemand hat keine Angst vor dem Tod, Raoul. Und wie steht's mit dir?«

Cruz wollte seine rechte Hand unter dem Tisch vorziehen, doch Otero legte seine Hand auf dessen Arm.

»Ich werde darüber nachdenken, Amigo.«

»Es ist immer besser, erst einmal nachzudenken, als überstürzt zu handeln, Raoul. Wir sehen uns.«

Deems verließ das Restaurant.

»Charlie Deems läuft schon zu lange auf dieser Erde herum, Raoul«, sagte Cruz auf spanisch zu Otero, während er immer noch den Eingang des Lokals im Auge behielt.

»Charlie hat sich nur aufgeregt«, gab Raoul in einem Ton zurück, der zeigte, daß er sich dessen nicht sicher war. »So ist er nun mal. Wenn er sich beruhigt hat, wird er genau das machen, was er mir empfohlen hat. Er wird nachdenken und dann die Dinge so sehen wie ich.«

»Ich weiß nich'. Charlie ist nich' wie die anderen. Er denkt

nich' wie andere. In seinem Kopf stimmt etwas nicht. Besser, ich puste ihn aus, Raoul. Dann gehen wir kein Risiko ein.«
Otero war unschlüssig. Leute umzubringen war schlecht fürs Geschäft, aber Bobby Cruz hatte recht, wenn er sagte, daß Charlie Deems nicht mit normalen Maßstäben zu messen war. Charlie Deems war anders als alle anderen Kerle, die Raoul Otero über den Weg gelaufen waren, und er hatte schon eine Reihe übler Hombres getroffen.

Charlie Deems saß in seinem Wagen, der hinter dem Restaurant geparkt war. Wut durchströmte ihn wie eine rote Flut. Die Wut hatte ein Ziel: Raoul, den er nicht verpfiffen hatte und dafür in die Todeszelle gegangen war und der ihn jetzt im Stich ließ. Aber sie richtete sich auch gegen Abigail Griffen, diese Hure, die für all seine Schwierigkeiten verantwortlich war. Wenn sie aus seiner Verurteilung keinen persönlichen Kreuzzug gemacht hätte, hätte er nicht fast zwei Jahre seines Lebens verloren.
Charlie ließ seiner Phantasie freien Lauf. In seiner Vorstellung schoß er Raoul in den Bauch, lehnte sich dann mit einem Bier in einem Sessel zurück und genoß, wie der Mexikaner langsam unter schrecklichen Schmerzen starb. Seine Phantasien in bezug auf Abigail Griffen waren ganz anderer Natur.

3

Carusos Restaurant hatte nicht das beste italienische Essen in Portland und auch keine besondere Atmosphäre, doch es herrschte dort gedämpftes Licht, es gab steife Drinks, und man hatte seine Ruhe, genau das, was Abigail Griffen brauchte, um über ihren Scheißkerl von einem Ehemann

nachzudenken, der ihr im Kopf herumspukte, da sie gerade einen zweistündigen Termin bei ihrem Scheidungsanwalt hinter sich gebracht hatte.
Mit dreiunddreißig war Abbie der Ansicht, eigentlich alt genug zu sein, um einiges über das Leben zu wissen, aber wenn es um Liebe ging, dann war sie kaum in der Lage, einen klaren Gedanken zu fassen. Als sie drei Jahre alt gewesen war, waren ihre Eltern bei einem Autounfall ums Leben gekommen, und sie wuchs in dem Glauben auf, ihr würde diese bestimmte Art von Liebe, die Kinder von ihren Eltern erhielten, fehlen.
Abbie hatte Angst, Beziehungen zu Männern einzugehen, denn sie hatte Angst, daß die Liebe, die sie mit ihnen verband, verschwinden würde, so wie ihr die Liebe ihrer Eltern genommen worden war. Erst in ihrem zweiten Studienjahr an der Universität von Wisconsin verliebte sie sich zum ersten Mal.
Abbie nahm einen Schluck aus ihrem Weinglas und dachte an Larry Ross. Das war ein sicheres Zeichen dafür, daß sie sich am Rande einer schweren Depression befand. Als sie Robert geheiratet hatte, war Abbie glücklich darüber gewesen, daß Larry aus ihren Gedanken verschwand, doch als ihre Ehe den Bach hinunterging, kam die Erinnerung mit steigender Intensität wieder zurück.
Der Alkohol, den sie seit ihrer Ankunft in Carusos Restaurant getrunken hatte, benebelte sie. Sie versuchte sich zu erinnern, wie Larry ausgesehen hatte, doch sein Bild war verschwommen und nicht greifbar. Was wäre, wenn die Erinnerung an Larry endgültig verschwinden würde?
Larry Ross war ein ruhiger, beherrschter Medizinstudent im vorklinischen Semester und ein Jahr lang Abbies guter Freund, bevor er ihr erster Liebhaber wurde. Als Larry sein Studium in New York an der medizinischen Abteilung der

Columbia University aufnahm, bewarb sich Abbie an jeder juristischen Fakultät in annehmbarer Entfernung von New York. Sie beide hatten das Gefühl, für immer und ewig zusammenzugehören. Sie erhielt einen Studienplatz an der Universität von New York genau eine Woche, bevor Larry bei einer Messerstecherei tödlich verletzt wurde. Abbie floh nach Hause zu der Tante, bei der sie aufgewachsen war.

Nach Larrys Tod ging Abbie jedem Mann aus dem Weg, der versuchte, eine Beziehung zu ihr zu knüpfen, denn sie war überzeugt davon, den Verlust einer weiteren Liebe nicht mehr überwinden zu können. Schließlich traf sie Robert Griffen, der sie in sich verliebt machte und sie dann betrog.

Nachdem sie sich in einer Nische im hinteren Teil des Restaurants niedergelassen hatte, hatte Abbie schnell hintereinander einige Jack Daniels hinuntergekippt. Sie hatte eine Flasche Chianti und die Portion Linguine con Vongole schon fast hinter sich gebracht, als Tony Rose in den Lichtschein der kleinen Lampe über der Nische trat.

Tony war ein Polizist, der bei ein paar von Abbies Prozessen als Zeuge ausgesagt hatte, als sie noch in der Rauschgiftabteilung gewesen war. Er sah nett aus, war gut gebaut und hatte den Hormonspiegel eines Teenagers. Nach zwei Fällen war Abbie dazu übergegangen, ihn nur noch in Anwesenheit einer dritten Person auf seine Zeugenaussagen vorzubereiten. Eine gute Aussage zurechtzuzimmern, während man sich eines geilen Polizisten erwehren mußte, war zu anstrengend.

»Hallo«, begrüßte Rose sie mit einem strahlenden Lächeln. »Ich habe mir schon gedacht, daß Sie das sind.«

Der Alkohol hatte Abbies Reaktionsvermögen eingeschläfert, und Rose saß ihr schon gegenüber, bevor sie ihm noch sagen konnte, er solle sich verziehen.

»Wie geht's?« fragte Rose fröhlich.

»Nicht besonders, Tony.«
»Was ist das Problem?« wollte Rose mit gespielter Anteilnahme wissen.
»Mein Scheißkerl von einem Ehemann, der Ehrenwerte Robert Hunter Griffen«, gab Abbie mit einer Offenheit zurück, die sie nie an den Tag gelegt hätte, wenn sie nüchtern gewesen wäre.
»He, das stimmt. Habe ich glatt vergessen. Sie sind ja mit einem Richter des Supreme Courts verheiratet, stimmt's?«
»Nicht mehr lange.«
»So?«
»Ich habe das Arschloch verlassen«, erklärte Abbie mit schwerer Zunge. Rose bemerkte die fast leere Chiantiflasche und die schmelzenden Eiswürfel in Abbies letztem Glas Jack Daniels. Im Zubettbringen von angetrunkenen Frauen war Tony Rose ein Profi, und er war sich sicher, daß Abbies Hemmungen sich zu diesem Zeitpunkt schon lange verabschiedet hatten.
»He! War Griffen nicht der Richter, der Charlie Deems rausgelassen hat?«
»Genau der. Wenn Deems wieder jemanden umbringt, dann können sie sich bei dem guten alten Robert bedanken. Ich sage Ihnen noch etwas: Ich glaube, er hat das Urteil nur aufgehoben, um mir eins auszuwischen. Vielleicht tut uns Deems das nächstemal den Gefallen und befördert das Arschloch und schon bald mein Exmann ins Jenseits.«
Abbie griff nach ihrem Weinglas und stieß es um. Ein Bach von rubinrotem Chianti floß über die Tischkante. Abbie versuchte auszuweichen, doch sie war zu langsam.
»Verdammt, Scheiße!« fluchte sie und wischte ihren Schoß mit einer Serviette ab.
»Alles in Ordnung?«
»Nein, Tony. Ich bin am Arsch«, gab Abbie aufgebracht

zurück. »Hören Sie, ich wollte gerade gehen. Soll ich Sie nach Hause fahren? Ich habe meinen Wagen dabei.«
»Sie machen wohl Scherze«, lachte Rose. »Wenn ich Sie heute nacht hinter dem Steuer sehen würde, müßte ich Sie festnehmen.«
Abbie sank auf einer trockenen Stelle der Bank in der Nische zusammen und legte den Kopf zurück.
»Was für ein toller Abschluß für einen beschissenen Tag.«
»Lassen Sie Ihren Wagen stehen und nehmen Sie morgen früh ein Taxi. Gehen wir. Ich bezahle die Rechnung, und Sie geben es mir zurück.«
Abbie war zu müde, um zu widersprechen, und zu betrunken, um sich Gedanken zu machen. Im Auto ließ sie sich in den Arm nehmen.
»Was?« murmelte Abbie.
»Ich sagte, paß auf deinen Kopf auf.«
Abbie öffnete ihre Augen. Sie blickte auf Tony Roses Brust und hatte keine Ahnung, wo sie war. Dann rückte Rose zur Seite, und sie konnte ihre Haustür durch das Wagenfenster sehen.
»Auf jetzt«, sagte Rose und half ihr aus dem Wagen. Abbie stand schwankend da. Rose legte den Arm um ihre Taille. Abbie versuchte sich gerade hinzustellen. In ihrem Kopf drehte sich alles, und sie sah alles nur noch verschwommen. Dann lehnte sie sich wieder an Roses Schulter. Er lächelte.
»Immer mit der Ruhe. Wir haben's fast geschafft. Wo ist der Hausschlüssel?«
Abbie wurde bewußt, daß sie ihre Handtasche in der Hand hielt. Sie fummelte an dem Verschluß herum und brachte sie schließlich auf, doch verfehlte sie das Schlüsselloch beim ersten Versuch.
»Gib her«, meinte Rose und nahm den Schlüssel.
Rose half Abbie ins Haus und schaltete das Licht ein. Abbie

schloß gegen die Helligkeit die Augen und lehnte sich an die Wand. Sie hörte, wie die Tür sich schloß, und fühlte, daß Rose neben ihr war. Als nächstes fühlte sie seine Lippen. Sein Atem roch nach Pfefferminz. Sein Kuß war zärtlich, auch seine Berührung, als er den Arm um sie legte.

»Was machst du da?« wollte sie wissen.

»Was du von mir erwartest«, antwortete Rose vertraulich.

»Nicht«, protestierte Abbie und drückte Rose weg. Der kräftige Arm des Polizisten zog sie enger an ihn, und sie wurde gegen seine Brust gepreßt. Abbie wehrte sich gegen Roses Griff, doch er war ziemlich stark. Sie spürte seine Hände an ihrem Hintern. Angst durchzuckte sie und lichtete den Alkoholnebel. Sie wandte den Kopf ab, und Rose preßte seine Lippen auf ihren Hals, während seine rechte Hand unter ihren Rock griff. Abbie drehte sich, bis sie Roses Ohr zwischen ihren Zähnen hatte, dann biß sie fest zu.

»He!« schrie Rose auf, sprang zurück und griff mit der Hand an sein Ohr.

Abbie schlug Rose, so fest sie nur konnte. Der Polizist blickte überrascht drein.

»Was ist mit dir los?« fragte er erstaunt.

»Hau ab, du Scheißkerl!« brüllte Abbie.

»Was soll das? Ich habe nur versucht, dir zu helfen.«

»Und was sollte das gerade sein?«

»Sieh mal, ich dachte ...«

»Du dachtest, ich gehe mit dir ins Bett, weil ich ziemlich fertig bin.«

»Nein, so ist das nicht. Du hast den Eindruck gemacht, du könntest einen Freund brauchen.«

»Und was du da gemacht hast? Das soll Freundschaft sein?«

»He«, meinte Rose erbost, »als ich dich geküßt habe, bist du nicht gerade in Ohnmacht gefallen.«

»Du Scheißkerl. Ich bin betrunken.«

»Mein Gott, was bist du für eine kalte Schnepfe.«
»Hör mit dem Scheiß auf, Tony. Du wolltest mich ins Bett kriegen. Nun, das hat nicht geklappt.«
Rose sah aus wie ein beleidigter Schuljunge.
»Es könnte klappen«, gab er zurück. »Ich meine, wir haben es falsch angefangen, aber das war nicht mein Fehler. Du warst doch diejenige, die eindeutige Zeichen gegeben hat.«
»Tony, hast du nicht zugehört ...«, begann Abbie. Dann brach sie ab. Was geschehen war, war nicht zu ändern. Sie wollte nur noch, daß Rose ging.
»Hör zu, Tony, hier liegt ein großer Irrtum vor. Vergessen wir die Geschichte einfach. In Ordnung?«
Rose nahm die Hand von seinem Ohr. Sie war voller Blut.
»Mein Gott«, stöhnte er. »Du hast mich ernstlich verletzt.«
»Tut mir leid«, erklärte Abbie, zu erschöpft, um weiterhin wütend zu sein. »Gehst du jetzt bitte? Ich möchte ins Bett.«
»Ich glaube, du bist wirklich so frigide, wie alle behaupten«, stieß er hervor, um das letzte Wort zu behalten. Abbie ließ ihn sein Gesicht wahren. Das war es wert, wenn sie ihn damit aus dem Haus bekam. Er warf die Tür hinter sich zu, und sie verschloß sie sofort. Rose ließ den Motor seines Wagens an, und sie hörte, wie er davonfuhr.
Abbie drehte sich von der Tür weg und sah sich im Flurspiegel. Ihr Lippenstift war verschmiert, und ihr Haar sah aus, als ob sie eine Dauerwelle in der Waschmaschine hätte machen lassen.
»Mein Gott«, murmelte Abbie. Sie stellte sich vor, sie würde so vor Gericht erscheinen. Sie begann zu lachen. Das wäre etwas. Ihr Lachen wurde lauter, und sie konnte nicht mehr aufhören. Was war sie nur für ein Trottel? Wie konnte sie nur zulassen, in eine solche Situation zu geraten?
Abbie sank auf den Teppich. Als sie aufhörte zu lachen, brach die Verzweiflung über sie herein. Sie lehnte sich gegen

die Wand und begann zu weinen. Es war Roberts Schuld, daß sie zusammenbrach. Sie hatte ihn von ganzem Herzen geliebt, und er hatte sie betrogen. Sie haßte ihn mehr, als sie es sich jemals hätte vorstellen können.
Abbie schloß die Augen. Sie war so müde. Als sie wegdämmerte, fuhr sie wieder auf und kam unsicher auf die Beine. Sie wollte schlafen, aber nicht hier auf dem Boden im Flur.
Abbies Schlafzimmer befand sich am Ende des kurzen Flurs. Sie stolperte hinein. Die Jalousien des Fensters waren offen, und der Garten sah aus wie ein Stilleben schwarz in schwarz. Das einzige Licht kam aus dem Fenster des Nachbarhauses. Abbie tastete nach dem Lichtschalter. In dem Moment, bevor das Schlafzimmerlicht anging, trat ein Schatten in den Lichtschein vom Fenster des Nachbarhauses. Abbie stand wie versteinert. Jemand war im Garten. Sie machte das Licht wieder aus, damit sie draußen etwas erkennen konnte, doch das Schlafzimmerlicht hatte sie geblendet. Abbie preßte ihr Gesicht gegen die Fensterscheibe, um soviel vom Garten wie möglich überblicken zu können. Es war niemand da. Sie mußte sich getäuscht haben. Sie sank aufs Bett und schloß die Augen. An dem Türknopf der Küchentür wurde gerüttelt. Abbie riß die Augen auf. Sie richtete sich auf, um zu lauschen, doch ihr Herz schlug laut in ihren Ohren.
Über die Jahre hinweg hatte Abbie eine Reihe von Drohungen von Leuten zu hören bekommen, die sie verurteilt hatte. Einige davon hatte sie ernst genug genommen, um zu lernen, wie man mit einer halbautomatischen Beretta 9 mm umging, die sie in ihrem Nachttisch verwahrte. Abbie nahm die Waffe heraus. Dann zog sie die Schuhe aus und ging auf Strümpfen den dunklen Flur hinunter zur Küche. Abbie hörte, wie erneut an dem Türknopf gerüttelt wurde. Jemand versuchte, einzubrechen. War das Rose? Hatte er den Wagen abgestellt und war zu Fuß zurückgekommen?

Abbie bückte sich und blickte in die dunkle Küche. Draußen auf der kleinen Veranda vor der Küche befand sich ein Mann und beugte sich über das Schloß der Hintertür. Da er eine Skimaske trug, konnte Abbie sein Gesicht nicht erkennen. Ohne nachzudenken rannte sie zur Tür, hob die Waffe und rief: »Keine Bewegung«, wobei sie den Lauf gegen die Scheibe preßte. Eine Sekunde lang bewegte sich der Mann nicht. Dann richtete er sich sehr langsam auf und hob seine Arme, bis sie wie die Schwingen eines riesigen Vogels waagrecht vom Körper abstanden. Der Mann war von Kopf bis Fuß schwarz gekleidet und trug schwarze Handschuhe, doch Abbie hatte das merkwürdige Gefühl, ihn zu kennen. Ihre Blicke begegneten sich durch die Glasscheibe hindurch. Einen Moment lang bewegte sich keiner von ihnen. Der Mann trat einen Schritt zurück, dann einen weiteren. Dann drehte er sich langsam um, rannte durch den Garten, sprang über den Zaun und verschwand.

Abbie kam nicht in den Sinn, ihn zu verfolgen. Sie war einfach froh, daß er weg war. Das Adrenalin in ihrem Körper verflüchtigte sich, und sie begann zu zittern. Sie setzte sich auf einen der Küchenstühle und legte die Beretta auf den Tisch. Plötzlich bemerkte sie, daß die Waffe noch gesichert war. Einen Moment lang wurde ihr schlecht, dann war sie erlöst, daß sie sich in Sicherheit befand.

Abbie überlegte, ob sie den versuchten Einbruch melden sollte, entschied sich aber dagegen. Sie war so müde, daß sie einfach schlafen wollte, und außerdem konnte sie den Mann auch nicht beschreiben. Wenn sie die Polizei anrufen würde, würde das die ganze Nacht kosten. Und schlimmer noch, sie würde den Beamten von der Sache mit Tony Rose erzählen müssen, selbst wenn sie sich sicher war, daß er nicht der Eindringling war, und das kam schon gar nicht in Frage.

Abbie ruhte sich noch ein paar Augenblicke aus und

schleppte sich dann, nachdem sie sich versichert hatte, daß alle Türen und Fenster verschlossen waren, ins Schlafzimmer. Sie legte die Beretta auf den Nachttisch und zog ihre Kleider aus. Sie war sich sicher, aufgrund ihrer Erschöpfung sofort einzuschlafen, doch jedes Geräusch war ein neuer Tropfen im Fluß ihrer überstrapazierten Phantasie, und so schlief sie erst eine Stunde vor Tagesanbruch ein.

Teil 3

Der Zauberlehrling

Kapitel Sechs

Die allgegenwärtige Leder-, Glas- und Stahlausstattung der großen Anwaltskanzleien war in Matthew Reynolds' Empfangsbereich nicht zu finden. Die handgestrickte Decke, die über der Rückenlehne des Landhaussofas lag, die Tiffanylampen und die tiefen, alten Armsessel übten einen beruhigenden Effekt aus, der sowohl von Mandanten, die sich einer Verurteilung gegenübersahen, als auch von einer nervösen jungen Dame, die auf ein Vorstellungsgespräch wartete, in gleicher Weise angenehm empfunden wurde.

Meisterhafte Schwarzweißfotografien von zerklüfteten Berggipfeln, einsamen Seen und schattigen Waldwegen zierten die Wände. Ein Bild erweckte Tracys Aufmerksamkeit in besonders hohem Maße. Eine Damhirschkuh und ihr Kitz standen auf einer Lichtung und ästen an einem Busch, wobei sie sich der Gegenwart des Fotografen offenbar nicht bewußt waren. Ein breiter Sonnenstrahl fiel durch die Bäume und badete den Busch in Licht. Das Bild strahlte eine ruhige, fast religiöse Stimmung aus, die Tracy tief beeindruckte. Sie dachte immer noch an das Foto, als die Empfangsdame sie einen Korridor hinunterführte, an dessen Wänden noch mehr herausragende Landschaftsfotografien hingen.

»Die hat Mr. Reynolds aufgenommen«, erklärte die Dame Tracy stolz, als sie zur Seite trat, um sie in Matthew Reynolds' Büro eintreten zu lassen.
»Sie sind phantastisch«, gab Tracy tief beeindruckt vom Einsatz des Lichts und den ungewöhnlichen Perspektiven zurück. »Hat Mr. Reynolds sie jemals schon zu einer Ausstellung gegeben?«
»Nicht, daß ich wüßte«, antwortete die Empfangsdame mit einem Lächeln. »Setzen Sie sich doch. Mr. Reynolds wird gleich kommen.«
Die Empfangsdame ließ Tracy in dem großen Eckzimmer allein. Gesetzestexte und juristische Veröffentlichungen lagen in hohen Stapeln auf dem Eichenschreibtisch, der das Zimmer beherrschte. Zwei hochlehnige dunkle Lederstühle für Besucher standen vor dem Schreibtisch. Durch die Fenster konnte Tracy Teile von Blumenbeeten und einen sorgfältig gepflegten Rasen sehen.
Tracy schlenderte zur nächstgelegenen Wand, an der sich Erinnerungsstücke von Reynolds' Prozessen befanden. Es gab gerahmte Zeitungsartikel und Originalskizzen von Gerichtsszenen, die in den Zeitungen überall im Land abgedruckt worden waren. Tracy blieb vor einem Rahmen stehen, in dem sich das Deckblatt eines Urteils des Obersten Gerichtshofs der Vereinigten Staaten befand. Über dem Deckblatt, in einer kleinen Vertiefung, befand sich ein weißer Federkiel.
»Diese Federkiele werden extra für dieses Gericht angefertigt«, erklärte Matthew Reynolds von der Tür her. »Wenn Sie jemals dort plädieren, dann werden Sie einen solchen auf dem Anwaltstisch vorfinden. Man erwartet, daß Sie einen davon als Beweis dafür, daß Sie vor dem höchsten Gericht des Landes aufgetreten sind, mitnehmen. Ich bin siebenmal vor dem United States Supreme Court erschie-

nen, doch dieser Federkiel dort oben bedeutet mir am meisten.«
Reynolds machte eine Pause, und Tracy wurde von ihm fixiert, so wie sie sich vorstellte, daß er die Geschworenen fixierte, wobei seine entspannte Miene von einem Ausdruck ruhiger Geschäftsmäßigkeit abgelöst wurde.
»Ich habe diesen Fall aufgrund eines unwichtigen Umstandes gewonnen. Ein Verfahrensfehler. Der hat Lloyd Grath das Leben gerettet. Hat ihn so gut wie jeder wesentlich beeindruckendere Rechtsgrund vor der Todeszelle bewahrt.«
Über Reynolds' Lippen huschte ein sanftes Lächeln.
»Zwei Wochen vor dem Wiederaufnahmeprozeß hat ein anderer Mann den Mord gestanden. Lloyd hatte immer behauptet, er wäre unschuldig, doch nur wenige haben ihm geglaubt. Setzen Sie sich, Miß Cavanaugh! Nehmen Sie Platz!«
Tracy war von Reynolds' Erzählung so gefesselt, daß es einen Moment dauerte, bis sie reagieren konnte. Während sie sich setzte, studierte Reynolds ihre Bewerbungsunterlagen. Tracy war nicht wirklich ins Hintertreffen geraten, doch sie fühlte, daß Reynolds dabei war, das Gespräch zu dominieren. Um die Initiative wiederzuerlangen, fragte sie: »Haben Sie all die Fotografien gemacht?«
»Ja, warum?« gab Reynolds mit einem stolzen Lächeln zurück.
»Sie sind phantastisch. Haben Sie eine Ausbildung als Fotograf?«
Reynolds Lächeln verschwand. Ein Anflug von Traurigkeit zeichnete sich in seinem Gesicht ab.
»Keine Ausbildung mit der Kamera, aber mein Vater war Jäger, ein hervorragender Jäger, und er hat mir alles über die Wälder beigebracht. Er blieb tagelang im Wald einem Tier auf der Spur. Manchmal bat ihn der Sheriff, Männer für ihn

aufzuspüren: Jäger, die sich verirrt hatten, einmal auch einen geflohenen Sträfling. Er hat einmal einen kleinen Jungen lebend gefunden, nachdem alle anderen schon aufgegeben hatten.
Er hat mir das Jagen beigebracht. Auch ich war gut darin. Dann habe ich den Spaß am Töten verloren, doch die Wälder liebe ich noch immer. Das Fotografieren ist meine Art abzuschalten, wenn das Leben zu erdrückend wird.«
»Ich verstehe, was Sie meinen. Ich klettere auf Berge. Wenn man in den Felsen ist, dann liegt der Unterschied zwischen Leben und Tod in der Kraft der Hände. Man konzentriert sich ganz auf sich selbst. Man vergißt alles außer der Felswand.«
Tracy hatte gespürt, wie überzogen prätentiös sie klang, kaum daß sie gesprochen hatte. Es schien ihr, als nehme Reynolds etwas Abstand. Als er sie ansprach, klang seine Stimme nicht mehr so freundlich.
»Sie kommen aus Kalifornien?«
Tracy nickte.
»Was machen Ihre Eltern?«
»Mein Vater ist im Filmgeschäft. Er ist Produzent.«
»Erfolgreich?«
»Sehr.« Tracy lächelte.
»Und Ihre Mutter?«
»Sie arbeitet nicht, aber sie engagiert sich stark bei karitativen Vereinen. Sie investiert viel Zeit in ehrenamtliche Aufgaben.«
Tracy hoffte, daß sich das gut anhörte, doch sie fürchtete, daß ihr gesellschaftlicher Hintergrund im Gegensatz zu dem eines Matthew Reynolds stehen könnte.
»Yale«, fuhr Reynolds fort, wobei seine Stimme keinen Anhaltspunkt gab, wie er Tracy einschätzte, »Hauptfach Mathematik, Stanford Law Review.«

Tracy zuckte mit den Schultern und fragte sich, ob sie schon jetzt bei dem Vorstellungsgespräch durchgefallen war.
»Und bei den Studentenmeisterschaften sind Sie Fünfte beim Hindernislauf geworden. Es sieht so aus, als ob Sie bei allem, was Sie anpacken, Erfolg haben.«
Tracy dachte über eine bescheidene Antwort nach, entschied sich aber dann dagegen. Wenn sie diese Stelle bekommen wollte, dann ganz bestimmt nicht, wenn sie ihm etwas vorspielte.
»Ich habe Glück gehabt. Ich bin ziemlich intelligent und eine geborene Sportlerin«, sagte Tracy. »Doch außerdem habe ich schwer geschuftet.«
Reynolds nickte und fragte dann: »Warum haben Sie sich für Jura entschieden?«
Tracy dachte über die Frage nach, wie schon viele Male zuvor.
»Als ich jung war, habe ich die Welt nicht verstanden. Es ergab keinen Sinn, daß Erde und Sonne nicht zusammenstießen. Warum flogen wir nicht ins Weltall hinaus? Wie konnte ein Stuhl aus kleinen, unzusammenhängenden Atomen bestehen und trotzdem so stabil sein, daß ich meine Hand nicht hindurchstecken konnte? Die Mathematik bringt Ordnung in die Naturwissenschaften. Ihre Gesetze halfen mir, Ordnung in das Chaos zu bringen.
Die Menschen begreifen sich gerne als rationale und zivilisierte Wesen, doch ich denke, wir befinden uns dauernd am Rande des Chaos. Schauen Sie sich nur den Wahnsinn in Afrika oder das Gemetzel in Osteuropa an. Jura hat mich aus denselben Gründen angezogen wie die Mathematik. Die Gesetze bestimmen die Ordnung innerhalb der Gesellschaft und halten die Barbaren unter Kontrolle. Wenn es keine Gesetze mehr gibt, dann bricht die Zivilisation zusammen.

Amerika ist ein Land der Gesetze. Es hat mich immer erstaunt, daß ein so mächtiges Land so zurückhaltend im Umgang mit seinen Bürgern ist. Nicht, daß ich der Meinung bin, unser System wäre perfekt. Nicht auf lange Sicht. Wir sind für großes Unrecht verantwortlich. Die Sklaverei ist nur das herausragendste Beispiel dafür. Das aber nur, weil menschliche Wesen so fehlbar sind. Dann denke ich darüber nach, was der Präsident tun könnte, wenn er es wollte. Besonders mit der heutigen Technologie. Warum leben wir nicht in einer Diktatur? Warum ist Nixon zurückgetreten, anstatt die Macht an sich zu reißen? Ich denke, weil wir ein Land der Gesetze sind, im wahrsten Sinne des Wortes, und die Anwälte sind die Wächter der Gesetze. Das ist meine Überzeugung.«

Tracy spürte, wie sie sich hinreißen ließ. Sie brach ab und musterte Matthew Reynolds, doch dessen Gesicht zeigte keine Regung, und Tracy konnte nicht entscheiden, ob ihre Ansprache ihn beeindruckt hatte, oder ob er sie für eine Törin hielt.

»Ich habe gehört, daß die junge Frau, die im Gericht ermordet worden ist, eine Freundin von Ihnen war.«

Reynolds' Bemerkung überraschte sie, und Tracy konnte dazu nur nicken. Lauras Bild, wie sie Strähnen ihres lockigen, schwarzen Haares um ihre Finger wickelte, während sie sich durch ein juristisches Problem wühlte, blitzte in ihrem Kopf auf. Dann verdrängte ein anderes Bild von Laura, ermordet, das schwarze Haar voller Blut, das erste.

»Welche Strafe sollte der Mörder Ihrer Freundin erhalten, wenn man ihn faßt?«

Tracy war klar gewesen, daß Reynolds sie nach ihren Ansichten über die Todesstrafe fragen würde, doch hatte sie nie erwartet, daß es auf diese Weise geschehen würde. Sie hatte einige Stunden bei der Lektüre von Artikeln über die Todesstrafe, einschließlich einiger von Reynolds selbst verfaßter, zugebracht, um sich auf das Gespräch vorzubereiten, aber sich abstrakt damit zu befassen und nach dem Schicksal von Lauras Mörder gefragt zu werden, waren ganz unterschiedliche Dinge.

»Diese Frage ist nicht fair«, gab Tracy zurück.

»Warum nicht?«

»Sie war meine Freundin. Ich habe die Leiche gefunden.«

Reynolds nickte anteilnehmend.

»Es gibt immer eine Leiche. Immer gibt es ein Opfer. Immer bleibt jemand zurück, der trauert. Wollen Sie Rache für Ihre Freundin?«

Das war eine gute Frage, die Tracy zwang, sich zu entscheiden, was sie wirklich über die Todesstrafe dachte. Sie blickte über den Schreibtisch hinweg Matthew Reynolds an. Er beobachtete sie genau.

»Wenn ich den Mann finden würde, der Laura getötet hat, würde ich ihn mit bloßen Händen umbringen, aber gleichzeitig würde ich auch hoffen, daß ein paar vernünftige Leute da wären, um mich zurückzuhalten. Eine zivilisierte Gesellschaft sollte nach höheren Idealen handeln. Sie sollte über dem erlaubten Mord aus Rache stehen.«

»Würden Sie die Todesstrafe befürworten, wenn sie Straftaten verhinderte?«

»Vielleicht, aber das tut sie nicht. Doch ich brauche Ihnen nicht zu sagen, daß es statistisch erwiesen ist, daß die Todesstrafe keine Morde verhindert. Nachdem vor ein paar Jahren die Todesstrafe in Oregon wiedereingeführt wurde, hatten wir Spitzenwerte bei den Morden.

Und dann gibt es noch die Möglichkeit des Fehlurteils. Vor kurzem habe ich gelesen, daß zwischen 1900 und 1991 416 Amerikaner wegen Kapitalverbrechen unschuldig verurteilt wurden, davon wurden dreiundzwanzig auch wirklich hingerichtet. Jedes andere Urteil kann revidiert werden, wenn das Gericht sich irrt, nur die Todesstrafe nicht.«

»Warum wollen Sie für mich arbeiten, Miß Cavanaugh?«

»Ich will für Sie arbeiten, weil Sie der Beste sind und weil mir bis jetzt in meinem Leben alles zugefallen ist. Ich bedaure das nicht, doch ich will den Leuten, die vom Glück weniger begünstigt sind, etwas davon zurückgeben.«

»Das ist sehr edel, doch unsere Mandanten sind nicht ›vom Glück weniger begünstigt‹. Es sind Außenseiter, Asoziale, Psychopathen. Es sind Männer, die Frauen quälen und Kinder umbringen. Nicht die Art von Leuten, mit denen Sie in Beverly Hills oder in Yale zu tun hatten.«

»Das ist mir klar.«

»Ist Ihnen auch klar, daß wir hier eine sehr lange Arbeitszeit haben? Bis in die Nacht und an den Wochenenden, das ist hier das Übliche. Wie denken Sie darüber?«

»Richterin Sherzer hat mich vor Ihrer Auffassung von Arbeitszeit gewarnt, und ich habe mich trotzdem beworben.«

»Sagen Sie mir, Miß Cavanaugh«, fragte Reynolds beiläufig, »waren Sie jemals in Stark, Florida, im Gefängnis nach Einbruch der Nacht?«

»Nein, Sir«, gab Tracy, von der Frage total verwirrt, zurück.

»Und ich nehme an, Sie waren auch nicht in Columbia, South Carolina, zu einem Besuch nach Einbruch der Nacht?«

Tracy schüttelte den Kopf. Reynolds beobachtete sie genau und fuhr dann fort: »Eine Reihe von Anwälten meines Fachs haben ihre Mandanten nach Einbruch der Nacht im Gefängnis besucht. Diesen Anwälten sind einige Dinge gemeinsam: Sie sind brillant und überaus gute und erfahrene Juristen. Sie sind das, was Sie als die Krone an Moral, Ethik und Pflichtgefühl bezeichnen würden. Das sind Menschen, die

wir für ihre Lebenseinstellung und ihre Verpflichtung gegenüber dem Rechtssystem bewundern können.
Diese Menschen haben aber noch etwas gemeinsam: Sie alle haben diese Gefängnisse nach Einbruch der Nacht besucht und vor Sonnenaufgang verlassen und haben ihre Mandanten tot zurückgelassen.«
Tracy fuhr ein kalter Schauder über den Rücken.
»Und es gibt noch etwas, was ihnen gemeinsam ist, Miß Cavanaugh. Sie alle haben ihren Mandanten vor Morgengrauen tot zurückgelassen, weil vor ihnen ein anderer Anwalt eine Sache übersehen oder nicht ordentlich recherchiert hatte oder dieser Anwalt nicht erkannt hat, daß ein Mitangeklagter besser vertreten wurde als sein Mandant. Und Tatsache ist, daß jene Mitangeklagten nur deshalb jetzt frei auf der Straße herumlaufen, weil das, was die anderen Anwälte vor Gericht gesagt oder was sie geschrieben haben, besser war.«
Reynolds machte ein Pause. Er lehnte sich in seinem Sessel zurück und legte die Kuppen seiner schlanken Finger gegeneinander.
»Miß Cavanaugh, ich bin jetzt seit über zwanzig Jahren Anwalt, und weder ich noch einer meiner Mitarbeiter hat jemals ein Gefängnis dieses Landes nach Einbruch der Nacht besucht. Nicht ein einziges Mal. Ich bin nicht stolz darauf, denn für Stolz ist bei der Arbeit, die wir tun, kein Platz. Es ist Knochenarbeit, die das Gehirn ausbrennt. Wenn Sie für mich arbeiten, dann werden Sie nicht mehr genügend Schlaf bekommen, Sie werden nicht richtig zum Essen kommen, und Sie werden ganz sicher keine Zeit mehr haben, um zu klettern oder zu joggen. Diese Arbeit reißt Ihnen die Seele aus dem Leib. Sie müssen sich für Männer und Frauen einsetzen, die Ausgestoßene unserer Gesellschaft sind. Es ist eine Arbeit, die Ihnen kein Lob einbringen

wird, sondern häufig sogar den Haß und die Ablehnung ehrbarer Bürger.«

Tracy fühlte, wie sich ihre Kehle zuschnürte. Eine Klammer legte sich um ihr Herz. Sie wußte, daß sie sich in ihrem ganzen Leben nie etwas mehr gewünscht hatte, als für diesen Mann zu arbeiten.

»Mr. Reynolds, wenn Sie mir diese Chance geben, werde ich Sie nicht enttäuschen.«

Reynolds blickte Tracy über seine zusammengelegten Finger hinweg an. Dann richtete er sich in seinem Sessel auf.

»Sie wissen, daß ich noch nie mit einer Frau zusammengearbeitet habe?«

»Richterin Sherzer sagte es mir.«

»Welche besonderen Fähigkeiten bringen Sie als Frau Ihrer Meinung nach für diese Stelle mit?«

»Keine, Mr. Reynolds. Doch als Anwalt habe ich einige. Ich besitze eine herausragende Fähigkeit in der Analyse juristischer Probleme und gehe in meiner Arbeit auf. Richter Forbes kennt meine Arbeit. Er würde mich nicht empfohlen haben, wenn er nicht der Ansicht wäre, ich würde es schaffen. Wenn Sie mich einstellen, dann brauchen Sie sich keine Gedanken über die Qualität meiner Arbeit zu machen.«

»Wir werden sehen«, meinte Reynolds und setzte sich auf. »Wann können Sie anfangen?«

Kapitel sieben

1

Tracy Cavanaugh saß in Jeans und einem verblichenen T-Shirt der Leichtathletikmannschaft von Yale auf dem Boden, nahm Jurabücher aus einem Karton und stapelte sie in ein Bücherregal, als sie jemanden hinter sich hörte. Auf der Schwelle zu ihrem neuen Büro stand ein schlanker Mann mit dunklem Teint, lockigem Haar und einem breiten Grinsen. Zu ihrer eigenen Überraschung fühlte sie sich sofort von ihm angezogen. Sie hoffte, daß die tiefe Sonnenbräune ihr Erröten, das ihre Wangen heiß werden ließ, verdeckte.

»Sie müssen die neue Anwältin sein. Ich bin Barry Frame, Matts Ermittler.«

Frame war etwa ein Meter fünfundachtzig groß, hatte breite Schultern und eine schlanke Taille. Er trug ein blaues Arbeitshemd und eine khakifarbene Hose. Die Ärmel seines Hemdes waren bis zu den Ellenbogen hochgekrempelt und enthüllten behaarte, muskulöse Unterarme. Tracy stand auf und wischte sich die Hand an der Jeans ab, bevor sie sie Frame hinstreckte. Sein Griff war sanft und doch fest.

»Hat der Einzug geklappt?« fragte Frame mit einem Blick auf die Pappkartons.

»Ja, sicher.«

»Kann ich helfen?«
»Danke, aber ich habe nicht so viele Sachen.«
»Haben Sie eine Wohnung gefunden?«
»Ja. Ich habe ein hübsches Appartement unten am Fluß bekommen. Kurz bevor ich hier angefangen habe, bin ich fündig geworden.«
»Sie haben in Salem gewohnt, richtig?«
Tracy nickte. »Ich war Assistentin am Supreme Court.«
»Bei welchem Richter?«
»Alice Sherzer.«
»Vor fünf Jahren war ich Assistent von Richter Lefcourt.«
Tracy war verwirrt. Sie war sich sicher, daß Frame gesagt hatte, er sei ein Ermittler. Frame lachte.
»Sie wundern sich, warum ich nicht als Anwalt arbeite, stimmt's?«
»Nun, ich ...«, setzte Tracy an, verlegen darüber, daß man sie so leicht durchschauen konnte.
»Das ist schon in Ordnung. Ich bin diesen Blick von Anwälten gewohnt. Und, um es gleich zu sagen, ich bin nicht durchs Examen gefallen. Nach meiner Assistentenzeit bei Richter Lefcourt hat mich Matt als Anwalt eingestellt, aber ich spielte lieber Detektiv, denn als Anwalt zu praktizieren. Als sein Ermittler kündigte, bat ich um die Stelle. Ich verdiene zwar nicht soviel, dafür klebe ich aber auch nicht hinter einem Schreibtisch und brauche keine Krawatte zu tragen.«
»Betraut Sie Mr. Reynolds mit irgendwelchen juristischen Aufgaben?«
»Nicht, wenn ich es umgehen kann, doch ich habe ausgeholfen, als wir gewartet haben, bis Sie an Bord kommen. Der letzte Anwalt hat uns überraschend verlassen.«
»Warum ging er?«
»Ausgebrannt. Matt erwartet viel von den Leuten, und

einige seiner Anforderungen liegen weit jenseits der Pflichterfüllung.«

»Zum Beispiel?« fragte Tracy und hoffte, Frame würde ihr ein paar von den Horrorgeschichten erzählen, auf die andere sich bezogen hatten, als sie über die Anforderungen gesprochen hatten, die Reynolds an seine Anwälte stellte, damit Tracy sich auf das Schlimmste vorbereiten konnte.

»Nun, Matt vertritt Angeklagte im ganzen Land. Manchmal erwartet er, daß seine Mitarbeiter Experten in den Gesetzen eines anderen Bundesstaates werden.«

»Das klingt nicht unvernünftig.«

»Ich habe mitbekommen, wie er einem armen Teufel einen solchen Auftrag eine Woche vor Prozeßbeginn gab.«

»Sie machen Spaß?«

»Überhaupt nicht.«

»Mann, das ist hart«, gab Tracy ein bißchen besorgt zurück. Die Arbeit am Supreme Court war anstrengend gewesen, aber Richterin Sherzer hatte die Meinung vertreten, daß fundierte Kenntnisse wichtiger waren als Schnelligkeit. Tracy hoffte, daß sie nicht bis über beide Ohren in Schwierigkeiten steckte.

»Glauben Sie, daß Sie so etwas schaffen würden?« wollte Frame wissen.

»Ich habe eine schnelle Auffassungsgabe, doch das ist eine ziemliche Aufgabe. Ich glaube, ich könnte es schaffen, wenn der Bereich ziemlich klein ist.«

»Prima«, meinte Frame breit grinsend, »denn nächsten Montag geht es nach Atlanta.«

»Wie bitte?«

»Habe ich nicht erwähnt, daß Matt mich auch dazu benutzt, schlechte Nachrichten zu überbringen? Nein? Nun, meistens bin ich der Bote, den jeder umbringen möchte.«

»Was soll ich denn in Atlanta tun?« fragte Tracy ungläu-

big. »Ich habe noch nicht einmal meine Sachen ausgepackt.«
»Sie werden Matt im Prozeß Livingstone assistieren. Die Akte ist in der Bibliothek. Sie sollten sich, sobald Sie Ihre Sachen eingeräumt haben, daranmachen. Sie ist ziemlich dick.«
»Was für ein Fall ist das?«
»Ein Todesurteil. Matt übernimmt nur ganz selten andere Sachen. Die juristischen Zusammenhänge sind verzwickt, aber Sie kommen schon dahinter, wenn Sie die ganze Woche dranbleiben. Ein paar Straßen von hier gibt es ein gutes chinesisches Restaurant, wo man Speisen auch mitnehmen kann. Die haben bis spät in die Nacht offen.«
»Mr. Reynolds will, daß ich zu einem Fachmann im Recht des Staates Georgia werde und mich außerdem noch in den Fall einarbeite, und das alles in fünf Tagen?« wollte Tracy wissen, und ihr Gesichtsausdruck zeigte, daß sie das alles für einen seltsamen Büroscherz hielt.
Frame warf den Kopf zurück und lachte. »Nichts macht mir mehr Spaß als dieser Gesichtsausdruck. Aber freuen Sie sich doch. Ich hörte, im August soll es sehr angenehm in Atlanta sein. Fünfzig Grad im Schatten und hundert Prozent Luftfeuchtigkeit.«
Frame brach wieder in Lachen aus. Tracy konnte ihn immer noch lachen hören, als er schon lange außer Sichtweite war. Sie setzte sich auf den Boden und starrte die Kartons an, die noch ausgepackt werden mußten. Sie hatte vorgehabt, eine Runde zu laufen, wenn sie ihr Büro eingerichtet hätte, doch das war jetzt unmöglich. Es sah so aus, als ob die einzige körperliche Anstrengung, die sie in nächster Zeit haben würde, im Herumwuchten von Gesetzbüchern bestände.

2

»Danke, daß Sie so kurzfristig Zeit für mich gehabt haben«, sagte Matthew Reynolds, als Abigail Griffen ihn drei Wochen nach dem Termin vor dem Supreme Court in ihr Büro bat.

»Ich habe keine große Wahl gehabt«, gab Abbie zurück und deutete mit der Hand auf die Urteilsbegründung im *Berufungsfall Franklin*. »Das Gericht hat sich Ihrem Gleichbehandlungsargument angeschlossen. Wann wollen Ihre Leute Mrs. Franklins Haus untersuchen?«

»Ich habe nach Kalifornien telefoniert. Der Spurensicherungsexperte, mit dem ich zusammenarbeite, kann am Dienstag hier sein. Meine Leute hier in Portland stehen auf Abruf bereit.«

»Ich werde Mrs. Franklin davon unterrichten, daß Sie irgendwann am Dienstag eintreffen werden. Sie will Ihnen nicht begegnen. Ein Polizist wird beim Haus sein und Sie einlassen.«

»Ich werde für ein paar Wochen wegen eines Prozesses in Atlanta sein. Barry Frame, mein Ermittler, wird die Leute von der Spurensicherung begleiten.«

»Auch ich werde nicht im Büro sein.«

»So?«

»Nicht so etwas Exotisches wie Atlanta. Ich nehme eine Woche Fronturlaub und bin in meinem Ferienhaus an der Küste. Wenn es Probleme geben sollte, dann kann Dennis Haggard sich während meiner Abwesenheit darum kümmern. Ich instruiere ihn.«

»Können wir einen Satz der Fotos und Zeichnungen vom Tatort haben, die Ihre Spurensicherung gemacht hat?«

»Natürlich.«

Abbie rief ihre Assistentin über die Gegensprechanlage an

und bat sie, die Sachen, nach denen Reynolds gefragt hatte, zu holen. Während sie sprach, studierte Reynolds die Linie von Abbies Kinn und ihre weiche Haut. Sie trug einen schwarzen Hosenanzug und eine gelbe Bluse, die ihre Sonnenbräune noch besser zur Geltung brachte. Um ihren schlanken Hals lag eine schmale Goldkette. Der Diamant in der Mitte der Kette paßte zu ihren diamantenen Ohrringen.

Abbie drehte sich um und bemerkte Reynolds' Starren. Er wurde rot und wandte sich ab.

»Es wird ein paar Minuten dauern«, meinte Abbie, als hätte sie Reynolds' Blick nicht bemerkt. »Möchten Sie einen Kaffee?«

»Danke, ja.«

Abbie ging und gab Matthew die Gelegenheit, sich wieder zu fangen. Er stand auf und sah sich in ihrem Büro um. Er hatte erwartet, Fotografien von Abbie und ihrem Mann vorzufinden, doch das Büro war bar jeglicher persönlicher Dinge. Abbies Schreibtisch war überhäuft von Polizeiberichten und Gerichtsakten. An der einen Wand hingen ihre Zeugnisse und Auszeichnungen, gerahmte Zeitungsausschnitte von einigen ihrer Prozesse hingen an einer anderen. Sie gaben Zeugnis von Abbies Fähigkeiten als Staatsanwältin und ihrer Hartnäckigkeit. Todesurteile in fast jedem Fall, in dem sie sie beantragt hatte. Langjährige Haftstrafen für die meistgesuchten Kriminellen von Oregon. Abigail Griffen gab ihren Gegnern nie einen Zentimeter Raum oder einen Angriffspunkt.

Matthew bemerkte eine freie Stelle an der Wand. Der gerahmte Artikel, der dort gehangen hatte, lag jetzt mit dem Glas nach unten auf einem Aktenschrank. Matthew drehte ihn um. Die Überschrift lautete: BOMBENLEGER VERURTEILT. Ein Bild von Charlie Deems war daneben, wie er in Hand-

schellen von drei untersetzten Wachbeamten aus dem Gericht geführt wurde.
»Ich habe vergessen zu fragen, ob Sie Milch oder Zucker möchten«, sagte Abbie, als sie mit zwei Kaffeebechern den Raum wieder betrat.
Reynolds hatte ihr Eintreten nicht bemerkt.
»Schwarz ist genau richtig«, gab er nervös zurück, und er klang dabei wie ein kleiner Schuljunge, den man mit der Hand in der Plätzchendose erwischt hat. Abbie reichte ihm den Kaffee und bemerkte dann, was er betrachtet hatte.
»Die Sache mit Deems tut mir leid«, erklärte Reynolds.
»Ich hätte nie geglaubt, aus Matthew Reynolds' Mund einmal das Bedauern über die Zurücknahme eines Todesurteils zu hören.«
»Ich sehe keinen Widerspruch darin, gegen die Todesstrafe zu sein und es zu bedauern, daß ein Mann wie Deems nicht im Gefängnis sitzt.«
»Sie kennen ihn?«
»Er wollte mich engagieren, aber ich habe abgelehnt.«
»Warum?«
»Es gibt an Deems etwas, das mir nicht gefällt. Werden Sie ihn noch mal anklagen?«
»Das kann ich nicht. Das Gericht hat Aussagen von Deems gegenüber einem Informanten der Polizei nicht als Beweismittel zugelassen. Ohne dieses Geständnis fällt der ganze Fall in sich zusammen. Deems ist inzwischen schon aus dem Gefängnis entlassen.«
»Fürchten Sie um Ihre Sicherheit?«
»Warum fragen Sie?«
»Deems schien jemand zu sein, der seinen Haß pflegt.«
Abbie zögerte. Sie hatte den Mann, der versucht hatte, bei ihr einzubrechen, ganz vergessen, weil sie der Ansicht gewesen war, es sei einfach nur ein Einbrecher gewe-

sen. Reynolds' Frage brachte eine andere Möglichkeit ins Spiel.
»Deems ist wahrscheinlich so glücklich, aus der Todeszelle heraus zu sein, daß er mich ganz vergessen hat«, meinte Abbie und zwang sich zu einem Lächeln.
Die Assistentin kam mit einem Briefumschlag herein. Abbie überprüfte den Inhalt und gab den Umschlag dann Matthew. »Ich möchte einen Gerichtstermin ansetzen«, erklärte sie. »Wenn Ihre Leute von der Spurensicherung durch sind, sollten Sie wissen, auf was Sie abzielen. Setzen Sie sich mit mir in Verbindung.«
»Danke für Ihr Entgegenkommen«, sagte Reynolds so, als ob er einen Geschäftsbrief beendete. »Wenn meine Leute fertig sind, erhalten Sie die Bilder zurück.«
Was für ein seltsamer Mensch, dachte Abigail Griffen, nachdem Reynolds weg war. So ernst, so steif. Niemand, mit dem man ein Bier trinken gehen würde. Und wie verlegen er in ihrer Gegenwart war, wurde dauernd rot, wie einer von diesen steifen Missionaren in der Südsee, die nicht wußten, wie sie sich den nackten tahitianischen Frauen gegenüber verhalten sollten. Wenn sie es nicht besser gewußt hätte, hätte sie meinen können, er sei in sie verliebt.
Abbie dachte einen Moment darüber nach. Es wäre nicht schlecht, wenn Reynolds ein bißchen in sie verliebt wäre. Vielleicht würde er dann im Gerichtssaal nachlässig. Sie konnte jeden kleinen Vorteil brauchen. Reynolds war vielleicht ein komischer Kauz, aber er war, verdammt noch mal, der beste Anwalt, gegen den sie je angetreten war.

Kapitel acht

1

Joel Livingstone war ein gutaussehender, breitschultriger Achtzehnjähriger mit sanften, blauen Augen und gewelltem blondem Haar. Am wichtigsten Tag seines Lebens trug Joel ein weißes Hemd, einen dunkelblauen Blazer, eine graue Hose mit einer messerscharfen Bügelfalte und die Krawatte der Wheatley Akademie. Seine Kleidung entsprach der, die er getragen hatte, als er Mary Harding im Wald hinter der privaten Eliteschule vergewaltigt hatte, bevor er sie dann mit einem herumliegenden Ast erschlug.

Außerhalb des Büros von Matthew Reynolds' Kontaktanwalt in Atlanta brannte eine sengende Sonne auf die Peachtree Street herab, doch innerhalb des Büro herrschte eine düstere Stimmung. Joel fläzte sich in einem Sessel und bedachte Reynolds mit einem dümmlichen Lächeln. Ein Beobachter hätte der Meinung sein können, daß Joel geringschätzig über alles dachte, was Matthew zu sagen hatte, doch das heftige Klopfen von Joels rechtem Fuß verriet seine Angst. Reynolds stellte sich vor, daß der klopfende Fuß dieselbe Frage stellte, die der Junge während des Jahres, das sie als Anwalt und Mandant zugebracht hatten, immer wieder und wieder an ihn gerichtet hatte: »Werde ich sterben? Werde ich sterben? Werde ich sterben?« Das war eine Frage, die zu beantworten Reynolds geradezu prädestiniert war.

»Gehen wir jetzt vor Gericht?«

»Noch nicht, Joel. Es hat eine Entwicklung gegeben.«

»Was für eine Entwicklung?« fragte der Junge nervös.

»Letzte Nacht, als ich in mein Hotel kam, lag eine Nachricht vom Staatsanwalt, Mr. Folger, vor.«

»Was will er?«

»Er will deinen Fall ohne Gerichtsverhandlung beilegen. Wir haben uns in meinem Hotelzimmer bis Mitternacht unterhalten.«

Matthew schaute seinem Klienten direkt ins Gesicht. Joel zappelte hin und her.

»Mary Harding war sehr beliebt, Joel. Der Mord an ihr hat viele Leute hier in Atlanta aufgebracht. Auf der anderen Seite sind deine Eltern prominente Leute hier in der Gegend. Sie sind beliebt und werden respektiert. Viele Menschen fühlen mit ihnen. Einige dieser Leute sind in einflußreichen Positionen. Sie wollen nicht, daß deine Mutter und dein Vater unter dem Verlust ihres einzigen Sohnes leiden.«

Joel blickte Reynolds erwartungsvoll an.

»Mr. Folger hat uns ein Angebot gemacht. Wir müssen es akzeptieren, bevor der Richter über unsere Eingaben entscheidet.«

»Wie lautet das Angebot?«

»Ein Schuldbekenntnis wegen Mordes gegen sein Versprechen, nicht die Todesstrafe zu fordern.«

»Was ... was geschieht dann?«

»Du erhältst lebenslänglich mit einem Minimum von zehn Jahren.«

»Nein. Das kommt nicht in Frage. Ich gehe nicht lebenslänglich ins Gefängnis.«

»Mehr kann ich nicht für dich tun.«
»Mein Vater zahlt Ihnen zweihunderttausend Dollar. Sie sollten mich freibekommen.«
Matthew schüttelte müde den Kopf.
»Ich bin engagiert worden, dein Leben zu retten, Joel. Niemand kriegt dich frei. Du hast Mary getötet und es der Polizei gestanden. Die Beweise sind erdrückend. Dich freizubekommen stand nie zur Debatte. Wir haben ausführlich darüber geredet, erinnerst du dich?«
»Aber, wenn wir vor Gericht gehen ...«
»... würdest du verurteilt, und es ist sehr gut möglich, daß du stirbst.«
Matthew legte ein Foto von Mary Harding, das beim Schulabschluß aufgenommen worden war, direkt neben ein Bild von der Autopsie des Mädchens.
»Das werden die Geschworenen während jeder Minute ihrer Beratung vor Augen haben. Wie, glaubst du wohl, wird das Urteil lauten?«
Joels Lippen zitterten. Seine jugendliche Selbstsicherheit war verschwunden.
»Ich bin doch erst achtzehn«, flehte er, und eine Träne rann seine Wange hinunter. »Ich will mein Leben nicht im Gefängnis verbringen.« Joel fiel in den Sessel zurück und verbarg sein Gesicht in den Händen.
Matthew beugte sich vor und legte ihm die Hand auf die Schulter. »Was ist los, Joel?«
»Ich habe Angst«, schluchzte der Junge.
»Ich weiß, Joel. Alle, die ich bis jetzt vertreten habe, hatten Angst, wenn die Stunde der Entscheidung gekommen war. Selbst die harten Jungs.«
Joel hob sein tränenüberströmtes Gesicht zu Matthew. Jetzt wirkte er fast wie ein Baby, und es war unmöglich, sich vorzustellen, wie er wohl ausgesehen hatte, als er breitbei-

nig über Mary Hardings nacktem Körper gestanden und mit dem Ast immer und immer wieder auf sie eingeschlagen hatte, bis alles Leben aus ihr gewichen war.

»Was soll ich tun, Mr. Reynolds?«

»Du wirst tun, was du mußt, um dein Leben zu leben. Du wirst nicht für immer im Gefängnis bleiben. Du wirst begnadigt werden. Deine Eltern lieben dich. Sie werden für dich dasein, wenn du herauskommst. Und solange du drin bist, kannst du Studienkurse belegen und einen Abschluß machen.«

Matthew fuhr fort und versuchte ermutigend zu klingen, wollte Joel Hoffnung geben und wußte doch, daß alles nur eine Lüge war. Das Gefängnis würde für Joel Livingstone die Hölle sein. Eine Hölle, die er überleben würde, doch er würde am Ende ein ganz anderer Mensch sein als der Junge, der er heute war.

2

Matthew Reynolds und Tracy Cavanaugh hatten drei arbeitsreiche Tage am Gericht mit Eingaben vor dem eigentlichen Prozeßtermin zugebracht, als Joel Livingstones Schuldbekenntnis den Fall am Nachmittag zu einem abrupten Ende brachte. Als der Richter das Schuldbekenntnis entgegennahm, hatte Tracy einen Blick auf Joels Eltern geworfen, die elegant gekleidet, den Tränen nahe, im Gerichtsgebäude von Fulton kaum ihre Fassung bewahren konnten.

Bradford Livingstone, ein bekannter Bankdirektor, saß steif mit im Schoß gefalteten Händen da. Er fühlte sich in der Gesellschaft von Polizisten, Gerichtsbeobachtern und den

anderen Leuten, mit denen er normalerweise keinen Umgang pflegte, sichtlich unwohl. Dabei bemerkte Tracy, wie Bradford seinen Sohn ungläubig anstarrte. Elaine Livingstone hatte sich immer mehr in sich zurückgezogen, war von Tag zu Tag abwesender, bleicher und zerbrechlicher geworden. Als der Richter das Urteil verkündete, schien das Paar vor Tracys Augen deutlich zu altern.
Nach dem Urteil kam es zu einer tränenreichen Begegnung zwischen Joel und seinen Eltern, gefolgt von einem strapaziösen Treffen der Eltern mit Matthew, das dieser mit großem Mitgefühl hinter sich brachte.
Es war schon fast sieben Uhr abends, als Tracy sich Reynolds im Speisesaal zu ihrem letzten Abendessen in Atlanta zugesellte. Tracy hatte bemerkt, daß sich Reynolds wenig Gedanken um seine Mahlzeiten machte, hatte er doch jeden Abend Steak, Salat, eine gebackene Kartoffel und dazu Eistee bestellt. An diesem Abend war Tracy genauso uninteressiert am Essen wie ihr Chef. Sie stocherte in ihrer Pasta Primavera herum und dachte über die Ereignisse des Tages nach, als Reynolds sie fragte: »Was bereitet Ihnen Sorgen?«
Tracy schaute über den Tisch. Sie hatte zwar gehört, daß Reynolds etwas gesagt hatte, doch nicht auf seine Worte geachtet.
»Sie sind nicht bei der Sache. Ich habe mich gefragt, ob etwas nicht in Ordnung ist«, wiederholte er.
Tracy zögerte und fragte dann: »Warum haben Sie Joel überredet, auf den Handel einzugehen?«
Reynolds hatte gerade ein Stück Fleisch auf seine Gabel gespießt. Jetzt legte er die Gabel wieder auf den Teller und lehnte sich in seinem Stuhl zurück.
»Sie sind der Meinung, ich hätte es nicht tun sollen?«
Reynolds' Tonfall ließ keinen Schluß darüber zu, was er dachte. Plötzlich fühlte sich Tracy unsicher. Reynolds be-

arbeitete solche Fälle schon seit zwanzig Jahren. Sie hatte noch keinen solchen Fall übernommen und für den Mann, dessen Handlungsweise sie jetzt in Frage stellte, mal gerade eine Woche gearbeitet. Dann wieder erschien ihr Reynolds als ein Mensch, der anderen Vorstellungen aufgeschlossen war und es ihr nicht übelnehmen würde, wenn sie gute Gründe für ihre Meinung anführen konnte.
»Ich glaube, Folger hat das Angebot gemacht, weil er befürchtete, daß wir mit unserem Antrag, das Geständnis für ungültig erklären zu lassen, durchkommen.«
»Das stimmt ganz sicher.«
»Wir hätten gewinnen können.«
»Wir hätten aber auch verlieren können.«
»Der Richter tendierte in unsere Richtung. Ohne das Geständnis hätten wir auf Totschlag plädieren können. Bei Totschlag gibt es keine Mindesthaftdauer. Joel hätte jederzeit begnadigt werden können.«
»Bei der Todesstrafe gibt es auch keine Mindesthaftdauer.«
Tracy wollte etwas sagen, schwieg dann aber doch. Reynolds wartete einen Moment und fragte dann:
»Was war unser Ziel in diesem Fall?«
»Zu gewinnen«, antwortete Tracy sofort.
Reynolds schüttelte den Kopf. »Unser Ziel war, das Leben von Joel Livingstone zu retten. Das ist das Ziel in jedem Fall, bei dem es um die Todesstrafe geht. Zu gewinnen ist eine Möglichkeit, dieses Ziel zu erreichen, aber es darf nie unser eigentliches Ziel sein.
Als ich meine Laufbahn begann, dachte ich, mein Ziel müßte immer ein Freispruch sein.« Reynolds' Lippen verzogen sich zu einem müden Lächeln. »Unglücklicherweise gewann ich meine ersten drei Mordprozesse. Wenn man jung und ungeschlagen ist, dann fällt es schwer, nicht arrogant zu sein. Mein nächster Mordfall fand in einem kleinen Bezirk im

östlichen Oregon statt. Eddie Brace, der Bezirksstaatsanwalt, war nur ein paar Jahre älter als ich und hatte noch nie einen Mordfall zur Anklage gebracht. Gerüchte besagten, daß er sich zum Bezirksstaatsanwalt hatte wählen lassen, weil er sich mit einer eigenen Kanzlei nie durchsetzen würde. Als wir uns zum ersten Mal im Gerichtssaal trafen, stolperte er herum und verbrachte die Hälfte der Zeit damit, sich beim Richter zu entschuldigen.

An dem Abend, bevor wir unsere Eröffnungsplädoyers halten sollten, kam Mr. Brace in mein Hotel, genauso wie Folger. Wir redeten ein Weile, dann sagte er mir rundheraus, daß er sich unwohl dabei fühlte, von den Geschworenen den Tod eines Menschen zu fordern. Er wollte von mir wissen, ob mein Mandant bereit wäre, sich wegen einfachen Mordes schuldig zu bekennen, wenn er auf die Todesstrafe verzichten würde. Nun, da war ein Prozeß, der zu gewinnen war, und ich hatte Freisprüche in allen Mordprozessen erreicht, in denen ich aufgetreten war, also kamen mir die gleichen Gedanken wie Ihnen bei Folger, nämlich, daß Brace Angst hatte zu verlieren. Ich wußte, daß ich gut war und ihn in der Verhandlung überrollt hätte.«

Reynolds blickte einen Moment lang auf seinen Teller, dann direkt seiner Kollegin in die Augen.

»Die schlimmsten Worte, die ein Anwalt vernehmen kann, ist ein Todesurteil für seinen Mandanten. Sie sollten diese Worte nie zu hören bekommen, Tracy. Ich hörte sie zum ersten Mal in dem Fall, den ich gegen Eddie Brace vertrat.«

»Was ist schiefgelaufen?«

»Nur eine Sache. Brace stolperte herum, ich war brillant, doch die Geschworenen wollten ihn hängen sehen. Sie wollten meinen Mandanten auf jeden Fall ans Messer liefern. Im nachhinein ist mir klargeworden, daß es keine Rolle gespielt hatte, wer ihn vertrat, mein Mandant würde sterben, wenn

Geschworene in diesem Prozeß entscheiden würden. Brace wußte das. Er kannte seine Leute. Deshalb hatte er mich bearbeitet, den Handel anzunehmen. Nicht, weil er Angst hatte zu verlieren, sondern, weil er wußte, daß er nicht verlieren konnte.«

»Aber Joels Fall ... Das ist etwas anderes. Der Richter könnte vielleicht ...«

»Nein, Tracy. Nicht, solange Folger auch nur eine Sache auf seiner Seite hat. Ich weiß, daß Sie mir jetzt nicht glauben werden, aber nach einer gewissen Zeit wird sich das ändern. Entscheidend ist, daß ich mir sicher bin, der Richter hätte einen Weg gefunden, das Geständnis in den Prozeß einzubringen, und die Geschworenen würden kein Verständnis für einen reichen, verzogenen Bengel gehabt haben, der dieses liebenswerte Mädchen umgebracht hat.«

Reynolds schaute auf seine Uhr.

»Ich mache noch einen Spaziergang, dann gehe ich ins Bett. Morgen früh um sieben steht ein Wagen bereit, der uns zum Flugplatz bringt. Gönnen Sie sich eine Nacht Schlaf. Und machen Sie sich wegen dieses Falls keine Gedanken mehr. Wir haben gute Arbeit geleistet. Wir haben getan, was wir mußten. Wir haben unserem Mandanten das Leben gerettet.«

3

Matthew Reynolds schloß die Tür seines Hotelzimmers hinter sich und stand in der Dunkelheit. Der unpersönliche Raum war klinisch sauber, die Laken auf seinem Bett waren an den Ecken festgezogen, und ein Minzschokoladenbonbon lag in der Mitte des frischbezogenen Kopfkissens. Es war wie jeden Abend.

Reynolds zog sein Jackett aus und legte es über eine Stuhllehne. Die Klimaanlage trocknete den Schweiß, der sein Hemd an seiner schmalen Brust hatte kleben lassen. Außerhalb des hermetisch schließenden Fensters lag Atlanta unter der drückenden Augusthitze. Die Lichter der Stadt glitzerten um ihn herum. Dies war das letzte Mal, das Reynolds sie sah. Morgen würde er zurück in Portland sein, weg von den Reportern, seinem Mandanten und diesem Fall. Reynolds wandte sich vom Fenster ab und bemerkte das rote blinkende Licht an dem Telefon neben dem Bett, das anzeigte, daß eine Nachricht für ihn vorlag. Er nahm die Nachricht entgegen und tippte dann Barry Frames Nummer ein, besorgt darüber zu hören, was sich im *Coulter*-Fall ergeben hatte.

»Treffer!« gab Frame durch.

»Erzählen Sie!« forderte Reynolds ihn unruhig auf.

»Mrs. Franklin hat ein Bild über das Einschlagloch der Kugel gehängt. Dieses schreckliche Bild von Elvis in schwarzem Samt. Die Polizei hat nie daran gedacht, es abzuhängen, weil sie einfach kein ästhetisches Empfinden hat. Zum Glück für Jeffrey Coulter habe ich es.«

Frame legte eine dramatische Pause ein.

»Hören Sie mit der Selbstbeweihräucherung auf und kommen Sie zum Wesentlichen.«

»Entspannen Sie sich, Matt. Über diesen Fall brauchen wir uns den Kopf nicht mehr zu zerbrechen. Ich garantiere, daß Abigail Griffen die Sache einstellen wird, wenn sie den Bericht unserer Sachverständigen erst einmal gelesen hat. Hören Sie, das Bild hing zu weit oben. Niemand würde es so hoch hängen. Nicht einmal jemand mit Mrs. Franklins schrecklichem Geschmack. Schon auf den Fotos vom Tatort hat mich das gestört, und es wirkte noch schrecklicher, als ich die Halle betrat.

In Jeffreys Version der Schießerei fiel er nach hinten, als

Franklin die Waffe zog. Dadurch verfehlte ihn Franklins Schuß. Jeffrey ist groß. Wenn Franklin auf den Kopf gezielt hat, hat er wahrscheinlich ziemlich hoch gehalten. In einem Fotoalbum haben wir ein Bild der Halle gefunden, das sie drei Monate vor der Schießerei zeigt, da hing der Elvis an einer anderen Wand. Ich habe das Bild abgehängt, und dahinter befand sich ein frischverputztes Loch. Wir haben alles auf Video aufgezeichnet und auch Fotos gemacht. Wir haben das Loch freigelegt. Der Experte ist ziemlich sicher, daß es sich um ein Einschußloch handelt. Die Kugel ist weg. Mutter Franklin hat sie auf Nimmerwiedersehen verschwinden lassen.«

»Wann haben wir den Bericht der Sachverständigen?«

»Ende der Woche.«

»Wir intensivieren die Nachforschungen über Franklin. Wenn nötig, setzen Sie noch einen zweiten Mann darauf an.«

»Wozu? Die Tatsache, daß Mrs. Franklin das Einschußloch zugeschmiert und dann das Bild darübergehängt hat, um es zu verbergen, beweist doch, daß sie ihren Sohn decken wollte. Abigail Griffen muß die Sache fallenlassen.«

»Man kann sich nie darauf verlassen, daß ein Staatsanwalt vernünftig handelt, Barry. Abigail Griffen ist nicht der Typ, den man überfahren kann. Vielleicht zieht sie aus den Beweisen nicht dieselben Schlüsse wie wir. Wir ziehen das volle Programm durch, bis zu dem Moment, in dem die Anklage fallengelassen wird.«

»Sie haben recht«, lenkte Barry müde ein. »Ich werde Ted French mit den Nachforschungen betrauen. Wie steht es in Atlanta?«

»Joel ist auf den Handel eingegangen.«

»Das hatten Sie gehofft, stimmt's?«

»Ja.«

»Wie geht es seinen Eltern?«

»Nicht gut.« Matthew machte eine Pause und rieb sich dann die Augen. »Ich fliege morgen zurück, Barry, aber erzählen Sie niemandem davon. Ich möchte mir ein paar Tage freinehmen.«

»Sind Sie in Ordnung? Sie klingen nicht besonders gut.«

»Ich bin müde. Ich brauche etwas Zeit für mich.«

»Das erzähle ich Ihnen schon seit Jahren. Wann kommen Sie an? Ich werde Sie vom Flughafen abholen.«

»Ich werde um zehn nach drei landen. Und Barry, die Sache im Haus der Franklins war gute Arbeit. *Sehr* gute Arbeit.«

Matthew legte auf. Seine Augen glänzten vor Müdigkeit, und er fühlte sich kaputt bis in die Knochen. Er legte sich im Dunkeln aufs Bett und dachte an Joel Livingstone, an Jeffrey Coulter zu Hause in Portland, an Alonso Nogueiras in Huntsville, Texas, und an all die anderen Menschen, für die er den kleinen Unterschied zwischen Leben und Tod bedeutete. Es war zuviel für einen einzelnen, und er begann darüber nachzudenken, daß er es nicht mehr schaffte.

Matthew dachte an Tracy Cavanaughs Tatkraft und Einsatzwillen. Es hatte Zeiten gegeben, da hatte er sich mit der Energie eines Fanatikers von einem Fall auf den nächsten gestürzt. Jetzt schien es, als würden die Fälle ihm alle Energie rauben, und es erforderte seine ganze Kraft, wieder an die Arbeit zu gehen, wenn er mit einem fertig war. Er brauchte Zeit, um von seinen Mandanten und dem ewig präsenten Schatten des Todes Abstand zu gewinnen. Er brauchte etwas, jemanden.

Matthew drehte sich auf die Seite und vergrub seinen Kopf in das Kissen. Der Stoff fühlte sich kalt und angenehm an. Er schloß die Augen und erinnerte sich an die Art, wie Abigail Griffen auf einem der Fotos, die er in der untersten rechten Schublade seines Schreibtisches aufbewahrte, blickte. Dieses Foto war sein Lieblingsbild. Darauf stand sie entspannt und glücklich vor der Glasverandatür ihres Hauses, die Arme in die Seiten gestützt, das rechte Knie leicht angewinkelt, und schaute Richtung Wald, so als ob der Wind ihr ein leises Lied zutragen würde.

Kapitel neun

1

Der Morgen war kühl und neblig gewesen, doch zur Mittagszeit hatte sich der Nebel verzogen, und die Sonne schien. Abbie lief um das Ferienhaus herum und machte mit ihrem Pentax-Fotoapparat aus verschiedenen Positionen Bilder. Sie versuchte das Gebäude aus allen Blickwinkeln abzulichten, denn es war ihr ein Bedürfnis, den Ort, der ihr auf der ganzen Welt der liebste war, fotografisch zu dokumentieren.

Als sie damit fertig war, folgte Abbie einem schmalen Pfad durch den Wald, der zu einer Klippe führte, von der aus man den Pazifik überblicken konnte. Sie machte von der Klippe aus ein paar Bilder und stieg dann eine Reihe von hölzernen Stufen zum Strand hinab.

Abbie trug ein dunkelblaues T-Shirt, einen weiten, grauen Kapuzenpullover und Jeans. Sie hängte sich die Kamera um den Hals und zog ihre Turnschuhe und Socken aus. Am Tag zuvor hatte ein Sturm getobt, und der Pazifik war immer noch aufgewühlt. Abbie schob ihre Füße durch den Sand, bis sie die Wasserlinie erreichte. Über ihr flogen die Seemöwen. Sie wollte ein Bild davon machen, mußte aber immer zur Seite in Richtung der Klippe hüpfen, wenn das eiskalte

Wasser ihr zu nahe kam. Eine Welle erhob sich zum Himmel, brach sich und fiel dann krachend in sich zusammen.
Abbie verbrauchte den ganzen Film und ging dann weiter am Strand entlang. Sie liebte das Meer und liebte ihr Ferienhaus. Das Haus war der Ort, an den sie sich zurückzog. Sie wachte zwar mit der Sonne auf, blieb dann aber im Bett und las. Wenn sie hungrig war, machte sie sich einen Ingwer- oder sonst einen exotischen Pfannkuchen und einen Milchkaffee. Sie genoß den Kaffee, während sie die Unterhaltungsliteratur las, für die sie während ihrer Arbeit am Gericht keine Zeit hatte und die ihr half, die harte Arbeit, Vergewaltiger und Mörder anzuklagen, zu vergessen. Dann brachte sie den Rest des Tages damit zu, absolut unwichtige Dinge zu tun und in Müßiggang zu schwelgen.
Abbie hob die Schultern gegen einen plötzlichen Windstoß. Die Seeluft war schneidend. Der Gedanke, das Ferienhaus zu verlieren, war unerträglich, aber sie würde es verlieren. Das Haus gehörte Robert, und er hatte unmißverständlich klargestellt, daß sie es nach der Scheidung nicht mehr benutzen dürfe, um sie damit zu treffen, da er genau wußte, wie sehr ihr dieser Ort liebgeworden war. Das war ein weiterer Grund, warum Abbie ihn haßte.
Die Sonne ging langsam unter. Abbie hatte einen Punkt erreicht, wo der Strand am Fuße einer hohen Klippe schmaler wurde. Sie machte sich auf den Heimweg, wobei sie sich nach vorne beugte, um sich dem Widerstand des Sandes beim Gehen entgegenzustemmen. Als sie bei den Stufen, die zurück zum Ferienhaus führten, angekommen war, hatte sich Traurigkeit in ihr ausgebreitet. Sie setzte sich auf die erste Stufe und band ihre Turnschuhe zu. Sie würde zwar in der Lage sein, sich ein anderes Haus zu kaufen, aber sie zweifelte daran, daß sie eines finden würde, das ihr so gut gefiele.

Abbie legte die Arme auf die Oberschenkel und verlor sich im Rhythmus der Wellen. Was würde sie nach der Scheidung tun? Es machte ihr nichts aus, allein zu sein. Sie hatte vorher auch allein gelebt. Sie lebte jetzt allein. Allein leben war besser, als mit jemandem zusammenzuleben, der einen nur ausnutzte und belog. Was ihr fehlen würde, war das besondere Gefühl, verliebt zu sein, was sie bei Larry Ross und in den frühen Tagen ihrer Ehe mit Robert empfunden hatte. Abbie fragte sich, ob sie jemals wieder das Risiko eingehen würde, sich zu verlieben, jetzt, da sie wußte, wie schnell man der Liebe beraubt werden konnte.

Als die Kälte sie an die hereinbrechende Nacht erinnerte, zwang sich Abbie auf die Beine und stieg die Stufen hinauf. Langsam ging sie den kurzen Weg durch den Wald. Etwas bewegte sich weit hinten zwischen den Bäumen. Abbie blieb bewegungslos stehen und hoffte, daß es ein Reh war. Seit dem Einbruchsversuch in ihr Haus war sie schreckhaft geworden. Als Matthew Reynolds ihr gesagt hatte, daß Charlie Deems genau der Mensch wäre, der auf Rache sann, war Abbie eingefallen, daß die Gestalt entfernt die Figur von Deems gehabt hatte. Der Gedanke, daß ein Mann wie Deems sie möglicherweise verfolgte, war absolut beunruhigend.

Abbie verharrte nervös im Schatten, den die Pinien warfen, doch die Ursache des Geräuschs blieb im verborgenen. Sie kehrte in das Haus zurück, duschte und machte sich dann ein gutes Abendessen, das sie auf der vorderen Veranda einnahm. Sie trank gekühlten Chardonnay, der gut zu der Trout Almondine und dem Safranreis paßte. Über ihr bildeten die Sterne einen Strom von Diamanten, die so hell funkelten, daß ihre Augen schmerzten. Die Sterne wirkten über der Stadt nie so hell.

Abbie kochte gerne, und normalerweise war sie nach dem Genuß eines ihrer Gerichte in bester Stimmung. In dieser

Nacht dachte sie daran, daß sie das Ferienhaus verlieren würde, und sie fühlte sich träge und niedergeschlagen. Nach dem Essen nippte sie an einer Tasse Kaffee, doch schon bald fielen ihr die Augen zu. Sie leerte die Kaffeetasse auf die gestampfte Erde unter der Verandabrüstung aus und ging ins Haus.

Abbie richtete sich im Bett auf, sicher, daß sie ein Geräusch gehört hatte, doch nicht in der Lage zu sagen, was es war. Ihr Herz schlug so heftig, daß sie mehrmals tief durchatmen mußte, um sich zu beruhigen. Der Mond war nur eine schmale Sichel, und im Zimmer war es stockdunkel. Nach der Uhr auf ihrem Nachttisch hatte sie nur eineinhalb Stunden geschlafen.

Abbie versuchte herauszufinden, welches Geräusch sie geweckt hatte, doch sie hörte nur die Wellen am Strand unten. Gerade, als sie davon überzeugt war, lediglich schlecht geträumt zu haben, knarrte eine Stufe, und ihr Herz begann wieder zu rasen. Abbie hatte sich nach dem Einbruchsversuch angewöhnt, ihre Waffe bei sich zu tragen, doch als sie danach greifen wollte, fiel ihr ein, daß ihre Handtasche im unteren Stockwerk lag.

Als Abbie zu Bett gegangen war, war sie zu müde gewesen, sich ganz auszuziehen, deshalb trug sie immer noch ihr T-Shirt und einen Schlüpfer. Ihre Turnschuhe, die Socken und die Jeans lagen neben dem Bett. Sie rollte sich aus dem Bett und schlüpfte in ihre Jeans und die Schuhe.

Vor dem Schlafzimmer befand sich ein Balkon. Abbie griff nach der Klinke der Balkontür und versuchte sie leise aufzumachen, doch die Salzluft hatte das Holz aufquellen lassen, und die Tür klemmte. Abbie zog etwas fester, hatte aber Angst, der Eindringling könnte es hören, wenn sie die Tür aufriß. Sie bewegte sich nicht.

Eine weitere Stufe knarrte, und Abbie geriet in Panik. In dem Moment, als sie die Tür aufriß, polterten auch schon Schritte die Stufen zu ihrem Zimmer hinauf. Abbie rannte auf den Balkon. Sie warf die Tür hinter sich zu, um den Eindringling aufzuhalten, dann sprang sie genau in dem Moment über das Geländer, als die Tür zu ihrem Schlafzimmer aufgestoßen wurde. Einen kurzen Moment lang konnte sie die Gestalt eines Mannes in der Tür erkennen. Dann fiel sie nach unten und schlug hart auf dem festgestampften Boden auf.

Die Balkontür krachte gegen die Hauswand. Abbie kam hoch und rannte los. Ein Pfad führte zwischen dem Waldrand und der Klippenkante entlang und erreichte nach einer Meile das Nachbargrundstück. Es gab keinen Zaun, und der Weg war schmal, aber Abbie hetzte auf ihm entlang und hoffte, daß sie nicht verfolgt würde.

Ungefähr nach hundert Metern zweigte ein Pfad in den Wald ab. Abbies Gedanken rasten, als sie die Alternativen abwog und entschied, daß ihre Chancen zu überleben im Wald, wo sie sich verstecken konnte, besser standen. Sie bog nach links ab und schoß den Pfad entlang, dann verließ sie ihn und bewegte sich, so leise sie konnte, in den Wald hinein.

Abbie kroch hinter einen Baum und lauschte auf den Mann, der hinter ihr her war. Sekunden später erklangen Schritte auf dem Weg. Abbie holte tief Luft und versuchte sich zu beruhigen. Sie beschloß, tiefer in den Wald zu kriechen. Sie würde sich bis zum Tagesanbruch verstecken und hoffte, daß der Mann vorher aufgab. Sie hatte sich schon fast wieder im Griff, als sie zu ihrer Rechten ein Geräusch hörte.

Adrenalin schoß durch ihren Körper, und sie stürzte sich ins Unterholz, wobei sie keine Anstalten unternahm, leise zu sein. Ihre Füße flogen nur so dahin. Sie drang in den Wald ein, weg von der Klippe, unempfindlich gegenüber dem Schmerz, den die Zweige, die ihr ins Gesicht peitschten und ihr T-Shirt zerrissen, verursachten. Dann hing sie frei in der Luft. Sie versuchte den Sturz abzufangen, trotzdem bekam ihr Kopf das meiste ab. Helle Lichter explodierten vor ihren Augen. Im nächsten Moment blieb ihr die Luft weg. Sie preßte sich auf den Boden und betete, daß sie in der Dunkelheit unsichtbar wäre. Fast im selben Moment hörte sie das Brechen von Zweigen und das Zurückschwingen von Büschen, nachdem diese weggebogen worden waren.

Das Geräusch kam ganz aus ihrer Nähe, und es gab keine Möglichkeit zur Flucht. Rechts von ihr befand sich der dicke, vermoderte Stamm eines umgestürzten Baumes. Abbie kroch darunter, preßte sich auf den Boden und hoffte, daß die Masse des Stammes sie verdecken würde.

Etwas Feuchtes fiel in Abbies Gesicht. Es begann sich zu bewegen. Dünne Beine krabbelten über ihre Lippen und Wangen. Ein Insekt! Dann noch eins und noch eins. Abbie wollte verzweifelt aufschreien, doch sie hatte Angst, die Insekten würden ihr in den Mund kriechen. Sie preßte die Kiefer aufeinander und atmete durch die Nase. Jede Faser in ihr wollte aufspringen, doch sie war sicher, daß sie sterben würde, wenn sie es tat.

Im Wald war es still. Der Mann war stehengeblieben, um sich zu orientieren. Abbie hob eine Hand an ihr Gesicht und wischte die Käfer weg. Vorsichtig stieß sie die Luft aus. Ihr Herz schlug wild bis in den Hals hinauf. Sie versuchte, sich zu beruhigen, damit sie etwas hören konnte.

An ihren Wangen spürte sie den kühlen Wind, und sie sah die Silhouetten der hohen Mammutbäume gegen den Nachthimmel. Plötzlich schob sich die Gestalt eines Mannes in die Lücke zwischen zwei Bäumen. Er drehte ihr den

Rücken zu, doch sie war sich sicher, daß er sie sehen würde, wenn er sich umdrehte und nach unten blickte. Abbie drückte sich noch fester an den Stamm und betete, daß er sich nicht umdrehte. Er tat es. Ganz langsam. Noch ein paar Zentimeter weiter, und er würde sie sehen. Abbie tastete nach einem Stein oder einem Ast, den sie als Waffe benutzen konnte, aber ihre Hand fand nichts. Jetzt blickte der Mann auf den Stamm. Er blickte direkt in Abbies Richtung. Dann leuchtete der Himmel auf.

2

Das Klingeln des Telefons riß Jack Stamm aus tiefem Schlaf. Er griff nach dem Hörer. Als er ihn von der Gabel riß, hörte das Klingeln dankenswerterweise auf.

»Bezirksstaatsanwalt Stamm?«

Stamm schielte auf die großen roten Ziffern seines Weckers mit Digitalanzeige. Es war 4.47 Uhr.

»Wer ist da?«

»Seth Dillard. Ich bin der Sheriff von Seneca County. Wir haben uns auf der Konferenz zur Optimierung der Verbrechensbekämpfung in Boise vor zwei Jahren getroffen.«

»Stimmt«, gab Stamm zurück, wobei er erfolglos versuchte, sich den Sheriff in Erinnerung zu rufen. »Was ist so wichtig, daß es nicht bis zum Morgen warten kann?«

»Wir haben hier eine von Ihren Leuten. Abigail Griffen.«

»Ist sie in Ordnung?« fragte Stamm, plötzlich hellwach.

»Ja, Sir, aber sie ist ganz schön mitgenommen.«

»Warum? Was ist passiert?«

»Sie sagt, jemand hat versucht, sie umzubringen.«

Seneca County lag in westlicher Richtung zwei Stunden von Portland entfernt, und es war schon fast halb acht, als Jack Stamm seinen Wagen neben den beiden Autos der County Police vor dem kleinen Cottage, das Evelyn Wallace, Abbies Nachbarin, gehörte, zum Stehen brachte. Als Stamm seinen Wagen verließ, konnte er die Sonne durch die Lücken zwischen den Bäumen sehen und das dumpfe Rollen der Brandung jenseits des Waldes hinter dem Haus hören.

Ein Stellvertreter des Sheriffs von Seneca County öffnete die Eingangstür, und Stamm zeigte seinen Ausweis. Das Cottage war klein. Eine Küche und das Wohnzimmer nahmen das gesamte Untergeschoß ein. Abbie saß zusammengekauert auf dem Sofa im Wohnzimmer, eingehüllt in eine Decke, und nippte an einer Tasse Kaffee. Evelyn Wallace, eine schlanke Frau Mitte Sechzig, saß neben ihr.

Stamm war von Abbies Aussehen entsetzt. Das Haar war ungekämmt, auf ihren Wangen befanden sich Dreckspuren, und die Augen waren blutunterlaufen. Stamm bemerkte auch die Risse und Blutergüsse in ihrem Gesicht.

»Mein Gott, Abbie. Bist du in Ordnung?« fragte Stamm.

Als Abbie seine Stimme vernahm, blickte sie auf. Zuerst sah es nicht so aus, als würde sie ihren Chef erkennen. Dann brachte sie die Energie für ein müdes Lächeln auf.

»Ich bin erschöpft, aber in Ordnung. Danke, daß du gekommen bist.«

»Jetzt mach dich nicht lächerlich. Glaubst du, ich lasse dich allein nach Portland fahren, nach dem, was der Sheriff mir erzählt hat?«

Bevor Abbie antworten konnte, öffnete sich die Tür, und ein großer Mann mit wettergegerbter Haut und einem graumelierten Schnurrbart trat herein. Er trug einen Cowboyhut und die Uniform eines Polizisten des Büros des Sheriffs von Seneca County.

»Mr. Stamm?« fragte der Uniformierte.
»Sheriff Dillard?«
»Ja, Sir. Danke, daß Sie gekommen sind.«
Der Sheriff richtete seine Aufmerksamkeit auf Abbie.
»Glauben Sie, daß Sie in der Lage sind, zu Ihrem Haus zurückzukehren? Meine Männer sind fast fertig, und ich würde es begrüßen, wenn wir alles, was passiert ist, noch einmal durchgehen könnten.«
Abbie stand auf. Die Decke fiel zu Boden. Sie trug ein T-Shirt, keinen BH, Jeans, und ihre bloßen Füße steckten in Turnschuhen. Von Kopf bis Fuß war sie von getrocknetem, braungrauem Schlamm bedeckt.
»Sind Sie sicher, daß Sie dazu in der Lage sind, meine Liebe?« wollte Mrs. Wallace wissen.
»Es geht schon. Vielen Dank für alles, Mrs. Wallace. Sie waren wunderbar.«
Als Abbie soweit war, stieg sie in den Wagen des Sheriffs. Stamm fuhr hinter ihm die kurze Auffahrt zur Straße entlang. Der Sheriff bog links ab und fuhr dann etwas über eine Meile, bis er in einen schmalen Feldweg bog, der zum Ferienhaus der Griffens führte. Abbie und der Sheriff gingen gerade hinein, als Stamm die Stufen der vorderen Veranda hinaufstieg.
Die Eingangstür des Hauses öffnete sich in ein geräumiges Wohnzimmer mit einem steinernen Kamin. Im Erdgeschoß gab es zwei weitere Räume und eine Küche, und im ersten Stock befanden sich noch zwei Räume und der Balkon.
»Ist die Spurensicherung fertig?« fragte Sheriff Dillard einen schlaksigen Hilfssheriff, der im Wohnzimmer mit einem Styroporbecher, gefüllt mit lauwarmem Kaffee, in der Hand wartete.
»Sie sind vor ein paar Minuten weg.«
»Bevor Sie uns berichten, was passiert ist«, wies der Sheriff

Abbie an, »würden Sie bitte nachsehen, ob etwas gestohlen wurde.«
Abbie ging so schnell wie möglich durch die unteren Räume, dann führte sie alle nach oben ins Schlafzimmer. Das schreckliche Erlebnis hatte sie psychisch wie physisch erschöpft, und sie erklomm die Stufen sehr langsam. Als sie die Tür zum Schlafzimmer erreichte, blieb sie stehen, so als ob sie erwartete, den Eindringling dort drinnen vorzufinden. Dann holte sie tief Luft und trat ein.
Die Jalousien des großen Panoramafensters waren hochgezogen, und bleiches Morgenlicht erfüllte den Raum. Nur die Tischlampe, die mit verbogenem Schirm neben der Eichenkommode auf dem Boden lag, deutete auf einen Eindringling hin; Abbie jedoch konnte die Spuren seiner Anwesenheit im Schlafzimmer geradezu spüren, so daß sie eine Gänsehaut bekam. Sie legte ihre Arme um den Körper und zitterte leicht. Nach dem Einbruchsversuch in ihrem Haus hatte sie sich gefürchtet, doch diese Angst war schnell vergangen, da sie sich eingeredet hatte, daß dies ein zufälliger Zwischenfall gewesen sei. Nun wußte sie, daß dem nicht so war.
»Alles in Ordnung, Mrs. Griffen?« erkundigte sich Sheriff Dillard.
»Es geht schon, ich bin nur müde und habe ein bißchen Angst.«
»Es wäre nicht normal, wenn es anders wäre.«
Abbie sah in die Schubladen der Kommode und in ihren Nachttisch. Sie durchsuchte sorgfältig ihre Brieftasche. Dann warf sie einen Blick in die Wandschränke.
»Soweit ich feststellen kann, fehlt nichts.«
»Gehen wir doch raus auf den Balkon, dort bekommen Sie etwas frische Luft«, schlug der Sheriff besorgt vor.
Abbie verließ den Raum und trat in die schneidende Salzluft hinaus. Sie setzte sich in einen der Liegestühle. Ihr Blick

ging über die Brüstung hinweg auf die endlose, blaue Fläche hinaus, die das Meer war.

»Sind Sie soweit, daß Sie uns erzählen können, was passiert ist?« wollte der Sheriff wissen.

Abbie nickte. Sie begann mit dem Geräusch, das sie vor dem Abendessen im Wald gehört hatte, und berichtete dann Stamm und Sheriff Dillard von den Ereignissen der Nacht. Dabei unterbrach sie sich manchmal, um ihnen Details mitzuteilen, von denen sie hoffte, daß sie bei den Ermittlungen hilfreich sein könnten. Die Erinnerung an das, was passiert war, war fast schrecklicher als das Geschehen selbst, denn jetzt hatte sie Zeit, darüber nachzudenken, was wohl passiert wäre, wenn sie nicht entkommen wäre. Zu ihrer eigenen Überraschung mußte sich Abbie ab und zu unterbrechen, um nicht zu weinen.

Als Abbie dem Sheriff berichtete, wie sie den Eindringling in der Tür gesehen hatte, fragte Dillard, ob sie den Mann beschreiben könne.

»Nein«, gab Abbie zurück. »Ich habe ihn nur eine Sekunde lang gesehen, bevor ich vom Balkon sprang. Ich hatte nur den Eindruck, jemanden in Schwarz wahrgenommen zu haben. Ich bin mir sicher, daß er eine Skimaske oder einen Strumpf über dem Gesicht trug, doch ich habe ihn nur ganz kurz gesehen, bevor ich floh. Ich habe mich hauptsächlich darauf konzentriert, wo ich hinsprang.«

»Fahren Sie fort!«

»Als ich aufkam, rollte ich mich ab und lief los. An der Kante der Klippe führt ein Pfad entlang. Ich hörte die Verandatür knallen. Er muß sie heftig aufgestoßen haben. Da rannte ich schon durch die Dunkelheit. Ich konnte den Ozean rauschen hören und die weißen Kappen der Wellen sehen, doch das war's schon. Ich hatte Angst, vom Weg abzukommen und die Klippe hinabzustürzen.

Ungefähr nach hundert Metern zweigt ein Weg in den Wald ab. Ich sah eine Lücke zwischen den Bäumen und lief dort hinein, wobei ich hoffte, der Mann würde weiter geradeaus rennen. Ich versuchte mich ruhig zu verhalten. Er lief auf dem Pfad vorbei. Ich konnte seine Schritte und seinen Atem hören. Ich glaubte schon, davongekommen zu sein, als ich plötzlich zu meiner Rechten ein Geräusch vernahm.«
»Was für ein Geräusch?«
»Ich weiß nicht. Einfach ...« Abbie schüttelte den Kopf. »Irgend etwas. Es machte mir angst.«
»Könnte es sich um eine zweite Person gehandelt haben?«
»Diesen Gedanken hatte ich auch. Als ich das Geräusch hörte, verließ ich den Weg und schlug mich ins Unterholz. Ich hatte wirklich Angst und gab mir keine Mühe, leise zu sein. Ich versuchte einfach nur von der Klippe und dem Ort, an dem ich das Geräusch gehört hatte, wegzukommen.«
Abbie erzählte Stamm und dem Sheriff von ihrem Versteck unter dem Baumstamm. Sie dachte an die Insekten, und ein Schauder überlief sie.
»Eine Zeitlang war es still«, fuhr sie fort. »Ich hoffte, daß der Mann gegangen sei. Dann bewegte sich ein Schatten zwischen zwei großen Bäumen ganz in meiner Nähe. Ich glaube, es war der Mann, den ich in der Tür gesehen hatte.«
»Sind Sie sicher?« fragte der Sheriff nach.
»Nein. Es schien, als ob er dieselbe Größe und Figur hatte, doch es war dunkel, und ich habe den Mann in meinem Schlafzimmer ja nur eine Sekunde lang gesehen.«
»Fahren Sie fort.«
»Mir war klar, wenn er sich umdrehte und nach unten blickte, dann mußte er mich sehen. Ich war mir sicher, daß er meinen Atem hören konnte. Plötzlich drehte er sich um, und ich glaubte, daß er mich bemerkte. Dann leuchtete auf einmal der Wald auf.«

»Leuchtete auf?« wiederholte Sheriff Dillard.
»Es war ein kurzes, aber sehr helles Aufleuchten. Es kam von der anderen Seite des Stamms.«
»Wissen Sie, worauf das Aufleuchten zurückzuführen war?« fragte der Sheriff.
»Nein, ich lag ja unter dem Stamm. Ich konnte nur sehen, wie es hell wurde.«
»Haben Sie den Mann erkannt?« fragte der Sheriff weiter.
Abbie zögerte. »Vor zwei Wochen hat ein Mann versucht in mein Haus in Portland einzubrechen. Ich habe ihn verscheucht, aber ich konnte ihn mir genau ansehen, während er auf meiner hinteren Veranda stand. Er war gekleidet wie der Mann, der heute nacht in meine Hütte eingebrochen ist. Ich bin mir sicher, daß es dieselbe Person war. Bei einer Gegenüberstellung könnte ich ihn aber nie identifizieren. Beide Male trug er eine Maske über seinem Kopf, doch etwas an ihm erinnerte mich an Charlie Deems.«
Stamm schaute erschrocken drein.
»Wer ist Charlie Deems?« wollte der Sheriff wissen.
»Ein Mann, bei dem ich vor über einem Jahr eine Verurteilung wegen Mordes erreicht habe. Es wurde die Todesstrafe verhängt, doch der Supreme Court hat vor kurzem das Urteil aufgehoben, und er ist wieder auf freiem Fuß.«
»Stimmt, der Name kam mir gleich vertraut vor. Doch warum glauben Sie, daß es Deems war?«
»Die Größe, die Figur. Ich könnte es nicht beschwören. Es ist nur so ein Gefühl.«
»Haben Sie den versuchten Einbruch der Polizei in Portland gemeldet?« wollte der Sheriff wissen.
»Nein, ich sah keinen Sinn darin, die Sache zu melden. Ich konnte den Mann nicht identifizieren, und es war ja nichts weggekommen. Er hatte Handschuhe getragen, also gab es auch keine Fingerabdrücke. Und damals – ich hatte zwar das

Gefühl, daß er mich an jemanden erinnerte, mir kam aber nicht in den Sinn, daß es Deems sein könnte, bis ich ihn heute nacht wiedersah.«

Der Sheriff nickte und meinte: »In Ordnung. Erzählen Sie uns einfach, was sonst noch heute nacht passierte, und dann können Sie nach Hause gehen.«

»Nach dem Aufleuchten blieb der Mann eine Sekunde bewegungslos stehen und verschwand dann in Richtung des Lichts. Ich hörte, wie er von mir weg durch das Unterholz brach. Nach einer Weile war alles still. Ich beschloß, mich noch eine ganze Weile ruhig zu verhalten. Ich wollte sichergehen, daß er nicht darauf lauerte, daß ich mich bewegte. Ich trug keine Uhr, also wußte ich nicht, wie lange ich so in Deckung blieb, aber es schien mir wie eine Ewigkeit. Als ich glaubte, daß es sicher sei, machte ich mich auf den Weg zum Cottage der Wallaces, und Mrs. Wallace hat Sie dann angerufen.«

»Als der Mann davonlief, haben Sie da noch etwas gehört?«

»Nein, aber da muß noch jemand gewesen sein. Das Aufleuchten, die Geräusche.«

»Gut. Ich nehme an, Sie wollen duschen und sich umziehen. Ich gehe mit Mr. Stamm nach unten. Wir warten im Wohnzimmer, bis Sie bereit zur Abfahrt sind.«

»Erzählen Sie mir mehr über Charlie Deems!« forderte Sheriff Dillard Stamm auf, als sie unten waren.

»Wenn Deems hinter Abbie her ist, dann ist sie ernstlich in Schwierigkeiten«, meinte Stamm. »Er ist ein knochenharter Killer. Kalt wie Eis. Er hat einen rivalisierenden Rauschgifthändler zu Tode gefoltert, danach hat er ein kleines Mädchen und seinen Vater umgebracht, um zu verhindern, daß der Vater vor Gericht aussagt. Ich war bei der Vernehmung von Deems dabei. Er hat nicht einmal geblinzelt. Hat die ganze Zeit gelächelt. Überaus höflich. Er nahm die ganze

Angelegenheit, als ob es ein Scherz wäre. Ich habe sein Gesicht beobachtet, als die Geschworenen das Todesurteil besiegelten. Ich wette, sein Herzschlag hat sich keinen Deut beschleunigt.«

»Würde er versuchen, Mrs. Griffen umzubringen?«

»Wenn er es wollte, würde er es tun. Charlie Deems ist ein Mann ohne Gewissen. Ich weiß nur nicht, warum er sich jetzt, nachdem er draußen ist, diese Mühe macht. Andererseits muß man sagen, daß Vernunft nicht gerade Deems starke Seite ist.«

Sheriff Dillard blickte beunruhigt und sorgenvoll drein.

»Ich werde Ihnen sagen, was mir Sorge bereitet, Mr. Stamm. Nichts wurde gestohlen. Das könnte bedeuten, daß der Eindringling ein Dieb war, der in Panik geriet. Doch das glaube ich nicht. Wenn es ein Dieb war, warum ist er Mrs. Griffen in den Wald gefolgt? Warum war er hinter ihr her? Nein, ich glaube, der Eindringling hatte es auf das Leben Ihrer Stellvertreterin abgesehen.«

Kapitel zehn

1

Das zweistöckige, im Kolonialstil gebaute Haus der Griffens stand am Ende einer gewundenen Auffahrt auf einem zwei Hektar großen bewaldeten Grundstück. Eine Absperrung blockierte die Auffahrt. Trotz der späten Stunde hatten sich neugierige Nachbarn vor der Absperrung versammelt und versuchten einen Blick auf das Haus zu erhaschen. Sie diskutierten über den Grund der Explosion, die die Stille dieses exklusiven Wohnviertels von Portland gestört hatte.

Nick Paladino fuhr langsam durch die Menge und blieb vor der Absperrung stehen. Ein uniformierter Beamter beugte sich zum Fenster auf der Fahrerseite hinunter. Paladino sah aus wie ein gealterter Boxer. Der Polizist musterte ihn mißtrauisch, bis der Beamte der Mordkommission ihm seine Marke zeigte, dann schob er schnell die Absperrung zur Seite.

Jack Stamm starrte mürrisch aus dem Beifahrerfenster, während das Zivilfahrzeug der Polizei vorsichtig die Auffahrt entlangrollte. Die Nachricht von der Explosion hatte Stamm überrascht, der die Fahrt zum Tatort damit verbrachte, sich Vorwürfe zu machen, in der Woche nach dem Angriff auf Abigail Griffen nicht »irgend etwas« unternommen zu haben.

Paladino parkte neben dem Wagen der Feuerwehr. Die Männer der Feuerwehr verfolgten die Arbeit der Sprengstoffabteilung. Sonst gab es für sie auch nichts zu tun. Es gab kein Feuer, nur die verstreuten Überbleibsel eines neuen Mercedes-Benz. Hier war eindeutig niemand, den sie hätten retten können. Der Fahrer des Mercedes war ohne Zweifel tot.

Paul Torino, der Chef der Sprengstoffabteilung, trat dem Bezirksstaatsanwalt und dem Mann von der Mordkommission in den Weg, bevor diese die Absperrung überschritten hatten, mit der seine Gruppe den Explosionsort abgesichert hatte. Torino war knapp einen Meter achtzig, hatte einen breiten Nacken und breite Schultern, O-Beine und schütteres Haar. Er trug die schwarze Einsatzuniform der Abteilung, darüber einen Wegwerfschutzanzug aus Kunststoff, der gegen Bakterien und Viren schützen sollte.

»Ziehen Sie die hier an, und dann veranstalte ich für Sie eine Führung«, begrüßte sie Torino und gab Stamm und Paladino zwei ebensolche Overalls. Stamm schlüpfte problemlos in den seinen, doch Paladino hatte einige Schwierigkeiten, seinen Bierbauch in den Overall zu zwängen

»Wann ist die Bombe explodiert?« fragte Stamm.

»Der Notruf erreichte uns um zweiundzwanzig Uhr fünfunddreißig«, antwortete Torino, als er sie durch die Absperrung schleuste. Scheinwerfer waren aufgestellt worden, um den Platz vor dem Haus zu erleuchten, und jemand hatte im Haus selbst alle Lichter eingeschaltet. Die Angehörigen der Sprengstoffabteilung suchten den Tatort nach Teilen der Bombe ab, damit sie herausfinden konnten, wie sie konstruiert gewesen war. Ein Beamter katalogisierte die Beweisstücke. Ein anderer brachte Markierungen an, wo die einzelnen Stücke gefunden worden waren.

Stamm bemerkte einen Mann, der ein gezacktes Loch im

Garagentor fotografierte. Das Wrack des Mercedes stand direkt vor der Garage, die Kühlerhaube zeigte in Richtung des Garagentors. Stamm vermutete, daß der Wagen in der Auffahrt geparkt und gerade beim Zurückstoßen gewesen war, als die Bombe explodierte. Er ging um den Mercedes herum, bevor er einen Blick in den Wagen warf. Ein beißender Geruch hing in der Luft, der bis jetzt noch nicht von der Abendbrise verweht worden war. Das Sicherheitsglas der Windschutzscheibe war gesprungen, aber noch intakt, doch die Seiten- und das Rückfenster waren von der Explosion zerstört worden. Glassplitter und Teile von verbogenem, herausgerissenem Metall lagen über die Auffahrt und den Rasen vor dem Haus verstreut. Auf der Fahrerseite war das Dach nach außen gewölbt, als habe ein Riese heftig mit seiner Faust dagegengeschlagen. Torino deutete auf zwei zwei Zentimeter große Löcher im Dach und erklärte, daß diese von Teilen eines Rohrs stammten. Dann führte er die beiden Männer zum Fenster auf der Fahrerseite.

»Wenn wir später die Möglichkeit haben, die Wagenunterseite zu untersuchen«, meinte Torino, »werden wir unter dem Fahrersitz ein großes Loch im Wagenboden finden. Da war die Bombe befestigt. Achten Sie auf den Sicherheitsgurt.«

Er war in zwei Teile zerrissen.

»Das Opfer ist gegen das Wagendach geschleudert worden und hat dabei die Halterung des Gurts herausgerissen. Dann fiel der Körper wieder in den Sitz zurück.«

Stamm atmete tief durch und schaute in den Wagen. Ein Mordopfer anzusehen war nie einfach. Es war noch viel schwerer, wenn es sich um jemanden handelte, den man kannte. Was in diesem Fall half, war der Eindruck, daß das Opfer mit geschlossenen Augen, auf der rechten Seite liegend, einfach nur schlief. Kopf und Oberkörper waren einigermaßen unverletzt, genauso wie die Beine von den Knien abwärts, doch dazwischen waren schwere Verletzungen festzustellen. Stücke von Fleisch hingen, wie Stamm feststellte, am Dach und an der Windschutzscheibe auf der Fahrerseite, doch es war weniger Blut zu sehen, als er erwartet hatte, da der Tod durch innere Verletzungen eingetreten war. Stamm fing sich wieder und betrachtete noch einmal das Gesicht des Toten, wobei er sich erinnerte, wie es im Leben ausgesehen hatte. Er fühlte, wie sich in seinem Kopf alles zu drehen begann, und wendete sich ab. »Paul!« rief jemand von der Garage herüber, »sehen Sie sich das hier an!«

Das Garagentor war jetzt geöffnet. Drinnen kniete ein Mitglied der Sprengstoffabteilung vor einem weißen Kühlschrank, der vor einer schwarzen Wand stand. Torino beugte sich über den Mann, während Paladino und Stamm sich die Sache von der Seite her ansahen. Eingebettet in der Kühlschranktür befand sich ein rundes Stück Metall.

»Kam das durch das Loch in der Garagentür hier rein?« fragte Torino den Mann, der sie zu sich gerufen hatte.

»Ja, wir haben die Fluglinie überprüft. Bin froh, daß ich nicht hier war, um mir ein Bier zu holen. Dann hätte ich jetzt zwei Löcher im Hintern.«

»Peterson soll das fotografieren«, wies Torino ihn an. »Hol es ja nicht vorher raus.«

Stamm beugte sich näher heran und bemerkte zwei Stücke Kupferdraht und etwas, was er nicht identifizieren konnte, das in dem Metallstück eingebettet war.

»Das ist eins der Endstücke der Bombe«, erklärte Torino, »und die Reste einer Blitzlichtbirne, die als Zünder gedient hat. Als die Bombe explodierte, sind die Endstücke wie Kugeln in die Richtung, in die die Bombe zeigte, weggeflogen. Dieses hier hat das Garagentor durchschlagen und sich in die Kühlschranktür gebohrt.«

Der Mann von der Sprengstoffabteilung kam mit dem Beamten, der die Beweisstücke katalogisierte, und dem, der ihre Fundstelle markierte, zurück.
»Langsam wird es ein bißchen zu voll hier«, meinte Torino und schob Stamm und Paladino nach draußen.
»Paul«, fragte Stamm den Captain, »Sie haben doch die Untersuchung in der Hollins-Bombensache geleitet, richtig?«
»Der Fall Deems?«
Stamm nickte.
»Überrascht mich nicht, daß Sie das fragen«, gab Torino zurück, »weil ich selbst einen Anflug von déjà-vu hatte, sobald ich dieses Endstück sah. Ich wollte nur nichts sagen, bis die Untersuchung abgeschlossen ist. Ich weiß es erst genau, wenn wir alle Teile der Bombe zusammenhaben, aber ich setze ein Jahresgehalt darauf, daß diese Bombe hier identisch ist mit der, die Hollins und seine kleine Tochter umgebracht hat.«

2

Kurz vor Mitternacht fuhr Jack Stamm auf der Harvest Lane durch Meadowbrook, ein Wohnviertel, das aus zwanzig attraktiven Häusern bestand, die an drei gewundenen Straßen in einem Vorort von Portland verteilt waren und zwanzig Fahrminuten vom Ort der Explosion entfernt lag. Stamm parkte in der Auffahrt eines modernen, grauen ebenerdigen Hauses mit angebauter Garage. Im selben Moment, als ein Streifenwagen am Bürgersteig hielt, klingelte Stamm und klopfte gegen die Eingangstür. Das kleine Haus war erst vor ein paar Jahren gebaut worden. Die Wohngegend war so neu, daß die kleinen Bäume noch keinen Schatten spendeten. Das Haus war großzügig mit Glas verkleidet, so daß tagsüber ein Maximum von Sonnenlicht einfallen konnte. Stamm spähte durch das Vorderfenster in das Dunkel des Wohnzimmers, dann wandte er sich an die uniformierten Beamten, die mit ihm gekommen waren.

»Kontrollieren Sie die Rückseite. Achten Sie auf Anzeichen, ob jemand eingedrungen ist.«

Die Polizisten umrundeten von verschiedenen Seiten her das Haus. Stamm machte sich Sorgen. Warum lag das Haus so verlassen da? Genau in diesem Augenblick erschien am Ende der Straße ein Auto mit eingeschalteten Scheinwerfern. Ein Wagen bog in die Auffahrt und kam zum Stehen. Die Fahrertür ging auf, und Abbie stieg aus. Sie war mit Jeans, einem langärmligen dunklen Baumwollhemd und einer dunkelblauen Windjacke bekleidet. Ihr Haar war zu einem Pferdeschwanz zusammengebunden.

Abbie schaute auf den Streifenwagen, als die beiden Polizisten um die Hausecke bogen. Sie blickte von den Polizisten zu Stamm.

»Was ist los, Jack?« fragte Abbie besorgt.

»Wo bist du gewesen?« wollte Stamm wissen, ohne ihre Frage zu beachten.

»Auf einer falschen Fährte. Was geht hier vor?«

Stamm zögerte. Abbie griff nach seinem Arm.

»Sag schon!« forderte sie ihn auf.

Stamm legte seinen Arm fest um Abbies Schultern.

»Ich habe schlechte Nachrichten«, begann er. Ein Spektrum der Gefühle spiegelte sich in Abbies Gesicht. »Es handelt sich um Robert. Er ist tot.«

»Wie?« war alles, was sie hervorbrachte.

»Er wurde ermordet.«

»Oh, mein Gott.«

»Es war eine Autobombe, Abbie. Genau so eine, wie Charlie Deems sie benutzte, als er Larry Hollins und seine kleine Tochter umbrachte.«

Abbies Beine gaben unter ihr nach, und Stamm half ihr zum Treppenabsatz vor der Eingangstür, wo er sie hinsetzte.

»Ich will, daß du mir jetzt genau zuhörst«, forderte Stamm Abbie auf. »Es gibt keinen Beweis, daß Deems es getan hat, aber die beiden Bomben sind sehr ähnlich. Also werde ich kein Risiko eingehen. Diese beiden Beamten werden heute nacht bei dir bleiben, und ich werde für dich Polizeischutz rund um die Uhr organisieren.«

»Aber warum Robert?« fragte Abbie ungläubig. »Er hat Deems doch aus der Todeszelle geholt.«

»Deems ist ein Sadist. Vielleicht will er dich umbringen, doch erst will er dich leiden lassen, indem er jemanden, der dir nahesteht, tötet.«

Abbie blickte verwirrt drein. »Erst der versuchte Einbruch, dann der Angriff an der Küste. Und jetzt ist Robert tot. Ich kann nicht glauben, daß das alles wahr ist.«

»Es kommt schon alles in Ordnung, Abbie. Wir werden dich beschützen, und wir werden die Person finden, die Robert umgebracht hat. Doch du mußt vorsichtig sein. Du mußt diese Angelegenheit sehr ernst nehmen.«

Abbie nickte langsam. »Du hast recht. Ich kann gar nicht begreifen, daß ich heute abend noch allein weggegangen bin.«

»Was hast du so spät noch gemacht?«

»Ich habe einen Anruf wegen eines Falls bekommen. Der Mann wollte, daß ich mich mit ihm treffe, aber er ist nicht erschienen.«

»Um wieviel Uhr war das?«

»Ungefähr um neun.«

Abbie verstummte, auf einmal wurde ihr klar, warum Stamm nach dem Anruf fragte.

»Du glaubst doch nicht, daß der Anruf etwas mit der Bombe zu tun hat, oder?« wollte Abbie wissen, doch Stamm hörte gar nicht hin. Er wandte sich an einen der Polizisten.

»Bringen Sie Ihren Wagen vom Haus weg, schnell! Dann setzen Sie sich über Funk mit Paul Torino in Verbindung. Er ist immer noch bei Richter Griffens Haus. Sagen Sie ihm, ich brauche seine Sprengstoffspezialisten hier, sofort.«

Stamm zog Abbie auf die Füße und schob sie zu seinem Wagen.

»Was soll das?« fragte Abbie, immer noch zu benommen, um zu begreifen, was den Bezirksstaatsanwalt so beunruhigt hatte.

»Ich bringe dich vom Haus weg, bis die Sprengstoffabteilung es gründlich untersucht hat. Wenn du seit neun Uhr weg gewesen bist, dann hat die Person, die die Bombe am Wagen deines Mannes angebracht hat, jede Menge Zeit gehabt, auch hier etwas anzustellen.«

Kapitel elf

1

Der kleine, fensterlose Raum in der Tiefgarage des Polizeihauptquartiers von Portland sah eher wie ein Lagerraum denn wie ein Büro der Sprengstoffabteilung aus. Die Wände waren gestrichen, und der Boden war übersät mit Pappkartons, in denen sich Metallteile, Kupferdraht und Rohrstücke befanden. Ein grauer Stahlschreibtisch neben der Tür war der einzige Hinweis darauf, daß dieser Raum für etwas anderes genutzt wurde, als Abfall zu verstauen, doch auch der Schreibtisch war bedeckt von einem Chaos verschiedenartigster Bruchstücke, die man gut für Teile ausgedienter Möbel halten konnte.

Paul Torino öffnete die Tür und ließ Nick Paladino in seinen Arbeitsraum. Nachdem ihn Torino angerufen hatte, war Paladino mit dem Fahrstuhl vom Morddezernat in die Tiefgarage gefahren.

»Was gibt's, Paul?«

»Ich will Ihnen etwas zeigen.«

Torino setzte sich auf den Schreibtisch und bedeutete Paladino, sich in den Stuhl neben ihm zu setzen. Dann schaffte Torino auf dem Schreibtisch Platz, indem er die Sachen zu einem großen Haufen am Rand zusammenschob. Neben

einem der Schreibtischbeine stand ein zerfledderter Pappkarton. Torino nahm einige Teile heraus und ordnete sie in einer Reihe auf der Tischplatte. Auf einen gelben Schreibblock zeichnete er die Seitenansicht eines Rohrstückes.
»Dies ist eine grobe Zeichnung der Bombe, die Richter Griffen getötet hat. Der Bombenleger hat die Bombe an der Unterseite des Wagens angebracht, was eine einfache Sache ist.«
Torino beugte sich noch einmal über den gelben Block und zeichnete ein Rechteck. Dann zeichnete er ein Hufeisen am linken Ende des Rechtecks und ein weiteres am rechten Ende, darauf malte er in der Mitte der Biegung des Hufeisens jeweils einen schwarzen Punkt.
»Das hier ist ein Stück Metall«, erklärte Torino und deutete auf das Rechteck. »Dies hier sind Magneten«, fuhr er fort und zeigte auf die Hufeisen. »Man bohrt Löcher in das Metall und befestigt die Magneten mit Schrauben an der Platte, dann befestigt man mit Klebeband die Magneten an der Rohrbombe. Wenn man dann die Bombe einsetzen will, braucht man sie nur mit den Magneten an der Unterseite des Autos zu befestigen.«
»Klar.«
Torino hob einen verkohlten und verbogenen, flachen Metallstreifen von etwa fünfzehn Zentimeter Länge, vier Zentimeter Breite und fünf Millimeter Dicke auf.
»Was glauben Sie wohl, was das ist?« fragte Torino Nick Paladino.
Paladino sah sich das Ding und die Zeichnung genau an.
»Der Metallstreifen, an dem die Magneten befestigt waren?« vermutete er.
»Richtig. Ich habe mir dieses Stück heute morgen aus der Asservatenkammer geholt. Es ist ein Teil der Bombe, die Larry und Jessica Hollins getötet hat. Fällt Ihnen irgend etwas Ungewöhnliches daran auf?«

Paladino nahm den Metallstreifen von Torino und untersuchte ihn eingehend. Er war schwer. Ein Ende des Rechtecks war flach und sah aus, als ob es von einer Maschine behandelt worden sei. Das andere Ende war ungleichmäßig, und es war eine Kerbe darin, die ein ausgezacktes V bildete.
»Die Enden sind verschieden«, meinte Paladino.
»Richtig. Dieses Stück Metall stammt von einem größeren Stück. Jemand hat es in einen Schraubstock gespannt und mit einer Säge abgeschnitten, damit es auf das Rohr paßte.« Torino deutete auf das unregelmäßige Ende. »Achten Sie darauf, wie sich diese Kerbe überschneidet. Das ist so, weil die Person, die das Metall gesägt hat, von zwei Seiten angesetzt hat.«
Torino hob einen durchsichtigen Plastikbeutel auf, in dem sich ein weiterer verbogener und verkohlter Metallstreifen befand.
»Als gestern die Bombe hochging, saß Richter Griffen direkt über ihr. Dieser Metallstreifen wurde durch den Wagenboden in den Körper des Richters gejagt. Das hat ihn getötet. Der Gerichtsmediziner fand ihn bei der Autopsie. Schauen Sie sich das rechte Ende an.«
Die Übereinstimmung zwischen der Kerbe an dem Metallstreifen, der Robert Griffen getötet hatte, und der Kerbe an der einen Seite des Streifens von der Hollins-Bombe war offensichtlich.
»Sie sagen also, daß dieselbe Person beide Streifen abgesägt hat?« fragte Paladino.
»Es gibt keine Möglichkeit, das mit Gewißheit zu sagen, aber ich *kann* sagen, daß ich vorher nur eine Bombe gesehen habe, die auf diese Weise gebaut war. Das ist die Handschrift des Bombenlegers. Sie ist so einmalig wie ein Fingerabdruck.«
»Also ist Deems wahrscheinlich unser Mann?«

Torino antwortete nicht. Statt dessen nahm er das letzte Teil von der Tischplatte auf. Es befand sich ebenfalls in einem durchsichtigen Plastikbeutel, zusammen mit einigen Metallspänen. Paladino untersuchte es. Es war ein sauberes Stahlrechteck, auf der einen Seite maschinell geschnitten, auf der anderen von Hand abgesägt.
»Was ist das?« fragte Paladino und war sich sicher, die Antwort schon zu kennen.

2

»Detective Bricker«, meldete sich Tracy Cavanaugh, als die Telefonistin sie mit dem Morddezernat der Polizei von Salem verbunden hatte, »ich weiß nicht, ob Sie sich noch an mich erinnern ...«
»Sicher. Sie sind doch die Assistentin von Richterin Sherzer.«
»Nun, das war ich. Ich arbeite jetzt in Portland. Ich habe eine neue Stelle angenommen.«
»Ich hoffe, Sie haben nicht wegen der Sache mit Ihrer Freundin gekündigt.«
»Nein, nein. Die Assistentenstelle lief nur ein Jahr.«
»Wie geht es Ihnen? Ich meine, wegen der Sache mit Ihrer Freundin.«
»Ich denke oft an Laura, aber es geht mir gut. Die neue Stelle hilft mir dabei. Ich bin ziemlich stark beschäftigt.«
»Das ist gut. Was kann ich für Sie tun?«
»Ich wollte wissen, wie Sie mit den Ermittlungen vorankommen. Gibt es irgendwelche Verdächtige?«
»Nein. Wir sind der Ansicht, daß Miß Rizzatti eher Opfer eines gezielten Mordes als das zufällige Opfer eines Einbre-

chers war, denn irgend jemand hat Miß Rizzattis Wohnung durchsucht. Es könnte die Person gewesen sein, die an der Tür klingelte, als sie die Nachricht auf Ihren Anrufbeantworter gesprochen hat. Doch bis jetzt haben wir keine Ahnung, wer sie getötet haben könnte.«

»So.«

Einen Moment lang blieb die Leitung stumm. Dann fragte Bricker: »Gibt es noch einen Grund, weshalb Sie angerufen haben?«

»Ja, tatsächlich. Es ist ... Haben Sie von der Sache mit Richter Griffen gehört?«

»Ja«, antwortete Bricker. Tracy hatte den Eindruck, daß in der Stimme der Polizistin ein wenig Zurückhaltung mitschwang.

»Als ich hörte, daß er ermordet worden ist, kam mir automatisch in den Sinn ... Haben Sie an die Möglichkeit gedacht, daß es zwischen den beiden Morden eine Verbindung gibt? Sind das nicht ein paar Zufälle zuviel? Erst Richter Griffens Assistentin, dann der Richter selbst.«

»Sobald ich von Richter Griffens Tod erfahren hatte, habe ich die Polizei in Portland angerufen. Unsere beiden Dienststellen haben die Möglichkeit einer Verbindung zwischen den beiden Morden untersucht, doch bis jetzt gibt es für diese Annahme keinen Anhaltspunkt. Wissen Sie etwas, das darauf hindeutet, daß diese beiden Fälle in Verbindung stehen?«

»Nein. Es ist nur so ... ich wußte nicht, ob Sie an diese Möglichkeit denken würden. Ich wollte nur helfen.«

»Ich danke Ihnen für Ihr Interesse.«

»Gut, das war eigentlich schon alles. Danke, daß Sie Zeit für mich hatten.«

»Kein Problem.«

3

Als Nick Paladino seinen Bericht über das, was er von Paul Torino erfahren hatte, beendet hatte, stand Jack Stamm auf und ging zum Fenster hinüber. Der Sommer in Oregon war traumhaft. Schneebedeckte Berge thronten über Meilen von lichtgrünen Wäldern. Boote kreuzten auf dem Willamette, ihre Segel eine wahre Symphonie von Farben. Verbrechen und Verzweiflung sollten an einem solchen Ort nicht existieren, doch die Wirklichkeit drang auch in das Paradies ein.

»Was ist mit Deems? Wissen wir, wo er sich aufhält?«

»Er ist verschwunden.«

»Das gleiche wie vor dem Mord an Hollins. Und was ist mit der Übereinstimmung zwischen den beiden Bomben?«

»Torino hat bei der Verhandlung von Deems beschrieben, wie die Bombe hergestellt worden ist.«

Stamm drehte der Aussicht den Rücken zu. Paladino wartete geduldig, bis der Bezirksstaatsanwalt etwas sagte.

»Ist Paul sicher in bezug auf die Metallstreifen?«

»Ich weiß, daß Sie das nicht hören wollen, Jack. Sie brauchen Torinos Meinung gar nicht erst. Man sieht, daß sie zusammenpassen.«

»Danach habe ich nicht gefragt, verdammt.«

Der Polizist schaute beleidigt zu Boden. »Paul wird beschwören, daß sie zusammenpassen.«

Stamm nahm eine Büroklammer von seinem Schreibtisch und begann sie geistesabwesend auseinanderzubiegen, während er im Raum umherlief. Paladino beobachtete ihn. Er wußte genau, was Stamm beschäftigte, machte er doch das gleiche durch wie er nach seinem Treffen mit Torino.

»Mein Gott«, stöhnte Stamm schließlich.

»Ich weiß, wie Sie sich fühlen, Jack. Es ist lächerlich. Ich kann es auch nicht glauben, nicht eine Minute lang. Doch wir müssen die Möglichkeit in Betracht ziehen. Abbie hat ein Motiv, sie hat für die Zeit, als die Bombe an Griffens Wagen angebracht wurde, kein Alibi, sie wußte, wie man die Bombe herstellt. Paul hat gesagt, daß er die Sache Schritt für Schritt mit ihr durchgegangen ist, als sie seine Aussage im *Deems*-Prozeß vorbereitet haben.«

»Das ist doch kompletter Blödsinn«, warf Stamm ärgerlich ein. Er warf die mißhandelte Büroklammer in den Papierkorb. »Nick, Sie kennen doch Abbie. Können Sie sich vorstellen, daß sie jemanden umbringt?«

»Nein, und das ist der Hauptgrund, warum ich diesen Fall abgeben werde. Ich kenne Abbie zu gut, um objektiv zu sein. Und Sie müssen auch aussteigen.«

Stamm ging zu seinem Schreibtisch zurück und ließ sich in den Sessel fallen.

»Sie haben recht. Ich könnte möglicherweise sogar zum Zeugen werden. Ich werde einen Sonderankläger vom Büro des Generalstaatsanwaltes beantragen müssen. Scheiße. Das ist doch unmöglich.«

»Ich denke, am besten rufen Sie jetzt gleich den Generalstaatsanwalt an und setzen einen Termin fest.«

Stamm raste vor Wut. Er wußte, daß Abbie ihren Mann nicht umgebracht hatte. Wenn es jemand getan hatte, dann Charlie Deems. Aber allein die vage Möglichkeit, daß einer seiner Stellvertreter schuldig war, machte es notwendig, die Untersuchung und die Anklagevertretung an eine andere Behörde abzugeben.

Die Sprechanlage meldete sich mit einem Summen.

»Mr. Stamm«, hörte er seine Sekretärin sagen, »ich weiß, daß Sie nicht gestört werden wollen, aber Charlie Deems ist hier. Er sagt, er will Sie sprechen.«

»Charlie Deems?«

»Er wartet am Empfang. Er sagt, es wäre wichtig.«

»In Ordnung. Sagen Sie ihm, ich komme gleich.«
Stamm blickte über den Tisch hinweg Nick Paladino an. Der Polizist schien genauso erstaunt wie der Bezirksstaatsanwalt.
»Was, zum Teufel, geht da vor, Nick?«
»Ich habe keine Ahnung, Jack.«
»Sie glauben auch nicht, daß er sich selbst stellt?«
»Charlie Deems? Auf keinen Fall.«
Stamm zog sein Jackett an und seine Krawatte fest. Sein Büro befand sich nur ein paar Schritte von der Eingangshalle entfernt. Als er auf den schmalen Flur hinaustrat, der zum Empfangsbereich führte, sah er Deems auf einem der Schalenplastikstühle sitzen und *Sports Illustrated* lesen.
»Mr. Deems, ich bin Jack Stamm.«
Deems schaute von dem Magazin auf, grinste und ging zu der kleinen Balustrade hinüber, die den Empfangsbereich vom übrigen Bürokomplex trennte.
»Ich habe gehört, daß Sie mich suchen«, begann Deems.
»Ja, Sir, das haben wir.«
»Hier bin ich.«
»Würden Sie mit in mein Büro kommen?«
»Klar«, meinte Deems zustimmend.
Stamm führte Deems an seiner Sekretärin vorbei in sein Büro.
»Sie kennen Nick Paladino?«
»Sicher. Er hat mich verhaftet, doch ich hege keinen Groll gegen ihn. Besonders, wo wir doch jetzt zusammenarbeiten werden.«
»So?« meinte Stamm.
»Klar. Ich beginne ein neues Leben. Ich möchte mich in den Dienst der Gerechtigkeit stellen.«
»Was hat denn zu diesem wundersamen Wandel geführt, Charlie?« wollte Paladino sarkastisch wissen.

»Wenn man in der Todeszelle sitzt, hat man viel Zeit, über sein Leben nachzudenken. Verstehen Sie, das Leben und was es bedeutet. Ich will mein Leben nicht weiter verschwenden. Ich bin ein besserer Mensch geworden.«

»Das ist sehr schön, Charlie. Ist das der Grund, warum Sie hergekommen sind? Uns zu erzählen, daß Sie ein besserer Mensch geworden sind?« fragte Paladino.

»He, ich weiß, wie beschäftigt ihr Kerle seid. Wenn ich Ihnen nur hätte mitteilen wollen, daß ich ein besserer Mensch geworden bin, dann hätte ich einen Brief geschrieben. Nein, ich bin hier, um Ihnen zu helfen, Verbrecher zu fangen.«

»Jemanden bestimmtes?« wollte Stamm wissen.

»Klar. Einige Leute, die ich gerne für lange, lange Zeit hinter Gittern sehen möchte.«

»Und wer sollte das sein?«

»Wie wäre es mit Raoul Otero? Ich weiß alles über seine Organisation, wie er den Stoff ins Land bringt, wo er ihn verschneidet und wer für ihn arbeitet. Interessiert?«

»Möglicherweise.«

»›Möglicherweise‹«, wiederholte Deems. Dann kicherte er. »Mr. Stamm, Sie machen sich ja jetzt schon vor Aufregung in die Hose, doch es ist schon in Ordnung, wenn Sie die Sache kühl angehen. Dafür bewundere ich Sie. Teufel, wenn Sie hier den Aufgeregten spielen würden, das würde mich doch nur dazu bringen, den Preis für die Informationen hochzutreiben.«

»Und was ist Ihr Preis?« fragte Paladino.

Deems drehte sich langsam zu dem Polizisten um. »Ich bin froh, daß Sie danach gefragt haben. Erstens brauche ich Schutz. Raoul ist nicht der Mann fürs Vergeben und Vergessen.«

»Kommen Sie zum Wesentlichen, Charlie«, forderte ihn Paladino auf.

»Natürlich wäre mir eine Art von Entschädigung recht.«
»Warum überrascht mich das nicht?«
»He, wenn ich für euch arbeite, dann kann ich nicht für mich arbeiten. Streiten wir uns doch nicht über Geld. Ich riskiere hier schließlich mein Leben.«
»Ich werde sehen, was sich wegen des Geldes machen läßt. Aber Sie müssen beweisen, daß Sie liefern können.«
»Das ist nur fair. Und da ist noch etwas, um die Sache interessanter zu machen.«
»Was ist das?« fragte Jack Stamm.
»Nicht was, wer.«
»Dann also, wer?«
Deems grinste breit. Er machte eine Pause, um den Moment zu genießen. Dann fragte er Stamm und Paladino: »Wie würde es Ihnen gefallen, wenn Sie wüßten, wer Richter Robert Griffen das Licht ausgeblasen hat?«

4

»Was du heute kannst besorgen, das verschiebe nicht auf morgen«, sagte Barry Frame von der Tür der Bibliothek der Kanzlei her.
»Kenn' ich das nicht?« gab Tracy zurück und blickte von dem Buch auf, in dem sie gerade las. Barry setzte sich neben Tracy an den langen, polierten Eichentisch, der die Mitte des Raumes einnahm. Um sie herum standen Bücherregale, die bis zur Decke reichten, gefüllt mit Gesetzestexten und Entscheidungen vom Supreme Court von Oregon und den Bundesrichtern.
»Es ist schon nach acht, wissen Sie.«
Tracy blickte auf ihre Uhr.

»Und ich wette, daß Sie noch nicht zu Abend gegessen haben.«
»Gewonnen.«
»Was halten Sie von thailändischem Essen?«
»Ich weiß nicht ...« Tracy starrte auf den Stapel von juristischen Büchern vor ihr.
Frame lächelte und schüttelte den Kopf. »Er heizt Ihnen ganz schön ein, nicht wahr?«
»Nein, es ist nur ...«
»Ich wette, er hat Ihnen seine ›Wenn Sie für mich arbeiten, werden Sie wenig schlafen, nicht richtig essen‹-Rede gehalten.«
Tracy sperrte erstaunt den Mund auf, dann grinste sie einfältig.
»Diese Rede hält er jedem neuen Anwalt, der bei ihm anfängt, und alle fallen darauf herein. Selbst bei mir hat es eine Zeitlang geklappt, aber dann bin ich klug geworden. Nur weil Matt nach seinen Grundsätzen lebt, heißt das noch lange nicht, daß Sie zu einer Maschine werden müssen. Woran Sie auch arbeiten, es kann bis morgen warten. Sie werden wohl kaum Ihren Bericht schreiben können, wenn Sie an Unterernährung gestorben sind.«
»Ich denke schon, daß ich ein bißchen hungrig bin.«
»Also?«
»Also, bringen Sie mich in dieses Thai-Lokal. Aber jeder zahlt für sich.«
»Das ist genau in meinem Sinn.«
Die Luft draußen war warm, aber nicht drückend. Tracy reckte sich und schaute zum Himmel hinauf. Am Firmament stand eine schmale Mondsichel, und die Sterne funkelten. In den Hügeln, die sich hinter der Innenstadt von Portland erhoben, glitzerten die Lichter der Häuser wie Glühwürmchen.

»Kann man zu dem Restaurant laufen? Ich könnte etwas Bewegung brauchen.«
»Ungefähr sieben Blocks. Kein Problem für jemanden, der einen der vorderen Plätze bei den Universitätsmeisterschaften im Hindernislauf belegt hat.«
»Woher wissen Sie das?«
»Matt gibt mir die Bewerbungsunterlagen zu lesen, die bei ihm eingehen.«
»So. Haben Sie die gelesen, die ich ihm vor sechs Monaten geschickt habe?«
»Ja.«
»Warum wurde ich nicht zu einem Vorstellungsgespräch eingeladen?«
»Na, Sie sind vielleicht ein Herzchen«, scherzte Frame. »Aber was soll's, ich sagte ihm, daß er ein Depp sei, Sie zu übergehen, doch der ›Zauberer‹ weiß nicht viel mit Frauen anzufangen. Ich wollte es nicht glauben, als er Sie eingestellt hat. Richter Forbes muß sich ganz schön für Sie ins Zeug gelegt haben.«
»Warum nennen Sie Mr. Reynolds ›Zauberer‹?«
»Vor drei Jahren erreichte Matt in dem Berufungsverfahren von Marcus Herrera einen Freispruch. Das Magazin *Time* widmete ihm die Titelgeschichte und nannte ihn den ›Zauberer‹, weil jedermann gesagt hatte, daß nur ein Magier Herrera retten könnte. Er haßt diesen Artikel.«
»Ich denke, das ist romantisch.«
»Außerdem stimmt es. Es gibt eine Menge Leute, die ihr Leben Matts Magie verdanken.«
»Warum, glauben Sie, ist er so erfolgreich?«
»Ganz einfach: Matthew Reynolds ist gut, besser als jeder, der es bis jetzt mit ihm aufgenommen hat.«
Tracy dachte einen Moment darüber nach. Matthew Reynolds war clever, aber es gab eine Menge guter Anwälte.

Wenn jemand sie danach gefragt hätte, hätte Tracy die Zeit angeführt, die Reynolds mit der Vorbereitung seiner Fälle verbrachte. Ihr war nie jemand begegnet, der in irgendeinem Beruf härter gearbeitet hätte.

»Was treibt ihn an, Barry? Was zwingt ihn, so hart zu arbeiten?«

»Wissen Sie von der Sache mit seinem Vater?« fragte Barry.

»Mr. Reynolds hat ihn während meines Vorstellungsgespräches erwähnt. Es hat sich angehört, als ob er ihn sehr verehre.«

»Verehrt hat. Oscar Reynolds wurde im Staatsgefängnis von Columbia, South Carolina, hingerichtet, als Matt acht Jahre alt war. Er wurde zum Tode verurteilt, nachdem er wegen Vergewaltigung und Mord schuldig gesprochen worden war.«

»Mein Gott!«

»Zwei Jahre später hat ein anderer diese Verbrechen gestanden. Matt spricht aus naheliegenden Gründen nicht darüber. Seine Mutter hatte nach dem Schuldspruch einen Nervenzusammenbruch. Eine Woche nach der Hinrichtung beging sie Selbstmord. Matt verbrachte einige Zeit in verschiedenen Waisenhäusern, bis ihn ein entfernter Verwandter zu sich holte. Er hat nie darüber gesprochen, was sich dort zugetragen hat, aber ich denke, es war ziemlich schlimm.«

Tracy hatte das Gefühl, etwas sagen zu müssen, aber ihr fiel nichts auch nur irgendwie Passendes dazu ein. Was Barry ihr da gerade mitgeteilt hatte, war zu schrecklich. Und es beantwortete natürlich alle Fragen, die sie in bezug auf Reynolds' fanatische Hinwendung zu seinem Beruf hatte.

Tracy versuchte sich vorzustellen, wie das Leben für den acht Jahre alten Matthew Reynolds gewesen sein mußte, der mit der Erinnerung an eine Mutter, die Selbstmord begangen hatte, einen Vater, den man wegen eines Sexualdelikts und Mordes hingerichtet hatte, und mit einem entstellenden Geburtsmal im Gesicht aufgewachsen war und der ein leichtes Ziel für die Grausamkeiten der anderen Kinder abgegeben hatte.

»Er muß entsetzlich einsam gewesen sein«, meinte Tracy.

»Er ist immer noch einsam. Ich bin wahrscheinlich die Person, die dem Begriff Freund für ihn am nächsten kommt.«

Barry verstummte. Sie gingen wortlos nebeneinander her, da Barry deutlich sichtbar mit sich rang, ob er sagen sollte, was ihm auf der Zunge lag. Tracy kam zu der Überzeugung, daß die Sache wichtig genug sei, abzuwarten, bis er sprechen würde.

»Es gibt noch einen Grund für Matts Erfolg«, sagte Barry schließlich. »Andere Anwälte haben neben ihrem Beruf noch einen anderen Lebensinhalt. Matts Lebensinhalt ist sein Beruf. Und ich übertreibe nicht. Er hat buchstäblich keine Interessen neben seinem Beruf, außer vielleicht seine Briefschachpartien. Ich denke, daß die Welt um ihn herum so unglaublich grausam zu ihm gewesen ist, daß er sich hinter seiner Arbeit versteckt, weil es für ihn der Ort ist, wo er sich sicher fühlt.

Genauso ist es. Es ist wie bei seinen Schachpartien. In der Juristerei gibt es Regeln, und er kennt jede einzelne von ihnen. Im Gericht beschützen ihn diese Regeln davor, verletzt zu werden. Er kann sich in seine Prozesse vergraben und sich vormachen, es würde nichts außerhalb davon existieren.

Und als Rechtsanwalt wird er gebraucht. Zum Teufel, für einige seiner Mandanten ist er der einzige Freund, den diese jemals gehabt haben.«

Barry senkte den Blick, und sie gingen wieder stumm nebeneinander her. Tracy wartete darauf, daß er noch mehr

von seinem Chef erzählte, so daß sie ihn besser verstehen könnte. Barry dagegen wechselte plötzlich das Thema und fragte: »Treiben Sie immer noch Sport?«
»Wie bitte?«
»Ich fragte, ob Sie immer noch Sport treiben.«
»An den Wochenenden laufe ich«, antwortete Tracy verstört, denn es war für sie schwer, nach dem, was sie gerade gehört hatte, zu einer so banalen Sache überzugehen.
»Wie lang ist Ihre Strecke?«
»Sieben, acht Meilen. Gerade genug, damit das alte Herz und die Lungen im Training bleiben.«
»In welcher Zeit?«
»Sechseinhalb Minuten für die Meile.«
»Darf ich mich Ihnen vielleicht einmal anschließen?«
Tracy zögerte. Sie war sich nicht sicher, ob Barry Frame einen Partner zum Laufen suchte oder ein Rendezvous wollte. Dann entschied sie, daß dies keine Rolle spielte. Es machte mehr Spaß zu zweit als allein zu laufen. Frame war ein gutaussehender Mann, und zur Zeit hatte sie keinen Freund. Sie wollte es nehmen, wie es kam.
»Früher, in der guten alten Zeit, habe ich normalerweise nach der Arbeit meine Runde gedreht. Doch jetzt laufe ich vor der Arbeit, daß heißt aber vor Tagesanbruch, wenn ich dazu komme, und an den Wochenenden.«
»Hören Sie«, schlug Frame vor. »Drehen wir doch am Sonntag um neun eine Runde und gehen dann zum Brunch in Papa Haydens Restaurant.«
»Akzeptiert«, stimmte Tracy zu und lächelte, als sie bemerkte, wohin der Hase lief.

Kapitel zwölf

Der Stellvertretende Generalstaatsanwalt Chuck Geddes hatte widerstrebend zugestimmt, das Verhör von Abigail Griffen bis auf den Tag nach der Beerdigung zu verschieben, aber auch erst, nachdem Jack Stamm ihn darauf hingewiesen hatte, daß es unsensibel und schlechtes Benehmen sei, die Witwe am Tag, an dem ihr Ehemann beerdigt werde, zu verhören. Es war der Hinweis auf das »schlechte Benehmen«, der Geddes, der stolz auf sein unfehlbares Urteil in allen Dingen war, überzeugte.

Geddes hatte das herbe, gute Aussehen der Männer, die man in der Zigarettenwerbung bewundern konnte, und er ging wie ein Mann, der eine Stahlfeder als Rückgrat hat. Diese Art marschierenden Einherschreitens hatte er während seiner Militärzeit, wo er im Dienste der Militärgerichtsbarkeit stand, kultiviert. Seine Ansichten waren genauso unbeugsam wie seine Haltung. Wenn er einen Prozeß verlor, dann waren immer die fehlende Intelligenz des Richters, die heimtückischen Winkelzüge eines skrupellosen gegnerischen Anwalts oder die Dummheit der Geschworenen daran schuld. Man mußte aber anerkennen, daß Geddes eine Reihe von schweren Prozessen gewonnen hatte. Weil er der erfolgreichste Staatsanwalt der Abteilung zur Betreuung der Bezirksstaatsanwälte im Justizministerium war, hatte man ihn zum Leiter dieser Abteilung bestellt. Geddes war unbarmherzig, schlau wie ein Fuchs und durchaus in der Lage, die Geschworenen einzuwickeln.

Der Polizist, der Abbies Haus bewachte, entspannte sich, als er Jack Stamm erkannte. Sobald Stamm den Wagen geparkt hatte, sprang Geddes vom Beifahrersitz und zog das Jackett seines leichten hellbraunen Brioni-Anzugs glatt. Neil Christenson, sein Ermittler, stieg hinten aus, während Geddes seine Manschetten richtete. Christenson, ein ehemaliger Streifenpolizist, der jetzt schon im neunten Jahr für das Justizministerium arbeitete, war Mitglied in einer Familie, die seit drei Generationen als Gesetzeshüter diente. Er besaß die Art von beeindruckender Erscheinung, die man von einem Streifenpolizisten erwartete, der zuviel zu tun hat, um seinen Körper in Topform zu halten, aber ab und zu doch ein bißchen joggt und in den Kraftraum geht. Christenson hatte einen Bürstenschnitt, doch seine freundlichen blauen Augen und ein freundliches Lächeln ließen ihn weniger einschüchternd erscheinen, als es für einen Mann seiner Gestalt normal war. Während Geddes in »Kampfmontur« dastand, hatte Christenson ein abgetragenes Tweedjackett an, das für den Sommer zu dick war, dazu trug er eine leichte braune Tuchhose, ein blaues Hemd mit durchgescheuertem Kragen und keine Krawatte.

Abbie sah erschöpft aus, als sie die Tür öffnete. Sie war nicht geschminkt, ihr Haar war nur nachlässig gekämmt, und um die Augen lagen dunkle Ringe. Sie hatte nur das Nötigste aufgeräumt, nachdem die Trauergäste, die sie nach dem Begräbnis hierher begleitet hatten, wieder gegangen waren. Überquellende Aschenbecher, schmutzige Teller und halbvolle Kaffeetassen standen überall im Wohnzimmer herum.

»Wie fühlst du dich?« fragte Stamm.

»Es geht so.«

Abbie schaute an Stamm vorbei die beiden Männer an, die hinter ihm standen.

»Das ist Chuck Geddes, er kommt vom Justizministerium, und das ist sein Ermittler, Neil Christenson.«

»Mein Beileid. Der Tod von Richter Griffen war eine schreckliche Tragödie«, sagte Geddes, trat hinter Stamm hervor und streckte seine Hand aus.

Abbie blickte verwirrt und etwas argwöhnisch drein. »Was hat das zu bedeuten, Jack?«

»Können wir reinkommen?« fragte Stamm. Abbie trat zur Seite. Sie warf einen Blick auf das Schlachtfeld im Wohnzimmer und führte dann alle in die Küche, wo mehr Ordnung herrschte.

»Ich habe gerade Kaffee gemacht, wenn jemand einen möchte.«

»Ist es koffeinfreier?« wollte Geddes wissen.

»Nicht an diesem Morgen«, gab Abbie zurück.

Stamm und Christenson wollten ihn schwarz, doch Geddes zögerte.

Durch das Küchenfenster blickte man auf eine kleine Veranda und weiter auf einen umzäunten Garten. Blumenbeete lagen zwischen dem Zaun und dem Rasen. Rote Fuchsien, gelbe Gladiolen und rosa Teerosen bildeten ein Meer strahlender Farben, das im Gegensatz zu der niedergeschlagenen Stimmung in der Küche stand.

»Was führt dich hierher?« fragte Abbie, als alle am Küchentisch Platz genommen hatten.

Stamm blickte Abbie kurz an und starrte dann in seine Kaffeetasse.

»Ich bin in einer unangenehmen Lage, die es mir unmöglich macht, weiter in der Mordsache Griffen zu ermitteln. Auch

die Polizei von Portland hat den Fall abgegeben. Chuck wurde als außerplanmäßiger Stellvertretender Staatsanwalt für Multnomah County verpflichtet. Es ist jetzt sein Fall.«
Abbie war einen Moment lang sprachlos. »Warum mußtest du die Sache aufgeben? Was ist passiert?«
»Es ist nicht einfach, das zu sagen, Abbie. Du stehst im Verdacht, Robert ermordet zu haben.«
Abbie starrte Stamm an. »Meinst du das ernst?« fragte sie mit einem verwirrten Lächeln.
»Sehr ernst«, gab Stamm leise zurück.
Abbies Blick wanderte zwischen den drei Männern hin und her. Dann erschien auf ihrem Gesicht ein zorniger Ausdruck.
»Das ist völliger Blödsinn.«
Geddes hatte sich zurückgelehnt, die Beine übereinandergeschlagen und Abbies Reaktion beobachtet. »Wir haben einen Zeugen, der aussagt, daß Sie ihn für den Mord an Richter Griffen anheuern wollten, und Beweise, die diese Aussage belegen.«
»Das ist unglaublich. Was für einen Zeugen? Welche Beweise?« wollte Abbie aufgebracht wissen.
»Im Moment darf ich Ihnen das noch nicht mitteilen, aber Sie können uns bei der Aufklärung dieser Sache helfen, indem Sie uns ein paar Fragen beantworten. Natürlich muß ich Sie darauf hinweisen, daß Sie das Recht haben zu schweigen und daß alles, was Sie sagen, bei einem Prozeß gegen Sie verwendet werden kann. Sie haben außerdem das Recht, einen Anwalt hinzuzuziehen, und wenn Sie sich keinen leisten können, dann wird das Gericht Ihnen einen unentgeltlich zur Verfügung stellen. Haben Sie das verstanden?«
Abbie starrte Chuck Geddes ungläubig an. »Wollen Sie mich absichtlich beleidigen?«

»Ich gehe nur professionell vor«, gab Geddes mit stoischer Ruhe zurück.

Abbie wandte sich an Stamm. »Ist das alles wahr, Jack? Werde ich verdächtigt?«

»Leider ja. Und du solltest ernsthaft darüber nachdenken, ob du ohne Anwalt mit Chuck sprichst.«

Geddes warf Stamm einen ärgerlichen Blick zu, gewann dann aber seine Fassung zurück.

»Ich brauche keinen Anwalt, Jack. Ich habe Robert nicht umgebracht. Ihr könnt mich fragen, was ihr wollt.«

»Abbie ...«, setzte Stamm an.

»Sie sagt, daß sie mit uns sprechen will, Jack«, fuhr Geddes heftig dazwischen. »Vielleicht kann sie ja die Ungereimtheiten aufklären. Wenn wir hier auf der falschen Fährte sind, dann lassen Sie uns das überprüfen, damit ich zurück nach Salem kann.«

Stamm bedauerte nicht, Abbie gewarnt zu haben, hielt sich aber jetzt zurück. Es war jetzt Geddes' Fall.

»Mrs. Griffen, berichten Sie uns doch bitte, wo Sie an dem Abend, als Richter Griffen ermordet wurde, zwischen neun Uhr und Mitternacht gewesen sind.«

»Das habe ich doch schon Jack gesagt.«

»Das weiß ich, doch Neil und ich möchten es gerne von Ihnen direkt hören.«

»Ich bin Anklägerin in einem Mordfall. Der Angeklagte heißt Jeffrey Coulter, der von Matthew Reynolds vertreten wird.« Bei der Nennung von Reynolds' Namen beugte sich Geddes leicht nach vorn. »Vor kurzen hat Reynolds' Spurensicherungsteam Untersuchungen im Haus der Franklins durchgeführt. Die Ergebnisse waren vorteilhaft für Coulter. An dem Abend, an dem mein Mann ermordet wurde, rief mich gegen neun Uhr ein Mann an, der mir sagte, die Spezialisten von Reynolds hätten in dem Haus der Franklins

künstlich Spuren gelegt. Er wollte mich umgehend am Rosengarten des Lewis und Clark-Colleges treffen.«
»Der Rosengarten liegt ziemlich abgeschieden auf dem Gelände, richtig?« bemerkte Geddes.
»Das stimmt. Er befindet sich am Rande des Areals hinter dem Schwimmbad.«
»Jack hat mir von der schrecklichen Sache an der Küste erzählt. Hatten Sie keine Angst, jemanden an so einem verlassenen Ort zu treffen, so kurz, nachdem Sie angegriffen worden waren?«
»Ich konnte mir die Chance, Coulter festzunageln, doch nicht entgehen lassen. Und außerdem war ich bewaffnet. Ich hoffte fast, daß es der Scheißkerl sein möge, der in meine Hütte eingedrungen ist.«
»Haben Sie daran gedacht, jemanden zur Unterstützung mitzunehmen?«
»Der Anrufer sagte, ich sollte allein kommen, andernfalls würde er nicht mit mir reden. Ich wollte ihn nicht verschrecken. Außerdem ist es egal, denn es hat sich niemand gezeigt.«
»Kann jemand Ihre Aussage bestätigen?«
»Nein. Als ich dort ankam, war der Parkplatz verlassen, und ich bin niemandem begegnet.«
»Mrs. Griffen, gab es im Zusammenhang mit Ihrer Scheidung Auseinandersetzungen?«
»Ich möchte nicht über mein Privatleben sprechen.«
»Das wird sich nicht machen lassen.«
»Tut mir leid. Robert ist tot. Was zwischen uns war, ist nun vorbei.«
»Ich kann Ihre Weigerung verstehen, doch wir untersuchen hier einen Mordfall. Wie viele Male haben Sie diesen Satz zu einem Verdächtigen oder einem Zeugen gesagt?«
»Viele Male, doch ich werde über meine Beziehung zu Robert nicht sprechen.«

»Gut, das muß ich wohl im Moment akzeptieren. Wie steht es um Ihre finanziellen Verhältnisse?«

»Was soll das heißen?«

»Ist es richtig, wenn ich behaupte, daß eine Scheidung Sie finanziell getroffen hätte?«

»Ja, aber das war mir klar, als ich sie beantragte.«

»Sind Sie bereit, uns über Ihre momentane finanzielle Lage Auskunft zu geben?«

Abbie schaute von Geddes zu Christenson. Ihre Gesichter waren ausdruckslos. Dann wandte sie sich an Jack Stamm. Er saß leicht nach vorn gebeugt und sah so aus, als würde er lieber überall anders sein als da, wo er sich gerade befand.

»Mir gefällt die Art dieses Gesprächs nicht, Mr. Geddes, auch nicht der Verlauf, also werde ich es beenden. Jack hat recht. Ich sollte mir einen Anwalt nehmen.«

»Ganz, wie Sie wollen.«

»Wie ist mein Status, Jack?« wollte Abbie wissen.

»Dein Status?«

»Darf ich arbeiten? Bin ich suspendiert, gefeuert?«

Stamm konnte Abbie nicht in die Augen sehen.

»Ich denke, es ist das beste, wenn du bezahlten Urlaub nimmst. Der hätte dir wegen des Begräbnisses sowieso zugestanden. Ich übergebe deine Fälle einem anderen meiner Stellvertreter.«

»Und wenn ich keinen Urlaub nehmen will?«

Stamm blickte auf. Ihm war deutlich anzusehen, daß er sich unbehaglich fühlte.

»Du kannst nicht ins Büro gehen. Gegen dich wird ermittelt.«

»Ich verstehe«, sagte Abbie leise.

»Das ist nicht meine private Ansicht, Abbie. Alles was recht ist, ich halte dich für unschuldig. Das ist Teil der vernünftigen Entscheidung, daß ich den Fall an den Generalstaatsanwalt abgegeben habe. Das mußte ich als Vertreter des Gesetzes tun.«

Abbie stand auf. »Es tut mir leid, wenn ich unhöflich war, Mr. Geddes. Ich bin sehr müde. Ich werde mich mit Ihnen in Verbindung setzen, sobald ich mit meinem Anwalt gesprochen habe.«

»Ich verstehe«, meinte Geddes mit einem mitfühlenden Lächeln. »Die Angelegenheit ist auch mir sehr unangenehm, Mrs. Griffen, aber da ist noch eine Sache.«

»Ja?«

Geddes streckte seine Hand aus. Christenson hatte eine Aktentasche dabei. Er öffnete sie und reichte Geddes ein offizielles Dokument. Geddes gab es an Abbie weiter.

»Das ist ein Hausdurchsuchungsbefehl.«

»Wie bitte?«

»Ich habe ihn heute morgen bei Richter Morosco beantragt.«

Abbie wandte sich an Jack Stamm. »Du Scheißkerl. Ich dachte, du wärst mein Freund. Ich kann nicht glauben, daß du das getan hast.«

Stamms Gesicht wurde rot vor Zorn. »Ich habe von dem Hausdurchsuchungsbefehl nichts gewußt, Abbie.«

»Das stimmt, Mrs. Griffen. Ich habe Jack nicht informiert. Neil, geben Sie den Polizisten ein Zeichen.«

Christenson trat aus der Eingangstür und winkte in Richtung der nächsten Straßenkreuzung. Mehrere Automotoren sprangen an, und Augenblicke später fuhren drei Streifenwagen der Staatspolizei von Oregon vor dem Haus vor.

»Bitte, richten Sie sich an einem Platz im Haus ein, Mrs. Griffen«, wies Geddes sie an. »Oder, wenn Sie das vorziehen, dann können Sie jemanden besuchen. Wir werden zwar

Ihren Wagen durchsuchen müssen, ich kann Sie aber fahren lassen.«
Alles passierte so schnell, daß Abbie dagegen ankämpfen mußte, nicht zusammenzubrechen, doch die Wut gab ihr Stärke. Sie schaute Geddes direkt ins Gesicht.
»Ich bleibe hier«, meinte sie, »und werde genau verfolgen, was Sie machen.«

Teil 4

Die Gefangene

Kapitel dreizehn

1

»Mrs. Griffen«, sagte Matthew Reynolds, als er durch den Empfangsbereich ging, »es bestand kein Anlaß, mich so kurz nach dem Begräbnis Ihres Mannes aufzusuchen. Mr. Coulters Fall hätte auch noch ein paar Tage Zeit gehabt.«

»Ich bin nicht wegen des Falls Coulter hier. Können wir in Ihr Büro gehen?«

Ein Ausdruck von Neugierde und Mitgefühl huschte über Reynolds' Gesicht, als er Abbie durch den Gang führte. Sobald sie sich im Büro gesetzt hatten, fragte Abbie: »Was können Sie mir über Chuck Geddes sagen?«

Reynolds fragte nicht, warum Abbie diese Information benötigte. Statt dessen musterte er sie, während er seine Gedanken sammelte. Schwarz stand ihr gut und auch die einreihige Perlenkette, aber sie sah erschöpft aus und saß steif da, die Hände gefaltet, das Gesicht verschlossen, so als ob sie befürchtete zusammenzubrechen, sobald sie sich bewegte.

»Chuck Geddes ist intelligent und ein kluger Kopf, aber unflexibel. Solange ein Prozeß läuft, wie er es erwartet, macht er seine Sache gut, wie ein braver Arbeiter, aber wenn auch nur die kleinste Sache schiefläuft, ist er nicht in der Lage, sich darauf einzustellen.

Vor ungefähr vier Jahren bat der Bezirksstaatsanwalt von La Grande County das Büro des Generalstaatsanwalts um Unterstützung in einem komplizierten Mordfall, bei dem ich Verteidiger war. Mr. Geddes behandelte mich zunächst ziemlich herablassend. Dann, als sein Fall den Bach herunterging, wurde er aufbrausend, herrisch und unhöflich. Ich hatte den Eindruck, er glaubte, meine juristischen Anträge wären Teil einer Verschwörung gegen ihn.
Zwei Jahre später trafen wir uns in John Day wieder vor Gericht. Von Anfang an war er aggressiv. Wie verrückt in bezug auf jede Kleinigkeit. Ich habe mit einem Antrag, den Schlüsselbeweis der Staatsanwaltschaft nicht zuzulassen, die Oberhand behalten, und es kam nie zur Verhandlung. Später erfuhr ich dann, daß er die Vorschriften über die Offenlegung des Beweismaterials gebrochen hatte, indem er mich nicht über einen Zeugen informierte, dessen Aussage vernichtend gewesen wäre. Ich habe den Eindruck, wenn er unter Druck steht, würde er alles tun, um zu gewinnen.«
»Ist Geddes ehrgeizig?«
»Überaus. Und nun, wenn Sie erlauben«, fragte Reynolds über seine zusammengelegten Hände hinweg Abbie, »warum dieses plötzliche Interesse an Mr. Geddes?«
Eine Welle von Gefühlen huschte über Abbies Gesicht. Sie senkte ihren Blick, doch dann hatte sie sich wieder in der Gewalt. Als sie den Kopf hob, zeugten ihre Gesichtszüge von der Anstrengung, Haltung zu bewahren.
»Ich brauche einen Anwalt, der mich vertritt.«
»In was für einer Art von Prozeß?«
»Gestern suchte mich Geddes in meinem Haus auf, um mich über den Tod von Robert zu befragen. Ich werde verdächtigt.« Reynolds richtete sich im Sessel auf. »Er hatte einen Hausdurchsuchungsbefehl. Sie haben einen Zeugen, der

mich belastet, und Beweise, die diese Aussage unterstützen.«
»Wer ist der Zeuge?«
»Das haben sie nicht gesagt. Geddes behandelt mich wie eine Verbrecherin.« Abbies Herz raste, und sie mußte tief durchatmen, bevor sie den nächsten Satz herausbrachte. »Ich habe das Gefühl, daß es nur eine Frage der Zeit ist, bevor ich … bevor sie mich in Haft nehmen.«
»Das ist ja lächerlich. Haben Sie mit Jack Stamm gesprochen?«
»Jack hat den Fall abgegeben. Geddes ist als Sonderstaatsanwalt abgestellt. Er leitet die Ermittlungen und wird Anklage erheben.«
»Ich kann Ihnen eine Reihe von hervorragenden Strafverteidigern nennen.«
»Nein. Ich will, daß Sie mich vertreten.«
Reynolds musterte Abbie. Er hatte den Eindruck, daß gegensätzliche Empfindungen in ihr stritten.
»Ich fühle mich geschmeichelt, Mrs. Griffen, aber ich sehe nicht, wie das möglich wäre, wenn Sie gleichzeitig die Anklage im Fall Jeffrey Coulter vertreten.«
»Tue ich nicht mehr. Ich bin suspendiert. Dennis Haggard bearbeitet jetzt den *Coulter*-Fall.«
»Jack Stamm hat Sie suspendiert?«
»Zuerst war ich wütend. Und bin es noch. Ja, ich bin rasend vor Zorn. Aber Jack hatte keine Wahl. Ich bin eine Verdächtige in einem Mordfall, und sein Büro leitet die Untersuchungen. Zumindest kommt es so zu keinen Konflikten.«
»Warum ich?« wollte Matthew wissen.
Abbies Gesicht nahm einen harten Ausdruck an. »Sie sind der Beste, Matthew. Wenn ich angeklagt werde, dann brauche ich den Besten. Wenn sie nicht davon überzeugt wären, daß sie etwas in der Hand haben, wären sie gar nicht so weit gegangen. Das Haus eines Stellvertretenden Bezirksstaats-

anwalts zu durchsuchen ...« Abbie schüttelte den Kopf. »Keine Chance, daß Geddes das getan hätte, wenn es nicht scheinbar handfeste Beweise für meine Schuld gäbe.«

»Sind Sie schuldig?«

Abbie blickte Matthew direkt ins Gesicht. »Ich habe meinen Mann nicht umgebracht«, erklärte sie mit fester Stimme.

Matthew musterte sie und sagte dann: »Sie haben einen Anwalt.«

Die Unsicherheit, die in Abbies Gesichtsausdruck gelegen hatte, verschwand wie Morgennebel in der Sonne. Ihre Schultern entspannten sich, und sie lehnte sich sichtlich erleichtert zurück.

»Ich hatte befürchtet, Sie würden mir nicht helfen.«

»Warum?«

»Weil ... ich weiß nicht. Wegen Coulter. Der Umstand, daß ich eine Staatsanwältin bin.«

»Sie sind ein Mensch in Schwierigkeiten, und ich werde alles tun, um Sie zu beschützen.«

»Danke, Matthew. Sie wissen nicht, was das für mich bedeutet.«

»Es bedeutet, daß sich unsere Beziehung geändert hat. Erstens einmal sind wir nicht länger Gegner. Von nun an arbeiten wir zusammen. Zweitens, ich bin immer noch Anwalt, Sie aber nicht. Sie sind meine Mandantin. Das wird Ihnen ungewohnt erscheinen. Besonders, da Sie gewohnt waren, die Anweisungen zu geben. Von nun an gebe ich die Anweisungen. Können Sie das akzeptieren?«

»Natürlich. Aber ich kann Ihnen helfen. Ich will an meiner Verteidigung teilhaben.«

»Selbstverständlich werden Sie daran teilhaben, aber nicht als Anwalt. Das würde nicht klappen. Sie haben doch schon gesehen, was passiert, wenn ein Angeklagter sich selbst vertritt. Sie stecken emotional zu tief in der Sache drin, um objektiv zu sein.«

»Ich weiß, aber ...«

»Wenn wir zusammenarbeiten sollen, dann müssen Sie meinem Urteil vertrauen. Sind Sie dazu bereit?«

»Ich ... ich weiß nicht. Ich bin es nicht gewohnt, hilflos zu sein.«

»Ich verlange nicht, daß Sie hilflos sind. Ich verlange, daß Sie mir vertrauen. Von diesem Moment an ist Ihr Fall die wichtigste Angelegenheit hier in meiner Kanzlei. Glauben Sie mir das?«

Matthews hellblaue Augen glänzten mit einer hingebungsvollen Intensität, so daß sich sein nicht gerade ansprechendes Gesicht verwandelte. Abbie hatte das schon einmal bei Reynolds beobachtet, im Supreme Court, als er die Richter aufforderte, Gerechtigkeit gegenüber Jeffrey Coulter walten zu lassen. Ein beruhigendes Gefühl breitete sich in ihr aus.

»Ja, ich glaube Ihnen.«

»Gut, dann können wir beginnen. Und als erstes will ich Ihnen das Verhältnis zwischen dem Anwalt und seinem Mandanten erklären.«

»Ich kenne das ...«, setzte Abbie an, doch Matthew hob die Hand.

»Sie glauben mir doch, wenn ich sage, daß ich Ihre Intelligenz und Ihre Fähigkeiten als Anwalt respektiere?«

»Ich ... ja.«

»Ich will Sie nicht beleidigen. Ich will Ihnen nur helfen. Sie waren noch nie in einer solchen Lage. Sie sind meine Mandantin und eine Verdächtige in einem Mordfall. Sie erhalten von mir alle Ratschläge, die ich auch jedem anderen Mandanten geben würde. Ich werde nichts auslassen, weil ich nicht den Fehler machen will, einen Schritt zu überspringen, weil ich Respekt vor Ihren Fähigkeiten habe.«

»In Ordnung.«
»Abbie, alles, was Sie mir sagen, ist streng vertraulich. Ich werde Ihre Äußerungen gänzlich für mich behalten. Ich bin der einzige Mensch auf der Welt, bei dem Sie sicher sein können, daß, was immer Sie mir erzählen, nicht den Leuten zu Ohren kommt, die gegen Sie ermitteln.
Bitte, fühlen Sie sich von dem, was ich jetzt sagen werde, nicht verletzt. Ich bin ein Strafverteidiger. Viele der Menschen, die ich vertrete, sind Kriminelle, und viele von ihnen belügen mich, während ich sie vertrete, zumindest einmal. Ich fühle mich dadurch nicht beleidigt. Ich weiß, daß Menschen, die unter Druck stehen, Dinge tun, die sie unter normalen Umständen nie tun würden. Wenn Sie also vorhaben, mich anzulügen, dann bin ich nicht beleidigt, aber es könnte sein, daß ich etwas unternehme, wodurch Sie in eine schlechtere Lage geraten, als wenn Sie mir die Wahrheit gesagt hätten.«
Abbie saß aufrecht in ihrem Sessel und blickte Matthew direkt in die Augen.
»Ich werde Sie niemals anlügen, Matthew«, sagte sie mit Bestimmtheit. »Das verspreche ich Ihnen.«
»Schön, dann erzählen Sie mir jetzt, warum Chuck Geddes auf die Idee kommt, daß Sie Ihren Mann umgebracht haben könnten. Fangen wir mit dem Motiv an.«
»Wir haben uns getrennt, wenn Sie darauf hinauswollen«, erklärte Abbie, wobei sie ein bißchen rot wurde.
»War es eine einvernehmliche Trennung?«
»Nein.«
»Wer wollte die Scheidung?«
»Ich«, meinte Abbie bestimmt.
»Richter Griffen wollte die Ehe aufrechterhalten?«
»Robert liebte das schöne Leben«, gab Abbie zurück und konnte ihre Verbitterung nicht verbergen, »doch das war mit dem Gehalt eines Richters nicht möglich.«

»Er hatte doch sicher selbst Geld? Ich dachte immer, Richter Griffen hätte eine gutgehende Kanzlei gehabt, bevor er zum Richter berufen wurde.«

»Robert war intelligent, und auf jeden Fall war er bezaubernd, aber er ist nie ein guter Anwalt gewesen. Er war faul und hat sich nicht um seine Mandanten gekümmert. Er sprach immer davon, was für Idioten sie wären. Wie sehr er Ihnen überlegen sei. Nach einer Weile bekamen die Mandanten das mit und beschwerten sich darüber bei seinen Partnern in der Kanzlei. Robert verlor seine Mandanten. Es gab eine Zeit, wo er gutes Geld verdiente, aber er gab es aus und noch weit mehr. Wie ich schon sagte, Robert hat das schöne Leben geliebt. Er hat sich um das Richteramt beworben, weil seine Partner es ihm nahegelegt hatten, und er wußte, daß seine Zeit in der Kanzlei dem Ende entgegenging.«

»Warum hat dann der Gouverneur Richter Griffen berufen, wenn sein Leumund so schlecht war?«

»Das war er nicht. Die meisten Leute kannten nur sein Büro, von dem aus man den Willamette überblickte, seinen Namen am Eingang einer der angesehensten Kanzleien in Portland, und sie begegneten ihm auf Empfängen, wo er immer glänzte.

Dann gab es noch die Beziehungen. Die Kanzlei hatte eine Menge Geld in den Wahlkampf des Gouverneurs gesteckt, und sie wollte Robert loswerden. Ganz ehrlich, er war kein schlechter Richter. Er war immer schon clever. Eine Zeitlang bemühte er sich, seine Arbeit gut zu machen. Robert war bei weitem nicht so schlecht, wie er auf der anderen Seite von sich eingenommen war.«

Matthew machte sich ein paar Notizen, dann fragte er: »Wer hätte aus der Scheidung einen Vorteil gezogen, wenn sie zustande gekommen wäre?«

»Robert. Meine Anwältin sagte mir, er wolle zwei Millionen Dollar Abfindung.«
Reynolds war von der Summe überrascht. Er hatte nie daran gedacht, daß Abbie eine wohlhabende Frau sei. Er war immer davon ausgegangen, daß Robert Griffen das Geld hatte, weil er Teilhaber in einer der bekanntesten Kanzleien gewesen war, während Abbie im Stab des Bezirksstaatsanwalts arbeitete.
»Können Sie sich das leisten?« fragte Reynolds.
»Ja. Das wäre es wert gewesen, ihn aus meinem Leben zu bekommen.«
»Zwei Millionen Dollar sind ein gutes Motiv für einen Mord.«
»Er hätte sich mit weniger zufriedengegeben, und ich hätte gut leben können, selbst wenn es mich so viel gekostet hätte, ihn loszuwerden.«
»Die meisten Geschworenen werden es kaum glauben können, daß Sie so nebenbei auf zwei Millionen Dollar verzichten würden.«
»Das ist die Wahrheit.«
»Ich behaupte auch nicht, daß es nicht so ist. Wir sprechen hier aber von der menschlichen Natur, Abbie. Was ein normaler Mensch bei so einer großen Summe denkt.«
Abbie dachte einen Moment darüber nach.
»Wie sind Sie zu diesem Geld gekommen?« wollte Reynolds wissen.
»Meine Eltern starben, als ich noch sehr jung war, bei einem Autounfall. Es existierte eine hohe Versicherung. Meine Tante Sarah hat mich zu sich genommen. Sie hat dafür gesorgt, daß das Geld gut angelegt worden ist.«
»Erzählen Sie mir von Ihrer Tante.«
»Tante Sarah hat nie geheiratet, und ich war ihr Lebensinhalt. Ein paar Jahre, bevor ich zu ihr kam, hatte sie

Chapman Accessoires bei sich zu Hause gegründet, um ihr Einkommen aufzubessern. Die Firma wurde immer größer. Als meine Tante fünfzig war, hat sie die Firma für einige Millionen an eine landesweite Kaufhauskette verkauft. Ich war damals siebzehn und hatte gerade die Highschool abgeschlossen. Wir reisten ein Jahr lang in der Welt herum. Es war das schönste Jahr meines Lebens. Tante Sarah starb vor fünf Jahren. Mit dem Geld, das sie für mich angelegt, und dem, was sie mir hinterlassen hat, bin ich ziemlich wohlhabend.«

»Daraus entnehme ich, daß Sie Ihrer Tante sehr nahestanden.«

»Ich habe sie sehr geliebt. So, als ob sie meine wirkliche Mutter gewesen wäre. Sie hat mir Stärke und Selbstbewußtsein gegeben. Sie hat mich davon überzeugt, daß ich keine Angst zu haben brauchte, weil ich allein bin.«

Von Gefühlen überwältigt, verstummte Abbie einen Moment. Dann meinte sie: »Ich wollte, sie wäre jetzt bei mir.«

Vom plötzlichen Gefühlsausbruch Abbies betroffen, senkte Reynolds seinen Blick auf den Schreibtisch. Als er wieder aufschaute, war sein Gesichtsausdruck ernst.

»Sie dürfen niemals glauben, daß Sie allein sind, Mrs. Griffen. Ich bin für Sie da und auch die Leute, die für mich arbeiten. Wir sind bei dem, was wir tun, sehr gut. Das müssen Sie mir glauben. Und wir werden alles in unserer Macht Stehende tun, damit Sie von dieser schrecklichen Anschuldigung befreit werden.«

2

Jack Stamm hatte Chuck Geddes einen Raum in der Abteilung des Bezirksstaatsanwalts von Multnomah County zur Verfügung gestellt, von dem aus man die Umgehungsstraße der Fifth Avenue überblickte. Das Fenster stand offen, und Geddes konnte das dumpfe Dröhnen der Stadt hören. Das gleichbleibende Geräusch lullte ihn ein in einen Zustand des Dahindämmerns, als ihm plötzlich eine Idee kam.

Geddes richtete sich auf und griff nach seinem Notizblock. Wenn Neil Christenson einen Beweis für diese neue Theorie finden könnte, dann würde dieser Beweis nicht nur ein Nagel am Sarg von Abigail Griffen sein, sondern ihn endgültig schließen.

Als Geddes mit seinen Notizen fertig war, rief er den Supreme Court in Salem an. Danach klingelte er nach Neil Christenson und befahl ihm, sofort in sein Büro zu kommen. Während er wartete, wunderte sich Geddes über seine Fähigkeiten, einen solch intuitiven Gedankensprung machen zu können. Es gab eine Menge guter Staatsanwälte, dachte Geddes mit einem Lächeln der Befriedigung, doch die wirklich großen Juristen waren dünn gesät.

Geddes war so in seine selbstbeweihräuchernden Gedanken versunken, daß ihn das Klingeln des Telefons aufschreckte.

»Geddes«, bellte er, wütend über die unpassende Unterbrechung, in den Hörer.

»Mr. Geddes, hier ist Matthew Reynolds.«

Geddes' Haltung versteifte sich. Er haßte Reynolds inbrünstig wegen der Art, wie der Strafverteidiger ihn die beiden Male, als sie vor Gericht aufeinandergetroffen waren, abgefertigt hatte, doch würde er Matthew nie die Befriedigung verschaffen, ihn wissen zu lassen, wie er über ihn dachte.

»Was kann ich für Sie tun, Matt?« fragte Geddes mit vorgetäuschter Kollegialität.
»Im Moment nichts. Ich rufe an, weil ich erfahren habe, daß Sie die Untersuchung im Mordfall Richter Griffen leiten.«
»Das stimmt.«
»Ich habe gerade die Verteidigung von Abigail Griffen übernommen und würde es begrüßen, wenn weder Sie noch irgend jemand anderes von den staatlichen Behörden Mrs. Griffen in dieser Angelegenheit aufsuchen würden. Wenn Sie mit ihr sprechen müssen, dann wenden Sie sich bitte an mich, und ich werde sehen, was ich für Sie tun kann. Ich habe schon einen Brief an Sie auf den Weg gebracht, in dem diese Bitte noch einmal festgehalten ist. Nehmen Sie den bitte zu den Akten.«
Zu hören, wie ihm Reynolds Anweisungen gab wie irgendeiner Sekretärin, ließ Geddes innerlich mit den Zähnen knirschen, aber aus der Art, mit welcher Ruhe er dem Anwalt Abbies antwortete, hätte man das nie schließen können.
»Das werde ich machen, Matt, und ich danke für den Anruf. Dennoch ist es mir unverständlich, warum sich Mrs. Griffen so aufregt. Wir beide wissen doch, daß die Ehefrau automatisch eine der Verdächtigen ist. Es tut mir leid, daß wir sie so kurz nach dem Begräbnis belästigen mußten, aber wir kümmern uns um sie nicht mehr als um alle anderen.«
»Dann gibt es also noch weitere Verdächtige?«
»Nun, Sie wissen doch Bescheid. Ich darf mich zu einer im Gange befindlichen Untersuchung nicht äußern.«
»Das weiß ich«, sagte Reynolds kurz angebunden, um Geddes wissen zu lassen, daß er nicht in der Stimmung war, Spielchen zu spielen. »Ich will Sie nicht länger stören.«
»Nett, mit Ihnen gesprochen zu haben«, gab Geddes zurück und legte den Hörer auf, als Neil Christenson eintrat.

»Gut, gut«, sinnierte Geddes und begann zu grinsen. »Wenn wir noch einen Beweis gebraucht hätten, daß Abigail Griffen schuldig ist, dann hätten wir ihn jetzt.«

»Was für ein Beweis ist das?«

»Sie hat sich Matthew Reynolds als Verteidiger genommen.« Christenson lächelte nicht.

»Was bereitet Ihnen Sorgen?« wollte Geddes wissen. Er war beleidigt, daß Christenson nicht auf seinen Scherz reagiert hatte.

»Ich denke, wir sollten bei dieser Untersuchung ganz vorsichtig zu Werke gehen. Ich habe so ein ungutes Gefühl dabei.«

»Zum Beispiel?« Geddes runzelte die Stirn.

»Da ist einmal Deems. Er ist der denkbar schlechteste Hauptbelastungszeuge, den man sich vorstellen kann, besonders, da Abigail Griffen jetzt von Reynolds verteidigt wird. Können Sie sich vorstellen, was ein Verteidiger wie Reynolds im Kreuzverhör aus Deems macht? Er hat ein hervorragendes Motiv, um zu lügen. Mein Gott, Abigail Griffen hat ihn in die Todeszelle geschickt. Und vergessen Sie nicht, Deems war der Hauptverdächtige, bevor er mit seiner Geschichte zu Stamm gekommen ist.«

»Gute Gründe, Neil. Aber denken Sie mal über Folgendes nach. Sie geben doch zu, daß Deems intelligent ist?«

»Das ist wohl klar. Die meisten Psychopathen sind das.«

»Warum würde er dann also Richter Griffen mit einer Bombe umbringen, die identisch mit der ist, mit der er Hollins umgebracht hat? Ergibt das einen Sinn? Oder ergibt es nicht eher einen Sinn, daß jemand, der wußte, wie Deems die Hollins-Bombe hergestellt hat, und der sich außerdem genau darüber klar war, daß die Sprengstoffabteilung sofort die Griffen-Bombe mit Deems in Verbindung bringen würde, diese benutzte, um Deems reinzulegen?«

»Das ist ein guter Punkt, Chuck, aber ich glaube nicht daran. Warum ist Deems hier? Weil jemand wie er der Polizei helfen will?«

»Das ist doch klar. Er haßt Abigail Griffen, weil sie ihn in die Todeszelle geschickt hat. Rache ist eins der ältesten Motive. Und vergessen Sie nicht das Metallstück und ihr Alibi, besser das Fehlen eines Alibis. Sie glauben ihr doch nicht das Märchen von dem Treffen im Rosengarten, oder? Das kann sie meiner Großmutter erzählen.«

Geddes lachte über seinen eigenen Witz, doch Christenson machte ein ernstes Gesicht. »Da ist immer noch der Angriff an der Küste. Abigail Griffen sagte, daß der Mann Deems hätte sein können.«

»Wenn es überhaupt einen Angriff gab. Denken Sie daran, was Ihnen Sheriff Dillard erzählt hat, als Sie gestern mit ihm sprachen. Aber nehmen wir einmal an, der Angriff hat wirklich stattgefunden. Ergibt es einen Sinn, daß Abigail Griffen mitten in der Nacht allein loszieht, um jemanden an einem einsamen Ort zu treffen, eine Woche, nachdem man versucht hat, sie zu vergewaltigen oder umzubringen? Nein, Neil, diese kleine Dame spinnt sich ein Netz von Blödsinn zusammen, und die Geschworenen werden es ihr genausowenig abkaufen wie ich.«

Christenson runzelte die Stirn. »Was Sie sagen, macht Sinn, aber ich habe immer ...«

Geddes zog ein unwilliges Gesicht. »Neil, ich habe in bezug auf Abigail Griffen keine Zweifel. Sie ist schuldig, und ich werde sie kriegen. Ich brauche bei diesem Fall einen Ermittler, der bereit ist, Abigail Griffen ans Messer zu liefern. Wenn Sie an diesem Fall nicht arbeiten möchten, dann sagen Sie es. Ich kann mir jemand anderen nehmen.«

»Es ist nicht ...«

»Gut, denn ich schätze Ihre Arbeit.«

Geddes drehte seinen Stuhl zur Seite und schaute aus dem Fenster.

»Wissen Sie, Neil, ich will diesen Job hier nicht ewig machen.« Geddes machte ein Pause. »Gary Graham stellt sich nach seiner Amtsperiode nicht mehr zur Wahl des Generalstaatsanwaltes.«

»Das habe ich nicht gewußt.«

»Das ist auch nicht öffentlich bekannt, also bleibt es unter uns, klar?« Geddes drehte sich wieder Christenson zu. Er legte die Arme auf die Schreibtischplatte und beugte sich vor. »Wenn ich einen der besten Staatsanwälte wegen Mordes an einem Richter des Supreme Courts überführe, der zudem noch von Matthew Reynolds verteidigt wird, dann kann mir keiner mehr was, Neil.«

Geddes ließ das eben Gesagte für einen Moment im Raum stehen und fuhr dann fort: »Wenn ich meinen Zug mache, werde ich gute Leute an meiner Seite brauchen. Leute, auf die ich mich verlassen kann. Verstehen Sie?«

»Ja, Chuck, ich habe gehört.«

»Hören allein genügt nicht, Neil. Ich brauche Ihre ungeteilte Loyalität. Haben Sie verstanden? Sind Sie hundert Prozent bei dieser Sache?«

»Ich bin bei jeder Sache hundert Prozent dabei, Chuck.«

Geddes lächelte. »Das ist gut, denn ich habe mir gerade überlegt, wie wir diesen Fall für uns sichern können. Setzen Sie sich und hören Sie mir zu.«

Christenson setzte sich. Geddes lehnte sich zurück und faltete seine Hände im Nacken.

»Ich habe immer die Ansicht vertreten, daß man ein Verbrechen aufklärt, indem man nach dem Motiv sucht«, dozierte Geddes. »Nun, was war Abbie Griffens Motiv? Wir wissen, daß die Scheidung für sie teuer geworden wäre, aber sie hat genügend Geld. Also fragte ich mich, welches andere Motiv sie noch gehabt haben könnte. Dann dachte ich über *die Art* nach, wie Richter Griffen getötet wurde.« Geddes schüttelte den Kopf. »Diese Art von Blutbad deutet auf ein Verbrechen aus Leidenschaft hin. Die Person, die Richter Griffen umgebracht hat, haßte ihn so sehr, daß sie ihn gänzlich zerstören wollte.

Nun, was kann einen solchen Haß hervorrufen? Sex, Neil. Begierde, Eifersucht. Ich dachte also über die Scheidung der Griffens nach. Warum trennten sie sich? Es muß etwas mit Sex zu tun haben. Entweder hat sie ihn betrogen oder er sie. Und da kam mir die Idee.«

Geddes legte eine dramatische Pause ein. Christenson war das theatralische Gehabe seines Chefs vertraut, und er ertrug es mit stoischer Ruhe.

»Laura Rizzatti, Neil. Laura Rizzatti. Direkt vor unserer Nase, schon die ganze Zeit.«

Jetzt hatte Geddes die ungeteilte Aufmerksamkeit seines Ermittlers.

»Haben Sie sie jemals gesehen, Neil? Ich aber. Die Assistenten am Supreme Court benutzen immer die Cafeteria im Untergeschoß des Gerichtsgebäudes. Ich habe einmal mit ihr und Richter Griffen zu Mittag gegessen. Das hat mich darauf gebracht. Wie ich sie beide zusammen gesehen hatte.

Sie war attraktiv. *Sehr* attraktiv. Eine dieser mit allen körperlichen Vorzügen ausgestatteten italienischen Frauen mit heller Haut und wunderschönen Augen. Ich glaube, auch der Richter hatte bemerkt, wie gut sie aussah.« Geddes legte erneut eine Pause ein. »Ich glaube, daß der gute Richter es mit ihr getrieben hat.«

»Halt, einen Moment mal«, setzte Neil an.

Geddes unterbrach ihn mit erhobener Hand. »Lassen Sie mich ausreden. Das ist nur eine Theorie, aber sie erscheint schlüssig. Abbie Griffen ist eine gutaussehende Frau, aber vielleicht ist sie im Bett so kalt wie im Gerichtssaal. Nehmen wir einmal an, der Richter war frustriert und begann, seiner Assistentin nachzustellen. Als nächstes, das ist klar, steigen sie zusammen ins Bett.«

»Das wissen wir aber nicht.«

»Wissen wir nicht?« gab Geddes blasiert zurück. »Ich habe selbst schon ein paar Erkundigungen eingezogen. Bevor ich Sie gerufen habe, habe ich mit Ruth McKenzie am Supreme Court gesprochen. Sie war Richter Griffens Sekretärin. Ich fragte sie, ob sie sich an irgendwelche ungewöhnlichen Vorfälle erinnern könnte, die mit Rizzatti und dem Richter zu tun hatten, vor allem zu der Zeit, als Laura ermordet worden ist. Wissen Sie, was sie mir erzählt hat? An dem Tag, an dem sie ermordet wurde, ging Laura ganz aufgeregt in das Büro des Richters. Mrs. McKenzie konnte nicht hören, was gesprochen wurde, aber Laura sah aus, als ob sie geweint hätte, und der Richter war völlig außer Fassung.«

Christenson dachte über Geddes' Theorie nach. Er mußte zugeben, daß etwas dran war.

»Zuerst wird Griffens Assistentin umgebracht, dann er selbst«, wiederholte Geddes. »Das ist ein zu großer Zufall, Neil. Ich glaube, Abbie Griffen hat herausgefunden, daß ihr Mann mit Laura Rizzatti eine Affäre hatte, und sie beide umgebracht.«

3

Sobald Matthew Reynolds das Telefonat mit Chuck Geddes beendet hatte, wies er seine Sekretärin an, keine Anrufe für ihn durchzustellen. Dann ging er hinauf in seine Wohnung. Träume werden wahr, dachte er, als er die Stufen zum

zweiten Stock hinaufstieg. Manchmal gehen unsere größten Wünsche in Erfüllung.
Matthew betrat sein Arbeitszimmer, ohne auch nur einen Blick auf das Schachbrett zu werfen, und verschloß dann die Tür. Das helle mittägliche Licht erfüllte den Raum. Staubteilchen schwebten in den Sonnenstrahlen. Er nahm den Briefumschlag aus der untersten Schublade und breitete die Bilder von Abigail Griffen auf seinem Schreibtisch aus. Die Fotos konnten ihre Persönlichkeit nicht im mindesten wiedergeben. Wieviel schöner sie in natura war. Wie perfekt. Und jetzt war sie sein.

Kapitel vierzehn

»Sie sind so schrecklich still«, meinte Barry Frame, als Tracy Cavanaugh vom Macadam Boulevard in die Seitenstraße abbog, die zu dem Haus führte, wo Robert Griffen starb. Es war ein schöner Tag, und das Verdeck von Tracys Cabriolet war heruntergeklappt, doch Tracy schien in ihrer eigenen Welt versunken.

»Ich kannte ihn, Barry, und ich mochte ihn. Er war sehr nett zu mir, nachdem Laura ermordet worden war.«

»Und es paßt Ihnen nicht, für die Frau zu arbeiten, die ihn vielleicht umgebracht hat.«

Tracy gab keine Antwort.

»Was ist, wenn Mrs. Griffen unschuldig ist? Matthew glaubt daran. Wenn sie unschuldig ins Gefängnis muß, dann ist das schlimmer als zu sterben. Wenn man tot ist, dann fühlt man nichts mehr. Wenn man lebt und in einem Käfig sitzt für ein Verbrechen, das man nicht begangen hat, dann leidet man jede Sekunde eines jeden unendlichen Tages.«

»Was sollen wir eigentlich dort machen?« fragte Tracy, um das Thema zu wechseln. Barry war versucht, ihr einen Klaps zu geben, entschied sich dann aber anders.

»Nachdem die Polizei den Tatort freigegeben hat, möchte

Matt, daß wir uns einmal im Haus umsehen, ob wir etwas finden, was Mrs. Griffen helfen könnte.«

»Hat nicht die Polizei nach der Explosion das Haus durchsucht?«

»Sicher, aber vielleicht haben sie etwas übersehen.«

»Hört sich nach Zeitverschwendung an.«

Barry wandte sich Tracy zu.

»Matt glaubt nicht, daß irgendwelche Zeit, die man in einen Fall investiert, verschwendete Zeit ist. Wenn wir nichts finden, dann können wir uns an etwas anderes machen. Aber Matt vertritt die Ansicht: ›Was ist, wenn wir nicht nachsehen und es ist etwas dort gewesen?‹ Ich weiß von einigen schönen Erfolgen in Situationen, wo wir nicht geglaubt haben, es wäre den Aufwand wert, und Matt hat es trotzdem von mir verlangt.«

Tracy bog in die Auffahrt ab. Matthews Wagen war vor dem Haus geparkt. Er selbst saß auf dem Boden, den Rücken an einen alten, schattenspendenden Baum gelehnt. Er hatte die Knie angezogen, so daß sie fast sein Kinn berührten, und wirkte mit seinem schwarzen Anzug, der schmalen Krawatte und dem weißen Hemd auf dem grünen Rasen völlig fehl am Platz.

Als Tracy den Wagen abstellte, kam Abigail Griffen die Auffahrt heraufgefahren. Tracy musterte ihre neue Mandantin, als diese aus ihrem Wagen stieg. Sie trug eine blaue, ärmellose Bluse und einen hellbraunen Rock und wirkte, trotz des Druckes, der, wie Tracy wußte, auf ihr lag, gefaßt und selbstsicher. Eine Frau, die in jeder Lage auf sich selbst aufpassen konnte, eine Frau, die immer alles unter Kontrolle hatte. Tracy fragte sich, wie weit diese Frau wohl gehen würde, wenn sie sich bedroht fühlte. Würde Abigail Griffen töten, wenn es die einzige Möglichkeit war, der Bedrohung zu begegnen?

Abigail Griffen beachtete weder Tracy Cavanaugh noch Barry Frame, sondern ging hinüber zu Reynolds.
»Haben Sie schon lange gewartet, Matt?«
»Ich habe die Ruhe genossen«, antwortete Reynolds, während er unbeholfen aufstand und dabei Dreck und Grashalme von seiner Hose wischte. »Ich möchte Ihnen gerne Tracy Cavanaugh, meine Mitarbeiterin, vorstellen. Sie wird mit mir an dem Fall arbeiten. Und das ist Barry Frame, mein Ermittler.«
Abbie begrüßte die beiden mit einem Nicken, gab ihnen aber nicht die Hand.
»Gehen wir hinein«, sagte sie.
Im Haus der Griffens herrschte der modrige, abgestandene Geruch eines Sommerhauses am ersten Tag der Saison. Die Türen und Fenster waren seit dem Mord geschlossen geblieben, und in den Räumen stand die Hitze des Sommers. Tracy wurde übel, so als ob sie nicht genügend Sauerstoff bekäme. Alle Vorhänge waren geschlossen, und es drang nur ein wenig Sonnenlicht hindurch, das das Wohnzimmer in ein bleiches, gelbes Licht tauchte. Abbie ging von Fenster zu Fenster und zog die Vorhänge zurück, um mehr Helligkeit hereinzulassen. Tracy stand seitlich nahe dem Eingang und beobachtete, wie sich Abbie in ihrem ehemaligen Heim bewegte. Das Wohnzimmer war weiträumig und hatte eine hohe Decke. Eine weiße Couch und einige hochlehnige Armsessel standen vor einem Kamin. Auf der einen Seite des Kamins hingen schmiedeeiserne Feuer-Werkzeuge an einem langen gebogenen schwarzen Haken. Als Abbie den letzten Vorhang aufzog, fielen die Sonnenstrahlen auf das strahlende Grün und das Braun einer Waldszene eines Ölgemäldes, das über einer Eichenkommode hing. Dann öffnete Abbie mehrere Verandatüren. Eine frische Brise kam herein. Direkt außerhalb des Raumes stand auf der Veranda

ein runder Metalltisch, der von einem Sonnenschirm beschattet wurde. Jenseits der Veranda war eine weitläufige Rasenfläche mit einer Reihe von hohen Bäumen und einem Swimming-Pool. Das Anwesen reichte bis an den Waldrand heran.

»Das ist schon besser«, erklärte Abbie. Sie drehte sich langsam um und trat in den Raum zurück.

»Wo würde Richter Griffen seine persönlichen Papiere aufgehoben haben?« fragte Matthew.

»Hier drin.«

Abbie betrat den kleinen Raum durch eine Tür auf der gegenüberliegenden Seite des Wohnzimmers, und die anderen folgten ihr. Es war ein fensterloser Raum mit dunkler Holztäfelung und deckenhohen Bücherregalen, in denen sich eine Mischung aus Klassikern, Belletristik, Geschichtswerken, juristischen Büchern und juristischen Zeitschriften befand. Auf dem Parkettboden lag ein Perserteppich, und an der einen Wand stand ein Schreibtisch. Die eine Hälfte des Schreibtisches nahm ein Computer ein.

Abbie zog die Schubladen auf, aber sie waren alle leer.

»Sieht aus, als ob die Polizei schon hiergewesen ist«, stellte Abbie fest.

»Das nehme ich stark an«, gab Matthew zurück, während er sich umsah. »Besitzen Sie einen Safe? Etwas, das die Polizei nicht hätte öffnen können und wo Richter Griffen möglicherweise etwas hineingelegt hat, was nicht jeder sehen sollte?«

Abbie ging zu einem kleinen Porträt hinüber, das zwischen zwei Bücherregalen hing, und nahm es ab. Ein in der Wand eingelassener Safe kam zum Vorschein. Abbie drehte an dem Zahlenschloß, und die Tür ging auf. Matthew und Barry Frame traten neben Abbie, als diese hineingriff und den Inhalt herausholte. Tracy ging um die Ecke des

Schreibtisches herum, um zu sehen, was Abbie hervorgeholt hatte.
»Aktien, Steuererklärungen«, meinte Abbie. »Ich sehe nichts Ungewöhnliches, Matt.«
Die Eingangstür ging auf. Abbies Kopf drehte sich in die Richtung. Barry verließ den Raum und trat in das Wohnzimmer.
»Büro des Bezirksstaatsanwalts«, erklärte jemand. »Weisen Sie sich bitte aus.«
»Ich bin Barry Frame. Ermittler für Matthews Reynolds. Wir vertreten Abigail Griffen. Das ist auch ihr Haus, und sie hat uns eingelassen. Wir sind alle in dem kleinen Raum da hinten.«
Einen Augenblick später betrat Barry wieder den Raum, gefolgt von Chuck Geddes, Neil Christenson und zwei uniformierten Beamten.
»Hallo, Matt«, meinte Geddes.
»Guten Tag, Mr. Geddes.«
»Wollen Sie mir nicht sagen, was Sie hier machen?«
»Ich bin Mrs. Griffens Anwalt. Das hier ist das Haus der Griffens. Sie hat uns hierhergebeten.«
»Wie sind Sie hier hereingekommen, und was haben Sie in meinem Haus zu suchen?« wollte Abbie wissen. Matthew legte ihr beruhigend die Hand auf den Arm und trat zwischen Abbie und Geddes.
»Ich wollte Sie gerade dasselbe fragen«, bemerkte Reynolds.
Geddes lächelte Reynolds herablassend an.
»Was ich Ihnen gerne beantworte. Ich habe die Eingangstür mit einem Schlüssel geöffnet, den der Gerichtsmediziner in der Tasche von Ihrem Mann gefunden hat, Mrs. Griffen, und ich bin hier, um Sie wegen des Mordes an Richter Griffen zu verhaften.«
Reynolds wandte sich an Abbie. »Kein Wort mehr«, sagte er streng. Dann wandte er sich wieder Geddes zu.

»Kann ich den Haftbefehl sehen?«
»Sicher«, gab Geddes mit einem Grinsen zurück. Christenson reichte Matthew den Haftbefehl, den dieser sorgfältig durchlas. Tracy war von Reynolds' kühler Haltung beeindruckt.
»Ich nehme an, Sie stimmen zu, daß Mrs. Griffen, nachdem sie erkennungsdienstlich behandelt wurde, bis zur Verhandlung auf freien Fuß gesetzt wird«, sagte Matthew, als er den Haftbefehl gelesen hatte.
»Nein, Sir«, gab Geddes zurück. »Ihre Mandantin wird des Mordes an einem Richter des Supreme Courts angeklagt. Sie ist reich genug, daß ernsthafte Fluchtgefahr besteht. Wir werden Mrs. Griffen in Untersuchungshaft behalten. Sie können ja eine Kautionsanhörung beantragen.«
»Das meinen Sie nicht ernst? Mrs. Griffen ist eine Stellvertretende Bezirksstaatsanwältin mit einem hervorragenden Leumund.«
»Heben Sie sich Ihre salbungsvollen Worte für den Richter auf. Das letzte Mal, da wir gemeinsam vor einem gestanden haben, haben Sie damit Glück gehabt. Vielleicht haben Sie diesmal wieder Glück.«
»Hier geht es nicht um uns, Mr. Geddes. Mrs. Griffen ist ein menschliches Wesen. Es gibt keinen Grund, ihr die Würde zu nehmen, indem Sie sie tagelang ins Gefängnis stecken.«
»Mrs. Griffen wird des vorsätzlichen Mordes verdächtigt«, bellte Geddes zurück. »Sie steht für das schlimmste aller Verbrechen, eine Staatsanwältin, die das Gesetz gebrochen hat. Sie wird wegen des Mordes an ihrem Mann verurteilt werden, und ich werde mich dafür einsetzen, daß sie die Todesstrafe erhält.«
Abbie erbleichte. Tracy fühlte, wie sie von Entsetzen gepackt wurde, und plötzlich hatte sie große Angst um ihre Mandantin.

Reynolds blickte Geddes mitleidig an. »Sie sind ein armseliger Wicht«, sagte er leise. »Ein kleiner, armseliger Wicht. Ich freue mich schon darauf, Sie in der Öffentlichkeit auseinanderzunehmen.«

Geddes lief vor Wut rot an. Er wandte sich an einen der Polizisten.

»Legen Sie ihr Handschellen an und bringen Sie sie in die Stadt.«

Abbie drehte sich zu Reynolds um. Furcht lag in ihren Augen.

»Gehen Sie mit ihnen«, wies Matthew sie an. »Sie wissen, daß Sie das müssen. Und sprechen Sie mit niemandem über Ihren Fall. Nicht mit der Polizei, nicht mit einer Zellengenossin, zu keiner Seele ein Wort.«

»Matt, ich kann nicht ins Gefängnis.«

Reynolds legte seine Hand auf Abbies Schulter.

»Sie müssen jetzt stark sein. Lassen Sie sich nicht unterkriegen. Und vertrauen Sie mir. Ich werde Sie so schnell wie möglich herausholen.«

Der Polizist mit den Handschellen sah verlegen aus. Er wartete, bis Reynolds zur Seite trat, dann bat er Abbie höflich, ihre Hände auf den Rücken zu legen. Als er die Handschellen schloß, fragte er, ob sie ihr weh tun würden. Abbie schüttelte den Kopf.

»Gehen wir«, sagte Geddes, machte eine militärische Kehrtwendung und schritt aus dem kleinen Raum. Tracy folgte Matthew nach draußen und beobachtete, wie die Polizisten Abbie auf den Rücksitz eines Streifenwagens halfen.

»Glauben Sie, es war geschickt, Geddes auf diese Weise zu beleidigen?« fragte Barry Matthew, sobald die Polizei weg war.

»Mr. Geddes interessiert mich nicht«, erklärte Matthew.

»Geddes hat ein dünnes Fell. Er wird es uns jetzt noch schwerer machen.«

Reynolds drehte sich zu Frame. Tracy bemerkte eine fast erschreckende Entschlossenheit in seinem Gesicht, ja, in seiner ganzen Haltung. Sie stellte sich seinen Körper als reine Energie vor, und zum ersten Mal bemerkte sie, was für ein bestechender Gegner er sein würde.
»Überlassen Sie Chuck Geddes mir, Barry. Ich habe andere Arbeit für Sie. Wenn Geddes Anklage erhebt, muß er uns sofort seine Beweise offenlegen. Wir werden also sehr bald den Namen des geheimnisvollen Zeugen kennen und die Beweise. Sie werden in nächster Zeit viel zu tun haben.«

Kapitel fünfzehn

1

Der dritte Stock des Untersuchungsgefängnisses war reserviert für die Sicherheitsrisiken, Gefangene mit psychischen Problemen und solche, die man isolieren mußte. Der Gefängnisdirektor kannte Abbie schon seit Jahren und mochte sie. Als sie am vorherigen Tag eingeliefert worden war, hatte er sich persönlich um ihre Aufnahme gekümmert, sorgte dafür, daß sie im dritten Stock eine Einzelzelle bekam, denn er wußte genau, was passieren würde, wenn er einen Stellvertretenden Staatsanwalt mit anderen Häftlingen zusammenlegen würde.

Der Lift des Gefängnisses öffnete sich in einen schmalen Flur mit Betonwänden, die in gelben und braunen Pastelltönen gestrichen waren. Der Besuchsraum des dritten Stocks lag direkt gegenüber dem Lift. Er war klein, und darin befand sich ein runder Holztisch mit zwei Plastikstühlen. Matthew stand, als die Wache Abbie durch eine schwere Metalltür, die zum Gefängnis ging, in den Raum führte.

Abbie hatte sich die Haare gekämmt, trug aber kein Make-up. Sie hatte dunkle Ringe unter den Augen. Die Wache nahm Abbie die Handschellen ab. Sie setzte sich hin und rieb sich die Handgelenke. Solange die Wache im Raum war,

blieb Abbies Gesicht ausdruckslos. Sobald der Mann den Raum verlassen hatte, breitete Abbie die Arme aus, um Reynolds die blaue Baumwollhose und das blaue, kurzärmlige Überziehhemd vorzuführen, das alle weiblichen Gefangenen trugen. Dann breitete sich ein müdes Lächeln in ihrem Gesicht aus.
»Nicht gerade der letzte Modeschrei, was?«
»Es freut mich, daß Sie Ihren Humor noch nicht verloren haben.«
»Mir ist ganz klar, was Geddes damit bezwecken will. Glauben Sie, ich lasse mir von diesem Arschloch Angst einjagen?« Abbie verstummte für einen Moment. Das Lächeln verschwand, und auf einmal war sie niedergeschlagen. »Bis jetzt war es nicht einfach. Ich habe kaum geschlafen. Es ist so laut hier. Die Frau in der Nachbarzelle hat die ganze Nacht geweint.
Einmal, letzte Nacht, ich war todmüde, habe ich meinen Mut verloren und begann, darüber nachzudenken, wie es wäre, wenn ich den Rest meines Lebens an einem Ort wie diesem zubringen müßte. In dem Moment habe ich verstanden, warum die Frau in der Nachbarzelle geweint hat.«
Abbie faßte sich wieder. »Tut mir leid, ich klinge verzweifelt, und ich hatte mir geschworen, es nicht zu sein.«
»Schon gut. Dafür bin ich ja hier. Zuzuhören, Ihnen zu helfen, etwas von dem Druck loszuwerden.«
Abbie lächelte wieder. »Ich weiß das zu schätzen. Wann ist die Anhörung?«
»Am späten Nachmittag. Sie konnte nicht früher angesetzt werden, weil man erst einen Richter aus einem anderen Bezirk holen mußte. Alle Richter von Multnomah County sind befangen, weil sie Sie kennen.«
»Wer ist es?«
»Jack Baldwin. Er kommt aus Hood River. Machen Sie sich

keine Sorgen. Ich kenne ihn aus einer Verhandlung, und er ist in Ordnung.«
»Können Sie mich hier herausholen?« fragte Abbie und versuchte, nicht verzweifelt zu klingen.
»Kann ich nicht sagen. Geddes wird keinen Zoll nachgeben. Er will, daß Sie ohne Kautionsmöglichkeit in Haft bleiben, und wie Sie genau wissen, gibt es bei Mord keine automatische Kaution.«
»Was werden Sie tun?«
»Ich werde es mit einem Trumpf im Ärmel versuchen. In der Zwischenzeit schicke ich Tracy in Ihr Haus, um Ihnen etwas zum Anziehen für die Anhörung zu holen.«
»Vielen Dank. Ich weiß nicht, was ich mehr fürchte, die Todesstrafe oder vor der Öffentlichkeit in diesen Lumpen auftreten zu müssen.«
Matthew konnte sich ein Lächeln nicht verkneifen. »Es wird ein Spießrutenlauf durch die Medien werden, und ich will nicht, daß Sie wie eine Vogelscheuche aussehen.«
Abbie lächelte. Dann trübte sich aber ihr Blick, und sie sah müde und verzweifelt aus.
»Was ist los?« wollte Matthew wissen.
Abbie holte tief Luft. »Ich habe Angst, alles zu verlieren, Matt. Meinen Ruf, meine Karriere.«
»Sie haben bis jetzt nichts verloren, und Sie werden auch nichts verlieren. Geddes kann Ihnen Ihren Stolz nicht nehmen, außer, Sie lassen es zu. Sie wissen, daß Sie unschuldig sind. Es spielt keine Rolle, was in den Zeitungen steht oder was die Öffentlichkeit denkt, solange Sie in den Spiegel schauen können und wissen, daß Sie recht haben.«
Abbie lachte. »Ich darf hier keinen Spiegel haben. Die Scherben. Vorbeugung gegen einen Selbstmord.«
Matthew lächelte zurück. Es war ein perfekter Augenblick. Die geteilte Furcht, die gemeinsame Nähe, das Vertrauen,

das sie ihm entgegenbrachte. Er wünschte sich, daß der Besuch nie enden würde.
»Ich muß gehen«, meinte Matthew schweren Herzens. »Ich habe in ein paar Minuten einen Termin bei Jack Stamm.«
»Ihr Trumpf im Ärmel?«
»Wenn wir Glück haben.«

2

»Es ist schon eine Weile her, Matt«, sagte Jack Stamm, nachdem sie sich die Hände geschüttelt hatten und Reynolds ihm im Büro des Bezirksstaatsanwalts gegenübersaß.
»Danke, daß Sie Zeit für mich haben.«
»Ich bin mir nicht sicher, ob das richtig ist«, meinte Stamm und nahm unbewußt eine Büroklammer, die auf einem Stapel von Gerichtsdokumenten lag.
»Sie wissen, was Geddes getan hat, stimmt's?«
Stamm nickte unverbindlich.
»Meinen Sie, das war richtig?«
Stamm fühlte sich unbehaglich. Er bog das eine Ende der Büroklammer auf.
»Abbie ist eine gute Freundin von mir«, erklärte er mit ruhiger Stimme. »Ich bin befangen. Darum habe ich den Generalstaatsanwalt angerufen. Ich darf in diesem Fall nicht tätig werden.«
»Sie sind der Bezirksstaatsanwalt dieses Countys. Solange Geddes ein Stellvertretender Bezirksstaatsanwalt mit Sonderstatus ist, ist er Ihr Untergebener.«
»Theoretisch stimmt das, aber Sie wissen sehr gut, daß ich mich bei Geddes nicht einmischen darf.«
»Geddes benutzt diesen Fall, um mir eins auszuwischen, und

für seine eigene Karriere. Haben Sie seine Pressekonferenz nach der Verhaftung miterlebt?«

»Wir dürften gar nicht hier zusammen sitzen. Ich muß ihm diesen Fall überlassen.«

»Ich will ja nicht, daß Sie in die Art, wie er diesen Fall behandelt, eingreifen. Ich will, daß Sie mit ihm über seine Haltung in der Frage einer Kaution sprechen. Sie können doch nicht meinen, daß es richtig ist, Abbie monatelang ins Gefängnis zu sperren, während wir den Prozeß vorbereiten. Ich habe sie gerade besucht. Sie sieht schrecklich aus. Sie versucht, Haltung zu bewahren, doch man sieht, welche Kraft es sie kostet.«

»Abbie hat Geld. Sie kann es sich leisten, in ein Land zu fliehen, mit dem kein Auslieferungsabkommen besteht. Geddes hat Angst, sie könnte sich aus dem Staub machen.«

»Nur wenn sie schuldig ist. Sie kennen sie weit besser als ich, Jack. Glauben Sie, daß Abbie Robert Griffen getötet hat?«

Stamm bog die Büroklammer ganz auf und knickte sie dann in der Mitte zusammen. Einen Moment später erklärte er: »Nein, ich glaube nicht, daß sie schuldig ist.«

»Wie können Sie dann zulassen, daß Geddes sie in eine Zelle sperrt?«

»Hören Sie, Matt, Sie haben schon mit ihm vor Gericht gestanden. Sie wissen, wie er ist. Ich habe mit ihm gesprochen, und er weiß, daß ich der Meinung bin, er liegt falsch. Aber er läßt sich nicht davon abbringen. Was kann ich sonst noch tun?«

»Sie können den Generalstaatsanwalt anrufen. Erzählen Sie Gary Graham, was Geddes hier anstellt. Sagen Sie ihm, daß es nicht in Ordnung ist.«

»Ich weiß nicht.«

»Wenn Sie mit Graham sprechen, dann sagen Sie ihm, daß Abbie ihren Paß abgeben und sich unter die Überwachung des EAP, des Elektronischen Aufsichtsprogramms, stellen wird. Ich habe das schon mit den Leuten abgeklärt, die für das Programm verantwortlich sind, und sie sind bereit, Abbie zu überwachen. Sie wird nicht in der Lage sein, ihr Haus zu verlassen, ohne daß Geddes es sofort erfährt, aber wird auch nicht im Gefängnis leiden müssen.«

Stamm bearbeitete die Büroklammer, während er über Reynolds' Vorschlag nachdachte. Dann meinte er: »Ich weiß nicht, ob Geddes zustimmen wird, aber ich glaube, daß ich Gary dazu bringen kann, ihn anzuweisen, diese Sache zu akzeptieren.«

»Dann rufen Sie bitte Graham an.«

Stamm zögerte. »Wenn ich Gary anrufe, dann müssen Sie mir auch einen Gefallen tun.«

»Sagen Sie, was.«

»Geddes wird toben, weil ich das hinter seinem Rücken gemacht habe. Und er hat recht. Wenn ich das für Abbie tue, dann lassen Sie Geddes sein Gesicht wahren. Ich will, daß er vor Gericht den Vorschlag mit dem Hausarrest macht und Sie ihn wegen seiner Umsicht loben.«

Reynolds' Lippen zitterten einen Moment, als er ein Lächeln unterdrückte. Dann erklärte er ohne Gefühlsregung: »Ich habe persönlich nichts gegen Mr. Geddes. Ich will nur das Beste für meine Mandantin.«

»Das freut mich zu hören. Jetzt hören Sie mir bitte genau zu.« Stamm legte die Büroklammer weg und beugte sich zu Reynolds vor. »Ich lehne bei dieser Sache meinen Kopf verdammt weit aus dem Fenster. Ich verletze möglicherweise sogar unsere Berufsethik, um einer Freundin zu helfen. Wenn die Sache hier erledigt ist, werde ich nichts weiteres mehr für Sie tun. Verstanden?«

»Ja.«

Stamm stand auf und streckte Reynolds seine Hand hin. »Tun Sie für Abbie alles, was möglich ist. Viel Glück.«

3

Die Sonne ging unter, als der Techniker vom Elektronischen Aufsichtsprogramm damit fertig war, einen rechteckigen, ungefähr dreißig Zentimeter langen Kasten mit Abbies Telefon zu verbinden. Abbie trug jetzt ein Armband mit einem spitzen Metallstift daran. Im Überwachungszentrum war ein Computer darauf programmiert, sie in unregelmäßigen Abständen zu Hause anzurufen. Wenn das Telefon klingelte, dann mußte sie den Hörer abnehmen, ihren Namen und die Uhrzeit nennen und danach den Metallstift in eine Öffnung des Kastens stecken. Das Personal im Überwachungszentrum würde Abbies Stimme erkennen, und das Einführen des Stifts würde ihre Anwesenheit im Haus bestätigen.

Ein Sender im Armband strahlte zusätzlich ein Signal aus. Wenn Abbie sich weiter als einhundertfünfzig Meter von dem Kasten entfernte, dann würde im Überwachungszentrum ein Signal ertönen, das beim Personal Alarm auslöste.

Matthew brachte den Techniker zur Tür und kehrte dann ins Wohnzimmer zurück. Die Glastüren waren geöffnet. Abbie stand auf der Veranda, ihre Arme um sich geschlungen, und betrachtete den Sonnenuntergang. Matthew blieb stehen und betrachtete sie. Abbie schloß die Augen, legte ihren Kopf zurück und genoß die warme, angenehme Brise.

Diese Situation war so, wie sie sich Matthew oft erträumt hatte. Er und Abbie allein in der Abenddämmerung eines schönen Sommertages. Schon krochen lange Schatten über die ausgedehnte Rasenfläche und verwandelten an den Stellen, wo die Silhouetten der Eichen und Tannen hinreichten, das Grün in Schwarz. Am Horizont schimmerte die blutrote Sonne über den Bäumen, deren letzte Strahlen von dem tiefblauen Wasser im Swimming-Pool reflektiert wurden.

Abbie bemerkte die Anwesenheit von Matthew. Sie öffnete

die Augen und drehte sich langsam um. Reynolds setzte sich in Bewegung. Er hatte Angst, sie könne seine Gedanken lesen, und fürchtete sich davor, was sie von ihm halten würde, wenn sie wirklich erfahren würde, was er im Innersten dachte. Aber Abbie lächelte nur, und Matthew ging zu ihr hinüber.

»Die Polizei ist weg«, erklärte er.

»Es ist schön, einfach nur allein zu sein.«

»Ich kann gehen, wenn Sie es wünschen.«

»Nein, bleiben Sie. Ich habe damit nicht Sie gemeint.«

Matthew blieb an der Seite von Abbie stehen. Das gehörte zu seinen Träumen. Abbie an seiner Seite.

»Ich habe dieses Haus gekauft, weil ich es sofort geliebt habe«, erklärte Abbie versonnen, »aber nachdem ich herausgefunden hatte, daß Robert mich betrogen hat, konnte ich nicht mehr hierbleiben. Als ich in Meadowbrook gewohnt habe, habe ich es vermißt. Trotzdem glaube ich, daß mir bis heute abend noch nie richtig bewußt war, wie schön es hier ist. Vielleicht sollte jeder ein paar Tage im Gefängnis zubringen.«

Matthew sagte nicht sofort etwas dazu, er wollte den Moment so lange wie möglich genießen. Schließlich meinte er: »Es ist wunderschön.«

Sie blieben noch einen Augenblick schweigend stehen. Dann blickte Abbie zu Matthew auf.

»Sind Sie hungrig?« fragte sie.

»Ein bißchen.«

»Der Gefängnisfraß wird seinem Ruf gerecht, und ich darbe nach richtigem Essen. Wollen Sie mir Gesellschaft leisten?«

»Ich habe Barry gebeten, den Kühlschrank aufzufüllen.«

»Ich weiß. Sie haben an alles gedacht.«

Matthew wurde rot. Abbie lachte.

»Wann werden Sie damit aufhören? Wir werden eine Menge Zeit miteinander verbringen, und ich kann nicht immer wie auf rohen Eiern laufen, um Sie nicht in Verlegenheit zu bringen.«

»Tut mir leid.«

»Muß es nicht. Also, bleiben Sie zum Abendessen?«

»Wenn es recht ist.«

»Gut, aber Sie müssen warten, bis ich geduscht habe. Ich muß diesen Gefängnisgeruch loswerden. Dann mache ich uns Eier mit Speck. Rühreier. Und einen Berg Toast. Ist das in Ordnung? Irgendwie gefällt mir der Gedanke an Eier mit Speck.«

»Das klingt gut.«

»Im Regal über dem Kühlschrank steht Kaffee. Machen Sie uns eine Tasse, während ich im Bad bin?«

Matthew ging in die Küche, dabei ließ er sich Zeit und genoß jeden Augenblick. Er hielt sich im Flur auf und fuhr mit der Hand über den Türrahmen und die Wand. Irgendwo im ersten Stock wurde die Dusche aufgedreht. Matthew lauschte und stellte sich vor, wie das Wasser über Abbies Körper rauschte. Plötzlich war er erschrocken über die Möglichkeit, egal wie berauschend oder unwahrscheinlich sie war, mit einer Frau wie Abigail Griffen ins Bett zu gehen.

Nachdem er den Kaffee aufgesetzt hatte, saß Matthew am Küchentisch und wartete, daß Abbie herunterkam. Sie hatte ihn gebeten zu bleiben. Hätte sie *jeden* gebeten, bei ihr zu bleiben, nur um nach der Tortur im Untersuchungsgefängnis jemanden bei sich zu haben? War er für Abbie auf irgendeine Weise jemand Besonderes oder einfach nur ein Ding, das man gegen die Einsamkeit benutzte wie den Fernseher, den man nachts nur wegen der Geräusche laufen ließ?

Die Dusche wurde abgedreht. Die Stille war wie ein Alarmton. Matthew war nervös wie ein Schuljunge. Er stand auf und klapperte bei der Suche nach Bestecken, Tellern und Tassen mit den Schubladen und auf den Regalen herum. Als er fast mit dem Tischdecken fertig war, hörte er Abbie in der Tür zur Küche. Matthew drehte sich um. Ihr Haar war immer noch naß und fiel glatt auf ihre Schultern. Ihr Gesicht war frisch gewaschen. Sie trug kein Make-up, doch sie sah ganz anders aus als die Frau, die er im Gefängnis besucht hatte. Es gab kein Anzeichen von Verzweiflung oder Erschöpfung. Sie strahlte vor Hoffnung.

Das Telefon klingelte. Sie beide erstarrten. Abbie blickte auf das Armband an ihrem Handgelenk, und das Strahlen verschwand. Das Telefon klingelte zum zweitenmal, und sie ging langsam darauf zu; ihre Hand hing herab, so als hätte das Armband ein immenses Gewicht.

Beim dritten Klingeln nahm Abbie den Hörer ab. Sie hörte einen Moment zu, dann sprach sie mit tonloser Stimme.

»Hier spricht Abigail Griffen. Es ist zwanzig Uhr fünfundvierzig.«

Sie legte den Hörer auf und steckte dann den Metallstift, der an dem Armband angebracht war, in den Schlitz des Kastens. Die Anstrengung, den Anruf entgegenzunehmen und diese einfache Handlung auszuführen, hatte sie völlig erschöpft. Als sie sich umdrehte, war das Gesicht, das Matthew sah, wieder das Gesicht, das er im Besuchszimmer gesehen hatte. In Gegenwart solchen Kummers fühlte er sich hilflos.

Kapitel sechzehn

1

»Sie werden nicht glauben, wer dieser geheimnisvolle Zeuge ist«, kündigte Barry Frame an, als er die Polizeiakten von Abbies Fall auf Matthew Reynolds' Schreibtisch legte.
»Sagen Sie es mir«, forderte Matthew Frame auf und schaute ihn erwartungsvoll an.
»Ich sollte Sie raten lassen, aber Sie würden nie darauf kommen.« Frame ließ sich in einen Sessel fallen. »Also nenne ich Ihnen drei Möglichkeiten: Darth Vader, Humphrey Bogart oder Charlie Deems.«
Matthew sperrte den Mund auf. Frame konnte sich eines Grinsens nicht erwehren.
»Das sind doch gute Nachrichten, oder?« wollte er von Reynolds wissen. »Geddes stützt seine Anklage auf die Aussage eines psychopathischen Drogenhändlers, der neunjährige Mädchen umbringt.«
Matthew machte keinen glücklichen Eindruck.
»Was ist los, Chef?« fragte Frame
»Haben Sie die gesamte Ermittlungsakte durchgelesen?« wollte Reynolds wissen und deutete auf den dicken Stapel mit Polizeiberichten.
»Ich hatte kaum Zeit, sie vom Büro des Bezirksstaatsanwalts

zu holen und Ihnen eine Kopie zu machen. Aber ich habe den Bericht von Jack Stamms Unterhaltung mit Deems gelesen. Da haben wir auch Glück gehabt. Hätte Geddes zuerst mit ihm gesprochen, dann wäre es nie aktenkundig geworden.«

»Etwas stimmt da nicht, Barry. Geddes würde nie einen Prozeß auf der Aussage von Charlie Deems aufbauen, wenn er nicht etwas hätte, was die Sache stützt. Ich will, daß Sie und Tracy sich die Berichte genau ansehen. Ich werde das gleiche tun.«

»Heute abend?« fragte Barry und wußte, daß seine Pläne für den Abend eben zusammen mit der Sonne untergegangen waren. Reynolds beachtete ihn gar nicht.

»Ich möchte eine Auflistung, wo wir Probleme bekommen könnten und wo die Anklage schwache Stellen hat. Ich möchte Ihre Meinung, wie wir verfahren sollen. Es bereitet mir eine Höllenangst, daß Geddes sich sicher genug fühlt, um seine Anklage auf der Aussage von Charlie Deems aufzubauen.«

2

Abbie trug hellbraune Shorts und ein dunkelblaues T-Shirt, als sie die Tür öffnete. Ihr Haar war zu einem Pferdeschwanz zusammengebunden. Ihre Arme und Beine waren von der Sonne gebräunt, und sie wirkte erholt. Als sie Matthew sah, strahlte sie, und er konnte es nicht vermeiden zurückzulächeln.

Matthew trug seinen Beerdigungsanzug, Tracy sah ganz geschäftsmäßig aus in ihrem grauen Leinenkostüm, doch Barry Frame war locker gekleidet mit einem Baumwollarbeitshemd und einer weiten Baumwollhose.

Abbie übersah Barry und Tracy und nahm Matthews Arm.

»Setzen wir uns nach draußen«, schlug sie vor und führte Matthew auf die Veranda. Ein großer Krug mit Eistee und eine Schale mit Früchten standen auf einem niedrigen Glastisch neben Abbies Kopie der Polizeiberichte. Matthew wartete, bis Tracy und Abbie sich gesetzt hatten, dann nahm er sich einen Stuhl und legte seine Kopie der Akten auf den Schoß. Barry nahm einen Block und einen Stift zur Hand. Tracy lehnte sich zurück und hörte zu.

»Sie haben alles gelesen?« wollte Matthew wissen.

Abbie nickte.

»Was meinen Sie dazu?«

»Der gesamte Fall ist schlicht lächerlich. Was Deems sagt, ist einfach nicht wahr.«

»Gut, fangen wir mit Deems an. Was stimmt nicht?«

»Alles. Er behauptet, ich hätte ihn gebeten, am Tag, als der Angriff stattfand, zum Strandhaus zu kommen, und ihm Geld angeboten, wenn er Robert umbringt. Das war nie der Fall. Ich habe Deems seit dem Prozeß nicht mehr gesehen und nie mit ihm gesprochen, außer vor Gericht.«

»Was ist mit dem Dynamit?«

Abbie blickte betroffen drein. »Robert hatte wirklich Dynamit gekauft, um ein paar Baumstümpfe auf dem Grundstück zu beseitigen.«

»Wie konnte Deems von dem Dynamit wissen, wenn Sie es ihm nicht gesagt haben?« fragte Barry.

»Robert hat das Dynamit in einem Werkzeugschuppen aufbewahrt. Vielleicht hat Deems die Örtlichkeiten ausgekundschaftet, als er den Angriff auf mich plante, und dabei das Dynamit im Schuppen gesehen.«

»War das Dynamit am Tage des Überfalls auf Sie im Schuppen?« fragte Matthew, »oder ist es möglich, daß Richter Griffen alles aufgebraucht hat, als er die Baumstümpfe gesprengt hat?«

»Das weiß ich nicht. Robert hat mir gesagt, daß er die Baumstümpfe beseitigt hat, aber er erwähnte nicht, ob er das ganze Dynamit dazu gebraucht hat.«
»Können Sie sich erinnern, ob Sie am Tage des Überfalls in den Schuppen gesehen haben?« fragte Matthew.
»Nein, der Schuppen befindet sich hinter dem Haus. Ich war nicht oft dort hinten. Meist war ich am Strand oder auf der vorderen Veranda oder im Haus.«
»Sind Sie nach dem Überfall noch einmal draußen an der Küste gewesen?« wollte Barry wissen.
»Nein. Ich glaube, Robert war auch nicht mehr dort. Der Gerichtshof in Salem hatte in jener Woche Verhandlungen.«
»Barry, notieren Sie sich, daß wir zu dem Ferienhaus fahren. Wir müssen den Schuppen überprüfen«, sagte Matthew und fragte dann Abbie: »Haben Sie eine Idee, wie wir beweisen können, daß Deems lügt?«
»Nein. Sein Wort steht gegen meins, aber sein Wort sollte nicht schwer wiegen. Mein Gott, er ist der übelste Abfall. Ich kann mir nicht vorstellen, daß selbst jemand wie Geddes etwas darauf geben kann, was Deems sagt.«
»Aber das tut er«, erklärte Matthew. »Und Jack Stamm war der Meinung, daß genug daran sei, um das Büro des Generalstaatsanwalts zu informieren. Warum, Abbie? Welche Beweise haben sie, die Deems Aussage untermauern?«
Abbie schüttelte den Kopf. »Ich habe die Berichte immer und immer wieder gelesen. Ich komme nicht darauf.«
Tracy war unsicher, ob sie das Gespräch unterbrechen sollte, aber sie hatte eine Idee.
»Entschuldigung, Mr. Reynolds«, sagte sie, »doch ich weiß vielleicht, wo wir einen Beweis herbekommen, daß Deems lügt. Deems wurde zum Tode verurteilt, als Mrs. Griffen ihn anklagte. Um ein Todesurteil von den Geschworenen zu

erhalten, mußte sie beweisen, daß Deems auch in Zukunft eine Gefahr darstellen würde ...«

»Natürlich«, meinte Abbie zu Reynolds. »Wie dumm von mir.«

Matthew strahlte. »Gut überlegt, Tracy.«

Abbie sah Tracy an, als ob sie sie zum erstenmal wahrnähme.

»Wer hat die Berufung von Deems durchgeführt?« fragte Reynolds Abbie.

»Bob Packard.«

»Tracy«, wies Reynolds sie an, »rufen Sie Packard an. Er hat möglicherweise das Protokoll von Deems' Verhandlung. Es könnte eine Goldgrube an Informationen für Deems' Motive sein.«

Es war warm auf der Veranda. Während Tracy sich notierte, Packard anzurufen, nahm Matthew einen Schluck Eistee. Als Tracy aufblickte, bemerkte sie, was zwischen ihrem Chef und seiner Mandantin vorging. Von dem Moment an, als sie das Haus betreten hatten, hatte Matthew Abigail Griffen kaum aus den Augen gelassen, und Abbies Aufmerksamkeit war ganz auf ihn fixiert. Selbst wenn Tracy oder Barry eine Frage stellten, richtete sie die Antwort an Matthew.

»Wie haben Sie Richter Griffen kennengelernt?« fragte Reynolds.

»Ich vertrat die Anklage in einem Fall von sexueller Belästigung, wobei das Opfer minderjährig war. Der Angeklagte stammte aus einer wohlhabenden Familie, und die brachte die Familie des Opfers dazu, den Fall für eine Menge Geld außergerichtlich beizulegen. Robert vertrat die Familie des Opfers zivilrechtlich. Wir berieten uns über den Fall. Er führte mich aus. Die Beziehung wurde ernster, ungefähr zu der Zeit, als der Gouverneur Robert an den Supreme Court berief.«

»Das war vor etwa fünf Jahren?«
»Ja.«
»War die Ehe von Anfang an schlecht?«
»Nein«, antwortete Abbie leise und rutschte unbehaglich in ihrem Sessel hin und her, wobei sie einen kurzen Blick auf Tracy warf. Tracy bemerkte, daß sich Abbie bei der Frage unwohl fühlte, und sie überlegte sich, ob sich ihre Mandantin weniger betroffen gefühlt hätte, wenn keine andere Frau anwesend gewesen wäre.
»Zuerst war es eine gute Ehe«, fuhr Abbie fort. »Zumindest glaubte ich das. Zurückblickend bin ich mir nicht mehr sicher.«
»Was ging schief?«
»Ich denke, man könnte sagen, daß unsere Beziehung so war wie die Beziehung, die Robert zu seinen Mandanten hatte«, erklärte Abbie bitter. »Robert betörte mich. Er sagte die richtigen Dinge, er konnte den richtigen Wein auswählen und über Monet und Mozart sprechen. Er war auch ein wunderbarer Liebhaber.«
Matthew errötete.
»Als ich dann feststellte, daß das alles nur Mist war, war es schon zu spät. Ich bin sicher, daß er bei seinen anderen Frauen über mich gesprochen hat wie mit mir über seine Mandanten.«
»Richter Griffen hat Sie betrogen?«
Abbie lachte rauh. »Das kann man sagen. Ich kenne ihre Namen nicht, aber ich bin sicher, daß es mehr als eine war.«
»Wie kamen Sie darauf, daß er Sie betrog?«
»Er hat es übertrieben. Einmal bekam ich an einem Nebenapparat den Schluß einer Unterhaltung mit und stellte ihn zur Rede. Er leugnete alles, aber ich wußte, daß er log. Ein anderes Mal hat mir eine Freundin berichtet, daß sie Robert

mit einer Frau in einem Hotel in Portland gesehen hätte, während er in Salem hätte sein sollen. Bei dieser Gelegenheit gab er zu, mit einer anderen Frau zusammengewesen zu sein, aber er nannte mir nicht den Namen. Er versprach, damit aufzuhören. Ich sagte ihm, daß ich ihn verlassen würde, wenn es jemals wieder passieren würde.«

»Und das geschah?«

»Ja, am dritten Mai. Eine Frau rief mich im Büro an und sagte mir, Robert würde sich mit jemandem im Overlook-Motel treffen. Es liegt ungefähr dreiundzwanzig Meilen südlich an der Interstate 5, grob gesagt auf halbem Weg zwischen Salem und Portland. Die Anruferin hat ihren Namen nicht genannt, und ich kam nie dahinter, wer es war. Ich fuhr sofort hin und hoffte, Robert auf frischer Tat zu ertappen, aber die Frau war schon weg, als ich dort ankam. Robert zog sich gerade an. Es war keine schöne Szene. Am nächsten Tag zog ich aus.«

»Überprüfen Sie das Overlook«, wies Matthew Barry an. »Schauen Sie sich das Gästebuch an, und versuchen Sie herauszubekommen, wer die Frau war.«

Frame machte sich eine Notiz auf seinem Block.

»Abbie«, fragte Matthew, »wer, glauben Sie, hat Richter Griffen umgebracht?«

»Charlie Deems. Es muß so sein. Das ist seine Rache an mir, weil ich ihn in die Todeszelle gebracht habe. Ich bin mir jetzt ganz sicher, daß er der Mann war, der versucht hat, mich in der Hütte zu töten. Und er hat möglicherweise auch versucht, in mein Haus in Portland einzubrechen.«

»Erzählen Sie uns davon«, forderte Barry sie plötzlich ganz interessiert auf.

Abbie erzählte ihnen von dem Mann, den sie an dem Abend, als Tony Rose sich an sie herangemacht hatte, vertrieben hatte.

»Haben Sie den Einbruchsversuch der Polizei gemeldet?« fragte Frame.
»Nein, ich hielt das für Zeitverschwendung. Er hat nichts gestohlen, und ich konnte ihn nicht identifizieren.«
»Barry«, meinte Reynolds, »wir müssen Deems finden.«
»In den Prozeßunterlagen steht keine Adresse von ihm, Matt.«
Reynolds zog die Augenbrauen zusammen. »Die Statuten verlangen aber, daß der Staatsanwalt uns die Anschriften aller Zeugen, die er aufrufen will, nennen muß.«
»Weiß ich, aber sie ist nicht da.«
Reynolds überlegte einen Moment, dann sagte er: »Fragen Sie nicht Geddes danach. Holen Sie sie sich von Neil Christenson. Er sitzt nicht im Büro des Bezirksstaatsanwalts von Multnomah County.«
»Kapiert«, gab Barry zurück und machte sich eine weitere Notiz.
Matthew wandte seine Aufmerksamkeit wieder Abbie zu.
»Wenn Deems Richter Griffen *nicht* umgebracht hat, wer sonst? Haben Sie eine andere Vermutung?«
»Nein, außer, es war eine Frau. Eine, die er erst verführt und dann fallengelassen hat. Doch das ist nur eine Vermutung. Wenn es nicht Deems war, dann weiß ich nicht, wer es gewesen sein könnte.«
Matthew überlas noch einmal seine Notizen und meinte dann: »Ich glaube, es gibt zu den Polizeiberichten nichts mehr zu sagen. Haben Sie noch Fragen, Barry? Tracy?«
Die beiden schüttelten den Kopf.
»Nehmen Sie Tracy doch mit zurück ins Büro«, sagte Matthew zu Barry. »Machen Sie einen Termin aus, an dem wir die Indizienbeweise in Augenschein nehmen können, und besorgen Sie die Adresse von Deems. Ich will noch ein paar weitere Dinge mit Mrs. Griffen durchsprechen.«

»In Ordnung«, gab Barry zurück. »Wir finden schon hinaus.«

»Danke für den Eistee«, sagte Tracy. Abbie setzte ein oberflächliches Lächeln auf.

»Was wollten Sie mich fragen?« wollte Abbie wissen, als Barry und Tracy außer Hörweite waren.

»Nichts über den Fall. Funktioniert das mit dem Wachpersonal?«

»Ich denke schon. Ein Reporter ist durch den Wald gekommen, aber sie haben ihn aufgegriffen, bevor er mich in die Finger bekam.«

»Gut. Und wie kommen Sie sonst zurecht?«

»Es geht schon, doch wenn ich mich nicht zusammennehme, dann bekomme ich Depressionen. Wenn ich niedergeschlagen bin, dann rufe ich mir ins Gedächtnis, um wieviel angenehmer dieser Ort doch ist als eine Zelle im Gefängnis.« Abbie hob ihr Handgelenk hoch, damit Matthew den Armreif sehen konnte. »Ich habe mich sogar schon an das hier gewöhnt.«

»Haben Sie Freunde, die zu Besuch kommen können?«

»Ich bin nicht der Typ für Freundschaften, Matt. Ich bin immer eine Einzelgängerin gewesen. Ich denke, daß das, was man am ehesten als Freundschaft bezeichnen könnte, mein Verhältnis zu einigen der anderen Staatsanwälte wie Jack oder Dennis Haggard ist, aber die können mich ja jetzt, da ich unter Mordanklage stehe, nicht besuchen.«

»Sie müssen doch Freunde außerhalb Ihres Berufs haben?«

»Als ich noch mit Robert zusammen war, bin ich mit einer Menge von Leuten zusammengekommen, aber das waren Roberts Freunde.«

Abbie unternahm einen halbherzigen Versuch zu lächeln und zuckte dann mit den Schultern.

»Ich habe nur für meine Arbeit gelebt, bis ich Robert getroffen habe. Jetzt stehe ich ziemlich allein da.«

»Abbie, ich weiß, wie man sich fühlt, wenn man allein ist. Alle meine Mandanten wissen, daß sie mich jederzeit anrufen können. Ich bin für meine Mandanten da, und ich bin auch für Sie da.«

»Ich weiß, Matt«, gab Abbie sanft zurück, »und ich bin Ihnen dankbar dafür.«

»Bitte, geben Sie die Hoffnung nicht auf. Versprechen Sie mir, daß Sie anrufen, wenn Sie das Gefühl haben, nicht mehr damit fertig zu werden. Immer, wenn Sie jemanden brauchen, mit dem Sie reden können.«

»Das werde ich. Versprochen.«

3

Barry bog mit seinem Jeep Cherokee auf den Macadam Boulevard ein und fuhr in Richtung der Innenstadt von Portland. Die Straße führte am Fluß entlang, und ab und zu konnten sie die Boote auf dem Willamette sehen. Barry beneidete die Freizeitkapitäne und schaute ihnen sehnsüchtig nach, doch Tracy schien kein Auge dafür zu haben.

»Was macht Ihnen Sorgen?« fragte Barry.

»Wie bitte?«

»Was macht Ihnen Sorgen? Seit wir das Haus verlassen haben, haben Sie keine Silbe gesagt.«

Tracy schüttelte den Kopf.

»Kommen Sie, wir sind doch ein Team. Über was denken Sie nach?«

»Unsere Mandantin«, antwortete Tracy.

»Was ist mit ihr?«

»Ich glaube ihr nicht.«
»Matt tut es aber ganz bestimmt.«
»Es ist Ihnen aufgefallen, nicht wahr?«
»Um das zu bemerken, braucht man kein großer Detektiv zu sein«, erklärte Barry.
»Ich meine, die beiden himmeln sich gegenseitig an«, fuhr Tracy fort. »Ich glaube nicht, daß sie uns beiden während der ganzen Zeit mehr als einen kurzen Blick geschenkt hat.«
»Also?«
»Barry, Matthew Reynolds ist ein brillanter Anwalt und ein netter Mensch, aber er ist nicht die Art von Mann, dem eine Frau wie Abigail Griffen schmachtende Blicke zuwirft.«
»He, sagen Sie nichts gegen den Chef.«
»Tu' ich auch gar nicht. Ich mag ihn wirklich. Ich will nur nicht, daß Abigail Griffen ihn ausnutzt.«
»Wie sollte sie das anstellen?«
»Indem sie ihr offensichtlich gutes Aussehen einsetzt, einen ehrenhaften Mann davon zu überzeugen, sie sei unschuldig, wenn sie es nicht ist.«
»Sie glauben, daß sie es getan hat?«
»Ich halte es für möglich.«
»Aufgrund der Aussagen von einem Dreckskerl wie Deems?«
»Aufgrund dessen, was ich über Richter Griffen weiß. Diese Sache mit seinen Affären, die kauf' ich ihr nicht ab. Wenn er sich mit anderen Frauen getroffen hat, dann wette ich, daß sie ihn dazu getrieben hat.«
»Warum muß Mrs. Griffen bei der Sache die Böse sein?«
»Laura respektierte den Richter.«
»Laura ist ...?«
»Entschuldigung. Laura Rizzatti. Sie war seine Assistentin. Kurz bevor ich vom Gericht wegging, ist sie ermordet worden.«

»Stimmt, ja. Sie haben die Leiche gefunden. Tut mir leid, ich habe mich nicht an den Namen erinnert.«
»Schon gut. Ich habe auch nicht darüber gesprochen.«
»Weiß die Polizei, wer der Mörder ist?«
»Nein. Ich habe vor kurzem die Beamtin angerufen, die die Ermittlungen führt, aber sie sagte, daß es keine Spur gäbe.«
»Kommen wir auf unsere Mandantin zurück. Reden Sie! Wenn Sie etwas wissen, dann müssen Sie es sagen. Sie erwähnten, daß Laura Richter Griffen respektierte.«
»Das tat sie. Ich glaube nicht, daß sie das getan hätte, wenn sie gewußt hätte, daß er hinter Frauen her ist.«
»Vielleicht hatte sie keine Ahnung. Sie ist ihm nur bei der Arbeit begegnet. Vielleicht hat er sich seiner Assistentin gegenüber ganz anders verhalten.«
Tracy starrte eine Zeitlang stumm aus dem Fenster. Nachdem sie um eine Biegung gefahren waren, tauchte die Silhouette von Portland vor ihnen auf. Die hohen Gebäude aus Glas und Stahl wirkten klein vor den grünen Hügeln, die sich hinter ihnen erhoben.
»Sie haben recht, ich denke, ich habe Richter Griffen nicht gut genug gekannt. Auch ich kannte ihn nur von der Arbeit her. Es ist nur ... Barry, er war wirklich ein netter Kerl. Er war so besorgt um Laura. Ich kann mir nicht vorstellen, daß er so gewesen sein soll, wie Mrs. Griffen ihn darstellt.«
»Was ich daraus entnehme, ist, daß Sie die Wahrheit über Richter Griffen nicht kennen, aber Sie können Abigail Griffen nicht leiden, also glauben Sie nicht, was unsere Mandantin sagt. So geht das nicht, Tracy. Nichts, was Sie mir gesagt haben, widerspricht dem, was Mrs. Griffen uns erzählt hat. Wir vertreten Abigail Griffen, und unsere Aufgabe ist es, ihren Kopf zu retten. Also, solange wir nicht

das Gegenteil wissen, unterstellen wir dem Dahingeschiedenen das Schlechteste und unserer Mandantin das Beste. Wenn wir Beweise für das Gegenteil haben, dann müssen wir damit fertig werden. Doch jetzt gehen wir erst mal davon aus, daß Richter Griffen ein Herumtreiber und Ekel war, und sehen, wie weit wir damit kommen.«

Kapitel siebzehn

1

»Ich habe eine gute und eine schlechte Nachricht«, meinte Barry Frame zu seinem Chef, sobald dieser durch die Eingangstür gekommen war. »Welche wollen Sie zuerst hören?«

»Die gute Nachricht«, antwortete Reynolds, als er mit Barry im Schlepptau zu seinem Büro eilte.

»Christenson hat uns einen Termin genannt, an dem wir die Beweisstücke in Augenschein nehmen können. Sie werden in einem Besprechungszimmer in der Abteilung des Bezirksstaatsanwalts am Freitag um zehn Uhr bereitliegen.«

»Gut. Wie lautet die schlechte Nachricht?«

»Geddes hat Richter Baldwin überredet, eine Schutzanweisung für Deems auszustellen. Sie brauchen uns also die Adresse nicht zu geben.«

Reynolds war wütend. »Das ist ja lachhaft.«

»Ja, aber Geddes hat den Richter davon überzeugt, daß es nötig sei. Die eidesstattliche Erklärung, aufgrund deren die Schutzanweisung erwirkt wurde, war verschlossen, so daß ich keine Ahnung habe, welche Geschichte sich Geddes hat einfallen lassen, um Baldwin dazu zu bringen, die Anweisung zu erlassen. Fazit ist, ich muß einen anderen Weg finden, um an die Adresse zu kommen.«

»Dann machen Sie es. Was es uns auch kosten mag, wir müssen mit Deems sprechen. Er ist in diesem Prozeß die Schlüsselfigur. Ich bin sicher, daß Deems Abbie reinlegen will.«

»Warum sollte er das tun?«

»Natürlich aus Rache. Sie hat ihn ins Gefängnis gebracht.«

»Ich weiß, das ist Mrs. Griffens Theorie, doch das ergibt keinen Sinn. Warum sollte er, nun, da er aus der Todeszelle heraus ist, das Risiko eingehen, wegen Falschaussage ins Gefängnis zu gehen, oder noch schlimmer, wenn er tatsächlich Richter Griffen umgebracht hat?«

Matthew dachte darüber nach. »Wäre es möglich, daß jemand Deems dafür bezahlt hat, Griffen umzubringen und es Abbie anzuhängen?« fragte er Barry.

»Sicher, aber warum?«

Matthew schüttelte den Kopf. »Ich weiß nicht. Wir müssen mehr über Richter Griffen in Erfahrung bringen.«

Reynolds dachte nach, und Barry wartete geduldig.

»Barry, finden Sie heraus, ob Deems ein Bankkonto hat. Wenn ihn jemand für den Mord an Griffen bezahlt hat, dann ist es bestimmt ein hoher Betrag.«

Barry lachte. »Machen Sie Witze? Ein Typ wie Deems hat nichts mit Banken im Sinn, außer, er raubt sie aus.«

Reynolds schenkte Barry ein nachsichtiges Lächeln. »Tun Sie mir den Gefallen.«

»Na klar. Oh, bevor ich es vergesse, Neil Christenson und ich hatten ein nettes, kleines Gespräch. Er erwähnte so nebenbei, daß Geddes eine Stinkwut auf Sie hat.«

»So?«

»Bei der Verhaftung von Mrs. Griffen haben Sie ihn tödlich beleidigt. Dann ist da noch die Sache mit Mrs. Griffens

Freilassung. Geddes ist sauer, weil Sie den Generalstaatsanwalt ins Spiel gebracht haben. Er wird uns keinen Millimeter entgegenkommen. Er ist auf die Todesstrafe aus und wird uns jeden möglichen Stein in den Weg legen.«

»Wirklich?« Ein dünnes Lächeln erschien auf Reynolds' Lippen, so als würde er sich über einen privaten Witz amüsieren. »Nun gut, zurück an die Arbeit.«

Reynolds drehte sich abrupt um und schritt davon. Frame wollte sich gerade auf den Weg in sein Büro machen, als ihm ein Gedanke kam. Als man Deems wegen des Mordes an Hollins verhaftet hatte, hatte er versucht, Reynolds als Verteidiger zu verpflichten. Barry war sicher, daß sich Reynolds zwei- oder dreimal mit Deems unterhalten hatte, bevor er den Fall abgelehnt hatte, und er überlegte, ob es eine Akte mit Telefonnummern und Adressen von Deems oder seinen Bekannten gab. Barry ging in den hinteren Bereich des Hauses, wo eine wacklige Treppe in den feuchten Keller hinunterführte, in dem die alten Akten abgelegt waren.

Tracys Büro befand sich in der Nähe der Tür zum Keller. Sie saß an ihrem Schreibtisch und schrieb am Computer.

»Hallo«, grüßte Barry.

Tracy zeigte keine Reaktion. Ihre Gedanken waren ganz auf die Worte konzentriert, die auf ihrem Monitor erschienen.

»Erde an Tracy.«

Jetzt drehte sie sich um.

»Der Griffen-Prozeß?« fragte Barry und deutete auf den Computer-Bildschirm.

»Nein, der Prozeß in Texas. Einer der Punkte aus der Urteilsbegründung. Der Supreme Court hat gerade ein Urteil veröffentlicht, das uns weiterhelfen kann, und Matt möchte, daß ich diesen neuen Aspekt in unseren Schriftsatz mit aufnehme.«

»Werden Sie das ganze Wochenende arbeiten müssen?«
»Samstag werde ich hiersein, doch für Sonntag habe ich noch keine Pläne.«
»Ich werde am Sonntag ein paar Fotos von der Hütte der Griffens machen. Wollen Sie mit mir raus an die Küste kommen?«
»Ich weiß nicht. Ich sollte vielleicht in der Stadt bleiben, falls Matt mich braucht.«
»Matt wird wohl einen Tag ohne Sie überleben können. Kommen Sie schon. Es gibt da eine wunderschöne Stelle, nur ein paar Meilen von der Hütte entfernt, die ich Ihnen zeigen will.«
Barry hielt seine Hände vors Gesicht wie ein Regisseur, der sich eine Kameraeinstellung überlegt.
»Stellen Sie sich doch einmal vor: Wir wandern etwa eine Meile durch grüne Wälder und Wiesen, die von farbenprächtigen Wildblumen übersät sind, wie die Palette eines Malers. Schließlich gelangen wir müde, aber zufrieden zu einer steilen Klippe, von der man auf den tobenden Ozean hinabblickt.«
»Und was dann?« fragte Tracy lachend.
»Dann machen wir ein Picknick. Ich habe noch eine wunderbare Flasche Merlot, die ich für eine besondere Gelegenheit aufgehoben habe. Na, was sagen Sie?«
Tracy schaute auf den Stapel Arbeit auf ihrem Schreibtisch, überlegte kurz und sagte dann: »In Ordnung, aber ich will das erst noch mit dem Chef absprechen.«
»Sagen Sie ihm, daß Sie mir bei meinen Ermittlungen helfen«, meinte Barry. Dann ging er. Tracy schaute Barry nach und lächelte. Fest stand, er hatte einen hübschen Hintern. Sie waren ein paarmal zusammen gelaufen, und es hatte Spaß gemacht. Bis jetzt war Barry ein perfekter Gentleman gewesen, was in Ordnung war, doch Tracy hatte

beschlossen, daß sie ihn so gut leiden konnte, um ihrerseits die Sache jetzt etwas voranzutreiben, wenn er sich nicht dazu aufraffen könnte. Ein romantisches Picknick in schöner Umgebung wäre eine ideale Gelegenheit, um damit anzufangen.

Tracy wußte, daß ihr der Ausflug Spaß machen würde, egal, was zwischen ihr und Barry passieren würde. Sie versuchte sich zu erinnern, wie es war, in der frischen Luft und im Sonnenschein zu sein. Sie hatte von beidem nicht mehr viel gehabt, seit sie bei Reynolds angefangen hatte. Für Matthew Reynolds zu arbeiten war genauso, wie sie es sich vorgestellt hatte. Nun, die Küste wäre eine willkommene Abwechslung, nachdem sie die ganze Woche unter juristischen Büchern begraben gewesen war.

2

In der Akte, die Reynolds für Charlie Deems angelegt hatte, waren zwei Adressen verzeichnet. Die eine war die der Wohnung, in der Deems gehaust hatte, als man ihn wegen des Mordes an Hollins verhaftet hatte. Deems war nie dorthin zurückgekehrt. Er war im Untersuchungsgefängnis und danach in der Todeszelle geblieben, bis sein Urteil aufgehoben worden war. Die Wohnung war jetzt an jemand anderen vermietet, und der Vermieter hatte keine Ahnung, wo man Deems erreichen könnte.

Die zweite Adresse bezeichnete einen Ort in einem heruntergekommenen Stadtviertel im Norden von Portland. Barry Frame spähte aus dem Beifahrerfenster in das verblassende Tageslicht und versuchte die Hausnummer an einem Bungalow zu erkennen, der etwas von der Straße zurückversetzt stand. Ein Maschendrahtzaun grenzte das Grundstück ab. Die graue Farbe des Bungalows blätterte ab. Der Rasen war schon seit Wochen nicht gemäht worden. Eine der metallenen Ziffern an der Tür fehlte, doch die drei verbliebenen stimmten.

Barry öffnete das Tor und ging den mit Schieferplatten gepflasterten Weg hinauf. Laute Musik klang durch die Eingangstür. Barry erkannte klirrende Gitarren, schräges Getrommel und ein Geräusch, das einem Kreischen näherkam denn Gesang. Er schätzte die Gruppe als einen neuen Abklatsch von Pearl Jam ein. Er klingelte zweimal, dann trommelte er heftig an die Tür. Jemand drehte die Lautstärke zurück, und Barry klopfte nochmals.

»Hör mit dem Gepolter auf! Ich komme schon!« schrie eine Frau.

Die Wohnzimmervorhänge bewegten sich. Barry trat von der Tür zurück und tat sein Bestes, um nicht einschüchternd zu wirken. Einen Augenblick später wurde die Tür von einer schlanken, barfüßigen Blonden geöffnet, die abgeschnittene Jeans und ein Bikinioberteil anhatte. Die Schatten, die die untergehende Sonne warf, milderten die Furchen, die ein hartes Leben in ihrem Gesicht eingegraben hatte, und einen Moment lang war Barry der irrigen Ansicht, ein junges Mädchen vor sich zu haben.

»Wer sind Sie?« fragte die Frau herausfordernd.

Barry hielt ihr seinen Ausweis hin.

»Mein Name ist Barry Frame. Ich bin Ermittler für Matthew Reynolds. Das ist ein Anwalt.«

»So?«

»Sind Sie Angela Quinn?«

»Um was geht's?« fragte sie, schob ihre Hüfte herausfordernd vor und lehnte sich gegen den Türpfosten. Die Pose war dazu gedacht, ihn zu verwirren, und es funktionierte.

Barry kam nicht umhin, ihre langen, wohlgeformten Beine und die Konturen der Brustwarzen, die sich unter dem Stoff des Bikinioberteils abzeichneten, zu bemerken.
»Wir versuchen, Kontakt mit Charlie Deems aufzunehmen. Mr. Deems hat vor ein paar Jahren Mr. Reynolds aufgesucht und diese Adresse und Telefonnummer hinterlassen. Sind Sie Angela?«
Barry bemerkte ein kurzes, furchtsames Aufflackern in Angela Quinns blauen Augen.
»Ich weiß nicht, wo Charlie ist«, gab Angela zurück und wollte die Tür schließen.
»Warten Sie! Sie waren seine Freundin, stimmt's?«
»Hören Sie, ich mach's einfach für Sie. Ich habe im Jiggles getanzt. Charlie hing da herum, und eine Zeitlang waren wir befreundet. Dann hat er die Kleine umgebracht.«
Angela schüttelte den Kopf, als könne sie es immer noch nicht fassen.
»Charlie hat mir aus der Todeszelle geschrieben. Und ich Trottel habe ihm zurückgeschrieben, ein- oder zweimal, weil der Kerl sonst niemanden hatte und ich nie geglaubt habe, ihn wiederzusehen. Mein Fehler. Das erste, was er tat, nachdem er draußen war, war hier in mein Haus zu kommen. Ich ließ ihn hierbleiben. Doch jetzt ist er weg, und ich weiß nicht, wo er hin ist.«
»Wenn Sie Deems nicht leiden können, warum ließen Sie ihn dann hier wohnen?«
Angela lachte humorlos.
»Mann, Sie scheinen Charlie aber nicht gut zu kennen. Man sagt nicht einfach ›Nein‹ zu ihm.« Angela zuckte mit den Schultern. »Der Scheißkerl ist über einen Monat geblieben, und das war einen Monat zu lang. Ich hoffe, daß ich ihn nie wiedersehe.«
»Erinnern Sie sich noch, wann Charlie weg ist?«

»Das war so vor zwei Wochen.«
»Haben Sie von dem Richter am Supreme Court gehört, der durch eine Bombe getötet wurde?«
Barry sah wieder die Angst in ihren Augen. »Warum interessiert Sie das?« wollte Angela auf einmal mißtrauisch wissen.
»Mr. Reynolds, mein Chef, vertritt die Frau, die wegen dieses Mordes angeklagt wird. Charlie wird als Zeuge in dem Prozeß auftreten, und wir wollen mit ihm über seine Aussage sprechen.«
»Ich habe Ihnen doch gesagt, ich weiß nicht, wo er ist.«
»Hat Charlie zu Ihnen irgend etwas über den Mörder des Richters gesagt?«
Es schien, als dächte Angela darüber nach, ob Sie Barry etwas sagen sollte.
»Das bleibt natürlich ganz unter uns«, ergänzte er und lächelte sie vertrauensvoll an.
»Warum sollte ich das glauben?«
Barrys Lächeln verschwand. »Hören Sie, Angela, ich weiß, wie gefährlich Deems ist, und ich werde Sie nicht in Gefahr bringen. Ich will das nur als zusätzliche Information. Hat Charlie Deems mit Ihnen über den Mord an Richter Griffen gesprochen?«
»Nein, er hat kein Wort zu mir gesagt, aber er hat sich eines Abends, als ich mich zur Arbeit fertig machte, einen Bericht darüber im Fernsehen angesehen, und er schien mir sehr interessiert. Er hat mich sogar nach der Zeitung gefragt, weil er über den Mord lesen wollte. Kurz danach hat sich Charlie aus dem Staub gemacht.«
»Und seit er weg ist, haben Sie keinen Kontakt mehr mit ihm gehabt? Er hat nie angerufen? Sie mußten ihm keine Sachen nachschicken? Zeug, das er zurückgelassen hat?«
»Nee. Ich habe keine Ahnung, wo er ist.«

»Gut, danke, Sie waren mir wirklich eine Hilfe. Hier ist meine Visitenkarte. Wenn er sich melden sollte, dann wäre ich Ihnen dankbar, wenn Sie mir mitteilen könnten, wo ich ihn finden kann.«

»Ja, klar«, meinte Angela. Die Tür wurde geschlossen, und Barry fragte sich, wie lange es dauern würde, bis seine Visitenkarte den Weg in den Müll gefunden hätte.

3

Charlie Deems saß auf der rückwärtigen Veranda eines Bauernhofs in Clackamas County, rauchte eine Zigarette und beobachtete, wie das Gras hin- und herwogte. Das war das Aufregendste, was auf dem Bauernhof passierte, aber Charlie Deems war es recht. Zwei Jahre in einer Zelle, die die Ausmaße einer Besenkammer hatte und dreiundzwanzig von vierundzwanzig Stunden des Tages verschlossen war, hatten ihn gelehrt, wie man mit überflüssiger Zeit zurechtkam.

Hinter dem hohen Gras war ein Baumwollfeld. Hinter den Baumwollsträuchern begannen sanfte Hügel, hinter denen gerade die Sonne unterging. Charlie war zufrieden. Seine Pläne entwickelten sich langsam, aber stetig. Er wohnte hier mietfrei, und außer der einseitigen Ernährung, bestehend aus Pizza und Big Macs, gab es nicht viel, worüber er sich hätte beschweren können.

Sobald Charlie aus dem Staatsgefängnis von Oregon entlassen worden war, noch bevor er Kontakt mit Raoul aufgenommen hatte, hatte er seine Beziehung zu den Leuten, die für Otero arbeiteten, wiederaufgenommen. Raoul hatte einige seiner Geschäftspraktiken geändert, doch im großen und ganzen floß das Kokain noch durch dieselben Kanäle, durch die es geflossen war, als Deems noch das Geschäft beherrschte. Zum Beispiel gab es da eine bestimmte Raststätte an dem Interstate Highway, wo die Laster aus Mexiko auf ihrem Weg nach Seattle anhielten. Während sich die Fahrer auf der Toilette erleichterten, erleichterten dunkle Gestalten die Fahrer um einen Teil ihrer Fracht, die in keinen Papieren auftauchte, und verschwanden in die Nacht. An diesem Abend hatte Deems von einem seiner Zuträger erfahren, daß es an der Raststätte zu einer Reihe von Verhaftungen gekommen war und man eine große Menge Kokain sichergestellt hatte. Das Steak, das Charlie zum Abendessen erhalten hatte, war Ausdruck der Anerkennung durch den Bezirksstaatsanwalt.

Charlie nahm einen weiteren Zug von seiner Zigarette. Er grinste bei dem Gedanken, welche Verwirrung es bei Raoul auslösen würde, wenn er zusehen mußte, wie seine Organisation Stück für Stück zusammenbrach. Bald würden die Bullen den Fisch fangen, der das Gefängnis noch mehr fürchtete als Deems. Jemand würde einen Sender am Körper tragen, und Raouls eigene Worte würden sich zu dem Strick zusammendrehen, an dem man ihn hängen würde. Dann würden die Geschworenen zusammenkommen. Es würde eine Weile dauern, aber Charlie konnte warten.

Worauf er kaum warten konnte, war der Tag, an dem er gegen Abigail Griffen aussagen würde. Er wollte ihr Gesicht sehen, wenn seine Aussage ihr das Genick brechen würde. Zwei Jahre lang war diese Hure der Mittelpunkt seiner sexuellen Phantasien gewesen. Wenn er für jedes Mal, wo er sie in Gedanken vergewaltigt und gequält hatte, einen Dollar bekommen hätte, dann würde er jetzt in einer Villa an der französischen Riviera sitzen. Und obwohl er es wirklich begrüßen würde, Mrs. Griffen persönlich in die Finger zu bekommen, fühlte er noch größere Befriedigung bei dem Gedanken, daß Abbie zwischen denselben Betonwänden hin- und herlaufen würde, zwischen denen er endlose Stunden zugebracht hatte, Stunden, die so langsam vergingen, daß man tatsächlich spüren konnte, wie jede Sekunde einzeln verrann.

Vielleicht würde Charlie Abbie schreiben. Er würde ihr Ansichtskarten von weit entfernten Orten schicken, um sie wissen zu lassen, daß er immer an sie dachte. Er stellte sich vor, wie Abbies Schönheit verfiel, ihr dunkler Teint vom fehlenden Sonnenlicht bleich wurde und ihr Körper ausdörrte. Doch noch befriedigender wäre, daß der Wille dieser Hure gebrochen würde. Sie, die so stolz war, würde ohne Ende weinen oder mit stumpfem Blick auf die sich niemals verändernde Szene außerhalb ihrer Zelle blicken. Bei diesem Gedanken grinste Charlie vor sich hin.

Er schaute auf seine Uhr und stand auf. Es war fast sieben Uhr abends, Zeit für *Jeopardy*, seine liebste Spielshow. Er drückte die Kippe auf der Veranda aus und schnippte sie ins Gras. Kostenlose Pizzas, Zufriedenheit und Ruhe, und alle Spielshows, die er sehen wollte. Das Leben war schön.

Kapitel achtzehn

1

Kurz nach zehn Uhr am Sonntag morgen parkte Tracy ihren Wagen vor dem Ferienhaus der Griffens. Sie stieg aus, während Barry noch seine Kamera vom Rücksitz holte. Für Anfang September war es kühl, und Tracy war froh, daß sie ein Sweat-Shirt mitgenommen hatte.

»Ich werde mich einmal umsehen«, sagte Barry. »Ich habe mir die Fotos vom Tatort angesehen, die die Polizei von Seneca County gemacht hat, und ihre Berichte gelesen. Ich glaube, das beste ist, ich vollziehe einmal jeden Schritt von Mrs. Griffen nach. Ich bezweifle zwar, daß wir solange nach dem Vorfall noch irgend etwas finden werden, aber man weiß ja nie.«

»Machen Sie nur. Ich gehe zum Strand hinunter.«

Tracy sah den Schuppen sofort, als sie das Haus umrundet hatte. Er war hoch und viereckig und aus verblassendem Holz gezimmert. Die Tür stand ein Stück offen. Von dem Punkt aus, an dem sie stand, konnte Tracy einen Rechen und einen Volleyball sehen, der auf einem Volleyballnetz lag, aber kein Dynamit. Sie ging hinüber und öffnete die Tür ganz. Es gab eine freie Stelle, die groß genug für einen Kasten Dynamit hätte sein können, doch es war kein Kasten da. Sie sah ein paar verrostete Gartengeräte und einen Grill. Tracy brachte die Tür wieder in die ursprüngliche Lage. Sie steckte die Hände in die Hosentaschen, hob die Schultern zum Schutz gegen den schneidenden Seewind und lief den Pfad zum Meer hinunter.

Eine Reihe hölzerner Stufen führte von der Oberkante der Klippe zum Strand hinunter. Tracy setzte sich auf die oberste Stufe und ließ den Wind ihre langen, blonden Haare zerzausen. Hohe Wellen rollten gegen den Strand, wobei sie mit ohrenbetäubendem Lärm auf den Sand schlugen. Tracy suchte mit ihren Augen sorgfältig den Strand ab, konzentrierte sich auf die niedrigen Dünen und die Möwen, die über dem blaugrünen Wasser kreisten, und dachte an Barry Frame.

Es war zwar schon eine Weile her, seit sie etwas gehabt hatte, was man eine Beziehung hätte nennen können, aber es war nicht so, daß sie diesen Umstand bedauerte. Vor langer Zeit hatte Tracy beschlossen, daß sie lieber allein blieb als mit jemandem zusammenzusein, den sie nicht wirklich mochte. Manchmal fehlte ihr der Sex, doch nur der Sache wegen mit jemandem ins Bett zu gehen, war nichts für sie. Tracy wollte von ihrem Partner geliebt werden, oder zumindest wollte sie Gefühle. Was sie aber wirklich vermißte, war Nähe. Natürlich, Sex mit dem richtigen Partner konnte auch eine tolle Sache sein.

Tracy gefielen Barrys Offenheit, seine natürliche Unabhängigkeit und seine unkomplizierte Art. Außerdem war sie davon überzeugt, daß er ihre Gesellschaft genauso angenehm empfand wie sie die seine. Dazu kam, daß er ihrer Meinung nach verdammt gut aussah. Tracy hatte sich mehr als einmal vorgestellt, wie er wohl nackt aussehen würde. Außerdem fragte sie sich, wie er wohl im Bett sein mochte, und hatte dabei das Gefühl, daß sie es gern herausfinden würde.

»Sehen Sie mal, was ich gefunden habe.«
Tracy drehte sich um. Barry lächelte und warf den Volleyball, den sie in dem Schuppen gesehen hatte, von einer Hand in die andere.
»Sind Sie fertig?« fragte sie.
»Alles erledigt.«
»Was gefunden?«
»Außer einer Phiole mit exotischem Gift, einem chinesischen Krummdolch und einer Reihe von mit Blut geschriebenen Hieroglyphen rein gar nichts. Gehen wir zum Strand hinunter.«
Tracy stand auf, und sie stiegen die Stufen hinab. Als sie unten angekommen waren, rannte Tracy los, und Barry warf den Ball, als wäre es ein Football. Tracy fing ihn problemlos auf und spielte ihn mit einem angeschnittenen Volleyballaufschlag zurück.
»Huh!« meinte Barry. »Sehr beeindruckend. Jetzt brauchen Sie nur noch eine dieser verrückten Sonnenbrillen, und dann kommen Sie in den Sportsender.«
»Man kann nicht in Kalifornien aufwachsen und kein Strandvolleyball spielen.«
»Mir gefällt es hier«, meinte Barry und spielte den Ball mit einem Unterhandschlag zu Tracy zurück. »Wenn ich mich mal aus dem Berufsleben zurückziehe, werde ich mir ein Haus am Strand kaufen.«
»Wenn ich ein Strandhaus hätte«, erklärte Tracy, während sie den Ball zu Barry zurückschlug, »müßte es genau wie dieses hier sein, so daß ich das Meer sehen könnte. Und ich wollte ein großes Panoramafenster haben.«
Barry versuchte einen Aufschlag, doch der Ball segelte über Tracys Kopf und hüpfte auf das Wasser zu. Beide rannten ihm hinterher.
»Wissen Sie, was das Beste ist?« fragte Barry, als sie beide an

der Wasserlinie den Ball erreicht hatten. Tracy schüttelte den Kopf.

»Stürme.« Barry bückte sich und hob den Ball auf. »Haben Sie jemals einen Sturm beobachtet, wenn die Wellen riesengroß sind und der Regen in Sturzbächen herunterkommt? Es ist unvorstellbar. Wenn es dunkel ist, macht man sich ein Feuer im Kamin, trinkt ein Glas Wein und schaut sich die weißen Wellenkämme durch den Regen hindurch an.«

»Ich hatte ja keine Ahnung, daß Sie so romantisch sind«, scherzte Tracy.

Barrys Lächeln verschwand. »Wenn die richtigen Voraussetzungen gegeben sind, dann schon«, meinte er sanft.

Tracy blickte ihn an. Sie beschattete ihre Augen mit der Hand, da die Sonne genau über seiner Schulter stand. Barry ließ den Ball fallen. Tracy war überrascht, aber erfreut, als Barry sie in die Arme nahm und küßte. Seine Lippen schmeckten salzig, und es war ein gutes Gefühl, in den Armen gehalten zu werden. Sie legte ihren Kopf an seine Schulter, und er strich über ihr Haar.

»Kein schlechter Kuß für einen Anwalt«, murmelte er. »Natürlich kann das Anfängerglück gewesen sein.«

»Wie kommst du darauf, daß ich eine Anfängerin bin?« wollte Tracy mit einem Lächeln wissen. Dann griff sie mit der Hand in seine Haare, zog seinen Kopf nach hinten, gab ihm einen feuchten Kuß auf die Stirn und warf ihn dann in den Sand.

»Das war typisch Anwalt«, lachte Barry, als er wieder auf die Beine kam.

»Vergiß den Volleyball nicht.«

Barry hielt den Ball mit einer Hand und legte seinen Arm um Tracys Schultern.

»Bist du bereit, einen der schönsten Orte auf diesem Planeten zu besuchen?« fragte er.

»Ja.«
»Dann gehen wir und machen unser Picknick. Wir kommen auf unserem Weg zurück nach Portland an dem Aussichtspunkt vorbei.«
Sie stiegen die Stufen hinauf. Tracy genoß die Berührung seiner Hüfte, die gegen die ihre stieß, und den Druck seines Armes auf ihren Schultern. Barry warf den Volleyball in den Schuppen. Während sie zum Auto gingen, sah Tracy noch, wie er auf der freien Stelle in der Mitte des Schuppens zu liegen kam.

2

Barrys besonderer Platz war genauso, wie er versprochen hatte. Sie hatten gefaulenzt, Barrys Merlot und die Nähe des anderen genossen, bis die untergehende Sonne sie daran erinnerte, daß noch Arbeit auf sie wartete. Tracy fuhr schnell die gewundenen Bergstraßen, die die Coast Range durchschnitten, entlang, und kurz vor sechs Uhr stießen sie auf die Interstate 5, wo sie Ausschau nach dem Overlook-Motel hielten.
»Das ist es«, meinte Barry schließlich und deutete auf einen Punkt hinter der Highway-Ausfahrt. Tracy nahm die bezeichnete Ausfahrt, fuhr dann siebzig Meter eine Zufahrt entlang und bog auf den Parkplatz des Overlook-Motels. Der Sonnenuntergang rettete dem Overlook seine Würde, indem er das schäbige Äußere in Schatten hüllte, doch bei Tageslicht war es eine alte, heruntergekommene, hufeisenförmige Fehlinvestition, von dem die Farbe abblätterte, mit einem leeren Pool und einem Hof, dessen Betonboden aufgeplatzt war.

Tracy stoppte den Wagen vor dem Motelbüro. Sie warf einen prüfenden Blick auf die drei Motorradfahrer, die ihre Harleys vor einem der Motelräume parkten, und schloß das Auto ab. Eine kräftige Frau, bekleidet mit einem sackähnlichen Kleid mit Blumenmuster, saß hinter dem Empfangstresen, aß Kartoffelchips und verfolgte eine Familienserie im Fernsehen. Als sich die Tür des Büros öffnete, legte sie die Chips zur Seite und erhob sich.

»Hallo«, grüßte Tracy, während sie eine ihrer Visitenkarten aus der Brieftasche nahm und sie über den Tresen schob. »Ich bin Tracy Cavanaugh, Anwältin. Das ist Barry Frame, mein Ermittler.«

Die Frau las die Karte sorgfältig, dann musterte sie Tracy durch ihre dicken Brillengläser, als könnte sie nicht glauben, daß Tracy wirklich eine Anwältin sei. Tracy war ihr deswegen nicht böse. Sie hatte eine Sonnenbrille auf, ihr Haar war hinten zu einem Pferdeschwanz zusammengebunden, und sie trug immer noch die abgeschnittenen Jeans und das dunkelblaue, ärmellose T-Shirt, das sie schon den ganzen Tag getragen hatte.

»Wir arbeiten an einem Mordfall und brauchen Ihre Hilfe.«

»Was für ein Mordfall?« wollte die Frau mißtrauisch wissen.

»Sie haben es vielleicht im Fernsehen mitbekommen, Mrs ...«, fiel Barry ein.

»Hardesty. Annie Hardesty.«

»... Mrs. Hardesty. Es ist der Fall des Richters, den man mit seinem Wagen in die Luft gesprengt hat. Wir vertreten Abigail Griffen, seine Frau.«

Die Frau riß den Mund auf. »Sie machen Scherze.«

»Nein, Madam.«

»Ich habe den Fall verfolgt, und ich glaube nicht, daß sie es war. Eine Bombe paßt nicht zu einer Frau.«

»Ich wünschte, Sie wären eine der Geschworenen«, erklärte Tracy mit einem Lächeln.
»Ich war schon einmal als Geschworene vorgemerkt. Die Anwälte haben mich aber nie akzeptiert.«
Barry nickte mitfühlend. »Es ist immer das gleiche. Mrs. Hardesty, haben Sie ein paar Minuten Zeit für uns?«
»Sicher.«
»Haben Sie nicht zuviel zu tun?« fragte Tracy.
»Nein, sonntags ist nicht viel los hier. Was kann ich für Sie tun, Schätzchen?«
»Wir hätten gerne Ihr Gästebuch vom dritten Mai dieses Jahres gesehen.«
»Ich weiß nicht, ob das Mr. Boyle recht wäre.«
»Nun, wir könnten es per Gerichtsbeschluß machen, aber dann wäre Mr. Boyle der Zeuge in der Sache.«
»Sie wollen sagen, daß ich vielleicht vor Gericht aussagen muß?« wollte Mrs. Hardesty ganz aufgeregt wissen.
»Wenn Sie diejenige sind, die uns das Gästebuch zeigt.«
Mrs. Hardesty dachte einen Moment nach, dann beugte sie sich unter den Tresen und holte das Gästebuch hervor. Tracy schlug das Buch auf und kontrollierte die Eintragungen für den dritten Mai, den Tag, von dem Abigail Griffen sagte, sie hätte Richter Griffen in dem Hotel zur Rede gestellt. Sieben Personen waren an diesem Tag im Motel abgestiegen. Sie zog einen Stift heraus und schrieb die Namen ab. Craigh McGowan, Roberto Sanchez, Arthur Knowland, Henrietta Rainey, Louis Glass, Chester Walton und Mary Jane Simmons.
»Wenn Richter Griffen hier im Overlook abgestiegen ist, dann nicht unter seinem richtigen Namen«, meinte sie.
»Das habe ich auch nicht von ihm erwartet«, erklärte Barry und legte eine Broschüre des Supreme Courts auf den Tresen. Darin befanden sich Bilder von allen Richtern.

»Kommt Ihnen einer davon bekannt vor, Mrs. Hardesty?« fragte Barry. Die Frau studierte die Bilder genau. Dann deutete sie mit dem Finger auf das Bild von Richter Griffen.
»Ich habe ihn ein paarmal gesehen, aber ich kann nicht sagen, wann. Ist das der Richter, der umgebracht wurde?«
»Ja, Madam«, sagte Barry und wollte die Broschüre wieder an sich nehmen. Mrs. Hardesty hielt ihn zurück. Dann deutete sie mit dem Finger auf das Bild von Mary Kelly.
»Ist das seine Frau?«
»Nein, warum?«
»Einmal, als er hier war, hat sie ihn begleitet.«

3

»Tracy«, meinte Mary Kelly überrascht, als sie die Tür ihrer Wohnung öffnete. Sogar mit der Lesebrille und ohne Make-up war die Richterin eine beeindruckend gutaussehende Frau, und Tracy verstand, warum Richter Griffen an ihr interessiert gewesen war.
»Es tut mir leid, Sie so spät noch zu stören, Richterin Kelly. Das hier ist Barry Frame. Er ist Matthew Reynolds' Ermittler.«
Die Richterin musterte Barry einen Moment und bat die beiden dann herein. Die Wohnung hatte eine hohe Decke, und durch das Fenster blickte man auf den Willamette. Mary Kellys Geschmack war modern ausgerichtet, und im Wohnzimmer gab es viel Glas und Designermöbel. In einem Aschenbecher, der auf der Lehne eines tiefen, weißen Armsessels balancierte, lag eine brennende Zigarette. Eine Biographie von Louis Brandis lag aufgeschlagen auf der Sitzflä-

che, wo Richterin Kelly sie zurückgelassen hatte, als sie die Tür öffnete.
»Wie geht's Ihnen auf der neuen Arbeitsstelle?« fragte Mary Kelly. Tracy hatte den Eindruck, daß die Richterin damit einer von ihr gestellten Frage zuvorkommen wollte.
»Viel Arbeit, aber es ist aufregend, meistens zumindest. Manchmal ist es auch nicht so schön.«
Tracy machte eine Pause. Während ihrer Zeit am Gericht hatte sie Richterin Kelly respektieren gelernt, und jetzt fühlte sie sich sehr unwohl dabei, sie zu vernehmen, besonders, weil es um ihr Privatleben ging.
»Ich habe Abigail Griffens Fall in den Zeitungen verfolgt«, erklärte Mary Kelly. »Wie kommen Sie voran?«
»Wir kommen gerade vom Overlook-Motel«, antwortete Tracy, wobei ihre Stimme leicht zitterte.
»Ich verstehe«, meinte Mary Kelly und wurde plötzlich nachdenklich.
»Die Frau an der Rezeption hat Sie und Richter Griffen auf Fotos wiedererkannt.«
Richterin Kelly dachte einen Moment darüber nach und sagte dann: »Sie beide sehen zu gesund aus, als daß Sie rauchen würden. Möchten Sie einen Drink?«
»Nein, danke«, gaben beide zurück.
»Setzen Sie sich.« Sie legte das Buch auf den Boden, setzte sich in den Armsessel und nahm einen Zug von der Zigarette. »Ich hoffte, ich könnte es umgehen, über Robert und mich zu sprechen, aber es sieht so aus, als sei die Katze aus dem Sack. Was wollen Sie von mir wissen, Tracy?«
»Hatten Sie ein Verhältnis mit Richter Griffen?«
Mary Kelly lachte selbstsicher. »Ein Verhältnis ist ein zu großes Wort für das, was zwischen uns war.«
Plötzlich klang Mary Kelly ganz sachlich. Sie sah sehr müde aus.

»Der arme Robert.« Sie schüttelte den Kopf. »Ich kann einfach nicht begreifen, daß er so gestorben ist.«
Mary Kelly nahm wieder einen tiefen Zug von ihrer Zigarette und starrte aus dem Fenster. Tracy wartete respektvoll darauf, daß die Richterin fortfuhr. Nach einem Moment schaute diese auf. Dann drückte sie ihre Zigarette aus.
»Hören Sie, ich mache es ganz einfach«, sagte sie ruhig zu Tracy. »Mein Mann und ich leben getrennt. Die ganze Sache läuft im gegenseitigen Einvernehmen. Sobald ich sicher bin, daß ich bei der Wahl nächstes Jahr keinen Gegenkandidaten habe, werde ich die Scheidung einreichen. Wenn mein Verhältnis mit Robert durch die Zeitungen geht, könnte die schlechte Publicity jemanden ermutigen, gegen mich anzutreten. Außerdem glaube ich, daß die Sache nichts mit dem Mord an Robert zu tun hat.«
»Wir haben kein Interesse, Ihnen zu schaden«, versicherte ihr Tracy, »doch ich muß Mr. Reynolds davon unterrichten. Er trifft die Entscheidungen.«
»Ich denke, daran kann ich nichts ändern.«
»Wie kamen Sie beide zusammen?« fragte Barry.
»Meine privaten Probleme waren für einen aufmerksamen Beobachter wie Robert leicht zu erkennen. Er hatte seine eigenen Schwierigkeiten mit seiner eiskalten Prinzessin. Da wir ähnliche Sorgen hatten, war es nur natürlich für uns, darüber zu sprechen. Eins führte zum anderen. Wir waren beide erwachsene Menschen. Keiner von uns beiden nahm das mit dem Sex so wichtig.«
»Wie lange ging das?«
»Mehr oder weniger zwei Jahre. Wir trafen uns nicht regelmäßig.«
»Warum das Overlook-Motel?« fragte Barry.
Mary Kelly kicherte. »Eine gute Frage.« Sie steckte sich eine weitere Zigarette an. »Ganz sicher war es nicht das Ambiente.«

Erneut lachte Richterin Kelly nervös und nahm einen Zug.
»Robert und ich stehen im Licht der Öffentlichkeit. Wir brauchten einen Ort, der abseits lag, wo wir niemandem begegnen würden, der uns kannte. Keiner unserer Bekannten würde sich ins Overlook verirren.«
»Haben Sie sich dort auch am dritten Mai mit Richter Griffen getroffen?«
»Ja.«
»Jemand hat Mrs. Griffen angerufen und ihr anonym mitgeteilt, daß Richter Griffen im Overlook-Hotel wäre.«
»Robert hat mir davon erzählt. Ich nehme an, daß das kleine Pflänzchen Rührmichnichtan ganz schön sauer war. Sie muß mich um Haaresbreite verpaßt haben. Robert, immer ein Gentleman, hat mir versichert, daß er seiner kleinen Frau nicht gesagt hat, wer ich war.«
»Sie können Mrs. Griffen wohl nicht leiden«, stellte Barry fest.
Mary Kelly inhalierte etwas Rauch. Sie sah nachdenklich aus.
»Ich denke, daß ich nicht gerecht ihr gegenüber bin, da ich Abbie nur ein paarmal gesehen habe. Ich gebe wohl eher wieder, was Robert mir gesagt hat. Aber Abbie war bei den Gelegenheiten, an denen wir uns begegneten, genauso, wie er sie mir beschrieben hatte.«
»Wie?«
»Haben Sie je versucht, mit ihr zu sprechen? Sie als etwas kühl zu beschreiben, hieße ihr schmeicheln.« Mary Kelly lachte wieder. »Aber ich denke, ich sollte nicht den ersten Stein werfen. Ich habe erfahren, daß ich zu der Zeit, als ich meine Kanzlei hatte, auch einen schlechten Ruf hatte. Man mußte sich schon anstrengen, damit Abbie einem überhaupt guten Tag sagte.«
»Vielleicht hatte sie den Verdacht, daß Sie mit ihrem Mann

schliefen«, meinte Tracy und fühlte sich ungemütlich, als sie erkannte, daß die Aussage, obwohl nicht als Vorwurf gemeint, doch so aufgefaßt werden konnte.
Mary Kelly starrte Tracy einen Moment lang an.
»Das würde es erklären«, gab sie offen zurück.
»Was hat Richter Griffen über die Beziehung zu seiner Frau erzählt?« fragte Barry.
»Er sagte mir, daß seine Frau nur ihre Arbeit und kein Vergnügen kenne und nicht viel von Sex hielte. Das war für jemanden wie Robert schon hart.«
»Wer, glauben Sie, hat Mrs. Griffen den Tip über Ihr Treffen am dritten Mai im Overlook gegeben?« fragte Barry.
»Möglicherweise eine andere, mit der Robert schlief und die eifersüchtig war.«
»Gab es da noch jemanden?«
»Ich nehme an. In bezug auf Frauen war Robert wie ein Kaninchen.«
Diese Aussage entsetzte Tracy, aber sie verbarg ihre Überraschung. Es fiel ihr schwer, das Bild, das sie von Richter Griffen hatte, mit dem nimmermüden Frauenverführer, als den Richterin Kelly und Abbie Griffen ihn hinstellten, in Einklang zu bringen.
»Haben Sie eine Vermutung, wer die andere Frau sein könnte?« bohrte Barry nach.
»Nein.«
»Haben Sie eine Vermutung, wer ihn umgebracht hat?« wollte Tracy wissen.
Mary Kelly drückte ihre Zigarette aus. Tracy hatte den Eindruck, daß sie darüber nachdachte, ob sie ihre Meinung dazu preisgeben sollte. Dann zuckte die Richterin mit den Schultern und sagte: »Abbie natürlich. An sie dachte ich als erste, als ich hörte, daß Robert umgebracht worden ist.«

Kapitel neunzehn

1

Bob Packard sah nicht gut aus. Er war irgendwie nervös. Sein Gesicht wirkte teigig und seine Haut schlaff, so als ob er viel an Gewicht verloren hätte. Tracy fragte sich, ob der Anwalt von Charlie Deems in letzter Zeit krank gewesen war.

»Danke, daß Sie Zeit für mich haben«, begann sie, als sie sich in seinem Büro auf einem Stuhl niederließ.

»Kein Problem. Was kann ich für Sie tun?«

»Ich bin Anwältin bei Matthew Reynolds. Mr. Reynolds vertritt Abigail Griffen, die angeklagt ist, den Richter am Supreme Court von Oregon, Robert Griffen, ermordet zu haben.«

»Natürlich. Ich habe davon in der Zeitung gelesen. Junge, das war eine schreckliche Sache. Sie wissen, daß ich vor ein paar Monaten einen Prozeß am Supreme Court gewonnen habe, und er hat die Urteilsbegründung verfaßt.«

»Darüber wollte ich mit Ihnen sprechen. Mr. Reynolds möchte sich die Prozeß-Protokolle dieses Prozesses ausleihen.«

Packard schien beunruhigt. Er rutschte nervös auf seinem Stuhl hin und her.

»Wozu brauchen Sie die Protokolle, wenn ich fragen darf?«

»Charlie Deems ist der Hauptbelastungszeuge im Prozeß gegen Abigail Griffen.«

Packard sperrte den Mund auf und sah Tracy an, als wartete er noch auf die Pointe. Als nichts kam, meinte er: »Das ist ein Witz, stimmt's?«

»Mr. Deems behauptet, Mrs. Griffen hätte versucht, ihn anzuheuern, ihren Mann umzubringen.«

Packard erinnerte sich daran, daß er besorgt gewesen war, Deems könne Abigail Griffen etwas antun. Er hatte an einen brutalen Racheakt gedacht, doch Abigail Griffen einen Mord unterzuschieben, das war geradezu teuflisch.

»Und der Bezirksstaatsanwalt kauft Charlie die Sache ab?« fragte Packard ungläubig.

»Es sieht so aus.«

»Nun, wenn ich an seiner Stelle wäre, würde ich viel eher Charlie verdächtigen als Abbie Griffen.«

»Gibt es besondere Gründe, daß Sie Deems verdächtigen?«

»Soll das ein Witz sein? Leute in die Luft zu blasen ist genau Charlies Sache, und er hat eine Menge Gründe, Abigail Griffen reinzulegen. Sie hat aus dem Prozeß gegen Charlie einen persönlichen Kreuzzug gemacht.«

»Auch Mr. Reynolds ist davon überzeugt, daß Deems versucht, Mrs. Griffen reinzulegen. Wir wollen uns Deems vorknöpfen, und er dachte, vielleicht ist etwas Hilfreiches in den Prozeßunterlagen. Besonders bei den Aussagen, die er in Untersuchungshaft gemacht hat.«

»Wenn ich Sie wäre, wäre ich vorsichtig bei dem Versuch, mir Deems vorzuknöpfen.«

»Warum?«

Packard erinnerte sich an das *Der Preis ist heiß*-Spiel, und ihm wurde übel. Seit dem Besuch von Deems hatte er die Finger vom Kokain gelassen und litt unter Entzugserscheinungen, doch jetzt wünschte er sich eine Prise Schnee, gerade jetzt.

Für lange Zeit blieb Packard stumm. Tracy fragte sich, ob er die Frage überhaupt registriert hatte. Schließlich meinte er: »Wenn ich Ihnen etwas sage, schwören Sie mir, nicht zu verraten, wo Sie es herhaben?«

»Kommt darauf an. Zuallererst sind wir unserer Mandantin verpflichtet.«

»Ja, nun, ich muß auch an mich denken. Ich will nicht, daß Charlie erfährt, daß ich jemandem davon erzählt habe. Er ist aus meinem Leben verschwunden, und ich will nicht, daß er wieder zurückkehrt.«

Packard schaukelte in seinem Stuhl hin und her, und Tracy bemerkte den starken Schweißfilm auf seiner Oberlippe. Sie war überrascht, wie nervös er war.

»Es ist sowieso nichts Konkretes«, fuhr Packard fort. »Kein Geständnis. Nur etwas, was Sie über Deems wissen sollten. Ich möchte nicht, daß jemand zu Schaden kommt.«

»In Ordnung. Schießen Sie los«, forderte Tracy ihn auf, neugierig zu erfahren, wie es Deems gelungen war, Packard so in Furcht zu versetzen.

»Charlie Deems ist verrückt. Ich meine, wirklich verrückt. Er glaubt, er könnte tun, was er will, und ihm würde nichts passieren. Und das Komische daran ist, er hat recht. Sehen Sie: Was ist in dem Prozeß passiert, den ich geführt habe? Er hat diesen Kerl Shoe gefoltert, dann Hollins und sein Kind getötet. Die Geschworenen haben das Todesurteil gesprochen, er aber kommt davon.«

»Die meisten Verbrecher sind der Überzeugung, davonzukommen.«

»Sie verstehen nicht. Wie kann ich es nur ausdrücken?«

Tracy wartete geduldig, während Packard nach Worten suchte, um erklären zu können, was ihm an Charlie Deems solche Furcht einflößte.

»Charlie glaubt nicht nur, das Gesetz straflos brechen zu

können, er hält sich auch für gefeit gegen jede Art von Unbill.«

»Ich kann Ihnen nicht folgen.«

»Er glaubt, daß man ihn nicht töten könne. Er hält sich für unverwundbar.«

Tracy riß den Mund auf. Dann lachte sie laut auf.

»Das ist nicht lustig«, erklärte Packard.

»Tut mir leid, aber ich bin nicht sicher, daß ich Sie richtig verstehe. Wollen Sie sagen, daß Deems glaubt, nichts würde passieren, wenn ich auf ihn schieße?«

»Genau das meine ich.«

»Jetzt hören Sie aber auf.«

»Als ich an seiner Berufung arbeitete, habe ich Charlie im Gefängnis besucht. Bei einer Gelegenheit haben wir darüber gesprochen, welche Schritte er einleiten sollte, wenn wir am Supreme Court verlieren. Ich bemerkte, daß er gar nicht zuhörte, also versuchte ich seine Aufmerksamkeit dadurch zu erreichen, daß ich über seine Todesstrafe sprach. Charlie lächelte nur. Er sagte mir, daß er sich davor nicht fürchte, da er einen Schutzengel hätte.«

»Einen Schutzengel?« fragte Tracy nach, da sie glaubte, Packard nicht richtig verstanden zu haben.

»Genau. Einen Engel. Zuerst glaubte ich, er mache einen Witz. Ich sagte ihm, bei den Dingen, die er auf dem Kerbholz habe, hätte er bestimmt keinen persönlichen Engel. Doch er war todernst dabei. Er meinte, sein Engel wäre ein Dunkler Engel. Dann erzählte er mir folgende Geschichte:

Als Deems knapp zwanzig war, trieb er es mit einer Frau. Einer älteren Frau. Vielleicht fünfunddreißig. Sie war die Ehefrau von Ray Weiss, der wegen Mordes einsaß. Weiss wurde begnadigt. Als er nach Hause kam, verprügelte er seine Frau, weil er erfahren hatte, daß sie ihn betrog. Sie nannte ihm Charlies Namen.

All die Jahre lang hatte die Frau Weiss' Waffe und die Munition aufgehoben. Sobald Weiss den Namen herausbekommen hatte, lud er seine Pistole und machte sich auf die Suche nach Charlie. Er fand ihn auf der Veranda seines Hauses sitzend. Weiss zog die Waffe und beschuldigte Charlie, daß er es mit seiner Frau triebe. Charlie leugnete alles. Weiss schimpfte Charlie einen Lügner. Dann schoß er auf ihn. Charlie sagte mir, daß er in diesem Moment sicher war, sterben zu müssen. Die Kugel traf ihn mitten in die Brust. Doch sie prallte ab.«

»Was tat sie?«

»Die Kugel prallte von Charlies Brust ab, genau wie in den Supermanfilmen.«

»Aber wie ...?«

»Ich habe einen Ballistiker zu der Sache befragt. Er sagte mir, das sei möglich. Die Patronen haben die ganze Zeit herumgelegen. Zehn Jahre. Das Schießpulver könnte feucht geworden oder möglicherweise Öl eingedrungen sein. Was immer auch der Grund war, Weiss war geschockt. Er schoß noch einmal, und es passierte das gleiche. Charlie sagte, Weiss wären fast die Augen aus den Höhlen getreten. Dann warf er seine Waffe nach Charlie und ergriff die Flucht.

Und nun kommt der verrückte Teil. Charlie erzählte mir, daß er, als ihn die erste Kugel traf, den Dunklen Engel gesehen hätte. Er sei mit einem schwarzen Gewand bekleidet gewesen, das vom Hals bis zu den Füßen reichte, und er habe Sandalen getragen. Er erinnerte sich daran. Und der Engel habe Flügel gehabt. Wunderschöne Flügel, wie die einer Taube, nur groß und schwarz. Der Engel sei mit ausgebreiteten Flügeln über Charlie geschwebt. Als ihn die Kugel traf, sah er ein Aufblitzen, und der Engel habe gesagt: ›Ich werde dich beschützen, Charlie.‹

Von diesem Moment an war Charlie Deems der Überzeugung, er könne alles tun, und nichts würde ihm geschehen. Das heißt, man kann ihm keine Angst einjagen, und es gibt keine Möglichkeit, ihn zu bremsen, wenn er sich etwas in den Kopf gesetzt hat.«

Die Geschichte war so bizarr, daß Tracy nicht wußte, was sie davon halten sollte. Wie sollte man mit jemandem umgehen, der glaubte, er sei unverwundbar?

»Sagen Sie Reynolds, er soll sehr vorsichtig vorgehen, wenn er sich mit Charlie Deems einläßt«, warnte Packard sie.

»Das werde ich.«

»Gut. Jetzt werde ich Ihnen die Prozeßunterlagen geben.«

»Danke.«

»Danken Sie mir nicht. Ich bin froh, wenn ich alles loswerde, was mich an Charlie Deems erinnert.«

2

Matthew Reynolds sah das rote Licht seines privaten Telefonanschlusses blinken. Alle Anrufe für die Kanzlei gingen auf einen Anrufbeantworter, wenn die Empfangsdame Feierabend gemacht hatte, doch sein Privatanschluß umging den Anrufbeantworter. Nur wenige Menschen kannten seine Privatnummer, aber Abbie hatte er sie auch gegeben.

Matthew nahm den Hörer ab und hoffte, es wäre Abbie. Er hatte sie schon zwei Tage nicht mehr gesehen, doch keine Minute aus seinen Gedanken verloren.

»Matt?«

»Ja.«

Matthews Herz raste.

»Mir ist noch etwas eingefallen. Ich weiß aber nicht, ob uns das hilft.«

»Sagen Sie es mir.«
»An dem Tag, an dem ich an der Küste überfallen wurde, habe ich Fotos gemacht. In der Aufregung habe ich es ganz vergessen. Als Jack mich nach Portland zurückbrachte, hat er meine Sachen ins Auto gepackt. Er muß die Kamera in den Kofferraum gelegt haben. Als wir an dem gemieteten Haus in Meadowbrook angekommen waren, hat er meine Sachen ausgeladen. Ihr Ermittler muß die Kamera eingepackt haben, als er meine Sachen hierherbrachte. Ich habe sie gerade gefunden. Der Film ist noch in der Kamera. Ich glaube, ich habe auch ein paar Bilder hinter dem Ferienhaus gemacht. Vielleicht ist auch ein Bild von dem Schuppen dabei, in dem das Dynamit aufbewahrt wurde.«
»Barry war am Sonntag draußen beim Ferienhaus. Er hat im Schuppen nachgesehen, aber es war kein Dynamit da. Wenn wir ein früheres Foto von dem Schuppen hätten ...«
Matthew dachte einen Moment nach.
»Was für eine Kamera ist es?«
»Eine Pentax 105-R.«
»Das könnte uns weiterbringen. Die Pentax blendet das Datum auf das Negativ ein. Das wird beweisen, an welchem Tag die Bilder gemacht wurden. Wenn etwas Brauchbares auf dem Film ist, dann wird Geddes nicht in der Lage sein, zu behaupten, daß die Fotos später aufgenommen worden seien.«
»Was soll ich machen?«
»Machen Sie gar nichts. Lassen Sie den Film in der Kamera. Ich werde Tracy Cavanaugh schicken, um sie zu holen. Ich will nämlich auch die Kamera haben.«
»Können Sie nicht kommen?« fragte Abbie.
»Heute abend nicht.«
»So.«
Matthew konnte die Enttäuschung in ihrer Stimme hören und lächelte unwillkürlich.

»Es tut mir leid. Ich habe einen Berufungsfall in Texas. Der Mann sitzt in der Todeszelle. Der Schriftsatz ist in zwei Tagen fällig.«

»Sie müssen mir das nicht erklären, Matt. Ich weiß, daß es noch andere gibt, die auf Sie angewiesen sind. Es ist nur ...«

»Ja?«

»Nun, ich war niedergeschlagen. Sie haben mich wieder aufgerichtet, sonst nichts.«

»Schön. Das ist der Teil meiner Arbeit, den ich am meisten liebe.«

Abbie lachte. »Sehe ich Sie bald? Ich glaube, ich bekomme langsam einen Gefängniskoller.«

»Ich verspreche es. Sobald diese Eingabe fertig ist.«

Sofort, nachdem sie Bob Packard verlassen hatte, begab sich Tracy mit den Prozeßunterlagen und einem chinesischen Gericht, das sie sich geholt hatte, ins Büro. Deems' Prozeß hatte einige Wochen gedauert, und die Unterlagen umfaßten neunundzwanzig Ordner. Sie las gerade im dritten, als sie Matthew Reynolds sagen hörte: »Ich bin froh, daß Sie noch da sind.«

Tracy blickte von den Unterlagen auf und sah Reynolds und gleichzeitig die Uhrzeit. Es war 20:15. Wie konnte das sein? Sie war sicher, mit dem Lesen um 17:30 begonnen zu haben. Wo war nur die Zeit geblieben?

»Mrs. Griffen hat mich gerade angerufen. Wir könnten Glück haben. Sie hat an dem Tag, an dem sie überfallen worden ist, an der Küste Fotos gemacht. In der Aufregung hatte sie das vergessen. Bitte, fahren Sie doch zu ihr und holen die Kamera und den Film. Als erstes bringen Sie morgen früh den Film in ein Fotogeschäft zum Entwickeln. Ich möchte eine Quittung, aus der man ersehen kann, wann der Film abgegeben wurde. Dann bringen Sie mir die Kamera.«

»Ich mach' mich jetzt gleich auf den Weg.«

Reynolds drehte sich um und ging.

»Mr. Reynolds?«

Matthew blieb stehen.

»Das hier sind die Unterlagen von dem *Deems*-Prozeß.«

»Gut. Ich möchte eine Zusammenfassung aller Punkte, die Sie für wichtig halten. Denken Sie daran, mir Vermerke zu machen, auf welcher Seite der Unterlagen sie sich jeweils befinden, damit ich die Stelle schnell finden kann.«

»Ich arbeite bereits daran«, sagte Tracy und hob ihren gelben Block auf, um Reynolds ihre Notizen zu zeigen. »Und da ist noch etwas, von dem Bob Packard meint, daß Sie es wissen sollten.«

Tracy erzählte Reynolds von Charlie Deems' Dunklem Engel. Während sie sprach, bemerkte sie, wie Reynolds' Gesicht erst Erstaunen, dann Unglauben zeigte und schließlich den Ausdruck von amüsierter Befriedigung annahm. Als sie geendet hatte, erwartete sie, daß er ihr Fragen über Packard oder Deems stellte, aber er meinte nur: »Das ist sehr interessant, Tracy. Sehr gute Arbeit.«

Als Reynolds weg war, schüttelte Tracy den Kopf. Sie wußte nie, was ihr Chef dachte. Er gab nur selten seine Gedanken preis. Er benahm sich wie ein weiser und alles wissender Buddha, der still den Wert dessen abwog, was er hörte, aber niemals sagte, was er dachte, bevor es unbedingt notwendig war.

Während der Anhörungen vor dem *Livingstone*-Prozeß in Atlanta, bei denen es um die Zulassung von Beweismaterial ging, befand sich Tracy bis zum letzten Moment, als Reynolds seine Karten auf den Tisch legte, im unklaren darüber, worauf das Kreuzverhör abzielte. Tracy war von Reynolds' Strategie sehr beeindruckt, gleichzeitig aber auch etwas verärgert darüber, daß er sie nicht in seine Pläne eingeweiht hatte.

Als Tracy Assistentin von Richterin Sherzer gewesen war, hatte es zwischen beiden keine Geheimnisse gegeben, und sie hatte sich als Teil eines Teams gefühlt. Reynolds arbeitete allein, und manchmal fühlte sie sich wie ein Stück des Büroinventars. Doch war die Möglichkeit, bei einem Genie wie Reynolds zu arbeiten, immer noch ein genügender Ausgleich für ihre verletzten Gefühle.

Als sie auf dem nächtlich dunklen Highway zum Haus der Griffens fuhr, stellte Tracy fest, daß sich ihre Gefühle in bezug auf Abigail und Robert Griffen seit ihrem Gespräch mit Richterin Kelly gewandelt hatten. Der Richter hatte seine Frau betrogen, und das war in Tracys Augen unentschuldbar. Darüber hinaus ärgerte sich Tracy über sich selbst, da sie voreilig bereit gewesen war, Abigail zu unterstellen, sie lüge, nur, weil sie selbst den Richter gut leiden konnte.

Andererseits kannte Tracy Mrs. Griffen gut genug, um Mary Kellys Meinung zu teilen, daß Abigail eine kalte, berechnende Frau war, die durchaus so frigide sein konnte, daß sie ihren Mann in die Arme anderer Frauen getrieben hatte. Und außerdem stellte der Umstand, daß der Richter Abigail betrogen hatte, ein starkes Motiv für den Mord dar.

Die Auffahrt zum Haus der Griffens war gleich, nachdem die Polizei den Tatort freigegeben hatte, neu asphaltiert worden, doch da und dort, am Rande der Auffahrt, konnte Tracy noch Brandspuren und gerissenen Asphalt im Licht der Frontscheinwerfer sehen. Als sie den Wagen parkte, bemerkte Tracy, daß Abigail Griffen in der Tür stand. Abbie lächelte, doch das Lächeln hatte etwas Gezwungenes. Tracy fragte sich, wie lange Mrs. Griffen wohl schon an der Tür auf sie gewartet hatte.

»Sie sind Tracy, richtig?«

Tracy nickte. »Mr. Reynolds hat mich wegen des Films und der Kamera geschickt.«

Tracy hatte erwartet, daß Abbie die Kamera gleich mitgebracht hatte, doch ihre Hände waren leer. Sie sah den Fotoapparat auch nicht auf dem Tisch im Flur liegen.

»Kommen Sie rein«, forderte Abbie sie auf. »Die Kamera ist oben. Möchten Sie eine Tasse Kaffee?«

»Nein, danke. Es ist schon etwas spät.«

Für einen Moment verflog das Lächeln auf Abbies Lippen. »Ach was, kommen Sie. Ich wollte mir gerade eine Tasse eingießen, als Sie kamen.«

Tracy wollte das Angebot erneut ablehnen, doch Mrs. Griffen klang irgendwie verzweifelt.

»In Ordnung. Gut.«

Auf dem Küchentisch standen zwei Tassen. Offenbar war Abbie davon ausgegangen, daß Tracy blieb. Sie setzte sich, doch sie fühlte sich unwohl. Abbie brachte die Kaffeekanne.

»Möchten Sie Milch und Zucker?«

»Schwarz ist genau richtig.«

Abbie goß Tracy eine Tasse ein. »Wie lange arbeiten Sie schon für Matt?« fragte sie nervös wie jemand, der krampfhaft versucht eine Unterhaltung zu beginnen. Tracy hatte das Gefühl, daß Konversation zu betreiben nicht zu Abbies Stärken gehörte.

»Noch nicht lange«, gab Tracy kurz angebunden zurück, denn sie wollte ihre Beziehung zu Abbie auf das rein Berufliche beschränken, solange sie sich über ihr Gegenüber noch im Zweifel war.

»Sie waren Assistentin bei Richterin Sherzer, stimmt's?«

»Ja, woher wissen Sie?«

Abbie lächelte. »Sie kamen mir bekannt vor. Ich habe Robert manchmal am Gericht besucht. Möglicherweise hat er mir

einmal gesagt, wer Sie sind. Hat Ihnen die Assistentenstelle Spaß gemacht?«
»Ja. Richterin Sherzer ist eine bemerkenswerte Frau.«
Abbie nippte an ihrem Kaffee, Tracy an dem ihren. Die Stille zwischen ihnen breitete sich aus. Tracy rutschte auf ihrem Stuhl hin und her.
»Arbeiten Sie mit Matt zusammen an meinem Fall?«
»Ich arbeite das Beweismaterial durch, um herauszufinden, ob es etwas taugt für unsere Anträge.«
»Und zu welchem Ergebnis sind Sie gekommen?«
Tracy zögerte. Sie war sich nicht sicher, ob Reynolds damit einverstanden wäre, daß sie diese Frage beantwortete, aber Abigail Griffen war keine gewöhnliche Mandantin. Sie war zugleich eine außergewöhnliche Anwältin. Gleichzeitig war Tracy froh darüber, keine Konversation mehr betreiben zu müssen.
»Ich bin noch zu keinem endgültigen Urteil gekommen, aber ich glaube nicht, daß wir den Prozeß mit juristischen Tricks gewinnen können. Haben Sie einen Einfall für einen Antrag für die Voruntersuchung?«
Abbie schüttelte den Kopf. »Ich habe darüber nachgedacht, aber mir ist auch nichts eingefallen. Wie ist es, wenn man für Matt arbeitet?«
»Mir gefällt es«, antwortete Tracy zurückhaltend, denn sie wollte mit Abigail Griffen nicht über ihren Chef sprechen.
»Er scheint ein ziemlich seltsamer Mensch zu sein«, meinte Abbie, und als Tracy nichts darauf sagte, fragte sie: »Ist er bei allen seinen Prozessen so engagiert wie bei meinem?«
»Er setzt sich sehr für seine Mandanten ein«, antwortete Tracy wertfrei.
Abbies Blick glitt einen Moment zur Seite. Tracy wartete mit einem unangenehmen Gefühl darauf, daß die Unterhaltung fortgesetzt würde.

»Er hat sich die Prozesse, die ich geführt habe, angesehen. Wußten Sie das?«
Diese Feststellung platzte wie eine Bombe in die sich ausbreitende Stille. Tracy erinnerte sich daran, Reynolds bei dem Prozeß von Marie Harwood gesehen zu haben, aber sie war sich nicht sicher, worauf Mrs. Griffen abzielte, also antwortete sie gar nicht. Abbie fuhr fort, als ob sie auch keine Antwort erwartet hätte.
»Ich habe ihn mehr als einmal im Gerichtssaal bemerkt, wie er mich beobachtet hat. Er saß da eine Weile und ging dann wieder. Ich glaube nicht, daß er mitbekommen hat, daß ich ihn gesehen habe.«
Während sie dies sagte, blickte Abbie Tracy direkt an. Tracy sah sich gezwungen, etwas dazu zu sagen.
»Aus welchen Grund, glauben Sie, ist er dagewesen?«
Abbie wärmte ihre Hände an der Tasse. Statt auf Tracys Frage zu antworten, wechselte sie das Thema.
»Kann Matt mich leiden?«
»Wie bitte?«
Bei dieser Frage fühlte sich Tracy sehr unwohl.
»Hat er irgendeine Bemerkung fallenlassen ...?« Sie machte eine Pause und schaute Tracy über den Tisch hinweg an. »Glauben Sie, er mag mich?«
Ganz plötzlich erschien Abigail Griffen Tracy sehr verletzlich.
»Ich denke, daß er Ihnen glaubt«, gab sie etwas herzlicher zurück.
»Ja, das tut er«, sagte Abbie mehr zu sich selbst als zu Tracy. Tracy war überrascht, daß sie auf einmal Mitleid mit Abbie empfand. Sie hatte viel über Abbie als Verdächtige nachgedacht, doch plötzlich sah sie sie als menschliches Wesen an und fragte sich, wie man sich fühlen mußte, wenn man eingesperrt war, selbst wenn das Gefängnis so komfortabel

war wie das Haus der Griffens. Mary Kelly hatte Abbie als eiskalte Prinzessin bezeichnet, doch im Moment schien sie nicht sehr stark zu sein.

Tracy erkannte plötzlich, wie traurig es eigentlich war, daß sich Mrs. Griffen offenbar auf ihren Besuch gefreut hatte, und sie revidierte ihre frühere Meinung, daß Abbie sich an Reynolds heranmachen wolle, um ihn blind dafür zu machen, daß sie möglicherweise schuldig war. Abbie war ganz auf sich gestellt, und Matthew war eines ihrer wenigen Verbindungsglieder zur Außenwelt. Tracy hatte von Geiseln im Mittleren Osten und Opfern von Kidnappern, wie Patty Hearst, gelesen, die von ihren Kidnappern abhängig wurden und eine Bindung zu ihnen entwickelten. Dieser Vorgang hatte sogar einen Namen: das Stockholm-Syndrom. Vielleicht machte die erzwungene Isolation Abbie abhängig von Reynolds, und so kam es zu dem Eindruck, sie würde sich an ihn heranmachen.

»Kommen Sie zurecht?« fragte Tracy.

»Ich bin einsam, und ich langweile mich zu Tode. Ich habe versucht mir einzureden, es wäre wie Ferien, aber das ist es nicht. Ich habe viel gelesen, doch das geht auch nicht den ganzen Tag. Ich habe sogar versucht, tagsüber fernzusehen.« Abbie lachte. »Ich weiß, daß ich total verzweifelt bin, wenn ich mir die Familienserien ansehe.«

»Der Prozeß wird bald beginnen. Mr. Reynolds wird ihn gewinnen, und dann kommt Ihr Leben wieder in normale Bahnen.«

»Das würde ich gerne glauben, aber ich bezweifle, daß ich jemals wieder ein normales Leben führen kann, selbst wenn Matt gewinnt.« Abbie stand auf. »Ich hole die Kamera.«

Während Abbie nach oben ging, wartete Tracy im Flur. Abbie kam schon bald mit der Kameratasche zurück und reichte sie Tracy.

»Danke, daß Sie Kaffee mit mir getrunken haben. Ich weiß, daß Sie das eigentlich nicht wollten.«

»Nein, ich ...«

»Ist schon gut. Ich brauchte Gesellschaft. Danke, daß Sie es einen Moment mit mir ausgehalten haben.«

Sie gaben sich die Hand, und Tracy nahm die Kamera. Als sie die Auffahrt hinunterfuhr, schaute sie zum Haus zurück. Abigail Griffen blickte ihr von der Eingangstür aus nach.

3

Lee Terrace Nummer 2313 war ein ebenerdiges, braunes Landhaus mit einem sorgfältig gepflegten Garten in einem angenehmen Mittelklassewohngebiet. Ein unbestimmbarer hellblauer Chevy und ein ebensolcher brauner Ford standen in der Auffahrt. Als die Polizisten, die die Razzia durchführen sollten, näher kamen, konnten sie das gedämpfte Geräusch von Musik hören.

Im Wohnzimmer des Hauses saßen drei junge Frauen vor einem niedrigen Couchtisch und lachten und unterhielten sich bei der Arbeit. In der Mitte des Tisches befand sich ein Tablett, auf dem sich ein großer Haufen Kokain befand. Die Frau, die auf der Couch der Eingangstür am nächsten saß, nahm einen kleinen Plastikbeutel von einem Stapel und füllte ihn mit Schnee. Die nächste faltete den Beutel zu und benutzte ein Einwegfeuerzeug, um ihn zu versiegeln. Die dritte legte ihn in eine Keksdose, die schon überquoll von abgepackten Träumen.

Zwei Männer in ärmellosen T-Shirts lungerten in Sesseln herum, rauchten und schauten MTV. Einer hielt eine Uzi-Maschinenpistole im Arm. Ein MAC-10-Maschinengewehr lag neben dem Sessel des zweiten Mannes in Reichweite. Zwei weitere Männer mit automatischen Waffen befanden sich in der Küche, spielten Karten und sicherten die Rückseite des Hauses.

Bobby Cruz beobachtete die arbeitenden Frauen. Er tat seine Arbeit, die darin bestand, Raoul Oteros Ware zu bewachen. Von seiner Position aus würde er bemerken, wenn eine der Frauen versuchte, einen der Beutel in ihre Bluse oder unter ihren Rock zu schieben. Cruz wußte, daß die Frauen zuviel Angst vor ihm hatten, um etwas zu stehlen, aber er hoffte, sie würden es trotzdem tun, denn Raoul hatte ihm die Erlaubnis erteilt, persönlich die Übeltäterin zu bestrafen.

»Julio!« rief Cruz. Einer der Männer, die fernsahen, drehte sich um. »Ich geh' mal pissen.«

Julio nahm die MAC-10 auf und lehnte sich an Cruz' Stelle gegen die Wand. Cruz wußte, daß er sich auch in Verheißung zukünftiger Freuden nicht durch ein Stück weibliche Brust oder einen Blick auf einen Schenkel ablenken lassen würde. Vor einiger Zeit hatte Cruz Julio dazu gezwungen, ihm bei der Befragung eines Straßendealers, den Raoul verdächtigte, ein Polizeispitzel zu sein, zur Hand zu gehen. Seitdem fürchtete Julio Cruz genauso, wie die Frauen es taten.

Als Cruz den Flur zur Toilette entlanglief, flogen Vorder- und Hintertür plötzlich auf.

»Polizei, keine Bewegung!« hallte es durch das Haus. Cruz hörte die Frauen schreien. Eine von ihnen stürzte den Flur entlang hinter ihm her, als er gerade im Schlafzimmer Deckung nahm. Weitere Schreie ertönten aus dem Wohnzimmer und Schüsse aus der Küche. Jemand schrie etwas auf spanisch. Ein Gringo brüllte, daß er getroffen sei. Cruz überlegte ruhig, welche Handlungsmöglichkeiten ihm offenstanden.

»Waffen wegwerfen!« schrie jemand im Wohnzimmer. Cruz öffnete den Kleiderschrank und versteckte sich hinter den aufgehängten Kleidungsstücken. Da zwei der Frauen, die das Kokain abgepackt hatten, hier wohnten, war der Schrank voller Kleider. Cruz preßte sich in eine Schrankecke und wartete ab. Das Risiko bestand darin, daß jemand den Schrank durchsuchte. Wenn es sein Schicksal war, verhaftet zu werden, würde er ohne Widerstand mitgehen und es Raoul überlassen, die Sache später in Ordnung zu bringen. Aber ansonsten würde er unter allen Umständen versuchen, seinem Schicksal zu entgehen.

Aus dem Schlafzimmer klangen schwere Schritte. Er hörte die Stimmen von zwei Männern. Die Tür des Kleiderschrankes wurde geöffnet. Cruz sah durch eine Lücke zwischen den Kleidern einen Mann mit einer Baseballkappe und einer blauen Jacke. Er kannte diese Jacken. Die Polizei trug sie bei Razzien. Auf dem Rücken war in großen gelben Buchstaben »POLIZEI« eingestickt.

»Sanchez, komm her«, rief jemand aus dem Flur. »Dieses Arschloch hier behauptet, unsere Sprache nicht zu verstehen.«

Der Mann an der Tür des Kleiderschrankes drehte den Kopf und blickte Sanchez nach. Als er sich wieder umdrehte, kam Bobby Cruz durch die Kleider hindurch nach vorne und stach ganz ruhig sein Messer in den Kehlkopf des Polizisten. Die Augen des Mannes weiteten sich vor Entsetzen. Seine Hände gingen an seine Kehle. Er versuchte zu sprechen, aber er brachte nur ein gurgelndes Geräusch hervor, wobei ihm Blut und Speichel aus dem Mund liefen. Cruz zog den Polizisten in den Schrank und legte ihn auf den Boden. Er zuckte immer noch, als Cruz ihm die Jacke auszog, doch als er sich die Baseballkappe aufsetzte und aus dem Schlafzimmer auf den Flur trat, war der Polizist bereits tot.

Ein anderer Polizist eilte an Cruz vorbei, ohne ihn richtig wahrzunehmen. Cruz folgte dem Mann in die Küche. Zwei Männer lagen auf dem Boden, die Hände mit Handschellen auf den Rücken gefesselt. Um sie herum standen Polizisten. Ein verwundeter Beamter stand stöhnend bei der Spüle, und einige Männer kümmerten sich um ihn. Ein Sanitäter kam durch die Hintertür in die Küche. Cruz trat zur Seite und ließ ihn durch, dann glitt er in den Garten und verschwand in der Nacht.

Zwei Häuser weiter unten verließ Cruz die Gärten und warf die Polizeijacke und die Kappe weg. Dann machte er sich auf den Weg zu einer Bar, wo sich, wie er wußte, ein Telefon befand. In den drei Jahren, in denen Raoul das Haus in der Lee Terrace 2313 für seine Geschäfte benutzte, hatte es nie irgendwelche Schwierigkeiten gegeben. Die Leute in dem Haus gehörten alle zur Familie oder waren vertrauenswürdig und wurden sehr gut bezahlt. Sie würden vielleicht etwas Kokain verschwinden lassen, aber niemals zur Polizei gehen. Doch jemand hatte genau das getan, und wer immer es auch war, er mußte eine ganze Menge von Raouls Geschäften wissen, wenn er das Haus in der Lee Terrace kannte.

Teil 5

Die magische Show

Kapitel zwanzig

1

Matthew Reynolds legte Freitag fünf Uhr nachmittags als Termin fest, um noch einmal die Fragen durchzugehen, die er bei der Auswahl der Geschworenen stellen wollte. Tracy wußte, daß es keinen Zweck hatte, etwas dagegen zu sagen. Jetzt, da der Prozeß vor der Tür stand, wurde rund um die Uhr gearbeitet.

Reynolds erklärte gerade sein System bei der Befragung der Geschworenen über ihre Einstellung zur Todesstrafe, als seine Sekretärin ihn anrief, um ihm mitzuteilen, daß Dennis Haggard am Empfang sei.

»Soll ich Sie allein lassen?« fragte Tracy.

»Nein, Sie bleiben auf jeden Fall hier. Das kann sehr interessant werden.«

Dennis Haggard hatte schütteres Haar, Übergewicht und wirkte nicht gerade einschüchternd. Außerdem war er Jack Stamms erster Stellvertreter und ein exzellenter Anwalt. Als die Sekretärin Dennis Haggard die Tür zu Matthews Büro öffnete, stand dieser sofort auf und ging ihm entgegen.

»Geben Sie eigentlich nie auf?« fragte Haggard, als er einen Blick auf die Akten, Notizen und Polizeiberichte geworfen hatte, die in Matthews Büro verstreut lagen.

Matthew lächelte und deutete auf seine Mitarbeiterin. »Kennen Sie Tracy Cavanaugh?«
»Ich glaube nicht, daß wir uns schon einmal begegnet sind.«
»Sie hat gerade erst bei mir angefangen. Davor war sie Assistentin von Richterin Sherzer.«
Als sich Tracy und Haggard die Hand gaben, meinte dieser: »Das Arbeitsministerium nimmt Beschwerden entgegen. Wenn er Sie mehr als sechsundsiebzig Stunden ohne Unterbrechung arbeiten läßt, besteht die Möglichkeit, einen Arbeitsgerichtsprozeß anzustrengen.«
Tracy lachte. »Tut mir leid, aber wir sind schon weit über sechsundsiebzig Stunden hinaus, Mr. Haggard.«
Reynolds ließ sich hinter seinem Schreibtisch nieder. Tracy räumte einen Stapel Akten von dem anderen Besucherstuhl, damit Haggard sich setzen konnte.
»Was führt Sie hierher, Dennis?« fragte Reynolds.
»Ich bin gekommen, weil Chuck Geddes es nicht tut.«
»So?«
»Er ist immer noch sauer wegen der Kautionssache, und *das* jetzt würde ihn an die Decke bringen.«
»Was ist ›das‹?«
»Ein Angebot für Schuldbekenntnis, Matt. Geddes würde keinen Gedanken daran verschwenden, doch der Generalstaatsanwalt hat darauf bestanden. Dann meinte Geddes, er würde eher kündigen als dieses Angebot machen, also waren alle damit einverstanden, daß ich es tue.«
»Ich verstehe. Und, wie lautet das Angebot?«
»Wir lassen die Anklage wegen vorsätzlichen Mordes fallen. Es gibt keine Todesstrafe und auch keine dreißig Jahre Mindeststrafe. Abbie bekennt sich des Totschlags schuldig, mit einer Mindeststrafe von zehn Jahren. Mehr können wir nicht tun, Matt. Niemand will Abbie in der Todeszelle oder für den Rest ihres Lebens im Gefängnis sehen. Mein Gott,

ich kann kaum glauben, daß wir uns überhaupt über so etwas unterhalten müssen. Wir wollen ihr einfach eine Chance geben. Wenn sie schuldig ist, dann ist das ein sehr gutes Angebot.«

Reynolds lehnte sich zurück und legte seine Hände unters Kinn.

»Ja, das stimmt. *Wenn* Mrs. Griffen schuldig ist. Aber sie ist es nicht, Dennis.«

»Heißt das, Sie lehnen das Angebot ab?«

»Sie wissen, daß ich das ohne Rücksprache mit meiner Mandantin nicht kann.«

Haggard gab Matthew seine Karte. »Meine Privatnummer ist auf der Rückseite. Rufen Sie mich an, sobald Sie mit Abbie gesprochen haben. Das Angebot gilt nur achtundvierzig Stunden lang. Wenn wir bis Sonntag nicht von Ihnen gehört haben, geht Geddes vor Gericht.«

Haggard verließ den Raum. Reynolds wandte sich wieder seinen Aufzeichnungen zur Auswahl der Geschworenen zu. Als er aufblickte, starrte ihn Tracy an.

»Was ist los?«

Tracy schüttelte den Kopf.

»Wenn Sie etwas beunruhigt, dann sagen Sie es mir.«

»Sie werden Mrs. Griffen raten, das Angebot abzulehnen, nicht wahr?«

»Natürlich.«

Tracy runzelte die Stirn.

»Sagen Sie mir, was Sie denken, Tracy?«

»Nun, ich ... Das ist ein gutes Angebot.«

Reynolds legte den Kopf auf die Seite und musterte seine Mitarbeiterin wie ein Professor, der eine mündliche Prüfung abnimmt.

»Sie meinen, ich sollte Mrs. Griffen empfehlen, anzunehmen?«

»Ich meine, Sie sollte das Angebot nicht so ohne weiteres ablehnen. Ich muß an das denken, was Sie mir in Atlanta gesagt haben.«

»Und was war das?«

»Als ich Sie fragte, warum Sie das Angebot zum Schuldbekenntnis für Joel Livingstone angenommen haben, erklärten Sie, daß in allen Fällen, bei denen die Todesstrafe droht, nicht ein möglicher Freispruch das Wichtigste ist, sondern, das Leben des Mandanten zu retten.«

Reynolds lächelte. »Es freut mich, daß Sie diese Lektion gelernt haben.«

»Warum geben Sie dann nicht Mrs. Griffen den Rat, das Angebot anzunehmen?«

»Ganz einfach: Joel Livingstone hat Mary Harding umgebracht. Seine Schuld stand außer Frage. Abigail Griffen ist an dem Mord an Robert Griffen unschuldig. Ich habe nie einem Unschuldigen empfohlen, sich schuldig zu bekennen.«

»Woher wissen Sie, daß sie unschuldig ist?«

»Sie hat es mir gesagt, und bis sie mir nichts anderes sagt, glaube ich weiterhin an ihre Unschuld.«

Tracy atmete tief durch. Sie hatte Angst, die nächste Frage zu stellen, aber genausoviel Angst, sie nicht zu stellen.

»Mr. Reynolds, bitte seien Sie mir nicht böse wegen dem, was ich jetzt sage. Ich verstehe Ihre Ansicht und ich respektiere Sie sehr, aber ich bin besorgt, daß wir einen Fehler machen, wenn wir Mrs. Griffen nicht empfehlen, das Angebot anzunehmen.«

Tracy hielt inne. Reynolds musterte sie mit kühler Distanz.

»Fahren Sie fort«, forderte Reynolds sie auf, und alle Wärme war aus seiner Stimme gewichen.

»Mir fällt nicht ein, wie ich das besser ausdrücken könnte. Glauben Sie nicht, daß Ihre persönlichen Gefühle gegenüber Mrs. Griffen Sie beeinflussen?«

Reynolds wurde rot vor Zorn. Tracy fragte sich, ob sie nicht ihre Grenzen überschritten hatte. Dann gewann er seine Fassung wieder und schaute auf den Fragenkatalog zur Geschworenenbefragung.

»Nein, Tracy«, meinte er völlig beherrscht. »Meine persönlichen Gefühle beeinflussen mich nicht. Und obgleich ich Ihre Bedenken würdige, glaube ich, daß wir zuviel Zeit mit dieser Sache verloren haben. Gehen wir wieder an die Arbeit.«

2

Die Tage und Nächte waren endlos. Die Minuten erschienen wie Stunden. Abbie hatte nie geglaubt, daß es so schlimm sein würde. Sie war immer stolz darauf gewesen, allein leben zu können. Als sie ihre Eltern verloren hatte, hatte sie eine Mauer um sich herum errichtet, um die Einsamkeit abzuwehren. Dann mußte sie den Tod ihres Lebensgefährten Larry Ross verwinden. Als ihre Tante dahinging, zog sie sich wieder in sich zurück. Sie war in der Lage gewesen, Robert Griffen zu verlassen, ohne einen Blick zurückzuwerfen, weil sie wußte, daß sie niemanden außer sich selbst brauchte. Doch nun, gefangen in dem Haus, völlig hilflos und fast gänzlich ohne menschlichen Kontakt, bröckelte ihre Mauer. Selbst das Wetter hatte sich gegen sie verschworen. Die sonnigen Tage des Sommers waren dem kühlen Herbst gewichen, und es war meist zu kalt, um draußen zu sitzen. Sie hätte alles dafür gegeben, einen Spaziergang machen zu können, doch das Armband an ihrem Handgelenk erinnerte sie ständig daran, daß selbst ein so einfaches Vergnügen für sie verboten war.

Am Freitag abend aber war das Wetter geradezu versöhnlich. Ein letzter, atemloser Versuch der Natur, den schrecklichen, deprimierenden Regen, der sicher kommen würde, zurückzudrängen. Abbie saß auf der Veranda, nahe der unsichtbaren elektronischen Schranke, und verfolgte den Sonnenuntergang. Ein großes Glas Scotch stand auf dem Tisch nahe ihrem Ellenbogen. Sie trank mehr, als sie eigentlich wollte, doch der Alkohol verhalf ihr zu einem traumlosen Schlaf.

Ein Schwarm Vögel erhob sich von den Bäumen am Rande des Grundstücks und verschwand als schwarze, lärmende Wolke in dem schwindenden Tageslicht. Abbie beneidete sie. Ihr Geist wurde durch das Gewicht ihrer Situation niedergedrückt und in einen kleinen, luftlosen Raum in ihrer Brust zusammengepreßt. Selbst Matthews grenzenloses Mitgefühl konnte ihm keine Flügel verleihen.

Das Geräusch von Reifen auf dem Kies ließ Abbies Herz schneller schlagen, so wie immer, wenn es eine Unterbrechung ihrer monotonen Routine gab. Sie ließ das Glas Scotch auf dem Tisch stehen und eilte zur Eingangstür. Als sie sah, daß es Matthew war, lächelte sie. Er war so gut zu ihr, besuchte sie fast jeden Tag unter dem Vorwand, er arbeite an ihrem Prozeß, wobei sie wußte, daß das, was sie besprachen, auch in einem kurzen Telefongespräch hätte geklärt werden können.

»Wie geht es Ihnen?« fragte Matthew, wie er es immer tat.

»Ich war draußen auf der Veranda und habe das schöne Wetter genossen.«

»Darf ich mich Ihnen anschließen?«

»Natürlich. Einen Drink?«

»Nein, danke.«

Ohne ein weiteres Wort gingen sie durch das Wohnzimmer,

dann blieben sie noch einen Moment still nebeneinander auf der Veranda stehen.
»Sind Sie bereit für den Prozeß?« fragte Matthew.
»Das sollte ich Sie fragen.«
Matthew lächelte. Abbie freute sich, daß er in ihrer Gegenwart nicht mehr so steif war wie zu der Zeit, als sie sich kennengelernt hatten.
»Eigentlich«, erklärte sie, »ist es so, daß ich nicht mehr warten kann. Ich würde alles tun, um hier herauszukommen.«
»Ich kann mir vorstellen, wie schwer es für Sie gewesen ist.«
Abbie wandte sich Matthew zu. Sie hatte das Gefühl, ihm alles sagen zu können.
»Es war nicht schwer, Matt. Es war die Hölle. Wissen Sie, was das Schlimmste ist? Das Fehlen von Telefonanrufen. Außer Ihnen und dem elektronischen Überwachungsdienst hat mich niemand angerufen. Vor meiner Verhaftung gab es meine Arbeit, die mich beschäftigt hat. Ich denke, sie hat mich davor bewahrt, zu bemerken, wie allein ich bin. Ich glaube, Sie sind der letzte Mensch, der sich noch um mich kümmert.«
»Die Menschen, die Sie im Stich gelassen haben, sind Ihrer Freundschaft nicht wert«, gab Matthew zurück. »Verschwenden Sie nicht Ihre Zeit, ihnen nachzutrauern.«
Abbie nahm seine Hand. »Sie sind viel mehr als mein Anwalt, Matt. Sie sind mein Freund, und das werde ich nie vergessen.«
Matthew brauchte alle seine im Gerichtssaal erworbenen Fähigkeiten, um sich nicht anmerken zu lassen, wie glücklich ihn ihre einfachen Worte gemacht hatten.
»Ich freue mich, daß Sie so über mich denken«, gab er, so ruhig er nur konnte, zurück.
Abbie drückte seine Hand und ließ sie dann los. »Warum sind Sie gekommen?«

»Der Prozeß. Dennis Haggard hat mich aufgesucht. Er hat ein Angebot gemacht ...«
»Nein«, erklärte Abbie fest.
»Ich habe die moralische Verpflichtung, Ihnen das Angebot zu unterbreiten. Sie bieten Totschlag an. Lebenslänglich mit einem Minimum von zehn Jahren. Es gäbe keine Möglichkeit der Todesstrafe.«
»Ich bin unschuldig. Ich werde mich keines Verbrechens schuldig bekennen, das ich nicht begangen habe.«
Matthew lächelte. »Schön. Ich habe gehofft, daß Sie das sagen werden.«
»Sind Sie so sicher zu gewinnen?«
»Ganz sicher.«
»Ich habe Angst, Matt. Ich denke darüber nach, was passieren wird, wenn wir verlieren. Ich glaubte immer, ich könnte alles ertragen, aber dem ist nicht so. Wenn ich ins Gefängnis muß ...«
Abbie sah verängstigt und verletzlich aus wie ein Kind. Matthew zögerte einen Moment, dann legte er seine Arme um sie. Abbie brach zusammen, ließ sich jetzt vollständig gehen. Matthew wünschte, er könnte die Zeit anhalten, so daß er sie nie mehr loslassen müßte.

Kapitel einundzwanzig

1

Matthew Reynolds hatte recht behalten. Während sie an dem Fall *Der Staat Oregon gegen Abigail Griffen* arbeiteten, hatte Tracy weder Zeit zu laufen oder auf Felsen zu klettern noch regelmäßig zu essen, und ganz eindeutig bekam sie zu wenig Schlaf. Aber das war ihr egal. An einem Prozeß zu arbeiten, bei dem die Todesstrafe drohte, war aufregender als alles, was sie jemals getan hatte.

Ihr ganzes Leben lang hatte Tracy die Herausforderung geliebt. Das war auch der Grund, aus dem sie Stellen bei einer Reihe von Wirtschaftskanzleien abgelehnt hatte, obwohl diese ihr mehr Geld eingebracht hätten, nur um bei Matthew Reynolds zu arbeiten. Strafprozesse waren die größte Herausforderung. Es gab keine wichtigeren Ziele als Leben oder Tod. Manchmal hatte sie damit gespielt, wenn sie in den Felsen herumkletterte, doch das Leben, das dabei auf dem Spiel stand, war ihr eigenes. Jetzt überraschte es sie, wieviel schwerer die Sache war, wenn das Leben, um das es ging, das eines anderen war, der völlig von ihren Fähigkeiten abhing.

Als Reynolds während des Vorstellungsgesprächs von den Anwälten gesprochen hatte, die ihre Mandanten nach Einbruch der Nacht besuchten, hatte Tracy ein Schaudern gespürt. Reynolds hatte niemals diese endgültige Niederlage, einen Mandanten sterben zu sehen, erfahren müssen, und sie hoffte inständig, daß es auch ihr nie widerfahren würde.

Matthew setzte sie auf die juristischen Nachforschungen an, damit er sich auf die Fakten des Falls konzentrieren konnte. Das war mehr als schmeichelhaft, denn Reynolds war im ganzen Land für seine innovative Art, die Gesetze zu interpretieren, bekannt. Gleichzeitig bedeutete es aber, den ganzen Tag in der Bibliothek zu sitzen, um alles nachzulesen, was es auf dem Spezialgebiet Todesstrafe zu wissen gab und welche juristischen Bedingungen auf Abbies speziellen Fall zutrafen. Tracys Kopf war so mit Informationen vollgestopft, daß sie zu den unmöglichsten Zeiten aufwachte und dann Einfälle hatte, die sie sofort notieren mußte. Jeden Morgen, wenn sie der Wecker aus dem Schlaf riß, fühlte sie sich zerschlagen, doch bei dem Gedanken an die Arbeit bekam sie sofort einen Adrenalinstoß, der sie die Tage, die wie im Fluge vergingen, durchstehen ließ.

Als der Prozeß dann begann, stellte Tracy ihren Wecker noch früher, damit sie sich schon morgens um halb sieben mit Reynolds im Büro treffen konnte, um die Gerichtstermine vorzubereiten.

Um halb acht traf dann Barry Frame mit Abigail Griffen ein, und sie fuhren zum Gericht von Multnomah County, wo sie sich ihren Weg durch die Reporter und Zuschauer, die sich auf dem vierten Stock vor dem Gerichtssaal drängten, kämpften.

Der Richter, der Ehrenwerte Jack Baldwin, war ein asketischer kleiner Mann mit grauem, gewelltem Haar und einem bleistiftdünnen Schnurrbart. Er hatte eine unnatürlich bleiche Gesichtsfarbe. Als man sich miteinander bekannt machte, bemerkte Tracy Leberflecken auf seinem Handrücken und fühlte, wie seine Hand leicht zitterte, als er sie ihr reichte. Die Falten im Gesicht machten sein Alter von vierundsiebzig Jahren deutlich. In der Verfassung von Oregon war festgelegt, daß Richter mit fünfundsiebzig in den Ruhestand treten mußten.

Obwohl Baldwin neben Geddes und Reynolds wie ein Zwerg wirkte, strahlte er eine natürliche Autorität aus, die Respekt einforderte und ihn von Statur den Anwälten ebenbürtig erscheinen ließ. Baldwin hatte den Ruf, gerecht zu sein, und seine Intelligenz stand außer Frage. Der Richter ließ die Prozeßbeteiligten wissen, daß sein letzter großer Prozeß ein Beispiel für die Prozeßführung bei drohender Todesstrafe sein würde.

Die ersten eineinhalb Wochen im Gericht waren bestimmt durch die Geschworenenauswahl und die Eröffnungsplädoyers. Am Donnerstag der zweiten Woche rief Geddes seinen ersten Zeugen auf: den Anwalt, der Richter Griffen bei der Scheidung vertreten hatte. Nach dessen Befragung waren die Geschworenen völlig davon überzeugt, daß Abigail Griffen eine Menge Geld verloren hätte, wäre die Scheidung erst einmal ausgesprochen worden. Tracy machte sich Sorgen über die schlimmen Konsequenzen, die diese Aussage hatte, doch nach Matthews Kreuzverhör mußte jeder im Gerichtssaal davon überzeugt sein, daß zwei Millionen Dollar für eine Frau wie Abigail Griffen nur ein Taschengeld waren.

Als nächstes rief Geddes Jack Stamm auf, der den Geschworenen schweren Herzens von Abbies wütender Reaktion erzählte, als sie erfuhr, daß Richter Griffen die Begründung für die Aufhebung des Urteils im *Deems*-Prozeß verfaßt hatte. Stamms Aussage war für die Verteidigung keine Überraschung. Er glaubte an Abbies Unschuld und hatte

freimütig mit Matthew und Barry Frame vor dem Prozeß darüber gesprochen.
»Mr. Stamm«, fragte Matthew den Bezirksstaatsanwalt, als er mit dem Kreuzverhör an der Reihe war, »brechen Ihre Stellvertreter normalerweise in Freudentränen aus, wenn die Verurteilung eines Kriminellen in der Berufung aufgehoben wird?«
»Nein, Sir.«
»Haben Sie mitbekommen, daß Stellvertretende Staatsanwälte so wie Mrs. Griffen bestimmte Richter, die Urteile aufhoben, verflucht haben?«
»Ja.«
»Also war Mrs. Griffens Reaktion nicht unüblich?«
»Nein, Mr. Reynolds. Sie reagierte wie die meisten meiner Stellvertreter, wenn ein Urteil aufgehoben wird.«
Reynolds sah Stamm lächelnd an. »Ich vermute, auch Sie haben sich schon über einige der Berufungsrichter ausgetobt?«
»Darf ich in diesem Fall von meinem Schweigerecht Gebrauch machen?« fragte Stamm mit einem Grinsen. Alle im Gerichtssaal außer Geddes lachten.
»Ich werde ihm dieses Recht zugestehen, Mr. Reynolds«, erklärte Richter Baldwin mit einem Lächeln.
»Gut, Euer Ehren, ich ziehe die Frage zurück. Doch ich habe noch eine andere, Mr. Stamm. Wie ernst nahm Mrs. Griffen ihre Prozesse?«
Stamm wandte sich an die Geschworenen.
»Abigail Griffen ist eine der engagiertesten Staatsanwältinnen, die ich je getroffen habe. Sie ist brillant, sorgfältig und absolut gerecht.«
»Danke. Keine weiteren Fragen.«
»Mr. Geddes?« fragte Richter Baldwin. Geddes überlegte, ob er sich mit Stamm einlassen sollte, doch er wußte, daß dieser Abigail helfen würde, wo er nur konnte.

»Keine weiteren Fragen, Euer Ehren. Die Staatsanwaltschaft ruft Anthony Rose auf.«

Tony Rose betrat den Gerichtssaal. Er wirkte in seiner Polizeiuniform überaus imposant. Er würdigte Abbie keines Blickes. Als er in den Zeugenstand trat, setzte er sich mit hängenden Schultern und rutschte unruhig auf dem Stuhl hin und her. Geddes gab an, daß Rose ein Polizeibeamter sei, der in einer Reihe von Prozessen ausgesagt hatte, in denen Abigail Griffen die Anklage vertreten hatte. Dann stand Geddes auf und ging zu dem Ende der Geschworenenbank hinüber, das am weitesten vom Zeugenstand entfernt war.

»Officer Rose, wann haben Sie erfahren, daß der Supreme Court das Urteil gegen Charlie Deems aufgehoben hat?«

»Am selben Tag, an dem es aufgehoben wurde. Das ganze Revier hat davon gesprochen.«

»Haben Sie, nachdem Sie von der Aufhebung erfuhren, Gelegenheit gehabt, darüber mit der Angeklagten zu sprechen?«

»Ja, Sir.«

»Erzählen Sie den Geschworenen von diesem Gespräch.«

»Es gibt da ein italienisches Restaurant mit Namen Caruso. Es liegt in der Innenstadt an der Kreuzung Second und Pine. Von Zeit zu Zeit esse ich dort. Eines Abends, als ich gerade gehen wollte, sah ich die Angeklagte, Mrs. Griffen. Sie war allein da, deshalb ging ich zu ihr, um guten Tag zu sagen. Während wir uns unterhielten, sagte ich ihr, daß es mir leid täte, daß das Urteil aufgehoben worden ist.«

»Wie reagierte sie?«

»Sie war wütend.«

»Hat sie ihren Ehemann, Richter Griffen, erwähnt?«

»Ja, und, Mann, es war nicht gerade eine Liebeserklärung.«

»Was hat sie über ihn gesagt?«

»Sie nannte ihn einen Scheißkerl und sagte, er hätte das

Urteil nur aufgehoben, um ihr eins auszuwischen. Ich nehme an, sie steckte mitten in der Scheidung und war der Meinung, er wolle sie schlecht aussehen lassen.«

Geddes legte eine kurze Pause ein, gerade lang genug, um die Aufmerksamkeit der Geschworenen zu erwecken. Dann fragte er: »Officer Rose, hat Ihnen Mrs. Griffen gesagt, was sie wünschte, das Charlie Deems Richter Griffen antun möge?«

»Ja, Sir, das hat sie.«

»Teilen Sie den Geschworenen mit, was sie gesagt hat.«

»Gleich nachdem sie gesagt hatte, daß der Richter das Urteil aufgehoben hat, um ihr eins auszuwischen, meinte sie, sie hoffe, daß Deems Richter Griffen ins Jenseits befördern würde.«

Geddes nickte. »Ins Jenseits befördern würde. Das waren ihre Worte?«

»Ja, Sir. Das waren sie.«

Geddes drehte sich zu Matthew Reynolds um. »Ihr Zeuge, Herr Verteidiger.«

Rose drehte sich zum Tisch der Verteidigung, doch er wich immer noch Abigail Griffens Blick aus. Matthew Reynolds stand auf und ging langsam zum Zeugenstand.

»Sie können Mrs. Griffen nicht leiden, stimmt's?« fragte Matthew, nachdem er eine Position eingenommen hatte, die den Geschworenen den Blick auf den Zeugen nicht verstellte.

Rose zuckte nervös mit den Schultern. »Ich habe nichts gegen sie.«

»Respektieren Sie sie, Polizist Rose?«

»Was meinen Sie damit?«

»Ist sie eine Frau, die Sie mit Respekt behandeln?«

»Nun, ja. Sicher. Ich respektiere sie.«

»Haben Sie sie an dem Abend, über den wir hier sprechen, mit Respekt behandelt?«

Rose rutschte nervös auf dem Stuhl hin und her.
»Euer Ehren, würden Sie bitte Officer Rose auffordern zu antworten.«
»Sie müssen die Frage beantworten«, wies Richter Baldwin ihn an.
»Hören Sie, das war ein Mißverständnis.«
»Ich denke, wir sprechen hier nicht über ein Mißverständnis, Officer. Wir sprechen hier von der Bedeutung von Respekt im Zusammenhang mit dem Respekt, den ein Herr einer Dame gegenüber an den Tag legen sollte. Haben Sie Mrs. Griffen an jenem Abend mit Respekt behandelt?«
»Ich war der Meinung, sie hätte mir bestimmte Zeichen gegeben. Ich lag aber falsch.«
»Zeichen, die Ihnen sagten, sie wolle vergewaltigt werden?«
»Einspruch«, rief Geddes. »Das ist eine Suggestivfrage, Euer Ehren.«
»Abgelehnt«, gab Richter Baldwin zurück. »Beantworten Sie die Frage, Officer.«
»Ich habe nicht versucht, die Angeklagte zu vergewaltigen.«
»Warum mußte sie Sie dann erst schlagen, damit Sie ihr Haus verließen?«
»Sie ... Wie ich schon sagte, es war ein Mißverständnis.«
»Das bis zu dem Punkt ging, wo sie körperliche Gewalt anwenden mußte, damit Sie ihr Haus verließen?«
»Das war nicht nötig. Wenn sie mich aufgefordert hätte, wäre ich gegangen.«
»Zu dem Zeitpunkt, als Mrs. Griffen Sie geschlagen hat, hatten Sie sie da an die Wand gedrückt?«
»Ich ... ich weiß nicht genau.«
»War Ihre Hand unter ihrer Kleidung?«
»Hören Sie, das alles ging so schnell. Ich habe doch schon gesagt, daß es ein Fehler war.«

»Das war nicht das erste Mal, daß Mrs. Griffen Sie zurückgewiesen hat, richtig?«
»Was meinen Sie damit?«
»Haben Sie nicht bei zwei weiteren Gelegenheiten, als sie Ihre Aussagen vor Gericht vorbereiteten, ihr gegenüber sexuelle Annäherungsversuche unternommen?«
»So war das nicht.«
»Wie war es dann, Officer Rose?«
»Sie ist eine gutaussehende Frau.«
»Also haben Sie ein Rendezvous vorgeschlagen?«
»Ich bin nur ein Mensch.«
»Und sie war verheiratet. Als Sie Ihren Annäherungsversuch unternommen haben, wußten Sie das, oder etwa nicht?«
Rose blickte hilfesuchend zu Chuck Geddes, aber der Staatsanwalt hatte eine steinerne Miene aufgesetzt.
»Wußten Sie, daß Abigail Griffen verheiratet war, als Sie das erstemal vorgeschlagen haben, sich zu treffen?«
»Ja.«
»Und beim zweitenmal? War Ihnen da auch bewußt, daß sie eine verheiratete Frau war?«
»Ja.«
»Keine weiteren Fragen, Officer Rose.«

2

»Sie waren phantastisch«, erklärte Abbie, sobald sich die Eingangstür ihres Hauses hinter ihnen geschlossen hatte. »Sie haben Rose auseinandergenommen.«
»Ja, aber die Geschworenen haben gehört, daß Sie sich wünschten, Deems würde Richter Griffen in die Luft sprengen.«

»Das spielt keine Rolle. Die Glaubwürdigkeit von Rose ist zerstört. Sie haben die Geschworenen nicht beobachtet. Sie hätten sehen sollen, wie sie ihn angesehen haben. Sie waren entsetzt. Wenn diese Aussage alles ist, was die andere Seite hat ...«
»Wir wissen, daß dem nicht so ist. Da muß es noch mehr geben.«
»Nun, darüber möchte ich jetzt nicht nachdenken. Ich möchte mich entspannen. Möchten Sie einen Drink?«
»Ich muß heute nacht noch arbeiten. Geddes wird morgen einige wichtige Zeugen aufrufen.«
»So«, meinte Abbie enttäuscht.
»Sie wissen, daß ich gerne bleiben würde.«
»Sie haben recht. Es ist nur ... ich weiß nicht. Ich bin so glücklich. Wenigstens die Sache ging gut aus. Ich möchte feiern.«
»Wir werden feiern, wenn Sie freigesprochen sind.«
»Sie sind davon überzeugt, nicht wahr?«
»Ich weiß, daß Sie nie ins Gefängnis kommen werden.«
Abbie stand nur Zentimeter von Matthew entfernt. Sie griff nach seiner Hand. Die Berührung paralysierte ihn förmlich. Abbie legte seine Arme um sich und drückte ihren Kopf an seine Brust. Sie hörte, wie sein Herz wie ein Hammer schlug. Dann blickte sie auf und küßte ihn. Matthew hatte sich diesen Augenblick wohl tausendmal vorgestellt, doch nie geglaubt, er könne Wirklichkeit werden. Er fühlte Abbies Busen. Er schmiegte seinen Körper an den ihren. Abbies Kopf sank wieder an seine Brust.
»Wenn das hier vorbei ist, werden wir weggehen«, meinte Abbie. »Wir gehen an einen einsamen Ort, wo uns niemand kennt.«
»Abbie ...«
Sie legte ihre Fingerspitzen auf Matthews Lippen.

»Nein. Das reicht für heute. Ich weiß, daß du mich beschützt.«
»Das tue ich«, sagte Matthew sehr leise. »Du weißt, daß ich dich beschütze.«
»Ja«, gab Abbie zurück. »Und ich weiß, daß du gewinnen wirst. Ich weiß, daß du mir die Freiheit zurückgeben wirst.«

Kapitel zweiundzwanzig

1

»Die Staatsanwaltschaft ruft Seth Dillard in den Zeugenstand«, war Chuck Geddes zu vernehmen. Tracy hakte Dillards Name auf ihrer Liste ab. Dillard hatte seinen Auftritt nach Mrs. Wallace, die den Geschworenen erzählt hatte, wie verstört Abbie gewesen war, als sie in der Nacht des Überfalls im Sommerhaus an ihrer Haustür erschien.

»Was sind Sie von Beruf?« fragte Geddes Dillard.

»Ich bin der Sheriff von Seneca County, Oregon.«

»Sheriff, wenn ich in Seneca County Dynamit kaufen wollte, um ein paar Baumstümpfe zu beseitigen, was müßte ich dann machen?«

»Sie müßten in mein Büro kommen und einen Antrag auf die Genehmigung zum Kauf von Explosivstoffen ausfüllen. Die Gebühr beträgt fünfzehn Dollar. Wir würden ein Paßfoto machen und Fingerabdrücke nehmen, um sicher zu sein, daß Sie kein Verbrecher sind. Wenn wir alles überprüft haben, können Sie zum Feuerwehrhauptmann gehen, der Ihnen eine Genehmigung erteilt. Wenn Sie die dann haben, gehen Sie damit zu jemandem, der Sprengstoff verkauft.«

»Hat sich Richter Griffen in Ihrem Büro eine Genehmigung

zum Erwerb von Dynamit ausstellen lassen, um die Baumstümpfe auf seinem Grundstück zu beseitigen, Sheriff?«

»Ja.«

»Wann war das?«

»Mitte des Sommers. Am dritten Juli.«

»Nun, Sheriff, etwa eine Woche, bevor Richter Griffen ermordet wurde, sind Sie da einer Anzeige der Angeklagten, daß sie von einem Einbrecher in ihrem Ferienhaus angegriffen worden sei, nachgegangen?«

»Das bin ich.«

»Schildern Sie den Geschworenen bitte, was die Angeklagte Ihnen über den angeblichen Angriff erzählt hat!«

»Am frühen Freitag morgen, dem zwölften August, habe ich Mrs. Griffen im Haus ihrer Nachbarin befragt. Sie behauptete, ein Mann sei gegen Mitternacht des elften in ihr Haus eingebrochen, und sie sei durch einen Sprung vom Balkon des ersten Stocks entkommen. Nach Aussage von Mrs. Griffen hat sie der Mann verfolgt, und sie habe sich im Wald versteckt, bis sie glaubte, daß er verschwunden sei. Gegen halb vier am Morgen weckte sie ihre Nachbarin, Mrs. Wallace, indem sie gegen deren Tür trommelte.«

»Hat die Angeklagte das Gesicht dieses angeblichen Eindringlings gesehen?«

»Mrs. Griffen sagte, der Mann hätte eine Art Gesichtsmaske getragen.«

»Ich verstehe. Nun, Sheriff, hat die Angeklagte Ihnen von einem weiteren angeblichen Angriff berichtet, zwei Wochen vor jenem angeblichen Angriff an der Küste?«

»Ja, Sir. Sie sagte, sie glaubte, dieselbe Person hätte versucht, in ihr Haus in Portland einzudringen.«

»Hat sie diesen angeblichen Einbruch der Polizei gemeldet?«

»Mrs. Griffen sagte, nein.«

»Hat sie erkannt, wer dieser angebliche Einbrecher in Portland gewesen ist?«

»Sie sagte mir, daß auch der Mann in Portland eine Maske getragen hätte, so daß sie sein Gesicht nicht hätte erkennen können.«

»Nun, Sheriff, unabhängig davon, daß Mrs. Griffen nie das Gesicht der Person gesehen hat, hat sie nicht doch einen Verdacht geäußert?«

»Ja. Sie meinte, daß der Angreifer möglicherweise der Mann sein könnte, den sie vor zwei Jahren oder so in die Todeszelle geschickt hat und der vor kurzem aus dem Gefängnis entlassen wurde.«

»Charlie Deems?«

»Genau, aber es war eigentlich keine Beschuldigung, sondern eher eine Vermutung.«

»Sie brachte den Namen ins Spiel?«

»Ja.«

»Sheriff Dillard, haben Sie irgend etwas am Tatort gefunden, was Charlie Deems mit dem angeblichen Angriff in Verbindung bringen könnte?«

»Nein.«

»Was ist bei Ihrer Untersuchung herausgekommen?«

Dillard überlegte sich seine Antwort genau, dann erklärte er gegenüber den Geschworenen: »Um ehrlich zu sein, haben wir eine Menge Nichts gefunden.«

»Ich verstehe Sie nicht?«

»Wir fanden keinen Hinweis, daß jemand außer Mrs. Griffen sich in dem Ferienhaus aufgehalten hat. Wir haben keine Fingerabdrücke von Mr. Deems gefunden. Es gab keine Anzeichen eines gewaltsamen Eindringens, und nichts hat gefehlt. Mrs. Griffen behauptete, daß sie und der Eindringling vom Balkon gesprungen wären. Nun, jemand ist von dem Balkon gesprungen, doch der Boden war so zerwühlt, daß wir nicht feststellen konnten, ob es eine oder zwei Personen waren. Als es hell wurde, bin ich den Pfad entlanggegangen, auf dem sie, wie sie sagte, von diesem Kerl verfolgt worden war, und ich habe den Wald abgesucht. Ich habe nichts gefunden, was ihre Geschichte bestätigen würde. Auch meine Männer nicht.«

»Danke, Sheriff. Keine weiteren Fragen.«

Matthew Reynolds durchblätterte seine Notizen. Die Geschworenen rutschten unruhig auf ihren Stühlen herum. Ein Zuschauer hustete. Reynolds schaute den Sheriff an.

»Welchen Eindruck machte Mrs. Griffen auf Sie, als Sie sie befragten?« wollte Matthew wissen.

»Sie war total verstört.«

»Würden Sie sagen, daß ihr Verhalten dem anderer Menschen entsprach, die überfallen worden sind?«

»Ja, ganz klar. Sie verhielt sich eindeutig wie jemand, dem übel mitgespielt worden ist. Natürlich habe ich nicht auf Anzeichen geachtet, daß sie mich irreführen könnte. Sie ist schließlich eine Staatsanwältin. Ich gehe selbstverständlich davon aus, daß sie die Wahrheit sagt, und sie hat auch nichts getan, was meinen Verdacht erregte.«

»Sie haben ausgesagt, daß Sie keine Beweise fanden, die Mrs. Griffens Geschichte belegen könnten. Wenn der Einbrecher Handschuhe getragen hat, dann gäbe es aber auch keine Fingerabdrücke, richtig?«

»Das stimmt. Ich will nicht, daß man mich hier falsch versteht. Ich will nicht sagen, daß Mrs. Griffen nicht überfallen worden ist. Ich habe nur gesagt, daß wir keine Beweise für einen Einbrecher fanden. Es könnte einen gegeben haben. Sie machte ganz eindeutig den Eindruck wie jemand, der überfallen worden ist. Ich kann nur keinen Beweis dafür liefern.«

»Noch eine Sache, Sheriff. Etwa eine Woche, nachdem Richter Griffen ermordet worden ist, haben Sie da einen Anruf von Mr. Geddes' Ermittler, Neil Christenson, erhalten?«

»Ja, Sir.«

»Hat er Sie gebeten, zum Ferienhaus der Griffens zu gehen und in dem Schuppen nachzusehen, ob sich darin eine Kiste mit Dynamit befindet?«

»Ja, Sir.«

»Haben Sie Dynamit gefunden?«

»Nun, da war eine freie Stelle auf dem Boden, die groß genug für eine Kiste war, in der man Dynamit lagern könnte, aber Dynamit gab es da nicht.«

»Keine weiteren Fragen.«

»Ich habe noch ein paar weitere Fragen, Euer Ehren.«

»Bitte, Mr. Geddes«, erteilte Richter Baldwin ihm die Erlaubnis.

»Haben Sie oder einer Ihrer Leute an dem Tag, an dem Mrs. Griffen den Überfall anzeigte, in den Schuppen gesehen?«

»Nein, Sir. Es gab keinen Grund dafür.«

»Haben Sie an dem Ferienhaus der Griffens eine Wache postiert?«

»Auch dafür bestand kein Grund.«

»Also war zwischen dem Tag des angeblichen Überfalls und dem Tag, an dem Sie den Schuppen untersuchten, genügend Zeit für jemanden, das Dynamit verschwinden zu lassen, wenn es sich am Tage des Überfalls wirklich im Schuppen befunden hat?«

»Ja, Sir.«

Barry Frame wartete im Gerichtssaal, bis Matthew Reynolds vom Mittagessen zurückkam. Sobald Reynolds durch die Tür trat, setzte Frame ein Grinsen auf.

»Treffer«, sagte er und reichte Reynolds einen dicken Briefumschlag.

»Was ist das?«
»Charlie Deems' Bankauszüge.«
»Sie haben ein Konto von ihm gefunden?« fragte Reynolds aufgeregt.
»Washington Mutual. Die Filiale gegenüber vom Pioneer Square.«
»Haben Sie sich die Auszüge angesehen?«
»Darauf können Sie wetten.«
»Und?«
»Sehen Sie selbst.«

*

Geddes' nächster Zeuge war der Nachbar, der nach der Explosion, die Richter Griffen tötete, die Polizei alarmiert hatte. Ihm folgten die Beamten, die zuerst am Tatort eingetroffen waren. Dann rief Geddes Paul Torino in den Zeugenstand.
»Officer Torino, wie lange sind Sie schon bei der Polizei von Portland?«
»Zwanzig Jahre.«
»Haben Sie eine besondere Aufgabe bei der Polizei?«
»Ja, Sir. Ich gehöre der Sprengstoffabteilung an.«
»Wie ist Ihr offizieller Titel?«
»Chef des Bombenräumkommandos der Sprengstoffabteilung.«
»Officer Torino, würden Sie bitte den Geschworenen Ihren Lebenslauf und Ihre Ausbildung erläutern mit besonderem Augenmerk auf Ihre Erfahrung im Umgang mit Sprengstoff?«
»Ja«, gab Torino zurück und wandte sich den Geschworenen zu. »Ich bin direkt nach der High-School zur Armee gegangen und habe mich für ein Sprengkommando gemeldet. Ich

wurde am United States Navy Sprengzentrum in Indian Head, Maryland, im Umgang mit Sprengstoffen ausgebildet. Dann«, sagte Torino mit einem Grinsen, »diente ich vier Jahre in Vietnam und machte mehr Erfahrungen im Umgang mit Sprengstoffen, als ich mir jemals gewünscht hätte.«

Zwei Geschworene lachten in sich hinein. Tracy ging davon aus, daß es Vietnamveteranen waren.

»Was haben Sie nach Ihrer Dienstzeit in der Armee gemacht?«

»Ich ging aufs College und machte einen Einserabschluß am Portland Community College in Polizeiwissenschaften. Dann trat ich in den Polizeidienst ein. Nach drei Jahren – das ist das Minimum, was man an praktischer Erfahrung nachweisen muß – habe ich mich für einen Monatskurs der Sprengstoffabteilung des FBI im Redstone Arsenal in Huntsville, Alabama, qualifiziert.«

»Haben Sie dort ein Abschlußzeugnis bekommen?«

»Ja, Sir.«

»Haben Sie noch weitere Ausbildung im Umgang mit Sprengstoffen erhalten?«

»Ich habe erfolgreich einen zweiwöchigen Kurs über Ermittlungsverfahren nach Explosionen, durchgeführt von der Behörde für Alkohol, Tabak und Waffen, absolviert. Ich würde sagen, daß ich es insgesamt auf mehr als 1400 Ausbildungsstunden im Umgang mit Sprengstoffen während meiner Zeit beim Militär und den Behörden bringe.«

»Wie lange schon leiten Sie Untersuchungen von Bombenexplosionen für die Polizeibehörde in Portland?«

»Ungefähr zwölf Jahre.«

»Haben Sie sich zum Haus des Richters am Supreme Court von Oregon in Ihrer Eigenschaft als Chef des Bombenräumkommandos begeben?«

»Ja.«
»War die erste Abteilung, die am Tatort eintraf, Ihre?«
»Nein, Sir. Der Rettungswagen der Feuerwehr und Streifenpolizisten waren die ersten, die dort waren. Sobald sie festgestellt hatten, daß dort ein Sprengsatz explodiert war, haben sie den Tatort abgesichert, uns, den Gerichtsmediziner und die Beamten von der Mordkommission verständigt und sich dann zurückgezogen, bis wir die Lage geklärt und untersucht hatten, ob sich nicht noch weitere nicht detonierte Bomben dort befanden.
Wir haben dann festgestellt, daß keine Gefahr mehr bestand, und führten unsere Untersuchungen durch. Bevor das Opfer aus dem Wagen genommen wurde, haben meine Leute Fotos vom Tatort gemacht, um die Gegebenheiten festzuhalten.«
»Was haben Sie dann getan?«
»Wenn eine Bombe explodiert, dann fliegen die Teile in der Gegend herum und werden über den gesamten Tatort verstreut. Meine Leute haben da schon eine Routine entwickelt, nach der sie vorgehen. Wir haben das Gelände um den Wagen abgesperrt und in Suchbezirke eingeteilt. Zwei meiner Leute kümmerten sich um den Explosionsherd, die Stelle, wo die Bombe sich befunden hatte. Sie suchten den näheren Umkreis des Wagens ab und sammelten Teile des Fahrzeugs und der Bombe ein, die durch die Explosion verstreut worden waren. Andere durchkämmten den restlichen abgesperrten Bereich. Wenn ein Teil der Bombe oder ein anderes wichtiges Beweisstück gefunden wird, notiert einer der Beamten auf einem Plan die Stelle, und ein weiterer nimmt es zu den Beweisstücken.«
»Officer Torino, können Sie den Geschworenen etwas darüber sagen, wie die Bombe konstruiert war?«
»Natürlich. Allen Bomben sind vier Dinge gemeinsam: der

Sprengstoff, die Zündkapsel, eine elektrische Quelle und ein Auslöser oder Zeitzünder. Wenn man nach den Resten einer Bombe sucht, dann versucht man, diese vier Komponenten zu finden. Die Bombe, um die es hier geht, bestand aus einem Stück Rohr, fünf Zentimeter im Durchmesser und fünfundzwanzig Zentimeter lang, das mit Sprengstoff gefüllt war. Die elektrische Quelle war eine 9-Volt-Batterie. Verschlossen war das Rohr mit Endstücken. Diese Endstücke flogen bei der Explosion wie Gewehrkugeln davon. Die hintere wurde im Kofferraum des Wagens gefunden, die vordere durchschlug das Garagentor und steckte in der Tür eines Kühlschranks, der in der Garage stand.

Das Metallrohr, aus dem die Bombe bestand, wurde in drei Teile zerrissen. Ein größeres Stück steckte im Inneren des Wagens im Rücksitz. Die beiden anderen Stücke flogen durch das Dach des Wagens und wurden auf dem Rasen gefunden.«

»Was hat die Explosion ausgelöst?«

»Im Sprengstoff der Bombe befand sich eine Blitzlichtbirne, von der man das Glas entfernt hatte. Drähte führten von der Birne durch eines der Endstücke zu einer 9-Volt-Batterie. Der Draht war abgemantelt und das blanke Kupfer um die Zungen einer Wäscheklammer gewickelt. Dann hat man ein Stück Plastik von einer Reinigungsmittelflasche zwischen die beiden Zungen der Wäscheklammer gesteckt, so daß sie nicht zusammenkamen. An dem Plastikstück befestigte der Bombenleger ein Senkblei. Als Richter Griffen den Wagen bewegte, wurde das Stück Plastik aus der Wäscheklammer gezogen. Damit trafen die beiden Kupferdrähte aufeinander, und der Stromkreis schloß sich. Ein Funke der freiliegenden Glühfäden der Blitzlichtbirne zündete den Sprengstoff, und so wurde die Explosion ausgelöst.«

»Woher wissen Sie das alles so genau?«

»In dem Endstück, das wir aus der Tür des Kühlschranks in der Garage geholt haben, befanden sich zwei kleine Stücke Kupferdraht und die Reste der Blitzlichtbirne. Eine hölzerne Wäscheklammer haben wir im Garten, südlich vom Wagen, gefunden. Das Stück Plastik, eine dünne Nylonangelschnur und ein Senkblei lagen in der Nähe des rechten Vorderrads des Wagens. Auch fanden wir eine zerbeulte Batterie, die aber noch ziemlich in Ordnung war.«
»Wie war die Bombe an dem Wagen angebracht, Officer Torino?«
»Wir haben Teile von Magneten und Schrauben sowie Muttern, die von der Explosion verdreht und verbogen waren, gefunden. Diese Teile gehörten nicht zum Wagen, aber ich kannte sie schon, also wußte ich, daß sie zur Bombe gehörten.«
»Dazu kommen wir später. Würden Sie jetzt bitte den Geschworenen erklären, wozu die Magneten dienten.«
»Ja. Es wurde ein Metallstück benutzt, das zwanzig Zentimeter lang, fünf Zentimeter breit und sechs Millimeter dick war. Man hatte Löcher hineingebohrt und mit Schrauben und Muttern vier Magneten daran befestigt. Um das Metallstück an der Bombe zu befestigen, hat man schwarzes Isolierband genommen. Um die Bombe anzubringen, brauchte man sie nur noch mit Hilfe der Magneten an die Unterseite des Wagens zu hängen.«
»Officer Torino, Sie haben erwähnt, daß Ihnen diese Bombe bekannt vorkam. Erklären Sie das bitte den Geschworenen.«
»Eine Bombe, die auf fast identische Weise gebaut war, war die Mordwaffe in einem Prozeß vor ungefähr zwei Jahren.«
»Wer war in jenem Prozeß der Angeklagte?«
»Charlie Deems.«
Geddes machte eine effekthascherische Pause und wandte sich dann den Geschworenen zu.

»Wer war der Staatsanwalt?«
»Abigail Griffen.«
»Die Angeklagte in diesem Prozeß hier?«
»Ja, Sir.«
»Wußte die Angeklagte, wie man eine Bombe wie die, mit der ihr Mann umgebracht wurde, konstruiert?«
»Ich habe es ihr gezeigt. Wir haben das haarklein durchgesprochen, damit sie mich über den Bau der Bombe bei meiner Aussage befragen konnte. Das waren die gleichen Ausführungen, wie ich sie auch den Geschworenen bei Gericht gegeben habe. Es muß alles in den Protokollen des Prozesses stehen.«
Geddes ging zu seinem Platz zurück und nahm eine Reihe von Beweisstücken, die sich in speziellen Plastikbeuteln befanden, auf. Dann ging er wieder zum Zeugenstand und reichte eine der Plastiktüten Torino.
»Das ist das Beweisstück 35 der Anklage. Würden Sie den Geschworenen bitte erklären, was es ist.«
Torino öffnete den Beutel und nahm ein verbogenes, verkohltes Stück Metall von ungefähr fünfzehn Zentimetern Länge, vier Zentimetern Breite und sechs Millimetern Dicke heraus.
»Ja, Sir. Ich habe dieses Stück eigenhändig aus dem Asservatenraum der Polizei von Portland geholt. An diesem Metallstück hatte der Bombenleger, um den es in dem Prozeß ging, bei dem Mrs. Griffen die Anklage gegen Mr. Deems vertreten hat, die Magneten angebracht.«
»Ist irgend etwas Ungewöhnliches daran?«
Torino hielt ein Ende des Metallstücks in Richtung der Geschworenen.
»Sie können feststellen, daß dieses Ende glatt ist und den Anschein erweckt, maschinell abgeschnitten zu sein.« Torino zeigte jetzt das andere Ende. »Doch dieses Ende ist

ungleichmäßig, und es gibt eine grobe V-förmige Kerbe in der Mitte. Das zeigt, daß dieses Stück von einem größeren Stück stammt. Jemand hat es von einem längeren Stück abgesägt, damit es an die Rohrbombe paßt.«

»Ist es ungewöhnlich, daß man eine solche Kerbe in dem Metallstück, an dem die Magneten angebracht waren, findet?«

»Ja, Sir. Mit einer Ausnahme habe ich noch nie eine solche Kerbe an einer anderen Bombe gesehen.«

»Hat die Angeklagte von der Einmaligkeit dieser Kerbe gewußt?«

»Ja. Ich habe sie mehrmals darauf hingewiesen. Sie wußte, daß dies wie ein Fingerabdruck war.«

»Also«, meinte Geddes bedeutungsschwer, nachdem er sich den Geschworenen zugewandt hatte, »mußte die Angeklagte auch wissen, daß ein Sprengstoffexperte der Polizei von Portland, der ein Metallstück mit einer solchen Kerbe am Explosionsort einer Bombe finden würde, sofort denken mußte, daß Mr. Deems für die Bombe verantwortlich ist?«

»Ja, Sir.«

»Danke. Ich gebe Ihnen jetzt das Beweisstück der Anklage Nummer 36. Was ist es?«

Torino hielt ein anderes verbogenes und verkohltes Metallstück von zwanzig Zentimetern Länge, fünf Zentimetern Breite und sechs Millimetern Dicke hoch, das dem Beweisstück Nummer 35 sehr ähnlich war.

»Das ist das Metallstück, an dem die Magneten befestigt waren bei der Bombe, die Richter Griffen getötet hat. Als die Bombe explodierte, flog es durch den Wagenboden und blieb im Körper des Richters stecken. Der Gerichtsmediziner hat es bei der Autopsie entdeckt.«

»Gleicht dieses Metallstück dem, das der Mörder in dem Fall benutzt hat, in dem Mrs. Griffen die Anklage gegen Mr. Deems vertrat?«

»Ja. Ein Ende ist maschinell bearbeitet, und das andere weist eine fast identische Kerbe auf.«

»Wie ist diese Kerbe entstanden?«

»Indem man das Metallstück in einen Schraubstock spannte und eine Säge dazu benutzte, einen Teil davon abzusägen. Die Person, die die Säge benutzt hat, hat von zwei Seiten gesägt, deswegen überlappt sich die Kerbe an dieser Stelle«, erklärte Torino und deutete auf die Schnittstelle.

»Und Sie haben ausgesagt, daß Sie nur einmal ein Metallstück mit einer ähnlichen Kerbe gesehen haben?«

»Ja, Sir. Ein einziges Mal habe ich es gesehen, und zwar in dem Prozeß, in dem Mrs. Griffen die Anklage gegen Mr. Deems vertreten hat.«

»Welche Rückschlüsse ziehen Sie als Experte für Bomben aus der Ähnlichkeit der beiden Metallstücke?«

»Entweder hat ein und dieselbe Person die Metallteile gesägt, oder jemand hat bewußt daraufhin gearbeitet, daß beide Teile gleich aussehen.«

»Warum sollte jemand so etwas tun?«

»Ein Grund könnte sein, Mr. Deems die Sache anzuhängen.«

Reynolds fuhr auf und rief: »Einspruch. Das ist reine Vermutung!«

»Stattgegeben«, sagte Richter Baldwin und wandte sich an die Geschworenen. »Die Geschworenen werden die letzte Bemerkung nicht beachten.«

»Officer Torino, Sie haben ausgesagt, daß die Angeklagte von der ungewöhnlichen Kerbe am Beweisstück 35 gewußt hat?«

»Ja, Sir. Ich habe sie während der Untersuchungen im Mordfall Hollins darauf hingewiesen.«

»Danke. Nun, Officer Torino, an dem Abend, als Richter Griffen getötet wurde, wurden Sie noch zu einer anderen Stelle beordert, um nach Bomben zu suchen?«

»Richtig.«
»Wo war das?«
»Ein Haus, das die Angeklagte gemietet hatte. Bezirksstaatsanwalt Stamm war besorgt, daß die Person, die den Richter getötet hat, vielleicht auch eine Bombe in Mrs. Griffens Haus gelegt haben könnte.«
»Haben Sie bei Ihrer Suche auch einen Blick in Mrs. Griffens Garage geworfen?«
»Ja, Sir.«
»Erzählen Sie.«
»Es ist eine typische Doppelgarage mit einem Arbeitsbereich in einer der Ecken. Dort befanden sich eine Werkbank und ein Tisch mit einem Schraubstock. Werkzeuge hingen an Haken an der Wand.«
Geddes reichte Torino eine Fotografie.
»Können Sie das Beweisstück Nummer 52 der Staatsanwaltschaft bitte den Geschworenen beschreiben.«
»Das ist ein Foto der Garage.« Torino hielt es hoch, so daß die Geschworenen es sehen konnten, und deutete auf die linke Seite des Bildes. »Hier kann man die Werkbank erkennen.«
Geddes nahm das Foto wieder an sich und reichte Torino die letzte Plastiktüte. Darin befand sich ein sauberes Metallstück. Es war weder verbogen noch verkohlt. Ein Ende war glatt und eindeutig maschinell bearbeitet. Das andere Ende war entscheidend. Es war rauh und sah aus, als wäre es von Hand abgesägt worden.
»Das ist das Beweisstück Nummer 37 der Staatsanwaltschaft. Erklären Sie den Geschworenen bitte, was es ist.«
Torino nahm das Beweisstück Nummer 36 in die eine und Nummer 37 in die andere Hand. Er führte die beiden von Hand abgesägten Enden zusammen. Sie paßten.
»Beweisstück 37 scheint das andere Stück eines größeren

Metallteils zu sein, von dem Beweisstück 36 abgesägt worden ist. Sie passen nicht genau zusammen, weil Beweisstück 36 bei der Explosion verbogen worden ist.«
Geddes wartete einen Moment und drehte sich dann zu Abigail Griffen um.
»Haben Sie das Beweisstück 37 gefunden, Officer Torino?«
»Ja, Sir.«
»Wo haben Sie es gefunden?«
»Unter der Werkbank in der Garage von Abigail Griffen. Man kann das Metallstück in der rechten unteren Ecke von Beweisstück 52 erkennen. Wir haben es auch auf einem anderen Foto noch besser sichtbar.«
Tracy wurde plötzlich schlecht. Torinos Aussage war vernichtend. Sie warf einen kurzen Blick auf die Geschworenen. Alle hatten sich nach vorne gebeugt, und mehrere machten sich hektisch Notizen. Dann schaute Tracy Matthew an. Wenn er aufgrund von Torinos Aussage irgendwie beunruhigt war, dann war es ihm zumindest nicht anzumerken.
»Officer Torino, in der Plastiktüte, in der sich Beweisstück 37 befand, scheint etwas zu sein, das wie Metallspäne aussieht. Woher stammen sie?«
»Wir haben sie unter dem Tisch mit dem Schraubstock gefunden.«
Geddes ging zum Tisch der Staatsanwaltschaft und zog eine Plastikflasche aus einer Einkaufstüte.
»Sagen Sie mir bitte, wo Sie das Beweisstück Nummer 42 der Staatsanwaltschaft gefunden haben.«
»Wir haben es in Mrs. Griffens Garage gefunden.«
Tracy warf einen Blick auf Reynolds. Er saß völlig regungslos.
»Euer Ehren, ich möchte jetzt die Beweisstücke Nummer 35, 36, 42 und 52 dem Gericht übergeben«, erklärte Geddes.

»Irgendwelche Einsprüche, Mr. Reynolds?«
»Dürfte ich bitte Nummer 42 sehen«, fragte Reynolds ruhig, während er aufstand. Tracy konnte kaum glauben, wie gut er die Überraschung kaschierte, die die letzten Minuten auch für ihn gebracht haben mußten. Geddes reichte Reynolds die Reinigungsmittelflasche.
»Euer Ehren, darf ich eine Frage stellen, um meinen Einspruch zu unterstützen?«
»Bitte.«
»Officer Torino, diese Plastikflasche ist unbeschädigt, richtig?«
»Ja.«
»Dann kann es nicht die Flasche sein, aus der der Plastikstreifen geschnitten wurde, um die Bombe zu basteln?«
»Das ist richtig.«
Matthew wandte sich dem Richter zu. »Ich erhebe Einspruch gegen das Beweisstück Nummer 42 der Staatsanwaltschaft. Es hat keine Bedeutung.«
»Mr. Geddes?« fragte der Richter.
»Es hat Bedeutung«, gab Geddes zurück. »Es ist natürlich nicht die Flasche, von der der Streifen stammt, aber es beweist, daß die Angeklagte diese Marke benutzt.«
»Ich nehme es als Beweisstück auf. Seine Bedeutung ist zwar gering, aber solange es eine hat, ist damit die Schwelle für die Anerkennung von Beweisstücken überschritten.«
»Ich habe keine weiteren Fragen an den Zeugen, Euer Ehren. Mr. Reynolds kann ihn jetzt befragen.«
»Mr. Reynolds?« fragte Richter Baldwin.
»Darf ich mich einen Moment beraten, Euer Ehren?«
Baldwin nickte. Matthew wandte sich an Abbie. Seine Gesichtszüge waren völlig beherrscht, aber Tracy wußte auch so, daß er sehr verärgert war.
»Wie kommt dieses Metallstück in deine Garage?« fragte er

so leise, daß weder die Geschworenen noch Geddes hören konnten, was er sagte.

»Ich schwöre dir, ich weiß es nicht«, flüsterte Abbie. »Mein Gott, Matthew, wenn ich die Bombe in meiner Garage zusammengebaut hätte, glaubst du nicht, ich wäre intelligent genug gewesen, alles, was mich damit in Verbindung brächte, beiseite zu schaffen?«

»Ja, das schon. Aber wir sehen uns der Tatsache gegenüber, daß das Metallstück in der Garage gefunden wurde, die zu dem Haus gehört, das du gemietet hast, zusammen mit Spänen, die davon stammen, wenn man es von einem größeren Stück absägt. Wann warst du, deiner Erinnerung nach, zum letzten Mal in der Nähe der Werkbank?«

»Ich habe jeden Abend meinen Wagen in die Garage gestellt. Das Arbeitsgerät und die Werkzeuge gehören den Leuten, von denen ich das Haus gemietet habe. Ich habe sie nie benutzt. Deems hat das Metallstück und die Späne dort hingebracht. Erkennst du denn nicht, daß man mich reinlegen will?«

»Das sieht sehr schlecht aus«, erklärte Matthew. »Jetzt verstehe ich, warum Stamm den Fall unbedingt abgeben wollte.«

Reynolds wandte sich an Tracy. »Können Sie sich daran erinnern, die drei Metallstücke gesehen zu haben, als wir die Beweisstücke sichteten?«

»Natürlich, aber ich habe mir nichts dabei gedacht. Ich bin mir sicher, daß sie nicht beieinanderlagen. Wenn ich mich recht erinnere, dann lagen sie verstreut zwischen anderen Metallteilen der Bombe, und auf dem Tisch lagen eine Menge Bruchstücke herum.«

»Das hat Geddes bewußt so eingerichtet«, murmelte Matthew. »Er hat uns hereingelegt.«

»Was wollen wir tun?«

Reynolds dachte einen Moment nach, dann wandte er sich an den Richter.
»Bevor ich mit dem Kreuzverhör beginne, möchte ich etwas mit dem Gericht besprechen.«
Richter Baldwin sah auf seine Uhr. Dann wandte er sich an die Geschworenen.
»Meine Damen und Herren, das ist eine gute Gelegenheit, um unsere morgendliche Pause zu machen. Die Sitzung wird um zehn Uhr fünfundvierzig fortgesetzt.«
Als die Geschworenen den Saal verließen, kam Barry durch die Absperrung im Gerichtssaal und stellte sich neben Tracy.
»Sobald dieser Verhandlungstag vorbei ist«, wies Reynolds sie an, »will ich, daß ihr beiden euch noch mal alle Beweisstücke anseht, um sicher zu sein, daß es nicht noch mehr unliebsame Überraschungen gibt.«
Die Tür zum Geschworenenzimmer wurde geschlossen, und Richter Baldwin fragte: »Mr. Reynolds?«
»Euer Ehren, ich möchte mir mein Kreuzverhör von Officer Torino für später aufheben. Seine Aussage und die Beweisstücke kommen für die Verteidigung völlig überraschend.«
»Würden Sie mir das bitte erklären? Hat Mr. Geddes Sie nicht davon in Kenntnis gesetzt, daß er diese hier vorbringen wird?«
»Es gab keinen schriftlichen Bericht über die Metallstücke, die bei der Bombe gefunden wurden, und das Metallstück aus Mrs. Griffens Garage ...«
Chuck Geddes sprang auf. Er hatte Mühe, ein Lächeln der Befriedigung zu unterdrücken.
»Die Beweisstücke 35, 36, und 37 standen auf der Liste, die der Verteidigung zugestellt wurde, Euer Ehren. Außerdem konnte die Verteidigung alle Beweisstücke in Augenschein nehmen.«

»Stimmt das, Mr. Reynolds?«
Matthew warf Geddes, dessen Lippen zu einem Grinsen verzogen waren, einen vernichtenden Blick zu.
»Mr. Geddes hat vielleicht die Beweisstücke aufgelistet, Euer Ehren, aber die Verteidigung hat keinen Bericht über ihre Bedeutung erhalten. Wenn ich mich richtig erinnere, dann waren die Metallstücke einfach als Metallteile aufgeführt, und die drei Teile haben zwischen den Resten der Bombe, die Richter Griffen getötet hat, gelegen, so daß der Eindruck entstand, daß zwischen ihnen keine Verbindung bestand und sie alle am Tatort gefunden worden wären.«
»Was haben Sie dazu zu sagen, Mr. Geddes?«
»Die Vorschrift verlangt, daß ich alle Zeugen und Beweisstücke aufliste, von denen ich während des Prozesses Gebrauch machen werde. Sie verlangt nicht, daß ich erkläre, was ich mit den Beweisstücken zu tun beabsichtige oder was meine Zeugen darüber aussagen werden. Ich habe mich an die Vorgehensweise, die das Gesetz verlangt, gehalten. Wenn Mr. Reynolds die Bedeutung der Beweisstücke nicht erkannt hat, ist das sein Problem.«
»Euer Ehren, kein vernünftiger Mensch hätte die Bedeutung der Beweisstücke erkennen können«, gab Matthew ärgerlich zurück. »Mr. Geddes hat dafür gesorgt, indem sie zwischen die anderen Beweisstücke verteilt wurden. Fragen Sie ihn, warum er das getan hat und warum er Officer Torino keinen Bericht hat schreiben lassen.«
»Wenn Sie damit ausdrücken wollen, daß ich etwas Unlauteres getan habe ...«, hob Geddes an.
»Meine Herren«, unterbrach Richter Baldwin, »benehmen wir uns doch wie zivilisierte Menschen. Mr. Reynolds, wenn Mr. Geddes Ihnen mitgeteilt hat, daß Officer Torino aussagen wird, und die Metallstücke als Beweisstücke aufgeführt hat, dann hat er den Vorschriften entsprochen. Wie

auch immer, ich möchte, daß Sie eine faire Chance für ein Kreuzverhör in dieser Angelegenheit, die offensichtlich von großer Bedeutung ist, bekommen. Wie sollen wir Ihrer Meinung nach jetzt verfahren?«

»Euer Ehren, ich möchte die drei Metallstücke ausgehändigt bekommen, damit ich sie von einem Experten untersuchen lassen kann. Ich habe da schon jemanden im Kopf.«

»Wie lange werden Sie die Beweisstücke benötigen, Mr. Reynolds?«

»Das weiß ich erst, wenn ich mit meinem Experten gesprochen habe. Er könnte die Sache wahrscheinlich an diesem Wochenende erledigen.«

»Einspruch, Euer Ehren«, meldete sich Geddes. »Wir befinden uns mitten im Prozeß. Mr. Reynolds hatte ausreichend Zeit, die Beweisstücke zu untersuchen.«

»Und ich bin sicher, daß er das auch getan hätte, wenn Sie ihm mitgeteilt hätten, was Sie damit vorhaben«, erklärte Richter Baldwin bestimmt. »Ganz offen, Mr. Geddes, unbestritten halten Sie sich an den Buchstaben des Gesetzes, aber ich glaube, nicht an den darin enthaltenen Geist.«

»Euer Ehren ...«, setzte Geddes an, aber Richter Baldwin erhob die Hand.

»Mr. Geddes, diese ganze Angelegenheit hätte vermieden werden können, wenn Sie Mr. Reynolds vor dem Prozeß über Officer Torinos Aussage informiert hätten. Ich werde Mr. Reynolds die Metallteile überlassen, wenn er einen Experten finden kann, der sie für ihn untersucht.«

2

Der Nachmittag verging mit Aussagen verschiedener Mitglieder des Bombenräumkommandos, die Beweisstücke identifizierten, die am Tatort gefunden worden waren, und erklärten, wo ein jedes sich befunden hatte. Draußen regnete es leicht, im Gerichtssaal war die Heizung an, und die monotonen Stimmen der Zeugen machten Tracy schläfrig. Sie seufzte erleichtert auf, als der Richter sie ins Wochenende entließ.

Sobald sich das Gericht zurückgezogen hatte, nahm Matthew die drei Metallstücke in Verwahrung und verließ mit Abigail Griffen den Saal. Tracy und Barry Frame musterten noch einmal alle Beweisstücke, die sich im Gerichtssaal befanden. Als sie damit fertig waren, führte sie Neil Christenson zu einem Konferenzraum in der Abteilung des Bezirksstaatsanwaltes, in dem die Beweisstücke lagen, die noch nicht vor Gericht eingeführt waren. Einige der Beweisstücke lagen auf dem großen Konferenztisch verteilt, andere befanden sich in Pappkartons auf dem Boden des Raums. Christenson ließ sich auf einem Stuhl am gegenüberliegenden Ende des Raumes nieder.

»Wie wäre es, wenn Sie uns mal allein ließen?« fragte Barry.

»Tut mir leid«, gab Christenson zurück. »Wenn es nach mir ginge, dann säße ich zu Hause bei einem kalten Bier, aber Chuck hat mich angewiesen, Sie im Auge zu behalten.«

»Machen Sie es sich bequem.«

Tracy begann mit den Dingen auf dem Tisch, wobei sie sich flüsternd mit Barry besprach, wenn sie etwas sah, das vielleicht eine Bedeutung haben könnte, und machte sich Notizen dabei. Als sie mit den Beweisstücken auf dem Tisch durch waren, schaffte Barry auf der einen Seite des Tisches

Platz und leerte den Inhalt des ersten Pappkartons aus, der Gegenstände aus Abbies gemietetem Haus enthielt.

Schon als sie mit den Sachen aus dem gemieteten Haus fertig waren, begann Tracys Magen zu knurren. Barry leerte die erste Kiste mit Sachen aus Richter Griffens kleinem Arbeitszimmer. Die Kiste enthielt persönliche Papiere, Belege über den Haushalt, Rechnungen und andere Dinge dieser Art. Tracy leerte eine zweite Kiste aus, die Papiere aus der untersten, rechten Schublade von Richter Griffens Schreibtisch enthielt. Auf den ersten Blick konnte man keinen Unterschied zu dem Inhalt der vorherigen Kiste erkennen. Dann bemerkte Tracy plötzlich etwas, was nicht dorthin gehörte. Ganz unten in dem Haufen lag ein Band eines Prozeßprotokolls. Ein Blatt jenes gelben Notizpapiers, das bei Gericht benutzt wurde, ragte zwischen zwei Seiten des Protokolls hervor. Tracy ging davon aus, daß Barry diesen Karton untersucht hatte, als sie zum erstenmal die Beweisstücke in Augenschein genommen hatten, denn sie erinnerte sich nicht daran, das Protokoll gesehen zu haben.

Als Tracy das Deckblatt des Protokolls sah, mußte sie sich zusammennehmen, um ihre Überraschung nicht zu zeigen. Sie blickte auf den Band XI von *State of Oregon, Berufungsbeklagte, gegen Charles Darren Deems, Verurteilter und Berufungskläger,* das Protokoll, das Laura Rizzatti an dem Tag gelesen hatte, als Matthew Reynolds und Abigail Griffen vor dem Supreme Court plädiert hatten. Tracy erinnerte sich, wie nervös Laura ihr erschienen war, als sie sie dies hatte lesen sehen.

Tracy blickte zu Christenson hinüber. Er las den Sportteil des *Oregonian* und sah zu Tode gelangweilt aus. Tracy schob ihren Körper in die Sichtlinie von Christenson, dann öffnete sie den Protokollband weit genug, damit sie sehen konnte, was auf dem Notizblatt stand. Das Blatt lag zwischen den

Seiten 1289 und 1290 des Protokolls. Es war ein Blatt des Notizblocks, auf dem Laura an dem Tag geschrieben hatte, an dem sie von Richter Pope in der Bibliothek belästigt worden war. Drei Straffälle waren auf dem Blatt aufgelistet. Tracy erinnerte sich daran, wie schnell Laura das Blatt umgedreht hatte, damit sie nicht sehen konnte, was darauf-stand. Tracy schrieb sich die Namen der Fälle auf und die Bände, in denen diese veröffentlicht worden waren.

Was war an diesem Gerichtsprotokoll und den drei Fällen so Besonderes, und was hatten Lauras Notizen in Richter Griffens Arbeitszimmer zu suchen? Das Protokoll war Teil der offiziellen Akten über den *Deems*-Prozeß und sollte bei den restlichen Bänden in den Akten des Supreme Courts sein.

Zwanzig Minuten später reckte sich Barry und erklärte: »Das war's.«

Christenson führte sie hinaus und ging dann in den Konferenzraum zurück. Barry drückte auf den Knopf, um den Fahrstuhl herbeizurufen. Als sie darauf warteten, daß der Lift kam, fragte er: »Irgendwelche tollen Entdeckungen?«

Tracy wollte ihm von dem Protokoll berichten, doch eigentlich gab es nichts zu berichten. Sie hatte keine Ahnung, was Band XI enthielt. Was immer da auch stand, es hatte nichts mit Abbies Prozeß zu tun.

»Ich habe nichts gesehen, was ich nicht schon beim erstenmal, als wir das Zeug durchgesehen haben, bemerkt hätte. Wenn da irgendwelche Überraschungen drinstecken, dann hat sie Geddes an mir vorbeigeschmuggelt.«

»Das stimmt. Wollen wir essen gehen?«

Tracy wollte ins Büro, um den Band XI zu lesen und die Protokolle, die sie von Bob Packard erhalten hatte.

»Ich muß passen. Ich werde mir was holen und ins Büro gehen. Ich muß heute abend noch ein paar Sachen durcharbeiten.«

»He, wir haben Wochenende. *Casablanca* läuft im Fernsehen. Ich dachte, wir machen uns etwas Popcorn, köpfen eine Flasche Wein und schauen uns Bogie an. Das willst du doch nicht verpassen, oder?«
Barry klang enttäuscht. Die Türen des Fahrstuhls öffneten sich. Sie traten in die leere Kabine. Tracy strich ihm über den Arm.
»Ich mach' dir einen Vorschlag. Ich bin auch ein Fan von Bogie. Wann beginnt der Film?«
»Um neun.«
»Halt mir einen Platz frei. Bis dahin werde ich fertig sein.«
Barry grinste. »Ich warte auf dich. Möchtest du Rotwein oder Weißwein zu deinem Popcorn?«
»Lieber Bier.«
»Eine Frau nach meinem Herzen. Ich werde sogar ausländisches Bier besorgen.«

Nachdem Neil Christenson Barry Frame und Tracy Cavanaugh aus der Abteilung des Bezirksstaatsanwalts begleitet hatte, kehrte er in den Konferenzraum zurück, wo er den Karton mit den Beweisstücken aus der untersten rechten Schublade von Richter Griffens Schreibtisch auf dem Konferenztisch ausleerte. Christenson hatte nur vorgegeben, die Zeitung zu lesen, während Barry und Tracy sich die Beweisstücke ansahen, und er hatte bemerkt, daß Tracy ihm bewußt die Sicht verstellt hatte, als sie diesen Karton durchforstete. Christenson wollte das Beweisstück finden, das dieses große Interesse ausgelöst hatte.
Der Protokollordner und das gelbe Blatt erweckten sofort seine Aufmerksamkeit, da er auf den ersten Blick bemerkte, daß man sich daran zu schaffen gemacht hatte. Christenson runzelte die Stirn, als er sah, daß es sich um das Protokoll des *Deems*-Prozesses handelte. Ihm fiel ein, daß Richter

Griffen die Urteilsbegründung für die Aufhebung der Verurteilung verfaßt hatte. Eine Ironie des Schicksals, dachte er, daß die Person, die Richter Griffen aus dem Gefängnis geholt hatte, dabei war, bei der Verurteilung des Mörders des Richters zu helfen.

Christenson blätterte durch das Protokoll, fand aber nichts Interessantes. Er legte es auf den Tisch und sah sich die anderen Schriftstücke an. Es waren Papiere unterschiedlichster Art: eine Akte, die den Schriftwechsel des Richters mit seinem Vermögensberater enthielt, ein Ordner mit den Unterlagen über sein Ferienhaus an der Küste und ein Umschlag, der mit Belegen seiner Kreditkarten vollgestopft war. Christenson sah die Belege durch. Eine Reihe stammte von einem Restaurant in Salem, das in der Nähe des Gerichts lag, ein paar von Geschäften in Salem und Portland, drei von einem Motel namens Overlook und eine Menge Abrechnungen von Tankstellen. Nichts, was für den Prozeß von Bedeutung wäre.

Christenson nahm den Inhalt des Kartons noch einmal in Augenschein, dann gab er es auf. Es war schon spät, und er war müde. Wenn Tracy Cavanaugh etwas Wichtiges gefunden hatte, dann war er zu dumm dafür. Christenson gähnte, schloß die Tür des Konferenzraumes und ging nach Hause.

3

Sobald Tracy sich allein im Büro befand, nahm sie sich den Band XI vor. Zu ihrer großen Enttäuschung war der Inhalt absolut langweilig. Darin enthalten waren die Aussagen der Polizeibeamten, die Charlie Deems Wohnung nach dessen Verhaftung durchsucht hatten. Sie berichteten von den Din-

gen, die sie während der Durchsuchung gefunden hatten. Tracy konnte sich nicht vorstellen, warum Laura Rizzatti an dem, was sie jetzt las, interessiert gewesen sein könnte.
Das Blatt von Lauras gelbem Notizblock hatte zwischen den Seiten 1289 und 1290 gesteckt. Tracy fragte sich, ob das bedeutete, daß auf diesen Seiten etwas Wichtiges stand, oder ob das Blatt mit der Auflistung der Prozesse nur zufällig an dieser Stelle hineingeraten war. Als sie auf die Seiten 1289 und 1290 kam, fand sie dort nichts, was ihr geholfen hätte, das Geheimnis zu lösen.
Die Aussage des Polizisten Mark Simon von der Polizei in Portland begann auf Seite 1267 und ging noch über die beiden fraglichen Seiten hinaus. Er war bei der Durchsuchung von Charlie Deems' Wohnung der verantwortliche Beamte gewesen. Am Anfang seiner Aussage hatte er den Auftrag der beiden Polizisten, die die Wohnung durchsuchten, beschrieben. Dann sprach er über die verschiedenen Dinge, die während der Suche gefunden wurden, und erklärte ihre Bedeutung für den Mordfall. Deems war in einem Nachtklub verhaftet worden. Verschiedene Leute hatten ihn während seiner Abwesenheit versucht anzurufen. Die Befragung durch Abigail Griffen auf den Seiten 1289 und 1290 betraf die Nachrichten, die man auf dem Anrufbeantworter gefunden hatte.

GRIFFEN: Das waren also Nachrichten, die für den Angeklagten bestimmt waren und die er nicht mehr beantworten konnte, weil man ihn verhaftet hatte?

SIMON: Ja, Madam.

G: Die Geschworenen haben das Band gehört. Ich möchte mit Ihnen die Nachrichten durchgehen und Sie nach Ihrer Einschätzung der Bedeutung fragen.

S: In Ordnung.

G: Die erste Nachricht ist von einem ›Jack‹. Er hat eine Telefonnummer hinterlassen. Welche Bedeutung messen Sie diesem Anruf zu?

S: Ich habe nicht genug Informationen, um zu diesem Anruf etwas zu sagen. Die angegebene Nummer gehört zu einem öffentlichen Telefon. Wir haben jemanden dort hingeschickt, doch als die Beamten dort ankamen, war niemand da.

G: In Ordnung. Die zweite Nachricht stammt von Raoul. Er hinterließ die Nummer eines Handys und bat den Angeklagten zurückzurufen, wenn er zurückkäme. Welche Bedeutung hat dieser Anruf?

S: Nun, diesen Anruf kann ich kommentieren. Nachträgliche Ermittlungen haben ergeben, daß das Handy von Ramon Peres, einem stadtbekannten Kumpel von Raoul Otero, von Continental Communications geleast wurde. Von Mr. Otero behauptet man, er sei einer der großen Fische in der Organisation, die den Kokainhandel in Oregon, Washington, Texas und Louisiana in der Hand hat. Ich glaube, daß dieser Anruf auf eine Verbindung des Angeklagten mit dieser Organisation hindeutet.

G: Danke. Der nächste Anruf stammt von Arthur Knowland. Er hat keine Nummer hinterlassen. Er sagte, daß er ein paar ›Hemden‹ wollte, und der Angeklagte solle ihn so schnell wie möglich zurückrufen.

S: Ja. Ich glaube, daß dieser Anruf von jemandem stammt, der Drogen von dem Angeklagten kaufen wollte. Wir kennen das von den Gelegenheiten, bei denen wir Leute, die über Drogenhandel sprechen, elektronisch überwachen. In ihren Unterhaltungen benutzen sie nur selten die richtigen Namen der Rauschmittel. Sie nennen Heroin oder Kokain ›Reifen‹ oder ›Hemden‹ oder auf was sie sich sonst geeinigt haben in dem Glauben, es könnte sie irgendwie schützen, wenn sich herausstellt, daß die Person, mit der sie es zu tun haben, ein V-Mann ist, oder daß ihr Gespräch aufgezeichnet wird.

G: Der letzte Anruf stammt von Alice. Sie hinterließ eine Nachricht und eine Telefonnummer.

S: Wir haben die Person, auf die die Nummer eingetragen war, aufgesucht. Ihr Name ist Alice Trapp. Sie hat zugegeben, daß sie angerufen hat, um Kokain zu kaufen.

Die Befragung setzte sich noch auf der nächsten Seite fort, doch da ging es um den Inhalt eines Notizbuches, das man in Charlie Deems' Schlafzimmer gefunden hatte. Tracy las sich die beiden Seiten noch einmal durch, hatte aber keine Ahnung, warum sie wichtig sein könnten. Dann blickte sie auf ihre Uhr. Es war halb neun. Tracy stellte den Band XI zu den anderen Protokollen zurück und löschte das Licht.

Die Vorstellung, sich mit Barry Frame zusammen *Casablanca* anzusehen, erschien ihr paradiesisch gegenüber der Alternative, noch eine weitere Seite dieses langweiligen Protokolls zu lesen. Tatsächlich war es so, daß sie einen Abend mit Barry allem anderen, das sie sich vorstellen konnte, vorzog.

Der Prozeß erschöpfte Tracy so sehr, daß sie Sex vollständig aus ihren Gedanken verbannt hatte. Zumindest bis jetzt. Sie und Barry hatten noch nicht miteinander geschlafen, doch ihre gegenseitigen Gefühle ließen es nur als eine Frage der Zeit und der richtigen Gelegenheit erscheinen.

Kapitel dreiundzwanzig

1

»Du weißt ja, wie die Sache läuft. Halt den Kopf hoch, bleib nicht stehen und laß mich reden«, wies Matthew Abbie an, als Barry Frame seinen Wagen am Montag morgen vor dem Gerichtsgebäude von Multnomah County anhielt. Sintflutartiger Regen kam vom Himmel herunter, als Matthew die hintere Tür auf der Fahrerseite öffnete. Dicke Tropfen prasselten auf die Motorhaube und die Windschutzscheibe. Matthew hielt einen großen schwarzen Regenschirm, um Abbie vor den Sturzbächen zu schützen. Tracy griff sich die große Lederaktentasche mit den Prozeßunterlagen, lächelte Barry kurz verschämt zu und eilte dann um den Wagen, um Matthew dabei zu helfen, Abbie von der Masse abzuschirmen, die den Eingang des Gebäudes blockierte. Als sie sich ihre Bahn durch die Reporter in den Aufzug gekämpft hatten, war Tracy naß bis auf die Haut. Als das Wachpersonal des Gerichts die Mannschaft der Verteidigung bemerkte, winkte es sie an dem Metalldetektor vorbei, der zwischen der Tür des Gerichtssaals und der Schlange der Zuschauer stand. Matthew schritt als erster durch das niedrige Gatter, das die Zuschauer vom Gericht trennte. Er stellte seine Aktentasche neben den Verteidigertisch und schüttelte das Wasser von dem Schirm. Als er sich umdrehte, sah er, wie Abbie Charlie Deems anstarrte, der hinter Chuck Geddes auf einer Bank innerhalb der Absperrung saß. Deems sah in dem blauen Nadelstreifenanzug, dem frisch gebügelten weißen Hemd und einer weinroten Krawatte, Sachen, die ihm Geddes für seinen Auftritt vor Gericht gekauft hatte, überraschend gut aus. Seine Schuhe waren geputzt und die Haare geschnitten.

»Hallöchen, Frau Staatsanwältin«, rief Deems und grinste breit. »Jetzt merken Sie mal, was es heißt, auf glühenden Kohlen zu sitzen.«

Bevor Abbie antworten konnte, trat Matthew vor sie. Er blickte auf Deems hinab. Deems' Grinsen verschwand. Reynolds fixierte ihn noch einen Moment länger. Dann sprach er so leise, daß nur Charlie Deems ihn verstehen konnte.

»Sie sind ein wertloser Mensch, Mr. Deems. In Ihnen gibt es nichts Gutes. Wenn Sie dem Gericht Lügen über Mrs. Griffen erzählen, dann wird Sie nicht einmal ein Dunkler Engel beschützen können.«

Charlie Deems wurde bleich. Reynolds drehte ihm den Rücken zu. Deems sprang auf.

»He«, rief Deems. »Sehen Sie mich an, Sie Mißgeburt.«

Reynolds setzte sich und öffnete seine Aktenmappe. Deems trat einen Schritt auf Matthew zu, in seinem Gesicht stand der Zorn.

»Was haben Sie da eben gesagt?« wollte Geddes von Reynolds wissen, als er und Christenson Deems beruhigten. Matthew ignorierte Geddes und sortierte ruhig seine Unterlagen, während der Staatsanwalt versuchte, seinen Hauptzeugen zu besänftigen.

»Mister Deems«, fragte Chuck Geddes, »kennen Sie die Angeklagte?«

»Wie man so sagt.«

»Bitte sagen Sie uns, wie Sie beide sich zum erstenmal begegnet sind.«
»Sie hat mich wegen Mordes angeklagt.«
»Haben Sie die Angeklagte schon einmal getroffen, bevor sie Sie angeklagt hat?«
»Nein, Sir.«
»Wie ging Ihr Prozeß aus?«
»Ich wurde zum Tode verurteilt.«
»Wo waren Sie die darauffolgenden zwei Jahre?«
»In der Todeszelle des Staatsgefängnisses von Oregon.«
»Warum sind Sie nicht mehr in der Todeszelle?«
»Der Supreme Court von Oregon hat mein Urteil kassiert.«
»Er hat Ihre Revision anerkannt?«
»Richtig.«
»Und der Bezirksstaatsanwalt von Multnomah County hat auf ein Wiederaufnahmeverfahren verzichtet?«
»Ja.«
»Kurz nachdem Sie aus dem Gefängnis entlassen worden waren, ist da die Angeklagte mit Ihnen in Kontakt getreten?« fragte Geddes.
»Ja, Sir. Das ist sie.«
»Waren Sie davon überrascht?«
Deems lachte und schüttelte verwundert seinen Kopf. »Ich wäre weniger überrascht gewesen, wenn es der Präsident persönlich gewesen wäre.«
Die Geschworenen lachten.
»Warum waren Sie überrascht?« fragte Geddes.
»Wenn eine Frau ein Jahr ihres Lebens daransetzt, damit man hingerichtet wird, beginnt man zu glauben, daß sie einen vielleicht nicht leiden kann.«
Deems lächelte den Geschworenen zu, und einige von ihnen lächelten zurück.
»Erzählen Sie den Geschworenen von der Unterhaltung.«

»Gut. Soweit ich mich erinnere, fragte sie mich, was es für ein Gefühl sei, aus der Todeszelle raus zu sein. Ich sagte, einfach gut. Dann fragte sie mich, wie es mit meinem Geld stehen würde. Ich fragte, warum sie das wissen wollte. Dann sagte sie, daß sie einen geschäftlichen Vorschlag für mich hätte.«

»Was, glaubten Sie, wollte sie von Ihnen?«

»Mir war klar, daß sie mich nicht zum Rasenmähen haben wollte.«

Die Geschworenen und die Zuschauer lachten wieder. Tracy merkte, wie sie Sympathie für Charlie Deems entwickelten, und das bereitete ihr Sorgen. Sie blickte zu Reynolds, aber der schien völlig unbeeindruckt von Deems' Aussage. Tracy wunderte sich, wie er es schaffte, so ruhig zu bleiben.

»Haben Sie die Angeklagte gefragt, was sie von Ihnen wollte?« fuhr Geddes fort.

»Habe ich, aber sie sagte, das wolle sie nicht am Telefon besprechen.«

»Haben Sie einem Treffen zugestimmt?«

»Ja, Sir.«

»Warum?«

»Neugierde. Und natürlich auch das Geld. Ich war total blank, als ich aus der Todeszelle kam, und sie hatte angedeutet, daß es um viel Geld ginge.«

»Wo haben Sie sich getroffen?«

»Sie hat mich zu einem Ferienhaus an der Küste bestellt und mir den Weg dorthin erklärt.«

»Erinnern Sie sich an das Datum?«

»Ich bin sicher, daß es Freitag, der 12. August, war.«

Abbie beugte sich zu Reynolds. Sie war aufgebracht, und Tracy hörte sie flüstern: »Das ist alles Lüge. Ich habe ihn nie angerufen und nie am Ferienhaus getroffen.«

»Mach dir keine Sorgen«, hörte Tracy Reynolds sagen. »Soll er sich selbst ans Messer liefern.«

»Was passierte, als Sie bei dem Ferienhaus ankamen?« fragte Geddes.
»Mrs. Griffen wartete auf mich. Auf der Veranda standen Stühle, doch sie wollte, daß wir nach drinnen gehen, damit uns niemand sehen konnte. Zuerst redete sie nur so Zeug. Wie es mir ginge, ob ich eine Arbeit hätte. Sie erschien mir ganz schön nervös, also ging ich auf sie ein, obwohl ich mir dachte, daß die ganze Sache keinen Sinn ergab.«
»Was meinen Sie damit?«
»Ich wußte verdammt gut, daß es ihr nicht um mein Wohlbefinden ging. Zum Teufel, die Frau wollte, daß ich die tödliche Injektion bekomme. Aber ich dachte mir, daß sie schon noch auf den Punkt kommen würde.«
»Und tat sie das?«
»Ja, Sir. Nachdem wir eine Weile geredet hatten, erzählte mir Mrs. Griffen, daß sie mit ihrem Mann unglücklich wäre und die Scheidung wolle. Aber es gab da ein Problem. Sie ist sehr reich. Richter Griffens Scheidungsanwalt forderte eine Menge Geld, und sie befürchtete, daß das Gericht es ihm zusprechen würde. Ich fragte sie, was ich mit der Sache zu tun hätte. Da führte sie mich hinter das Haus und zeigte mir das Dynamit.«
»Wo befand sich das Dynamit?«
»In einem Werkzeugschuppen hinter dem Haus.«
»Beschreiben Sie den Schuppen und was sich darin befand.«
»Das ist schon eine Weile her, und ich habe ja auch nur einen Augenblick hineingesehen, aber ich glaube, der Schuppen war aus verwittertem grauem Holz. Das Dynamit befand sich in einer Kiste auf dem Boden. Ich habe noch ein paar Gartengeräte in dem Schuppen gesehen, aber ich erinnere mich nicht mehr, was für welche.«
»Was hat Mrs. Griffen gesagt, als sie Ihnen das Dynamit zeigte?«

»Sie sagte, sie wüßte ja, daß ich mit Sprengstoff umgehen kann, und wollte hören, ob ich mit dem Dynamit ihren Mann umbringen könnte. Sie sagte mir, daß sie eine Werkbank in ihrer Garage hätte und ich dort die Bombe bauen könnte. Sie sagte auch, daß uns niemand verdächtigen würde zusammenzuarbeiten, da sie ja für meine Verurteilung gesorgt hätte.«

»Was haben Sie ihr geantwortet?«

»Ich sagte ihr, daß sie einen Fehler mache. Ich sagte, daß ich nichts von Bomben verstehen würde und daß ich keine der Personen umgebracht hätte, von denen sie glaubte, ich hätte es. Doch selbst wenn ich sie umgebracht hätte, würde ich nicht den Kerl umbringen, der mich aus der Todeszelle geholt hat. Besonders dann nicht, wenn derjenige ein Richter am Supreme Court von Oregon ist. Dazu müßte man ein Idiot sein. Ich meine, jeder Bulle im Staat wäre hinter einem her, wenn man jemanden so Wichtiges umbringt, und sie würden nie aufgeben.«

»Und was hat die Angeklagte darauf geantwortet?«

»Sie bot mir 50 000 Dollar an. Sie meinte, ich wäre doch clever und würde einen Weg finden, die Sache zu erledigen und mich nicht erwischen zu lassen.«

»Wie haben Sie darauf reagiert?«

»Ich habe gesagt, daß ich es nicht tun würde.«

»Was hat die Angeklagte daraufhin gemeint?«

»Sie wurde ganz ruhig. Ich habe das schon bei Gericht an ihr gesehen. Ich wurde etwas nervös. Dann sagte sie, daß es ihr leid täte, mich belästigt zu haben. Ich wollte nicht länger bleiben als unbedingt nötig, also haute ich ab.«

»Nachdem Sie weggegangen waren, gingen Sie dann zur Polizei?«

»Machen Sie Witze? Davor hatte sie mich gewarnt. Sie sagte, niemand würde mir glauben, wenn ich sie beschuldigte, denn die Polizei wäre immer noch davon überzeugt, daß ich das Kind und seinen Vater umgebracht habe. Sie sagte auch, daß sie mir Stoff unterschieben und mich auf Nimmerwiedersehen einlochen würde, wenn ich nur in Spuckweite einer Polizeistation oder des Büros des Bezirksstaatsanwalts auftauchen würde.«

»War das das letztemal, daß Sie Kontakt zu Mrs. Griffen hatten?«

»Ja, Sir.«

»Trotz dieser Warnung sind Sie aber doch zum Bezirksstaatsanwalt gegangen und haben berichtet, was vorgefallen ist?«

»Ja, Sir.«

»Was war der Grund?«

»Selbstschutz. Als man den Richter in die Luft gejagt hatte, wußte ich, daß sie mir die Sache anhängen würde. Zum Teufel, sie hat es schon einmal mit dem getürkten Geständnis gemacht, und die Zeitungen schrieben, daß die Bombe die gleiche war wie die, die Hollins und sein Kind getötet hatte. Dann erfuhr ich, daß die Polypen hinter mir her waren. Ich überlegte mir, daß meine einzige Chance darin bestand, zum Bezirksstaatsanwalt zu gehen und zu hoffen, daß er mir glaubte.«

Geddes blätterte in seinen Unterlagen und sagte dann: »Keine weiteren Fragen.«

Deems hatte ein paarmal während seiner Aussage zu Reynolds hinübergeschaut, und es hatte ihn immer mehr frustriert, als Matthew ihm überhaupt keine Beachtung schenkte. Dieses abschätzige Verhalten Matthews geschah aus Berechnung. Er wollte Deems wütend und aggressiv haben.

»Kannten Sie einen Mann namens Harold Shoe, Mr. Deems?« fragte Matthew.

»Ja, ich kannte Shoe.«
»War er ein Drogenhändler?«
»So sagte man.«
»Sagte ›man‹ ebenfalls, daß er ein Konkurrent von Ihnen im Drogenhandel war?«
»Ich weiß nicht alles, was die Leute über Shoe erzählten.«
»Wußten Sie, daß man Mr. Shoe zu Tode gefoltert hat?«
»Davon habe ich gehört.«
»Haben Sie auch gehört, daß Larry Hollins Sie als den Mann identifizieren wollte, der Mr. Shoes Leiche auf eine Müllkippe geworfen hat?«
»Mein Anwalt hat mir das gesagt, nachdem Hollins umgebracht worden war. Da habe ich zum erstenmal davon erfahren.«
»Während Sie auf Ihren Prozeß wegen Mordes an Larry Hollins und Alice Hollins, seiner neunjährigen Tochter, warteten, hatten Sie da einen Zellengenossen mit Namen Benjamin Rice?«
»Ja. Die Bullen haben ihn als Spitzel in meine Zelle gesteckt.«
»Haben Sie zu Benjamin Rice gesagt, daß Shoe ein ›wertloses Stück Scheiße‹ gewesen sei, ›das noch nicht einmal wie ein Mann sterben konnte‹?«
»Das habe ich nie gesagt. Rice hat sich das ausgedacht.«
»Haben Sie zu Mr. Rice gesagt, daß es ›hart war, daß das Kind sterben mußte, aber es das Risiko wäre, das jemand eingeht, wenn er singt‹?«
»Auch das habe ich nicht gesagt.«
Tracy warf einen schnellen Blick auf die Geschworenen. Sie waren nicht länger von Charlie Deems amüsiert.
»Zu welcher Tageszeit haben Sie sich mit Mrs. Griffen an der Küste getroffen?«
»Am späten Nachmittag.«
»Können Sie das etwas genauer sagen?«

»Sie bat mich, gegen vier Uhr zu kommen.«
»Hat die Sonne noch geschienen?«
»Ja.«
»Und dieses Treffen ist während des Anrufs, den Sie von Mrs. Griffen erhielten, verabredet worden?«
»Richtig.«
»Wo waren Sie, als der Anruf Sie erreichte?«
»Bei einer Bekannten.«
»Welcher Bekannten?«
»Ihr Name ist Angela Quinn.«
»Sind Sie gleich nach Ihrer Entlassung aus dem Gefängnis zu Mrs. Quinn gegangen?«
»Ja.«
»Und Sie waren zwei Jahre im Gefängnis?«
»Zwei Jahre, zwei Monate und acht Tage.«
»Und davor waren Sie in Untersuchungshaft?«
»Ja.«
»Und davor lebten Sie in Ihrer eigenen Wohnung?«
»Richtig.«
»Nicht mit Mrs. Quinn zusammen?«
»Nein.«
»Woher wußte Mrs. Griffen, wo sie Sie erreichen konnte?«
»Was?«
»Sie haben ausgesagt, daß Sie in Ihrer eigenen Wohnung lebten, als Sie verhaftet wurden, dann waren Sie in Untersuchungshaft und danach im Gefängnis. Weiterhin haben Sie ausgesagt, daß Ihre erste Unterhaltung, die Sie je mit Mrs. Griffen hatten, dieser Telefonanruf war, der Sie bei Angela Quinn erreichte. Woher sollte Mrs. Griffen wissen, wo sie Sie erreichen konnte? Woher sollte sie Angela Quinns Telefonnummer kennen?«
Deems machte einen verwirrten Eindruck und blickte hilfesuchend zu Chuck Geddes.

»Während Sie sich eine Antwort auf diese Frage überlegen, erzählen Sie doch den Geschworenen, was Mrs. Griffen anhatte, als Sie sie bei dem Ferienhaus trafen.«
»Hmm, was war das? Jeans, denke ich, und ein T-Shirt.«
»Welche Farbe hatte das T-Shirt?«
»Hmm, ich glaube, Blau.«
»Wie lange waren Sie mit Mrs. Griffen zusammen?«
»Fünfundvierzig Minuten, vielleicht eine Stunde.«
»Von Angesicht zu Angesicht?«
»Ja.«
»Und Sie können sich nicht erinnern, was sie trug?«
»Ich habe nicht darauf geachtet«, keuchte Deems wütend. »Ich bin doch kein Modeexperte.«
Deems' Stimme klang ungehalten, und Geddes beugte sich zur Seite, um mit Neil Christenson zu sprechen.
»Sie haben sich im Ferienhaus unterhalten, stimmt das?«
»Das stimmt.«
»Vielleicht fällt es Ihnen leichter, den Geschworenen die Möbel des Hauses zu beschreiben?«
»Was soll das heißen?«
»Erzählen Sie den Geschworenen, wie es im Ferienhaus aussah. Das sollte Ihnen doch nicht schwerfallen, wenn Sie sich fünfundvierzig Minuten bis eine Stunde darin aufgehalten haben.«
Einige der Geschworenen beugten sich vor.
»Hmm, da gibt es eine Küche und ein Wohnzimmer.«
»Als Sie mit Mrs. Griffen gesprochen haben, wo haben Sie da gesessen?«
»Im Wohnzimmer.«
»Wo im Wohnzimmer?«
»Hmm, auf der Couch.«
»Welche Farbe hat die Couch?«
Deems zögerte einen Moment. Dann schüttelte er den Kopf.

»Ich kann mich nicht mehr erinnern. Hören Sie, ich habe Ihnen gesagt, daß die Frau von mir wollte, daß ich ihren Mann umbringe. Ich habe da doch nicht auf die Möbel geachtet.«

»Wie steht es mit dem Teppich im Wohnzimmer, Mr. Deems?« fragte Reynolds, ohne Deems' Unbehagen zu beachten.

»Weiß ich nicht. Braun, vielleicht war er braun.«

»Können Sie den Geschworenen von irgendeinem Ding im Ferienhaus der Griffens die Farbe nennen?«

Deems war nervös. Er rutschte auf seinem Stuhl hin und her.

»Wollen Sie wissen, warum Sie sich nicht an die Farben erinnern können, Mr. Deems?«

Deems starrte Reynolds an.

»Weil Sie zwar im Haus der Griffens waren, aber nicht zu dem Zeitpunkt, den Sie angeben. Sie stiegen nachts in das Haus ein, nach Sonnenuntergang, als Sie versucht haben, Mrs. Griffen umzubringen. Ohne Licht kann das menschliche Auge keine Farben wahrnehmen.«

Deems wurde rot. Er schüttelte den Kopf und blickte Reynolds an.

»Das stimmt nicht. Ich habe nicht auf die Farben geachtet. Ich war nervös. Ich meine, diese Frau hat mich wegen eines Mordes angeklagt, den ich nicht begangen habe. Dann kommt sie zu mir und will, daß ich ihren Mann umbringe. Farben waren das letzte, worauf ich geachtet habe.«

Reynolds hob einen Packen Fotos auf und schritt durch den Gerichtssaal zum Zeugenstand. Dann lächelte er Deems an, aber ohne jede Freundlichkeit.

»Übrigens«, meinte Matthew und reichte Deems eines der Bilder, »im Wohnzimmer liegt kein Teppich. Es ist ein blanker Holzboden.«

»Was sind das für Fotografien?« wollte Geddes wissen, als er aufstand.
»Das sind Bilder des Ferienhauses, aufgenommen am zwölften August, dem Tag, an dem Mr. Deems Mrs. Griffen besucht zu haben behauptete. Die Bilder sind in den Akten aufgeführt.«
»Einspruch«, rief Geddes verzweifelt. »Sie haben keine Relevanz.«
»Alle Aufnahmen wurden von Mrs. Griffen gemacht. Die Kamera, die sie benutzte, hat eine Datenbank, die automatisch das Datum in das Negativ einbelichtet. Ich werde später ihre Relevanz begründen«, erklärte Reynolds.
»Aufgrund dieser Zusagen gestehe ich Ihnen zu, sie zu benutzen«, entschied Richter Baldwin.
Deems schaute sich das Bild schnell an. Während die Anwälte sich stritten, schaute er zu Abigail Griffen hinüber. Sie lächelte ihn hart und kalt an. Deems wurde rot vor Zorn. Er wollte, daß Abbie litt, doch sie hatte einen triumphierenden Blick.
»Nun?« fragte Matthew. »Liegt da ein Teppich?«
»Nein«, knurrte Deems. »Zumindest nicht auf diesen Bildern.«
»Haben Sie andere Bilder, auf denen ein Teppich im Haus der Griffens zu sehen ist, Mr. Deems?« schnappte Reynolds.
Plötzlich, so schien es Tracy, legte Deems einen Schalter um und schaltete all seine Gefühlsregungen aus. Die Wut verschwand und wurde durch eine tödliche Ruhe ersetzt. Der Zeuge lehnte sich deutlich entspannt in seinem Stuhl zurück. Dann grinste er Matthew an und meinte: »Nein, Sir. Das sind die einzigen Bilder, die ich kenne.«
Tracy hatte auf einmal Angst um Matthew und war froh, daß er nicht mit Charlie Deems allein war.
»Danke, Mr. Deems. Nun, Sie haben uns gesagt, Mrs. Griffen wollte von Ihnen, daß Sie das Dynamit aus dem Schuppen hinter dem Haus benutzen.«

»Richtig«, gab Deems emotionslos zurück.
»Sie erinnern sich an das Dynamit, weil sie es Ihnen gezeigt hat?«
»Ganz genau.«
Matthews reichte Deems ein weiteres Bild. »Ich erinnere Sie daran, daß das Negativ dieses Bildes mit dem Datum versehen ist. Wo ist also das Dynamit?«
Auf dem Foto war die Tür des Schuppens weit genug geöffnet, damit man hineinblicken konnte. Deems erkannte Gartengeräte, ein Volleyballnetz und eine freie Stelle, in deren Mitte ein Volleyball lag. Aber eine Kiste Dynamit war nicht zu sehen.
»Keine Ahnung«, gab Deems mit gespieltem Desinteresse zurück. »Vielleicht hat sie die Kiste weggebracht.«
Reynolds ließ das Foto bei Deems und ging zum Tisch der Verteidigung zurück. Er nahm einen großen Umschlag und ging wieder zu Deems.
»Ich erinnere mich, daß Sie gesagt haben, die 50 000 Dollar, die Mrs. Griffen Ihnen angeboten hat, seien verführerisch gewesen, da Sie das Geld hätten gebrauchen können?«
»Ja.«
»Ich nehme an, Sie waren blank, als Sie aus dem Gefängnis kamen?«
»Das ist richtig.«
»Haben Sie inzwischen eine Arbeitsstelle?«
»Nein.«
»Irgendwelche Sparguthaben?«
»Nein.«
»Wurden Sie von jemandem angeheuert, um Richter Griffen in die Luft zu jagen und es Mrs. Griffen in die Schuhe zu schieben?«
Deems lachte. »Das ist Blödsinn.«
»Wie erklären Sie sich dann das?« fragte Reynolds, als er ein Bündel Papiere aus dem Umschlag zog und es Charlie

Deems reichte. Deems verlor gänzlich seine Beherrschung. Er blickte mit offenem Mund auf die Bankauszüge und dann auf Reynolds.

»Was, zum Teufel, ist das?«

»Ein Bankkonto auf Ihren Namen bei der Washington Mutual mit 100 000 Dollar darauf.«

»Ich habe keine Ahnung davon«, schrie Deems.

»Ich verstehe. Dann habe ich keine weiteren Fragen.«

»Möchten Sie direkt anschließen, Mr. Geddes?« fragte Richter Baldwin.

»Geben Sie mir bitte eine Minute, Euer Ehren.«

Baldwin nickte, und Geddes fuhr in seiner angestrengten Unterhaltung mit Neil Christenson fort, die er in dem Moment aufgenommen hatte, als Reynolds den Inhalt des Briefumschlags genannt hatte. Nach einem Moment stand Geddes auf. In den Jahren vor Gericht hatte er gelernt, sich selbst in den schlimmsten Situationen zu beherrschen, und er schien von der Demontage seines wichtigsten Zeugen völlig unberührt zu sein.

»Keine weiteren Fragen«, erklärte Geddes. »Die Staatsanwaltschaft schließt ihre Beweisführung ab.«

»Ich kann mir vorstellen, daß Sie einige Anträge haben, Mr. Reynolds«, meinte Richter Baldwin.

»Ja, Sir.«

»Wie viele Zeugen haben Sie benannt?« fragte der Richter Matthew.

»Siebenundzwanzig.«

»Können einige davon heute nachmittag erscheinen?«

»Ich würde es vorziehen, erst morgen zu beginnen.«

»Dann machen wir am besten jetzt unsere morgendliche Pause. Ich werde die Geschworenen nach Hause schicken. Nach der Pause behandeln wir Ihre Anträge und laden die Zeugen dann morgen vor.«

Die Geschworenen verließen den Saal. Sobald sich der Richter von seinem Platz erhob, verließ auch Charlie Deems den Zeugenstand. Chuck Geddes und Neil Christenson drängten Deems aus dem Gerichtssaal und die Stufen hinauf in den fünften Stock.

»Wo haben Sie dieses Geld her?« wollte Geddes wissen, sobald sie in seinem Büro waren.

»Das ist nicht mein Konto«, erklärte Deems.

»Es läuft auf Ihren Namen.«

»Aber ich weiß gar nichts davon. Dieser Wichser Reynolds hat mir das angehängt.«

»Und ich nehme an, daß er auch die Bilder von dem Schuppen gemacht hat?«

»Ich weiß nichts von den Bildern. Als ich bei dem Ferienhaus war, lag das Dynamit in dem Schuppen.«

Geddes drehte seinen Stuhl in Richtung des Fensters. Das Bild vom Schuppen und das Bankkonto hatten eine vernichtende Wirkung gehabt. Es mußte eine Erklärung dafür geben. Er hoffte, daß sich nicht herausstellen würde, daß ihn Charlie Deems hintergangen hatte.

»Warten Sie draußen«, wies Geddes Deems an. Deems schien überglücklich, den Raum verlassen zu dürfen.

»Was, in drei Teufels Namen, geht hier vor, Neil?« wollte der Staatsanwalt wissen, als sie allein waren.

»Entweder hat man Charlie Deems dafür bezahlt, daß er den Mord an Richter Griffen Abbie Griffen anhängt, oder jemand hat ihn reingelegt.«

»Verdammt. Reynolds ist dabei, mich wie einen Idioten aussehen zu lassen.«

»Was wollen Sie mit Deems machen?«

»Behalten Sie ihn auf dem Bauernhof, bis wir herausgefunden haben, was hier vorgeht. Wenn dieser Hurensohn mich angelogen hat, dann schneide ich ihm die Eier ab.«

2

Raoul Otero starrte auf die dahintreibenden grauen Wolken und den dichten Regen, die den Blick aus dem Fenster seines Penthauses im Zentrum von Portland verhüllten, als Bobby Cruz sich ihm gegenüber setzte. Raouls Stimmung war trübe wie das Wetter, und der fünfte Scotch an diesem Nachmittag hatte nur seine Wut gesteigert.

»Möchtest du einen?« fragte Otero und hielt die Flasche hoch.

»Nein, gracias«, gab Cruz höflich zurück. Otero war nicht überrascht. Außer seinem Faible für Gewalt hatte Bobby Cruz keine Laster.

»Nun?«

»Sieht nich' gut aus, Raoul. Deems hat für die Staatsanwaltschaft ausgesagt.«

Otero starrte auf den Willamette. Auf dem aufgewühlten Wasser befanden sich keine Boote. Es war so dunkel, daß die Fahrzeuge, die auf der Hawthorne Brücke fuhren, ihre Scheinwerfer anhatten, obwohl es erst vier Uhr nachmittags war.

»Warum macht Charlie das? Er hat doch gewonnen. Die Bullen haben nichts in der Hand gegen ihn.«

»Ich glaube, er will sich an dieser Griffen-Ziege rächen, weil sie ihn in die Todeszelle gebracht hat.«

Raoul nickte zustimmend. »Der Scheißkerl hat immer nur seine Rache im Kopf gehabt. Denk nur daran, wie glücklich er war, als er Shoe fertigmachen durfte.«

»Si, Raoul. Er konnte damals kaum seine Freude beherrschen. Unser Problem ist, daß die Griffen nicht die einzige ist, auf die er wütend ist.«

»Wie kann er nur so dumm sein, mich an die Bullen zu verpfeifen?« fragte Raoul ungläubig.

»Charlie ist nicht dumm, er ist bösartig. Aber er ist auch verrückt. Charlie macht, was er will. Deshalb habe ich dir ja auch gesagt, du sollst keine Geschäfte mit ihm machen. Erinnerst du dich daran, wie ich dir gesagt habe, daß du Charlie nicht kontrollieren kannst, weil Charlie immer außer Kontrolle ist?«

»Und du hast recht gehabt. Während du bei Gericht warst, hat José aus Tijuana angerufen. Das FBI hat die beiden Zöllner hochgehen lassen, die auf unserer Gehaltsliste standen. Charlie wußte von ihnen, wie er auch von der Lee Terrace und dem Rastplatz am Interstate 5 wußte.«

»Da gibt es nur eins, was wir tun können«, meinte Cruz leise.

Otero kippte, was noch von dem Scotch in seinem Glas übrig war, hinunter. Ihm gefiel die Situation, in der er sich befand, gar nicht, und dieses Arschloch Deems hatte ihn dahin gebracht. Ein Mord war nie gut fürs Geschäft, denn die Bullen nahmen einen Mord immer sehr ernst. Trotzdem, normalerweise war das Risiko bei jemandem wie Charlie klein, denn die Bullen investierten nicht viel Zeit in die Aufklärung des Mordes an einem Drogenhändler, der ein Kind umgebracht hatte. Aber ›normalerweise‹ traf in diesem Fall unter Umständen nicht zu. Charlie stand jetzt auf der Seite der Guten. Die Bullen würden Überstunden machen, wenn jemand den Hauptzeugen gegen den Mörder eines Richters am Supreme Court auspusten würde. Aber dieser hirnlose Scheißkerl, dieser verrückte Hurensohn ließ ihm keine Wahl.

»Weißt du, wo die Bullen Charlie verstecken?«

»Sie verstecken ihn auf einem Bauernhof. Ich bin ihnen vom Gericht aus gefolgt.«

»Kannst du das erledigen?«

»Es wird nicht einfach sein. Zwei Bullen bewachen ihn.«

»Brauchst du Hilfe?«
Cruz lächelte. »Nein, gracias. Ich denke, das mache ich allein.«
Raoul nickte. Roter Nebel trübte seinen Blick. Er hatte das Bedürfnis, etwas zu zerschlagen. Er wollte Charlie Deems kaputtschlagen. Wenn die Situation nicht so verzweifelt wäre, wenn sie nicht schon drei Lieferungen verloren hätten, dann würde er persönlich Charlie Deems wie einen Scheißtruthahn zerlegen. Aber bis Charlie nicht tot war, würde es keine weiteren Lieferungen geben, also mußte er Bobby Cruz den Vortritt lassen.

3

Neil Christenson kam am Montag abend um zehn Uhr nach Hause, nachdem er den Abend damit verbracht hatte, zuzuhören, wie Chuck Geddes Charlie Deems anbrüllte. Christenson zog sich Jeans und ein Sweat-Shirt der Oregon State University an, dann ließ er sich in seinem Lieblingssessel nieder und versuchte, einer Komödie zu folgen, die sich seine Frau, Robin, im Fernsehen ansah. Bei einer Werbeunterbrechung ging Christenson in die Küche, um sich einen Imbiß zu machen, und Robin setzte Wasser für Tee auf. Da die Kinder schon schliefen, war es ruhig im Haus.
»Alles in Ordnung?« fragte Robin.
»Ich bin einfach nur müde, aber auch froh, mal für ein paar Stunden den *Griffen*-Prozeß vergessen zu können.«
Robin lächelte ihn freundlich an. »Ist es so schlimm?«
»Noch schlimmer. Geddes hat mich fast in den Wahnsinn getrieben, seit Reynolds heute morgen Deems auseinandergenommen hat.«

Robin legte den Arm um ihren Mann und gab ihm einen verständnisvollen Kuß.

»Bald wird der Prozeß vorbei sein«, meinte sie. »Vielleicht können wir dann ein paar Tage Ferien machen.« Christenson umarmte seine Frau und gab ihr einen Kuß auf den Scheitel.

»Woran genau denkst du da?«

»Weiß nicht«, gab sie schüchtern zurück. »Vielleicht können wir uns für ein Wochenende in ein Motel an der Küste einmieten. Mutter kann die Kinder nehmen.«

Christenson erstarrte. »Das ist es«, murmelte er zu sich selbst.

Robin trat zurück und musterte ihren Mann. Er starrte in die Luft. Christenson umarmte sie heftig und küßte sie auf die Wange.

»Ich muß gehen«, erklärte er.

»Wie bitte? Du bist doch gerade erst gekommen.«

»Die Rechnungen waren es, Robin. Du bist der Retter in der Not.«

»Was habe ich getan?«

»Du hast vielleicht den *Griffen*-Prozeß gewonnen.«

Christenson ging ins Wohnzimmer zurück und zog seine Schuhe an.

»Du gehst wirklich noch weg?«

»Es tut mir leid. Ich muß etwas überprüfen, um festzustellen, ob ich recht habe. Wenn ich das nicht tue, könnte ich sowieso die ganze Nacht nicht schlafen.«

Robin seufzte. Sie war seit zwölf Jahren mit Neil verheiratet und an solch seltsames Benehmen gewöhnt. Als er seine Schuhe zuband, dachte Christenson an den Nachmittag, an dem er Tracy Cavanaugh und Barry Frame beobachtet hatte, wie sie die Beweisstücke der Staatsanwaltschaft in Augenschein genommen hatten. Er hatte nie herausgefunden, welches Beweisstück Tracy so wichtig erschienen war, daß sie es für nötig befand, es vor seinen Blicken zu verstecken. Jetzt glaubte er zu wissen, was sie sich angesehen hatte. Einige der Kreditkartenbelege aus dem Karton mit Beweisstücken, die aus der unteren rechten Schublade des Schreibtischs in Richter Griffens Arbeitszimmer stammten, waren von dem Overlook-Motel. Christenson kannte das Motel. Vor drei Jahren hatte es dort einen Mord gegeben, und er war während der Ermittlungen dort gewesen. Das Overlook war eine Absteige. Was hatte ein Richter des Supreme Court gleich dreimal dort zu suchen? Robin hatte ihm die Antwort beschert. Er trieb es mit anderen Frauen. Aber mit wem? Geddes vermutete, mit Laura Rizzatti, und Christenson wollte überprüfen, ob Geddes damit richtig lag.

4

Charlie Deems lief in seinem kleinen Schlafraum im ersten Stock des Bauernhauses hin und her. Der Regen fesselte ihn ans Haus, und er glaubte regelrecht verrückt zu werden. Nicht einmal die Spielshows konnten dieses Loch erträglich machen. Was die Sache noch schlimmer machte, war, daß dieses Arschloch Geddes und sein Speichellecker Christenson ihn den ganzen Abend gargekocht hatten.

»Warum war auf dem Foto kein Dynamit im Schuppen zu sehen? Wo kommt das Geld auf dem Bankkonto her? Haben Sie Richter Griffen getötet und wollten Abigail Griffen reinlegen?« Und so weiter, immer und immer wieder.

Deems war sich sicher zu wissen, was passiert war, doch das würde er Geddes nicht erzählen. Er würde die Sache selbst in die Hand nehmen. Dieses Hurenstück Griffen hatte ihn hereingelegt. Wie sonst hätte Reynolds einen Idioten aus ihm machen können? Nach Geddes' Meinung war der ganze Prozeß am Arsch, und diese affektierte Hure würde davonkommen. Nun, sie würde bei diesem Prozeß davonkommen, aber Charlie Deems würde sie niemals entkommen. Wenn er mit ihr fertig wäre, dann würde sich Abigail Griffen wünschen, sie wäre zum Tode verurteilt worden, denn was er mit ihr vorhatte, dagegen wäre eine Hinrichtung ein verdammter Sommerspaziergang.

Kapitel vierundzwanzig

1

»Als ersten Zeugen«, sagte Matthew am Dienstagmorgen, »ruft die Verteidigung Tracy Cavanaugh auf.«

Tracy konnte sich nicht daran erinnern, seit dem Endlauf der Studentenmeisterschaften im Hindernislauf jemals so nervös gewesen zu sein. Sie wußte, daß sie nur Nebenzeugin war, doch unter Eid zu stehen spannte ihre Nerven bis zum Zerreißen.

»Miß Cavanaugh, was sind Sie von Beruf?«

»Ich bin Anwältin, Mr. Reynolds.«

»Welche Stelle haben Sie zur Zeit inne?«

»Ich bin Anwältin in Ihrer Kanzlei.«

»Haben Sie mich bei der Verteidigung von Mrs. Griffen unterstützt, seitdem diese meine Kanzlei damit beauftragt hat?«

»Ja, Sir.«

»Habe ich Sie am 13. September um etwas gebeten?«

»Ja.«

»Bitte teilen Sie den Geschworenen mit, was das war.«

»Sie baten mich, zu Mrs. Griffen zu fahren und eine Pentax-Kamera und einen Film zu holen.«

»Wo befand sich der Film?«

»In der Kamera.«

»Was haben Sie mit dem Film gemacht?«

»Als ich die Kamera geholt habe, war es schon spät am Abend, also wartete ich bis zum nächsten Morgen und brachte den Film zu FotoFast, einem Fotogeschäft. Der Verkäufer nahm den Film aus der Kamera und stellte mir einen Beleg aus, daß er dies getan hatte. Dann brachte ich die Kamera zu Ihnen.«

Matthew reichte Tracy ein Stück Papier. »Ist das der Beleg, den Sie von dem Verkäufer erhielten?«

»Ja, Sir.«

»Später holten Sie dann den entwickelten Film bei FotoFast ab?«

»Ja. Und der Verkäufer stellte mir einen zweiten Beleg aus.«

Reynolds nahm Abbies Kamera und den Umschlag mit den Bildern und ging zu Tracy zurück.

»Ich händige Ihnen nun das Beweisstück 222 der Verteidigung aus. Ist dies die Kamera, die Sie von Mrs. Griffen geholt haben?«

»Ja«, erklärte Tracy, nachdem sie sich die kleine schwarze Pentax angesehen hatte.

»Ich händige Ihnen jetzt das Beweisstück der Verteidigung 223 aus. Ist das der Umschlag, den Sie bei FotoFast abgeholt haben?«

»Ja.«

»Haben Sie mir diesen Umschlag gegeben?«

»Ja.«

»Haben Sie sich die Bilder angesehen?«

»Nein, Sir.«

»Danke.«

Tracy gab Reynolds den Umschlag zurück. Dabei bemerkte sie, daß sich die Fotos, die Matthew Deems gezeigt hatte, noch auf der Ablage des Zeugenstandes befanden, auf die die

Zeugen Beweisstücke legten, um sie in Augenschein zu nehmen. Sie nahm sie auf, um die Bilder Reynolds zu geben, damit er sie zu den anderen steckte.
Kurz bevor Reynolds das Foto des Schuppens entgegennahm, runzelte Tracy die Stirn. Sie war sich sicher, daß auf dem Bild etwas nicht stimmte, doch in dem kurzen Augenblick, in dem sie das Foto sah, kam sie nicht darauf, was sie irritiert hatte.
»Keine weiteren Fragen«, erklärte Reynolds, als er die Fotos in den Umschlag steckte und zu seinem Platz zurückging.
»Mr. Geddes?«
Tracy blickte zum Staatsanwalt. Er war heute morgen allein, und Tracy fragte sich, warum Neil Christenson fehlte.
»Keine Fragen«, erklärte Geddes, und Tracy wurde entlassen, um wieder ihren Platz am Tisch der Verteidigung einzunehmen.
»Die Verteidigung ruft Dr. Alexander Shirov in den Zeugenstand«, sagte Matthew.
Tracy wollte einen Blick auf das Foto des Schuppens werfen, doch als sie wieder an ihrem Platz angelangt war, hatte Reynolds den Umschlag mit den Bildern schon unter einen Stapel mit anderen Beweisstücken geschoben.
Als Dr. Shirov den Gerichtssaal betrat, drehte sich Tracy um, um einen Blick auf ihn zu werfen. Sie hatte Reynolds nach dem Namen seines Experten und den Testergebnissen bei den Metallstücken gefragt, weil sie unbedingt wissen wollte, was er gegen diese offensichtlich unumstößlichen Beweise tun konnte, aber Reynolds hatte nur gelächelt und es abgelehnt, den Namen seines Zeugen oder die Ergebnisse der Untersuchung preiszugeben.
Dr. Shirov hinkte etwas und trug seine Aufzeichnungen mit beiden Händen. Er war groß und schwer, ein Mann Mitte Fünfzig mit Bauchansatz, graumeliertem Haar und einem

Vollbart. Er leistete entspannt den Eid und lächelte die Geschworenen freundlich an, als er sich im Zeugenstand setzte.

»Was sind Sie von Beruf?« fragte Matthew Reynolds.

»Ich bin Professor für Chemie am Reed College in Portland.«

»Haben Sie am Reed College noch eine weitere Position?«

»Ja. Ich bin außerdem noch der Direktor des nuklearen Forschungsreaktors.«

»Was genau ist Ihre Aufgabe?«

»Ich bin verantwortlich für die Unterhaltung, die Funktionsfähigkeit und den Gebrauch des Forschungsreaktors und seine Betriebsgenehmigung.«

»Was für eine Ausbildung haben Sie genossen?«

»Ich habe 1965 mein Diplom in Chemie an der University of California in Berkeley erhalten, 1970 habe ich in Naturwissenschaften, Spezialgebiet Nuklearchemie, am Massachusetts Institute of Technology promoviert.«

»Haben Sie irgendwelche besonderen Erfahrungen auf dem Gebiet der Neutronenanalyse?«

»Die habe ich.«

»Würden Sie bitte den Geschworenen die Neutronenanalyse erklären?«

»Natürlich«, gab Dr. Shirov zurück und wendete sich der Geschworenenbank zu. Er lächelte nett und unverkrampft, wobei seine dicken Brillengläser seine blauen Augen, die wie die des Weihnachtsmannes glänzten, vergrößerten. Einige der Geschworenen gaben das Lächeln zurück.

»Wenn man eine Probe eines beliebigen Materials einer Neutronenquelle aussetzt, dann wird dieses Material die Neutronen absorbieren und radioaktiv strahlen. Es gibt zweiundneunzig natürliche und vierzehn künstliche Elemente. Mehr als fünfzig der natürlichen Elemente geben, wenn sie radioaktiv sind, Gammastrahlen ab. Wir haben

Instrumente, die messen, wieviel Gammastrahlen einspezielles Element abgibt und mit welcher Intensität.
Ein Kernreaktor ist zum Beispiel eine Neutronenquelle. Wenn ich Material analysieren will, dann gebe ich es in den Reaktor. Ist die Substanz dann radioaktiv, hole ich sie aus dem Reaktor und gebe sie in den Gammastrahlenmesser, ein Gerät, das Gammastrahlung und deren Intensität nachweist. Die Werte, die das Meßgerät liefert, werden auf einer Diskette festgehalten, so daß wir die Daten analysieren und feststellen können, welche Elemente und wieviel davon in der Probe enthalten sind.«
»Dr. Shirov«, fragte Matthew, »wenn man Sie bitten würde, zwei Teile, die den Anschein erwecken, gleichen Ursprungs zu sein, zu vergleichen, was könnten Sie mit Hilfe der Neutronenanalyse über die Übereinstimmungen und Unterschiede zwischen ihnen sagen?«
»Eine ganze Menge. Sehen Sie, natürliche Stoffe haben Spuren anderer Stoffe in sich. Manchmal sind das erhebliche Anteile, manchmal aber auch nur Spuren anderer Stoffe. Die Neutronenanalyse ist ein sehr genaues Verfahren, um den Anteil von Spurenelementen in einem bestimmten Material nachzuweisen.
Wenn Sie zum Beispiel einen Fingerhut voll Arsen in eine Menge Wasser, die dem Inhalt von vier Eisenbahntankwagen entspricht, kippen und gut durchmischen würden, könnte man mit Hilfe der Neutronenanalyse die Menge Arsen bestimmen, auch wenn man nur dreißig Kubikzentimeter Wasser zur Untersuchung zur Verfügung hätte.
Aber kommen wir auf die beiden Proben zurück, die hier zur Untersuchung standen. Wenn der Anteil der Spurenelemente wesentliche Unterschiede aufweist, dann kann man mit großer Sicherheit davon ausgehen, daß die beiden Proben unterschiedlichen Ursprungs sind.

Andererseits, wenn zwischen den beiden Proben keine Unterschiede bestehen, können wir das als wissenschaftlichen Beweis ansehen, daß die beiden Proben von der gleichen Quelle stammen.«

»Dr. Shirov, ich gebe Ihnen nun, was als Beweisstück der Staatsanwaltschaft Nummer 36 und 37 registriert ist. Erkennen Sie diese wieder?«

Dr. Shirov nahm von Reynolds Beweisstück 36 entgegen, das verkohlte und verdrehte Metallstück mit der Kerbe, das Teil der Bombe gewesen war, die Richter Griffen getötet hatte, und Beweisstück 37, das saubere Metallstück, das man in Abbies Garage sichergestellt hatte.

»Sie haben mir diese beiden Teile an diesem Wochenende ins College gebracht.«

»Was wollte ich darüber wissen?«

»Sie sagten mir, daß Sie wissen wollten, ob diese beiden Metallteile früher ein Stück waren.«

»Was haben Sie unternommen, um eine Antwort darauf zu finden?«

»Es gab keine Notwendigkeit, die beiden Teile in ihrer Gesamtheit der Radioaktivität auszusetzen, also nahm ich Proben von beiden. In diesem Zusammenhang hatte ich ein kleines Problem. Wie konnte ich ein Stück herausschneiden, ohne es zu verunreinigen? Die meisten Verfahren, Eisen zu sägen, tragen die Möglichkeit in sich, das Teil zu verunreinigen. Zum Beispiel führt das Stahlsägeblatt einer Säge der Probe Elemente zu, die Gammastrahlung aussenden, wenn man die Probe radioaktiver Strahlung aussetzt. Ich wählte eine Kohlenstoffsäge, denn dieses Material gibt keine Gammastrahlung ab.

Sie haben mich auf die Bedeutung der beiden Metallteile hingewiesen, also nahm ich meine Proben jeweils aus der Mitte, so daß die Enden mit den Spuren der Bearbeitung unverändert blieben. Ich habe jedes der Beweisstücke in den Schraubstock gespannt und mit einem V-förmigen Einschnitt jeweils eine Probe von einhundert Milligramm entnommen.«

»Welche Größe hat das, Dr. Shirov?«

»Nun, etwa die Größe eines Sonnenblumenkerns.«

»Und reichte das für eine genaue Untersuchung aus?«

»Ja.«

»Was machten Sie, nachdem Sie die Proben genommen hatten?«

»Ich legte jede Probe in einen sauberen Glasbehälter und reinigte sie mit destilliertem Wasser, um Verschmutzungen zu beseitigen. Dann ließ ich die Proben über Nacht trocknen.

Am nächsten Tag legte ich jede der Proben in je einen Polyäthylenbehälter, die ich versiegelte. Die versiegelten Behälter kamen dann in einen weiteren Behälter, Kaninchen genannt, den wir benutzen, um Dinge der Radioaktivität innerhalb des Reaktors auszusetzen. Dieser Vorgang funktioniert ähnlich wie bei Schiebeschaltern auf der Bank, nur daß bei uns das andere Ende im Reaktor liegt.« Reynolds ging zum Tisch der Verteidigung und nahm zwei Bleibehälter – ungefähr fünf Zentimeter im Durchmesser und zehn Zentimeter lang – und reichte sie Dr. Shirov.

»Dr. Shirov, ich gebe Ihnen nun, was als Beweisstücke der Verteidigung Nummer 201 und 202 registriert worden ist. Können Sie diese Beweisstücke erklären?«

»Natürlich. Diese beiden Behälter nennen wir Bleischweine. Sie werden zur Aufbewahrung von radioaktiven Proben benutzt.«

»Sind diese Proben gefährlich?«

»Nein, jetzt nicht mehr.«

»Was befindet sich in diesen Bleischweinen?«

»Die Proben, die ich von den Beweisstücken 36 und 37 genommen habe.«

»Wenn die Staatsanwaltschaft es wünschte, könnten deren Wissenschaftler diese Proben nochmals testen?«

»Ja, aber sie würden wahrscheinlich neue Proben von den Metallteilen nehmen wollen.«

»Danke. Fahren Sie bitte in Ihren Ausführungen fort, Doktor.«

»Ich habe jede der Proben fünf Minuten lang der Radioaktivität ausgesetzt. Dann habe ich sie wieder aus dem Reaktor geholt. Als nächstes habe ich eine Kanüle in die Polyäthylenbehälter eingeführt und das radioaktive Argongas entfernt, das zwangsläufig entsteht, wenn man das Argon, das in der Luft vorhanden ist, einer radioaktiven Strahlung aussetzt. Die Behälter wurden dann in einen durchsichtigen Plastikbeutel gesteckt und von einem hochempfindlichen Gammastrahlendetektor untersucht.«

»Berichten Sie uns, was Sie als nächstes taten.«

»Wenn man eine Substanz der Neutronenstrahlung aussetzt, dann absorbieren einige der Atome die Neutronenstrahlung und werden radioaktiv. Diese Atome zerfallen jeweils unterschiedlich, was abhängig von dem ursprünglichen Stoff ist. Keine zwei radioaktiven Kerne zerfallen mit der gleichen Halbwertzeit und der gleichen Strahlungsintensität. Durch Messung der Strahlungsintensität während des Zerfalls in dem bekannten Zeitraum, seit ich die Proben aus dem Reaktor entfernt hatte, war ich in der Lage, viele der Elemente in den Proben durch die Analyse des Gammastrahlendetektors zu bestimmen. Ich maß die Gammastrahlen, die innerhalb einer, fünf, zehn und dreißig Minuten nach der Entnahme aus dem Reaktor ausgesendet wurden. Ich habe die Strahlung noch mal nach zwei und ein weiteres mal nach vierundzwanzig Stunden gemessen. Die Daten jeder Messung wurden zur späteren Analyse auf eine Diskette aufgezeichnet. Nachdem ich die Daten auf Diskette hatte, benutzte ich ein Computerprogramm, um die jeweilige Strahlung zu identifizieren.«

»Dr. Shirov, zu welchen Ergebnissen kamen Sie nach Ihrer Auswertung der Daten?«

»Mr. Reynolds, ich bin nach Auswertung der Analyse zu dem Ergebnis gekommen, daß es keinen Hinweis darauf gibt, daß Beweisstück 36 und Beweisstück 37 vom selben Stück Metall stammen. Mehr noch, es ist unmöglich, daß sie denselben Ursprung haben.«

Tracy war sprachlos, und am Gesichtsausdruck von Chuck Geddes sah sie, daß sie nicht die einzige war. Da waren die beiden Metallteile, die doch so offenkundig zusammenzupassen schienen. Jetzt sah es so aus, als ob sie sich geirrt hätte, und das Gebäude der Beweislast der Staatsanwaltschaft fiel in sich zusammen wie ein Kartenhaus.

»Wollen Sie damit ausdrücken, daß Beweisstück 36 und 37 niemals ein Teil waren?« fragte Reynolds Dr. Shirov.

»Das will ich.«

»Worauf gründet sich Ihr Schluß?«

»Die Probe aus Beweisstück 37, dem sauberen Metallstück, enthält deutliche Spuren von Arsen, Antimonsulfid, Magnesium und Vanadium. Beweisstück 36, jenes, das verkohlt und verdreht ist, enthält Magnesium, Vanadium und Aluminium, aber kein Arsen oder Antimonsulfid. Es ist unmöglich, daß ein Stück Metall aus einer Platte Arsen und Antimonsulfid enthält und ein anderes Stück aus derselben Platte diese Elemente nicht aufweist.«

»Beweisstück 36 war einer Explosion ausgesetzt. Könnte das der Grund für die fehlenden Elemente sein?«

»Mr. Reynolds, es ist nicht möglich, daß eine Explosion die Zusammensetzung des Metalls verändert, indem zwei Elemente entfernt werden. Es wäre viel wahrscheinlicher, daß dadurch weitere Elemente hinzugefügt werden.«

»Dr. Shirov, haben Sie an den Proben noch weitere Untersuchungen durchgeführt?«

»Nein, da die Ergebnisse bezüglich der Fragestellung eindeutig waren, gab es keinen Grund zu weiteren Analysen.«

»Danke, Doktor. Ich habe keine weiteren Fragen.«

Chuck Geddes stand auf. Man merkte ihm deutlich an, daß er vor den Geschworenen um seine Beherrschung kämpfte.

»Dürfen wir an den Richtertisch vortreten, Euer Ehren?«

Richter Baldwin bedeutete Geddes und Reynolds vorzutreten.

»Mr. Reynolds hat mir die Untersuchungsergebnisse von Dr. Shirov erst heute morgen gegeben«, flüsterte Geddes wütend.

»Sie brauchen nicht weiterzureden, Mr. Geddes«, unterbrach ihn Richter Baldwin. »Ich nehme an, Sie wollen eine Aussetzung des Kreuzverhörs. Erheben Sie Einspruch, Mr. Reynolds?«

»Nein, Euer Ehren«, gab Reynolds gnädig zurück.

»Dann machen wir jetzt unsere morgendliche Pause.«

Sobald die Geschworenen den Gerichtssaal verlassen hatten, griff Tracy nach Reynolds' Arm.

»Woher wußten Sie, daß die beiden Metallteile unterschiedlicher Herkunft waren?« fragte sie und konnte den ungläubigen Ton in ihrer Stimme nicht unterdrücken.

Reynolds lächelte. »Ich hatte keine Ahnung, daß sie unterschiedlicher Herkunft waren, Tracy. Wenn ich es mit Beweisstücken der Staatsanwaltschaft zu tun habe, dann folge ich einem einfachen Grundsatz. Ich nehme nie etwas als das, was es zu sein scheint. Ich dachte, es wäre Zeitverschwendung, als ich Dr. Shirov dieses Wochenende den Auftrag gab, aber mir fiel nichts Besseres ein. Glücklicherweise hat derjenige, der Abbie reinlegen wollte, nicht gewußt, daß es eine narrensichere Methode gibt, nach der man bestimmen kann, ob zwei Metallteile von einem Stück stammen.«

Reynolds wandte seine Aufmerksamkeit Dr. Shirov zu, der, sobald Richter Baldwin seinen Stuhl verlassen hatte, zum Tisch der Verteidigung herübergekommen war. Tracy schüttelte ungläubig den Kopf. Reynolds war einfach atemberaubend. Nun verstand sie, warum so viele Menschen mit solcher Hochachtung von ihm sprachen. Und warum so viele Mandanten ihm buchstäblich ihr Leben verdankten.

Tracy sah, wie Chuck Geddes aus dem Gerichtssaal und weg von den niederschmetternden Ereignissen des Morgens eilte. Gerade, als er die Tür erreichte, trat ihm Neil Christenson mit einem breiten Lächeln im Gesicht entgegen. Der Ermittler sagte etwas, was Geddes stehenbleiben ließ. Die beiden Männer unterhielten sich. Geddes stand mit dem Rücken zu Tracy, so daß sie sein Gesicht nicht sehen konnte, doch sie sah Christenson heftig gestikulieren und Geddes deutlich nicken. Dann schwieg Christenson, und Geddes drehte sich um und starrte Reynolds und Abbie Griffen an. Auf seinem Gesicht lag ein gemeines Grinsen, ein Ausdruck, der nur schlecht zu dem vernichtenden Schlag paßte, den er vor ein paar Minuten hatte einstecken müssen.

2

Barry Frame lebte im Pearl-Bezirk, einem Gebiet im Nordwesten von Portland, das einstmals von heruntergekommenen Lagerhäusern bestimmt, aber durch den Zuzug von Kunstgalerien und des Zustrom von jungen Berufstätigen und Künstlern, die in den renovierten Lofts eingezogen waren, wiederbelebt worden war. An einigen der blanken Backsteinwände in Barrys Wohnung hingen Naturfotografien von Matthew Reynolds. Ein Plakat des Mount Hood Jazz Festivals, auf dem ein in einem kristallklaren Bergsee schwimmender Flügel und im Hintergrund der Mount Hood zu sehen waren, hing über einem niedrigen weißen Sofa. Gegenüber dem Sofa standen auf einem metallenen Bücherregal ein Fernseher mit Siebzigzentimeter-Bildschirm und eine aufwendige Stereoanlage. Barry hörte sich eine CD von Stan Getz, der seinem Saxophon sentimentale Töne entlockte, an, als Tracy an die Tür klopfte. Sie hatte ihn gleich nach der Verhandlung noch aus dem Gericht angerufen. Barry war den ganzen Tag unterwegs gewesen, um Zeugen zu befragen, und war neugierig, von den letzten Entwicklungen im Prozeß zu erfahren.

Sobald er die Tür geöffnet hatte, legte Tracy ihre Arme um seinen Nacken und küßte ihn. Dann löste sie sich von ihm und hielt Barry an den Schultern fest.

»Matthew Reynolds ist nicht von dieser Welt. Ich meine, ich habe zwar gehört, daß er ein absolutes Genie sei, aber es nicht wirklich geglaubt, bis ich ihn heute nachmittag erlebt habe.«

»Beruhige dich«, meinte Barry lachend.

»Geht nicht. Ich schwebe auf einer Wolke. Du hättest Geddes sehen sollen. Er ist ein solcher Depp. Mein Gott, sein Gesichtsausdruck, als die Geschworenen den Gerichtssaal verlassen hatten. Er war auf hundertachtzig. Es war unbezahlbar.«

»Was ist passiert?«

Tracys Lächeln verschwand. »Was ist es dir wert, das herauszufinden?«

Tracy war voller Energie und wollte sie auf die Art abbauen, auf die sie am Freitag abend die zweite Hälfte von *Casablanca* verpaßt hatten.

»Mein Gott, ich habe ein Verhältnis mit einem Sexmonster. Ist das der einzige Weg, die Neuigkeiten aus dir herauszubekommen?«

»Ja.«

»Ich fühle mich ausgenutzt.«

»Ja.«

»Und ich habe immer gedacht, mein Intellekt würde dich anziehen.«

»Nee«, gab Tracy zurück, als sie begann, sich auszuziehen.

»Erzähl mir schon, was in dem verdammten Gerichtssaal passiert ist, solange ich noch Kraft habe, zuzuhören«, forderte Barry Tracy auf.

Sie lagen nackt auf Barrys breitem Bett. Tracy drehte sich auf die Seite.

»Ich denke, du hast dir die Information redlich verdient«, gab Tracy schelmisch lächelnd zurück. Dann berichtete sie Barry von Dr. Shirovs Aussage.

»Mann, ich wünschte mir, ich wäre dortgewesen«, meinte Barry, als sie fertig war.

»Hast du von Shirov gewußt?«

»Nein, das war Matts Kiste. Er hat schon früher solche Überraschungen hervorgezaubert. Er bewegt sich da in Bereichen, die nur ihm zugänglich sind, und wartet dann mit solchen Sachen auf. Wenn es im ganzen Land einen besseren Anwalt geben sollte – ich habe noch nie von ihm gehört.«

»Oder von ihr«, ergänzte Tracy und schmiegte sich an Barrys Brust.

»Entschuldige bitte, daß ich es an politischer Korrektheit habe mangeln lassen«, gab Barry zurück und gab Tracy einen Kuß auf die Stirn.

»Die Sache ist gelaufen. Was jetzt folgt, sind nur noch Scheingefechte«, erklärte sie. »Matt hat Geddes auseinandergenommen, und Dr. Shirov hat Geddes' Hauptbeweisstück zunichte gemacht. Die Geschworenen müssen zumindest einen begründeten Zweifel haben.«

»Ich hasse es, wenn man zu sicher ist«, gab Barry zu bedenken, »doch ich muß dir zustimmen. Es sieht so aus, als ob Matt diesen Prozeß im Sack hat.«

Teil 6

Der Zaubertrick

Kapitel fünfundzwanzig

1

Als die Verteidigung am Mittwoch morgen den Gerichtssaal betrat, bemerkte Tracy, daß noch niemand am Tisch der Staatsanwaltschaft Platz genommen hatte. Sobald er ihn gesehen hatte, kam der Gerichtsdiener sofort zu Reynolds.
»Der Richter möchte Sie und Ihre Mandantin im Büro sprechen. Mr. Geddes und Mr. Christenson sind schon dort.«
»Haben Sie eine Ahnung, was da vorgeht, George?« fragte Reynolds.
»Keinen blassen Schimmer.«
Brock Folmer, in dessen Büro Richter Baldwin sie empfing, war vom amerikanischen Bürgerkrieg begeistert. Neben der Tür, die in den Gerichtssaal führte, stand ein Bücherregal mit Bänden über diese große Auseinandersetzung der amerikanischen Geschichte, und ein Tisch, auf dem mit kleinen blauen und grauen Figuren die Schlacht am Bull Run nachgestellt war, stand an der Wand unter dem Fenster. Richter Baldwin sah verloren aus hinter dem riesigen Eichenschreibtisch, der sich in der Mitte des Raumes befand. Hinter ihm standen die kompletten Ausgaben der Entscheidungen des Oregon Supreme Court und des Berufungsgerichts. Der Gerichtsstenograph saß neben Richter Baldwin.

Vor dem Schreibtisch des Richters standen drei hochlehnige Lederstühle. Einer war unbesetzt, und Reynolds ließ sich darauf nieder. Auf den anderen beiden saßen Chuck Geddes und Neil Christenson. Christenson schien nervös zu sein, aber Geddes sah aus, als ob er gerade im Lotto gewonnen hätte.

»Guten Morgen, Matt«, begrüßte ihn Richter Baldwin. »Miß Cavanaugh und Mrs. Griffen, setzen Sie sich doch auf die Couch dort an der Wand, dann können wir beginnen.«

»Was ist los, Richter?« fragte Reynolds.

»Lassen wir es gleich protokollieren, damit Mr. Geddes uns sagen kann, was er zu sagen hat. Er hat um dieses Treffen heute morgen gebeten.«

Geddes hatte es sich auf seinem Stuhl bequem gemacht; auf seinem Gesicht lag ein blasiertes Lächeln.

»Ich will die Beweisaufnahme der Staatsanwaltschaft wiedereröffnen«, erklärte er.

Richter Baldwin sah irritiert aus. »Das ist mehr als ungewöhnlich, Mr. Geddes. Wir sind schon mitten in der Beweisaufnahme der Verteidigung.«

»Ich weiß, daß meine Bitte ungewöhnlich ist, Euer Ehren, aber Mr. Christenson hat neue Beweise gefunden, die den ganzen Fall in einem neuen Licht erscheinen lassen.«

»Und welche Beweise sind das?« fragte der Richter.

»Beweise dafür, daß Abigail Griffen auch die Geliebte ihres Mannes, Laura Rizzatti, ermordet hat.«

Tracy war wie gelähmt, und Abbie fuhr von der Couch auf. »Sie perverser Scheißkerl«, hob sie an, doch Reynolds war sofort aufgesprungen, verstellte dem Richter die Sicht auf Abbie und hob warnend die Hand in Richtung seiner Mandantin.

»Bitte, Mrs. Griffen«, mahnte er in bestimmtem Ton.

Abbie beherrschte sich wieder und sank auf die Couch

zurück. Die Beschuldigung hatte sie deutlich getroffen. Und zu Tracys Überraschung auch Matthew Reynolds.

»Beruhigen Sie sich alle, damit wir die Sache klären können«, wies Richter Baldwin sie an. Geddes hatte während Abbies Ausbruch keine Miene verzogen. Reynolds vergewisserte sich, daß Abbie sich wieder unter Kontrolle hatte, bevor er sich dem Richter zuwandte.

»Ich erhebe gegen Mr. Geddes' Antrag auf Wiedereröffnung Einspruch«, erklärte Reynolds bestimmt. »Der Staatsanwalt hatte die Beweisführung abgeschlossen. Mr. Geddes hatte Monate Zeit, Beweise für diese Sache zu finden, wenn sie überhaupt existieren. Für das Vorbringen von Beweisen für einen anderen Mord ist jetzt der falsche Zeitpunkt. Gleichzeitig bin ich der Überzeugung, daß dies einen Verfahrensfehler darstellt oder zumindest zu einer längeren Unterbrechung führen muß, damit die Verteidigung sich auf diese vorgeblich neuen Beweise vorbereiten kann. Beides würde sich nachteilig auf die Verteidigung auswirken, die, wie das Gericht weiß, sich zu diesem Zeitpunkt in einer exzellenten Position befindet.«

Reynolds machte eine Pause und warf Geddes einen vernichtenden Blick zu.

»Ganz offen, Euer Ehren, der Zeitpunkt dieses Antrags erscheint mir etwas verdächtig, denn er kommt unmittelbar, nachdem Mr. Geddes' Hauptzeuge und sein Hauptbeweis ihre Kraft verloren haben.«

»Mr. Reynolds' Argumente haben viel für sich, Mr. Geddes«, sagte Richter Baldwin, »aber ich bin der Meinung, daß ich zuerst wissen muß, was für Beweise Sie haben, bevor ich entscheide. Warum setzen Sie uns nicht in Kenntnis?«

»Selbstverständlich, Euer Ehren. Darum ist Mr. Christenson hier. Neil, bitte berichten Sie dem Richter, was Sie herausgefunden haben.«

Christenson rutschte unbehaglich auf seinem Stuhl hin und her und sah den Richter an.
»Laura Rizzatti war die Assistentin von Richter Griffen am Supreme Court, Euer Ehren. Sie wurde knapp einen Monat, bevor Richter Griffen umgebracht wurde, ermordet. Mr. Geddes war der Meinung, daß es verdächtig sei, daß zwei Mordfälle, die so nah beieinanderlagen, nichts miteinander zu tun haben sollten, aber es gab keine Beweise dafür, also gingen wir von einem Zufall aus.
Dann, Montag abend, erinnerte ich mich daran, daß sich unter den Beweisstücken, die wir während unserer Durchsuchung von Richter Griffens Arbeitszimmer in seinem Haus sichergestellt hatten, eine Reihe von Kreditkartenbelegen befanden, die vom Overlook-Motel stammten.«
Bei der Erwähnung des Overlook-Motels krampfte sich Tracys Magen zusammen. Sie wußte genau, worauf Christenson hinauswollte, und konnte es nicht glauben. Bis jetzt war die Verteidigung davon überzeugt gewesen, daß die Anklage nichts von Richter Griffens außerehelichen Affären wußte. Doch jetzt war klar, daß sie nicht nur von Griffens Schäferstündchen im Overlook-Motel wußte, sondern auch noch Kapital daraus schlug.
»Zuerst hatten die Belege keine Bedeutung für mich«, fuhr Christenson fort. »Dann fiel mir ein, daß das Overlook ein ziemlich heruntergekommenes Motel ist. Kein Ort, an den sich jemand wie Richter Griffen normalerweise begeben würde. Auf eine Vermutung hin nahm ich eine Fotografie von Laura Rizzatti mit zum Overlook-Motel und zeigte sie Annie Hardesty, die dort angestellt ist. Mrs. Hardesty bestätigte mir, daß Richter Griffen mehrmals ein Zimmer in dem Motel gemietet hatte, um sich dort mit Frauen zu treffen. Außerdem bestätigte sie mir, daß sie Laura Rizzatti mehr als einmal zusammen mit dem Richter gesehen hat.«

Christenson machte eine Pause, damit seine Aussage wirken konnte.
»Dann erzählte sie mir noch zwei Dinge, die ich für wichtig hielt. Erstens sagte sie mir, daß Miß Cavanaugh und Barry Frame, der Ermittler von Mr. Reynolds, einige Zeit vor dem Prozeß das Motel aufgesucht und erfahren hatten, daß der Richter es als Liebesnest benutzte.«
»Was es für Mr. Reynolds schwermacht, hier den Überraschten zu spielen«, fuhr Geddes dazwischen.
»Halten Sie sich mit Ihren Kommentaren zurück, bis ich die gesamte Aussage von Mr. Christenson gehört habe«, wies ihn der Richter zurecht. »Mr. Christenson, Sie sagten, es gäbe noch etwas, was Mrs. Hardesty erwähnte.«
»Ja, Sir. Sie erzählte, daß sie nach dem Besuch von Miß Cavanaugh begonnen hätte, den Fall im Fernsehen zu verfolgen, denn sie glaubte, vielleicht als Zeugin berufen zu werden, und sie erkannte die Angeklagte, Mrs. Griffen, als jemanden, den sie schon im Overlook gesehen hatte. Sie erinnerte sich ziemlich genau an den Vorfall, denn Mrs. Griffen und ihr Mann stritten sich so laut, daß sich die Nachbarn beschwerten.
Mrs. Hardesty erzählte mir, daß sie zu dem von Richter Griffen gemieteten Zimmer ging, um sie zu bitten, leiser zu sein, als die Tür aufflog und Mrs. Griffen herausstürmte. Doch bevor die Tür aufgerissen wurde, konnte sie einen Teil des Streits hören, und Mrs. Hardesty ist bereit zu bezeugen, daß Mrs. Griffen ihrem Mann gedroht hatte, ihn umzubringen, wenn er sie noch einmal betrügen würde.«
»Wann sind Sie an diese Informationen gekommen, Mr. Christenson?« fragte Richter Baldwin.
»Vorgestern und gestern, Euer Ehren.«
Geddes beugte sich vor. »Ich bin der Meinung, diese Beweise untermauern unsere Theorie, daß Mrs. Griffen erfahren hat,

daß der Richter und Laura Rizzatti etwas miteinander hatten, und daß sie beide umgebracht hat, als der Richter ihre Aufforderung, die Affäre mit Miß Rizzatti zu beenden, nicht befolgte.«

»Was haben Sie dazu zu sagen, Mr. Reynolds?« fragte der Richter.

Reynolds hatte eine Broschurausgabe der Vorschriften zur Beweisaufnahme mit in das Büro gebracht. Als er jetzt auf der Suche nach dem Abschnitt, den er anführen wollte, durch die Seiten blätterte, glitt ihm das Buch aus den Händen und fiel auf den Boden. Die Seiten verknitterten, und der Umschlag knickte ein. Reynolds beugte sich vor, um das Buch aufzuheben, und Tracy bemerkte, wie seine Hände zitterten, als er die Seiten glattstrich. Als er zu sprechen begann, war ein ungewöhnliches Schwanken in seiner Stimme.

»Paragraph 404, Absatz 3, sagt aus, daß Beweise aus einer anderen Straftat nicht dazu herangezogen werden dürfen, um zu beweisen, daß Mrs. Griffen das Verbrechen, wegen dem sie vor Gericht steht, begangen hat, nur weil sie eine ähnliche Straftat vorher begangen hat.«

»Sicher, Mr. Reynolds«, unterbrach ihn der Richter. »Aber der Paragraph sagt auch aus, daß Beweise aus einer vorherigen Straftat für andere Zwecke herangezogen werden dürfen, wie zum Beispiel zum Beweis, daß beiden Verbrechen ein Plan zugrunde lag. Wenn es Beweise dafür gibt, daß Mrs. Griffen geplant hat, beide Opfer umzubringen, oder daß sie ihren Ehemann umgebracht hat, weil er ein Verhältnis mit Miß Rizzatti hatte, so sind die Beweise aus dem Mordfall Rizzatti sehr wohl zugelassen.«

»Das ist wohl richtig, Euer Ehren, aber Sie vergessen die Hürde, die der Supreme Court in seiner Entscheidung *Der Staat Oregon gegen Johns* geschaffen hat, den Prozeß, in dem das Verfahren festgelegt wurde, nach dem der Richter beurteilen muß, ob ein solcher Beweis zulässig ist oder nicht. Zuerst müssen Sie entscheiden, ob der Beweis für einen Aspekt des Prozesses relevant ist, wie zum Beispiel zur Klärung des Motivs. Dann müssen Sie entscheiden, ob der Beweis nicht zu einer Vorverurteilung des Angeklagten führt, zu der es automatisch kommen kann, wenn ein Beweis aus einem anderen Verbrechen des Angeklagten in den Prozeß eingebracht wird.

Bei dieser Entscheidung zwischen Relevanz und Vorverurteilung muß der Richter vier Punkte beachten. Einer davon ist, daß mit Sicherheit erwiesen ist, daß der Angeklagte dieses andere Verbrechen begangen hat. Die Aufgabe, das Gericht davon zu überzeugen, liegt in den Händen der Staatsanwaltschaft, und bis jetzt habe ich noch nicht einen Beweis gesehen, der Mrs. Griffen mit dem Mord an Miß Rizzatti in Verbindung bringt.«

»Muß Mr. Geddes mir beweisen, daß Mrs. Griffen Miß Rizzatti ermordet hat, bevor ich den Beweis aus der Mordsache Rizzatti zulassen kann?«

»Nein, Euer Ehren. Wenn ich mich richtig erinnere, sagt die Entscheidung aus, daß Sie ›sicher‹ sein müssen, daß Mrs. Griffen Miß Rizzatti ermordet hat, aber dies ist immer noch eine große Verantwortung. Es existiert eine Entscheidung im Prozeß *Tucker gegen den Staat Nevada,* die ich Ihnen darlegen möchte.

Im Frühling 1957 rief Horace Tucker die Polizei zu seinem Haus in Las Vegas. Tucker war nicht rasiert, sah müde aus und war verkatert. Die Polizei fand einen Toten in Tuckers Eßzimmer. Der Mann hatte mehrere Kugeln im Körper, doch Tucker behauptete, er hätte den Mann nach dem Aufstehen gefunden und wüßte nicht, was passiert sei. Es fand eine große Untersuchung statt, doch es kam zu keiner

Anklage, da die Geschworenen die Beweise für Tuckers Schuld nicht als ausreichend ansahen.
Gut sechs Jahre später, im Herbst 1963, rief Tucker wieder die Polizei an. Diesmal fanden die Beamten eine Leiche auf der Couch im Wohnzimmer. Der Mann war erschossen worden. Tucker sah wieder aus, als ob er getrunken hätte. Er sagte, er wäre aufgewacht und hätte den Toten gefunden, ohne einen blassen Schimmer zu haben, wie er in sein Haus gekommen oder wie er getötet worden wäre.
Diesmal klagte man ihn wegen Mordes an. Im Prozeß legte der Staatsanwalt gegen den Einspruch der Verteidigung Beweise aus dem ersten Mordfall vor. Tucker wurde wegen Mordes verurteilt, doch der Supreme Court von Nevada hob das Urteil auf, denn nichts in den Unterlagen bewies, daß Tucker das erste Opfer ermordet hatte. Das Gericht sah den Beweis aus dem vorherigen Verbrechen für nicht statthaft an, solange nicht bewiesen war, daß der Angeklagte dieses Verbrechen auch begangen hatte.«
»Das ist doch absurd«, widersprach Geddes. »Mir ist egal, was die in Nevada machen. Eine Entscheidung aus Nevada kann hier nicht als Präzedenzfall gelten. Ich glaube nicht, daß die Gesetze von Oregon von mir verlangen, einen solchen Hürdenlauf zu veranstalten, um meine Beweise in den Prozeß einzubringen.«
»Beruhigen Sie sich, Mr. Geddes. Auch mich hat dieser Fall aus Nevada nicht übermäßig beeindruckt. Aber es ist klar, daß dieser Sachverhalt zu komplex ist, als daß ich ihn auf der Stelle entscheiden könnte. Ich werde die Geschworenen beurlauben, bis wir mit der Sache im reinen sind. Ich möchte von Ihnen beiden bis Freitag eine Stellungnahme zu der neuen Rechtslage.«
Richter Baldwin blickte sorgenvoll drein. »Eine Sache bereitet mir große Sorgen, meine Herren. Wenn ich Ihrem An-

trag stattgebe, Mr. Geddes, müßte ich wahrscheinlich auch einem Antrag der Verteidigung auf Befangenheit oder Verfahrensaussetzung wegen Benachteiligung der Verteidigung durch erneute Beweisaufnahme der Staatsanwaltschaft zu diesem Zeitpunkt stattgeben. Ich fühle mich außerordentlich unwohl bei der Vorstellung, daß die Verteidigung nicht ausreichend Gelegenheit hat, diese neuen Beschuldigungen gegen Mrs. Griffen während des Prozesses zu untersuchen. Ich will diesen Punkt von Ihnen gewissenhaft ausgearbeitet wissen. In diesem Prozeß geht es um die Todesstrafe, und ich werde pedantisch darauf achten, daß beide Seiten eine faire Verhandlung haben.«

2

»Warum hast du mir, als wir die *Overlook*-Sache durchgesprochen haben, nicht gesagt, daß es für deine Drohung, du würdest Richter Griffen umbringen, einen Zeugen gab?« fragte Matthew Abbie, während diese in ihrem Wohnzimmer auf und ab lief.

»Ich kann mich nicht daran erinnern, sie gesehen zu haben. Ich war außer mir. Ich bin einfach aus dem Motelzimmer hinausgestürzt. Ich war so aufgebracht, daß ich mich kaum noch daran erinnere, was ich zu Robert gesagt habe.«

Matthew ging zu den Glasverandatüren hinüber und starrte auf den Rasen hinter dem Haus.

»Ich weiß nicht, ob wir es uns leisten können, einen Antrag wegen Befangenheit zu stellen, wenn der Richter Geddes die Beweisführung wieder aufnehmen läßt«, überlegte er grimmig.

»Wir müssen weitermachen«, erklärte Abbie und wandte

sich mit verzweifelter Miene Matthew zu. »Einen neuen Prozeß würde ich nicht durchstehen. Ich wäre wieder in diesem Haus gefangen.«

»Du mußt aber diese Möglichkeit in Betracht ziehen. Wenn die Geschworenen anfangen darüber nachzudenken, daß du vielleicht Laura Rizzatti umgebracht haben könntest, vergessen sie alles, was sie bis jetzt vernommen haben. Und außerdem hat der Richter recht. Wie können wir Beweise in dem Mordfall Rizzatti sammeln, während wir die ganze Zeit vor Gericht sind?«

»Wir werden aber gewinnen. Wenn die Geschworenen jetzt entscheiden müßten, würde ich freigesprochen.«

»Das weiß Geddes. Das ist einer der Gründe, warum er erreichen will, daß Richter Baldwin die neuen Beweise zuläßt. Damit würde er uns zwingen, einen Antrag auf Befangenheit einzubringen, was ihn davor bewahren würde, den Prozeß zu verlieren.«

»Dieser Scheißkerl. Ich hasse ihn.«

Abbie blieb vor Matthew stehen. Ihre Schultern sanken herab, und sie begann zu schluchzen. Der Druck, unter dem sie seit ihrer Verhaftung stand, war auf einmal größer, als sie zu ertragen imstande war. Matthew nahm sie in seine Arme. Tränen flossen über ihr Gesicht. Sie wirkte so verloren, daß Matthew alles in seiner Macht Stehende getan hätte, sie zum Lächeln zu bringen. Ohne etwas zu sagen, strich er über ihr Haar und schloß sie fest in seine Arme.

Schließlich versiegten Abbies Tränen. Einen Moment lang legte sie ihren Kopf an Matthews Schulter. Sie fühlte sich leicht an wie eine Feder, so als ob die Tränen jede Empfindung aus ihr herausgewaschen und sie leer zurückgelassen hätten. Dann legte sie langsam ihren Kopf zurück und küßte Matthew. Danach legte Abbie ihre Wange an die seine, und er glaubte, sie sagen gehört zu haben: »Ich liebe dich.«

Es war die Stimme eines Menschen, der alles bis auf eine letzte Wahrheit verloren hat.
Matthew war schwindlig. Er trat zurück, fühlte aber den Griff an seiner Hand. Abbie hielt sie fest, drehte ihm den Rücken zu und zog ihn zur Treppe. Er folgte ihr und betrat wie in Trance Abbies Schlafzimmer. Sein Herz schlug ihm bis in den Hals hinauf, so daß er Schwierigkeiten hatte, Luft zu bekommen. Abbie drehte sich zu ihm hin. Sie knöpfte ihre Bluse auf und schlüpfte aus ihrem Rock. Sie trug einen weißen Spitzen-BH und einen seidenen Schlüpfer. Matthew war gebannt von ihrer weichen, dunklen Haut, den festen Muskeln, den Kurven und flachen Körperstellen. Das Geheimnisvolle eines weiblichen Körpers. Im Gegensatz zu Abbie war er in Andacht erstarrt.
Abbie glitt in Matthews Arme. Er konnte die Wärme und die Berührung ihrer samtweichen Haut spüren. Sie knöpfte sein Hemd auf und kniete dann hin, um ihm die Hose auszuziehen. Matthew küßte sie auf den Scheitel und roch ihr Haar. Es war der süße Duft von Blumen.
Dann stand sie auf und öffnete ihren BH. Ihre Brüste waren groß und fest, die Warzen aufgerichtet.
»Zieh mir den Schlüpfer aus«, flüsterte Abbie. Ihr Verlangen lähmte Matthew. Wie konnte es sein, daß eine Frau wie Abbie ihn begehrte? Sie bemerkte seine Verwirrung und berührte seine Lippen mit ihren Fingerspitzen. Matthew begann zu zittern. Er hatte noch nie ein solches Verlangen verspürt, hatte sich kaum erlaubt, daran zu denken. Abbies Hand glitt zu seinem Glied, und ihre Finger, die eben noch an seinen Lippen entlanggeglitten waren, zeigten ihm eine neue Art von Zauberei. Dann gab ihm Abbie einen sanften Stoß, und er fiel nach hinten auf das Bett und in seine Träume.
Matthew tastete mit seiner Hand über das Bett, bis er Abbies Hand spürte. Sobald seine Finger die ihren gefunden hatten,

ergriff er sie. Sie lagen nebeneinander, ohne etwas zu sagen. Matthew war niemals vorher so ruhig gewesen. Wenn das alles wäre, was er je von seinem Leben hätte erwarten können, es hätte ihm gereicht, doch jetzt glaubte er, daß es ihm möglich sei, mehr als diese eine Nacht mit Abbie verbringen zu können.

»Wenn wir den Prozeß gewinnen, wirst du dann deine Arbeit bei der Bezirksstaatsanwaltschaft wiederaufnehmen?« fragte er sie.

Während Abbie über seine Frage nachdachte, starrte Matthew an die Decke. In der Dunkelheit warf das Mondlicht das Schattenmuster der Zweige einer riesigen Ulme auf die weiße Oberfläche. Die Umrisse wogten sanft im Rhythmus seines ruhigen Herzschlags hin und her.

»Es würde schwer werden zurückzukehren, Matt. Jack und Dennis würden zu mir halten, aber ich weiß nicht, wie es wäre, dort zu arbeiten, nachdem ich selbst angeklagt gewesen bin.«

»Hast du je daran gedacht, Strafverteidiger zu werden?«

Abbie drehte ihren Kopf und musterte Matthew.

»Warum fragst du?«

Matthew wandte seinen Blick nicht von der Decke. Als er sprach, zitterte seine Stimme.

»Ich liebe dich, Abbie, und ich verehre dich mehr, als du dir vorstellen kannst. Du bist eine hervorragende Anwältin. Zusammen wären wir unschlagbar.«

Abbie begriff, was er ihr anbot. Matthew Reynolds hatte nie eine Beziehung gehabt, und seine Kanzlei war sein Leben. Sie drückte seine Hand.

»Du bist schon unschlagbar, Matthew.«

»Wirst du darüber nachdenken?«

Abbie rutschte neben ihn und streichelte seine Wange.

»Ja«, flüsterte sie. Dann küßte sie ihn sanft, dann heftiger und immer heftiger.

3

Tracy begab sich vom Gerichtssaal direkt in die Multnomah-County-Rechtsbibliothek und las die Vorschriften über die Zulassung von Beweismaterial aus früheren Verbrechen nach. Als Tracy die Entscheidung des Supreme Court von Oregon in dem Prozeß *Der Staat Oregon gegen Zamora,* in dem es um diesen Sachverhalt ging, las, begannen die Worte auf den Seiten vor ihr zu verschwimmen. Irgendwie kam ihr der Prozeß bekannt vor, doch sie wußte nicht, wieso. Das Urteil war zwei Jahre vor ihrer Assistentenzeit gefällt worden, also konnte es kein Prozeß sein, mit dem sie beschäftigt gewesen war, und sie erinnerte sich auch nicht, vorher schon einmal etwas davon gelesen zu haben. Dann kamen ihr die Namen der Prozesse auf Lauras Notizblatt wieder ins Gedächtnis, und sie erkannte *Zamora* als einen davon.

Tracy überflog den Fall. Der Angeklagte hatte einen Angestellten und einen Kunden eines kleinen Gemischtwarenladens in Portland ermordet. Mit einer Mehrheit von fünf zu zwei hatte das Gericht die Verurteilung aufgehoben, weil der Richter Beweise aus einem unaufgeklärten früheren Raubüberfall, der nichts damit zu tun hatte, zugelassen und damit gegen die Zulässigkeit von Beweismaterial verstoßen hatte. Richter Lefcourt hatte das Urteil verfaßt, und die Richter Pope, Griffen, Kelly und Arriaga hatten sich seiner Meinung angeschlossen. Zamoras Berufung war durch einen Pflichtverteidiger vertreten worden.

Aus reiner Neugierde holte sich Tracy die Bände mit den Fällen, die auf Lauras Notizblatt standen, das sich im Band XI der *Deems*-Protokolle befunden hatte. Der Fall *Der Staat Oregon gegen Cardona* hatte seinen Ursprung in Melford, einer kleinen Stadt im Süden Oregons, von Portland aus fünf Stunden Fahrt auf der Interstate 5. Tracy sagte der

Name des Staatsanwalts, der in diesem Fall die Anklage vertreten hatte, nichts. Die Richter Kelly, Griffen und Pope hatten sich der Mehrheitsmeinung Arriagas angeschlossen und die Verurteilung Cardonas wegen Rauschgifthandels aufgehoben. Die Richter Lefcourt, Sherzer und Forbes vertraten die Minderheitenmeinung.
Die Mehrheit der Richter hatte es als erwiesen angesehen, daß die Vorschriften der Verfassung des Staates Oregon über die Unverletzlichkeit der Wohnung nicht in Einklang mit dem Vorgehen der Polizei bei der Durchsuchung von Cardonas Wohnung zu bringen waren, selbst wenn ein solches Vorgehen durch die Bundesverfassung gedeckt war. Daran war nichts Ungewöhnliches. Der Supreme Court der Vereinigten Staaten war inzwischen überaus konservativ. Einigen der Gerichte einzelner Bundesstaaten lagen dessen ideologisch bedingte Entscheidungen quer im Magen, und sie hatten damit begonnen, eigene Interpretationen der jeweiligen Einzelstaatsverfassungen zu formulieren, die immer häufiger nicht der Bundesrechtsprechung entsprachen.
Im Prozeß *Der Staat Oregon gegen Galarraga* hielt die Polizei den Angeklagten in Roseburg wegen Geschwindigkeitsübertretung an. Nachdem sie ihm das Strafmandat ausgestellt hatten, fragten sie nach der Erlaubnis, seinen Wagen durchsuchen zu dürfen. Nach Darstellung der Polizei hatte Galarraga in die Durchsuchung eingewilligt, bei der man automatische Waffen, Geld und Kokain fand. Richter Kelly hob die Verurteilung auf, da die Durchsuchung einen Bruch der Verfassung des Staates Oregon darstellte. Die Richter Arriaga, Pope und Griffen hatten sich Kellys Meinung angeschlossen. Galarraga war von Bob Packard vertreten worden.
Tracy überflog die Fälle noch einmal, konnte aber keine Verbindung zwischen ihnen sehen, außer dem Umstand,

daß alle drei Verurteilungen aufgehoben worden waren. Bei dem einen Fall ging es um Mord, bei den anderen beiden um Rauschgiftdelikte. Die Täter stammten aus drei verschiedenen Teilen des Staates. Bei zweien ging es um Verfassungsbruch, aber *Zamora* wurde aufgehoben wegen Verletzung der Beweismittelvorschriften. Alle drei Angeklagten wurden von verschiedenen Verteidigern vertreten.

Die Bibliothekarin teilte Tracy mit, daß sie jetzt schließen würde. Tracy brachte die Bücher ins Regal zurück und fuhr ins Büro, wo sie ein Memo für Reynolds über die Beweismittelzulassung ins Diktiergerät sprach. Sie legte die Kassette zusammen mit einer Notiz, dies als erstes am nächsten Morgen abzuschreiben, auf den Schreibtisch der Sekretärin. Barry bereitete für sie ein Abendessen in seiner Wohnung. Tracy rief ihn an, um ihm mitzuteilen, daß sie sich jetzt aufmachen würde, und löschte die Lichter.

Barry hatte Spaghetti mit Fleischsoße, Knoblauchbrot und Salat gemacht, doch Tracy stocherte nur in ihrem Essen herum. Er bemerkte, wie erschöpft sie war, und bestand darauf, daß sie bei ihm bliebe. Tracy wehrte sich nicht. Sie quälte sich aus den Kleidern, fiel ins Bett und war eingeschlafen, sobald ihr Kopf das Kissen berührte. Bald fand sie sich verloren in einem dunklen Wald wieder. Die Bäume waren so hoch, die Zweige so dicht, daß nur vereinzelte Sonnenstrahlen ihren Weg durch das dichte, grünschwarze Gestrüpp fanden. Weit entfernt hörte Tracy ein gedämpftes Geräusch, deutlich und unverändert wie eine geflüsterte Unterhaltung in einem anderen Zimmer. Der dunkle Wald machte ihr angst. Sie fühlte sich gefangen, und sie atmete stoßweise. Tracy kämpfte sich in Richtung des Geräusches vor, bis sie schließlich auf eine Lichtung kam und dann am Ufer eines wilden, schäumenden Flusses stand, der einem unbekannten Ziel entgegenströmte.

Wie so oft in Träumen, veränderte sich die Landschaft. Die Bäume waren verschwunden, und die Gegend um den Fluß war flach und öde. Jemand rief von der anderen Seite des Flusses nach ihr. Es war ein Mann. Aufgrund des tobenden Wassers konnte sie nicht verstehen, was er rief. Sie strengte sich an, ihn zu erkennen, aber seine Gestalt wurde durch das reflektierende Sonnenlicht verwischt. Um zu ihm zu gelangen, hätte sie durch den Fluß schwimmen müssen, und plötzlich kämpfte sie gegen die Strömung, die sie flußabwärts trug.

Tracy brach in Panik aus. Sie sank nach unten, unter die Wasseroberfläche, kam dann wieder nach oben. Sie war schon dabei zu ertrinken, zu sterben, als sie in einen ruhigen Abschnitt des Flusses gespült wurde. Sie schnappte nach Luft, war immer noch nicht fähig, zum Ufer zu schwimmen, befand sich aber nicht mehr in unmittelbarer Gefahr. Die Strömung trieb sie auf das gegenüberliegende Ufer zu, als der Mann auf wundersame Weise auftauchte. Er rief ihr etwas zu, doch das Wasser rauschte in ihren Ohren und übertönte seine Worte. Dann bemerkte sie, daß er etwas in seiner Hand hielt. Sie sah, wie seine Arme nach oben gingen. Das Ding flog in ihre Richtung. Tracy streckte den Arm hoch, um es zu fangen, und sah einen Ball, der sich langsam in der Luft drehte. In dem Moment, als der Ball ihre Hände berührte, fuhr Tracy im Bett hoch, aus dem Schlaf gerissen von einer Wahrheit, die sie mehr ängstigte als jeder Alptraum, den sie jemals gehabt hatte.

Die Büros waren bis auf den Empfangsbereich, in dem die ganze Nacht lang das Licht brannte, dunkel. Tracy öffnete mit ihrem Schlüssel die Tür, und Barry stellte die Alarmanlage ab.

»Sie sind hier drin«, sagte Tracy und führte Barry in den

kleinen Raum neben Matthews Büro, wo sich die Beweisstücke der Verteidigung befanden.

»Ich hoffe, daß du dich in der Sache irrst«, meinte Barry.

»Das hoffe ich auch.«

Die Beweisstücke lagen auf einem Tisch. Tracy suchte, bis sie die Fotos und die Negative, die sich in einem Umschlag von FotoFast befanden, gefunden hatte. Sie legte die Negative zur Seite und blätterte durch die Fotos. Es gab Bilder von Abigail Griffen, Aufnahmen vom Strand und dem Ozean, das Ferienhaus von innen und außen und das Bild vom Schuppen, das Matthew beim Kreuzverhör gezeigt hatte, um Charlie Deems zu demontieren. Tracy überprüfte die Datumsangabe auf den Negativen. Einige der ersten Bilder waren im Juni aufgenommen, aber die Masse der Fotos, einschließlich dem vom Schuppen, am 12. August gemacht worden, dem Tag, an dem, seiner Aussage zufolge, Deems Abbie im Ferienhaus getroffen hatte, demselben Tag, an dem Abbie, wie sie behauptete, angegriffen worden war.

Tracy studierte das Foto des Schuppens. Barry sah ihr über die Schulter. Das Bild zeigte das Innere des Schuppens. Tracy konnte das Volleyballnetz erkennen, die Gartengeräte und den Platz, an dem sich die Kiste mit dem Dynamit befunden haben konnte. Dort lag der Volleyball.

»Ich habe recht«, meinte sie entmutigt.

»Bist du sicher?«

»Ja. Während du dich umgesehen hast, ging ich an den Rand der Klippe und setzte mich auf die Stufen. Auf dem Weg dorthin habe ich einen Blick in den Schuppen geworfen. Der Ball hat auf dem Volleyballnetz gelegen. Als du zu mir kamst, hattest du den Ball dabei, und wir haben am Strand damit gespielt. Auf dem Weg zurück zum Wagen hast du den Ball in den Schuppen geworfen. Ich habe es genau vor Augen, wie der Ball auf dem freien Platz zum Liegen kam.

Wir waren im September am Ferienhaus, Barry. Der Ball lag auf dem Netz, als ich die Tür des Schuppens geöffnet habe. Wenn der Ball am 12. August auf dem freien Platz lag, wie ist er dann auf das Netz gekommen? Und wie konnte der Ball im August, als das Foto gemacht wurde, genau an dem Platz sein, wo wir ihn im September zurückgelassen haben? Die einzige Antwort ist, dieses Bild wurde aufgenommen, nachdem wir an dem Ferienhaus waren, und so hingetrimmt, daß es den Anschein erweckt, im August aufgenommen worden zu sein. Nur habe ich keine Ahnung von Fotografie, so daß ich mir nicht denken kann, wie man das machen könnte.«

»Nun, ich weiß eine Menge über Kameras. Das ist für meine Arbeit auch notwendig. Laß mich einen Blick auf die Negative werfen, und ich werde versuchen, es herauszufinden.«

Die Negative befanden sich in Zellophaneinsteckhülsen. Jeder Streifen bestand aus vier Negativen. Tracy gab die Negative Barry. Er hielt den Streifen mit dem Bild des Schuppens gegen das Licht. Alle vier Negative trugen das Datum: 12. August.

Barry setzte sich an den Tisch und nahm sich die Pentax-Kamera. Er drehte sie hin und her und studierte sie genau. Dann betrachtete er wieder den Negativstreifen. Er runzelte die Stirn. Seine Augenbrauen zogen sich zusammen. Er untersuchte alle Negativstreifen. Dann legte er den Streifen mit dem Negativ des Schuppens hin und plazierte einen anderen direkt darüber. Er studierte die beiden Streifen, dann nahm er den Streifen ohne das Bild des Schuppens weg und legte einen anderen darüber. Diesen Vorgang wiederholte er mit allen Streifen. Als er damit fertig war, sanken Barrys Schultern nach unten, und er schloß die Augen.

»Was ist los?« fragte Tracy.

»Du hast recht. Das Bild vom Schuppen ist nicht an dem Tag gemacht worden, als die anderen aufgenommen wurden.«

»Wie ist es dann möglich, daß es das Datum vom 12. August trägt?«

»Das ist der einfachste Teil der Sache«, erklärte Barry, hob die Kamera hoch und deutete auf eine Digitalanzeige an der Rückseite. »Die Pentax 105-R hat eine Vorrichtung, um das Datum einzustellen, die ähnlich der ist, mit der man das Datum an einem Videorecorder oder einer Digitaluhr einstellt. Die Person, die diese Bilder gemacht hat, hat einfach das Datum 12. August eingestellt, machte die Bilder und stellte dann wieder die Kamera auf das richtige Datum.«

»Aber auf dem Film befinden sich Bilder von Mrs. Griffen. Diese Aufnahmen wurden gemacht, bevor sie unter Hausarrest gestellt wurde.«

»Das stimmt. Als FotoFast den Film entwickelt hat, war er an einem Stück. FotoFast schneidet den Film in Streifen mit je vier Negativen. Der Streifen mit dem Bild des Schuppens war der einzige, der nicht an dem Datum aufgenommen worden war, das auf den Negativen eingedruckt ist.«

»Woher weißt du das?«

»Wenn man einen Film in die Kamera einlegt, befindet sich nichts darauf. Es gibt keine Markierungen, wo jedes Bild sein wird. Aber bei jedem Film ist eine Numerierung aufgebracht, die nicht auf den Negativen erscheint, aber am Rand unter den Negativen, wenn er belichtet wird. Diese Numerierung beginnt mit Nummer 1 und geht dann weiter 1, 1A, 2, 2A und so weiter. Hier kannst du sie sehen«, sagte Barry und deutete auf die Zahlen.

»Diese Zahlen befinden sich am unteren Rand des Films und haben immer den gleichen Abstand voneinander. Dieser Abstand verändert sich nicht, denn die Zahlen werden bei der Herstellung aufgebracht.

Wer immer es auch war, er ist an die Küste gefahren, nachdem wir dort waren. Er hatte die Negative des Films, den Mrs. Griffen dir gegeben hat. Er entfernte den Streifen, auf dem sich in der richtigen Reihenfolge das Bild des Schuppens befand. In diesem Fall war es der Streifen mit den Nummern 15 bis 16A. Dann machte er Fotos mit der Pentax und benutzte dieselbe Filmmarke wie Mrs. Griffen. Als er zu dem Bild kam, das die Nummer 15 tragen würde, kopierte er die Einstellung, die Mrs. Griffen an dieser Stelle gemacht hatte. 15A ist die gefälschte Aufnahme von dem Schuppen ohne Dynamit. Dann wiederholte er die Aufnahmen 16 und 16A, knipste den Film voll, gab ihn beim gleichen FotoFast-Geschäft zum Entwickeln, wo auch Mrs. Griffens Film entwickelt wurde, und tauschte diesen einen Negativstreifen aus.
Sieh dir diese Streifen an«, forderte Barry sie auf und hielt zwei hoch, die er sich willkürlich herausgegriffen hatte. »Alle Filme einer Firma sind gleich. Wenn du zwei Filme einer Firma nebeneinanderlegst, dann wird die Position der Zahlen immer übereinstimmen. Wenn du den Abstand von Nummer 1 zu 1A auf dem einen Film nachmißt, dann wird er der gleiche sein wie bei dem anderen Film. Aber am Anfang jedes Films gibt es ein Stück, das man den Führungsstreifen nennt, mit dem du den Film einspannst, damit du Bilder machen kannst. Jeder Mensch macht das auf andere Weise. Das bedeutet, daß die Lage der Nummern im Verhältnis zu dem jeweiligen Bild bei verschiedenen Personen, die die Bilder machen, immer etwas unterschiedlich sein wird.«
Barry legte einen der beiden Streifen, die er hochgehalten hatte, weg und nahm dafür den Streifen mit dem Bild des Schuppens. Dann hielt er die beiden Streifen direkt übereinander.

»Bei allen Negativstreifen, außer dem mit dem Bild des Schuppens, befindet sich die Zahl am Rande des Bildes. Auf dem Streifen mit den Nummern 15 bis 16A befinden sich die Zahlen etwas weiter in der Mitte. Siehst du das?«
Tracy nickte.
»Das wäre unmöglich«, fuhr Barry fort, »wenn dieser Streifen vom selben Film stammte wie der Rest der Aufnahmen.«
Barry legte die Streifen zurück. »Was ich nicht verstehe«, sagte er dann, »ist, wie es Abigail Griffen geschafft hat, ihr Haus zu verlassen, die Bilder zu machen und diese auszutauschen, ohne daß die Überwachungsanlage Alarm gegeben hat.«
»Du verstehst nicht, weil du nicht verstehen willst, Barry«, meinte Tracy traurig.
Barry starrte Tracy an. »Du glaubst doch nicht ...«
»Das ist die einzige Erklärung.«
»Schwachsinn«, rief Barry wütend.
»Ich möchte es auch nicht glauben. Aber es steht nun einmal fest, daß Abigail Griffen ihr Haus nicht verlassen konnte. Und selbst wenn sie in der Lage gewesen wäre, das elektronische Überwachungssystem zu überlisten, hätte sie unter keinen Umständen wissen können, wo auf dem Film sie die getürkten Aufnahmen hätte einfügen müssen. Wir hatten die Negative und die Kamera hier in Verwahrung.«
»Oh, nein«, stöhnte Barry mit einer Stimme voller Niedergeschlagenheit, daß Tracy vor Mitleid mit ihm schier überfloß.
»Es war Matt«, sagte sie sanft. »Es muß so sein. Er hatte Zugang zu den Negativen und zu der Kamera, und er ist ein großartiger Fotograf. Man muß schon eine ganze Menge von Fotografie verstehen, um sich so eine Sache auszudenken.«

»Aber warum, Tracy?«
»Auch darauf kennst du die Antwort. Du hast gesehen, wie sie mit ihm gespielt hat. Er ist so in sie verliebt, daß sie nur eine Andeutung zu machen brauchte, und er tat es.«
»Nicht Matt«, gab Barry verzweifelt zurück.
»Er ist ein brillanter Anwalt, Barry, aber kein Gott. Er ist auch nur ein Mensch.«
Barry stand auf und ging im Raum auf und ab. Tracy ließ ihn in Ruhe, damit er die Sache verarbeiten konnte. Als sich Barry zu ihr umdrehte, schien er eine Entscheidung gefällt zu haben.
»Was willst du jetzt machen?« fragte er mit beherrschter, kalter Stimme.
»Du weißt, daß ich keine Wahl habe. Ich muß Richter Baldwin informieren. Das ist ein Verstoß gegen die Gesetze. Wenn ich das nicht dem Gericht mitteile, dann mache ich mich als Mitwisser und Mittäter strafbar.«
»Das kannst du nicht machen, Tracy«, bekniete Barry sie. »Wenn du das Baldwin erzählst, dann vernichtest du Matt. Er wird seine Zulassung als Anwalt verlieren. Mein Gott, Geddes wird verrückt spielen und dafür sorgen, daß Matt ins Gefängnis kommt.«
Tracy legte ihre Hand auf Barrys Schulter.
»Glaubst du nicht, daß ich das weiß? Aber was kann ich sonst tun? Er hat das Gesetz gebrochen. Und außerdem vergißt du noch etwas. Abigail Griffen brauchte kein getürktes Foto, außer, das Dynamit war im Schuppen. Deems hat von dem Dynamit gewußt, weil Abbie es ihm gezeigt hat, was bedeutet, daß sie ihn gebeten hat, ihren Ehemann umzubringen. Wenn sie Matt dazu gebracht hat, das Bild zu fälschen, dann, weil sie schuldig ist. Wenn ich dem Gericht nichts davon sage, kommt Abigail Griffen frei. Sie ist eine Mörderin, Barry. Sie hat Robert Griffen umgebracht.«

Tracy machte eine Pause, und in ihrem Gesicht war kein Mitleid mehr. Als sie weitersprach, klang ihre Stimme hart wie Stein.

»Vielleicht hat sie noch etwas anderes getan, Barry. Vielleicht hat sie auch meine Freundin Laura Rizzatti umgebracht. Ich werde nicht zulassen, daß sie damit davonkommt.«

Barry hatte ihr nicht zugehört. Er war zu niedergeschlagen von den Tatsachen, denen er ins Auge sehen mußte. Er blickte auf den Boden und sagte dann mit einer Stimme, die klang, als sei er den Tränen nahe: »Ich glaube es nicht, Tracy. Er ist der ehrenhafteste Mann, dem ich je begegnet bin. Er würde nie in einem Prozeß Beweise fälschen.«

»Ich verstehe deine Gefühle, doch ich kann in einem solchen Fall nicht schweigen.«

Barry brach zusammen. Tracy hatte noch nie einen anderen Menschen so von Schmerz gepeinigt gesehen.

»Wenn du das machst, mußt du es ohne mich machen. Ich werde Matt nicht weh tun. Und wenn du das machst ...«

Barry konnte nicht weitersprechen. Er stand einfach vor Tracy und schüttelte den Kopf.

»Barry, bitte. Tu uns das nicht an!«

»Tu es Matt nicht an!«

»Was ist mit Abigail Griffen? Willst du, daß sie trotz des Mordes freigesprochen wird?«

»Abigail Griffen ist mir egal. Hundert von ihrer Sorte haben nicht den Wert eines Menschen wie Matthew Reynolds. Denk doch an all das Gute, was er getan hat. Alles, was er auf sich genommen hat. Laß sie in Gottes Namen freikommen. Nagele Matt nicht ans Kreuz. Vernichte ihn nicht.«

»Er hat das Gesetz gebrochen. Ich bin ein Vertreter des Gesetzes. Du verlangst von mir, daß ich alles verrate, an das ich glaube, und eine kaltblütige Mörderin davonkommen lasse.«

»Ich bitte dich, menschlich zu sein. Wir sprechen von dem Leben eines Mannes. Und nicht nur irgendeines Mannes. Denk darüber nach, was du vorhast.«

Tracy schüttelte den Kopf. Sie konnte nicht glauben, was Barry da von ihr verlangte.

»Ich kann das nicht vergessen, Barry, aber ich werde mit Matt sprechen, bevor ich zu Richter Baldwin gehe. Er soll die Chance haben, mir zu beweisen, daß ich im Unrecht bin.«

Barry blickte Tracy direkt in die Augen. Seine eigenen waren völlig leer.

»Tu, was du tun mußt, Tracy. Aber wenn du Matthew Reynolds vernichtest, dann ist es aus zwischen uns.«

Kapitel sechsundzwanzig

1

Aus Rücksicht auf Abbies guten Ruf verbrachte Matthew nicht die ganze Nacht bei ihr. Um halb fünf Uhr morgens betrat er sein Haus durch die Hintertür und stieg die Treppe zu seinen Wohnräumen hinauf. Für einen Moment hatte er verdrängt, welche Wendung der Prozeß genommen hatte. In dieser Nacht waren alle seine Träume wahr geworden. Nicht nur, daß er mit Abbie geschlafen hatte, nein, ihm war auch klargeworden, daß sie ihn wirklich liebte.

Bevor er ins Bett ging, nahm Matthew den Umschlag mit den Zeitungsartikeln über Abbie und den Bildern, die er von ihr gemacht hatte, heraus. Als er sich diesmal die Bilder ansah, verspürte er keine Sehnsucht oder Verzweiflung. Es war so, daß sie keinerlei Gefühlsregungen bei ihm auslösten. Zum erstenmal begriff er, daß diese Fotos nicht wie Abbie waren. Sie war ein gefühlvoller, lebensfroher Mensch. Die zweidimensionalen Abbilder waren substanzlose Gespenster. Er konnte sich nicht überwinden, sie zu vernichten, aber beim Betrachten dieser Bilder fühlte er sich unwohl, so als ob er dadurch die Frau, die er liebte, betrügen würde.

Zum erstenmal seit langer Zeit wachte Matthew auf, als es draußen schon hell war. Er duschte und machte sich sein übliches Frühstück aus schwarzem Kaffee und Toast. Eine seiner Briefschachpartien hatte für ihn eine bedrohliche Wendung genommen. In einer Situation, in der er glaubte, einen kleinen Vorteil zu haben, hatte sein Gegner, ein Architekt in Nebraska, einen merkwürdigen, unerwarteten Springerzug gemacht, der ihm Sorgen bereitete. Matthew nahm seine Kaffeetasse mit in den kleinen Raum und nippte an dem kälter werdenden Kaffee, bis er mit Zufriedenheit feststellte, daß er die Strategie des Architekten durchschaut hatte. Er adressierte eine Postkarte, schrieb seinen Zug darauf und verschwand dann in sein Büro. Matthews Sekretärin war überrascht, ihn ein Lied summen zu hören.

Ein Memo über die Zulässigkeit von Beweisen aus früheren Verbrechen wartete auf seinem Schreibtisch auf ihn. Reynolds las das Memo und rief dann in Tracys Büro an. Niemand meldete sich. Er rief seine Empfangsdame an.

»Wissen Sie, wo Tracy ist?«

»Ich habe sie heute morgen noch nicht gesehen.«

Es war halb zehn. Tracy war normalerweise nie später als acht Uhr im Büro.

»Wenn sie kommt, dann richten Sie ihr bitte aus, daß sie sich gleich bei mir melden soll«, wies Matthew sie an. Dann nahm er sich das Memo und ging hinunter in die Bibliothek der Kanzlei, um die Fälle nachzulesen, die Tracy zitiert hatte.

2

Tracy bot Barry an, ihn nach Hause zu fahren, aber er entschied sich, die zwanzig Blocks auf den nächtlichen Straßen zu seiner Wohnung zu laufen. Barry mochte Tracy, vielleicht liebte er sie sogar, aber jetzt im Augenblick konnte er ihre Gesellschaft nicht ertragen, und er brauchte unbedingt Zeit zum Nachdenken. Tracy war froh darüber, allein zu sein. Der Schmerz, den sie und Barry sich gegenseitig zugefügt hatten, war zu groß. Sie brauchte die Trennung von ihm genauso sehr wie er.

Tracy betrat ihre Wohnung am Ufer des Willamette um halb drei Uhr morgens. Sie versuchte zu schlafen, gab es aber auf, nachdem sie sich eine halbe Stunde lang in ihrem Bett herumgewälzt hatte. Wann immer sie die Augen schloß, sah sie das Gesicht von Laura Rizzatti oder Matthew Reynolds vor sich.

Gegen viertel nach drei verließ Tracy ihr Bett und begab sich in die Küche. Sie nahm sich ein Glas Milch und ging zu der Glasschiebetür, die auf die Terrasse hinausführte. Von der Terrasse aus konnte man den Willamette überblicken. Tracy preßte die Stirn an die Scheibe und starrte auf die Lichter auf der Hawthorne- und der Morrison-Brücke. Das gespenstische Schimmern der Autoscheinwerfer glitt über die Brücken wie eine Horde in der Nacht tanzender Geister.

Nach einer Weile war Tracy zu müde, um sich noch länger auf den Beinen zu halten. Sie rollte sich auf ihrem Sofa zusammen. Die Augen fielen ihr zu, trotzdem konnte sie nicht einschlafen. Die Traurigkeit all dessen, was geschehen war, überwältigte sie. Laura und der Richter ermordet, Matthew Reynolds' Karriere vor dem Zusammenbruch und ihre Beziehung zu Barry in Trümmern. Sie begann zu schluchzen und unternahm keinen Versuch, ihre Tränen zurückzuhalten. Sie begann zu zittern und ließ sich jetzt vollständig gehen. Erst als der Morgen anbrach, waren ihre Tränen getrocknet.

»Da sind Sie ja«, begrüßte Matthew Tracy mit einem freundlichen Lächeln, als sie um halb zwölf sein Büro betrat. Es war nicht zu übersehen, wie entspannt er aussah. Tracy auf der anderen Seite war erschöpft und hatte alle Kraft verloren. Es hatte sie all ihren Mut gekostet, in sein Büro zu gehen, um ihn mit ihren Vorwürfen zu konfrontieren.
Tracy schloß die Tür und sank auf einen Stuhl.
»Es gibt etwas, über das wir reden müssen«, begann sie.
»Kann das warten?« fragte er freundlich. »Wir müssen dieses Memo in die richtige Form bringen, und mir sind ein paar Einfälle gekommen, deren Sie sich annehmen müssen.«
»Ich glaube nicht, daß das Memo noch von Bedeutung ist, Mr. Reynolds«, gab sie traurig zurück.
Reynolds runzelte die Stirn. »Was soll das heißen?«
»Ich weiß, daß Mrs. Griffen schuldig ist«, sagte Tracy.
Einen Augenblick lang zeigte Reynolds keine Reaktion. Dann schaute er Tracy an, als ob er sie nicht richtig verstanden hätte.
»Wovon sprechen Sie?«
Tracy zog den Umschlag von FotoFast aus ihrer Handtasche und legte das Bild von dem Schuppen auf Reynolds' Schreibtischunterlage.
»Ich habe mir letzte Nacht zusammen mit Barry die Negative angesehen«, sagte sie. »Er hat mir erklärt, wie es gemacht worden ist.«
Reynolds sah verwirrt aus. Er blickte erst auf das Bild, dann wieder auf Tracy.
»Tut mir leid, da komme ich nicht mit.«
»Das Foto vom Schuppen hier ist eine Fälschung. Es ist im

September gemacht worden. Wir müssen das Chuck Geddes und Richter Baldwin mitteilen. Wir müssen die Verteidigung niederlegen.«

Reynolds studierte das Foto, machte aber keine Anstalten, es in die Hand zu nehmen. Als er Tracy wieder ansah, war in seinem Gesicht kein Zeichen von Schuld oder Furcht zu bemerken. Wenn Tracy nicht gewußt hätte, wie perfekt Reynolds seine Gefühle im Gerichtssaal unter Kontrolle hatte, wäre sie zu dem Schluß gekommen, daß er unschuldig sei.

»Warum glauben Sie, daß das Foto eine Fälschung ist?« fragte Reynolds ruhig.

Tracy erzählte Matthew von ihrer Fahrt mit Barry zum Ferienhaus und von der Lage des Volleyballs.

»Dann muß das ein Zufall sein«, erklärte Matt. »Der Ball befand sich auf dem Foto vom 12. August an dieser Stelle. Dann hat Sheriff Dillard oder einer seiner Leute ihn auf das Netz gelegt, als sie in dem Schuppen nach dem Dynamit suchten.«

»Ich hatte gehofft, das wäre die Erklärung, aber sie ist es nicht.«

»Wie könnte sonst das Negativ das Datum vom 12. August tragen?«

Tracy erklärte, wie die Fälschung zustande gebracht worden war, und hoffte, daß Matthew seine Maske fallen lassen und zugeben würde, was er getan hatte. Während sie sprach, wurde Reynolds nervös und begann auf seinem Stuhl hin- und herzurutschen.

»Aber wie sollte es Mrs. Griffen möglich gewesen sein, diesen anderen Filmstreifen anzufertigen?« blaffte Matthew, als Tracy mit ihrer Erklärung fertig war. »Das ist ja lächerlich. Sie ist seit der letzten Woche im August in ihrem Haus eingesperrt.«

»Sie hat diese Fälschung auch nicht gemacht. Mrs. Griffen hatte einen Komplizen. Jemanden, der Zugriff auf die Pentax und die Negative hatte. Jemanden, der genug über Fotografie weiß, um sich diese Sache auszudenken.

Wie konnten Sie das nur tun, Matthew? Sie ist eine Mörderin. Sie hat einen guten, anständigen Mann wegen Geld ermordet und eine gute Freundin von mir umgebracht.«

Reynolds versuchte seine Fassung zu bewahren, doch es mißlang ihm. Noch vor einigen Augenblicken war er der glücklichste Mensch auf Erden gewesen. Nun hatte er alles verloren. Seine Schultern sackten nach unten, er sank auf seinem Stuhl zusammen und holte tief Luft. Als er zu sprechen anhob, hörte man nur wenig mehr als ein Wispern.

»Es tut mir leid«, brachte er heraus. »Ich weiß, wie die Sache wirkt, aber, glauben Sie mir, es ist nicht so, wie es scheint.«

Matthews Brust hob sich. Er brauchte einen Moment, um seine Fassung wiederzugewinnen.

»Abbie hat mit dem Foto nichts zu tun, und sie hat auch nicht ihren Ehemann oder Laura Rizzatti umgebracht.«

»Das glaube ich nicht.«

Matthew machte erneut eine Pause. Tracy sah, wie er zitterte. Er schloß seine Augen und legte den Kopf in den Nacken. Als er die Augen wieder öffnete, standen Tränen darin.

»Bei unserem Vorstellungsgespräch habe ich Ihnen von vielen guten Anwälten erzählt, die ihre Mandanten nach Einbruch der Nacht im Gefängnis besucht und tot zurückgelassen haben. Dann habe ich Ihnen gesagt, daß weder ich noch einer der Anwälte, die für mich gearbeitet haben, jemals ein Gefängnis nach Einbruch der Nacht besuchte. Das war nicht die Wahrheit.

Als ich acht Jahre alt war, habe ich ein Gefängnis nach Einbruch der Nacht besucht. Als ich das Gefängnis vor Tagesanbruch verlassen hatte, war der Mensch, mit dem ich gesprochen hatte, tot. Es war mein Vater. Ich habe ihn sehr geliebt. Er wurde für den Mord an einer jungen Frau, mit der er zusammengearbeitet hatte, hingerichtet. Der Staatsanwalt hat die Geschworenen davon überzeugt, daß mein Vater mit der Frau eine Affäre hatte und sie umbrachte, weil sie ihm drohte, meiner Mutter davon zu erzählen. Mein Vater schwor, daß er meine Mutter liebe und daß er nur ein Arbeitskollege der Frau gewesen sei. Die Geschworenen glaubten ihm nicht, und er wurde auf dem elektrischen Stuhl hingerichtet.

Zwei Jahre danach hat der wirkliche Mörder die Tat gestanden. Es war ebenfalls ein Arbeitskollege der Frau, und er hatte ein Verhältnis mit ihr. Mein Vater war wirklich nichts weiter als ein Kollege der Frau gewesen. Er wurde für ein Verbrechen hingerichtet, das er nie begangen hat. Wenn es nicht die Todesstrafe gegeben hätte, wäre er aus dem Gefängnis entlassen worden, und ich hätte meinen Vater wiedergehabt.«

Matthew lehnte sich auf seinem Stuhl zurück und schloß die Augen.

»Ich weiß, daß Sie mich verabscheuen, Tracy. Ich rede hier von Moral und Ehre und entehre mich und meinen Beruf. Aber, ich mußte es ... ich war gezwungen ... ich sah keinen anderen Weg.«

Matthew unterbrach sich. Er schaute über den Schreibtisch hinweg Tracy an. Seine Augen baten um Verständnis.

»Sie ist unschuldig, Tracy. Ich bin mir absolut sicher. Und ich konnte den Gedanken nicht ertragen, daß sie vielleicht sterben müßte. Sie wußte nichts von dem Bild des Schuppens.«

»Aber wie konnten Sie nur Beweise fälschen?« fragte Tracy, und das Sprechen fiel ihr schwer.

»Ich wußte nicht mehr weiter«, erklärte Matthew. »Um

jeden Zentimeter und jede Minute im Gerichtssaal kämpfen zu müssen. Perfekt sein zu müssen, immer, denn wenn ich nicht perfekt bin, dann würde mein Mandant sterben. Das hat mich ausgebrannt. Ich habe mein Selbstvertrauen verloren. Ich wußte, daß ich eines Tages verlieren würde. Daß einer meiner Mandanten sterben würde.«

Reynolds machte erneut eine Pause. Tracy bemerkte, wie er um die Worte kämpfte, die er jetzt sagen wollte.

»Sie haben keine Vorstellung, wie mein Leben aussah. Ich bin so allein. Zuerst war meine Einsamkeit wie ein Orden. Ich war auf meinem Kreuzzug gegen den Tod und brauchte nichts sonst. Dann wurde der Kreuzzug zu einem Martyrium. Man erwartete so viel von mir. Ich wollte meine Bürde mit jemandem teilen, aber es gab niemanden. Dann bin ich Abbie begegnet.«

Reynolds' Gesicht zeigte überraschend wenige Gefühlsregungen, doch die Tränen rannen seine Wangen hinunter.

»Ich liebe sie, Tracy. Ich könnte nicht weiterleben, wenn sie diejenige gewesen wäre, die ich nicht hätte retten können. Ich konnte sie nicht sterben lassen. Ich konnte es einfach nicht.«

»Es ist leicht, sich in bezug auf die Person, die man liebt, etwas vorzumachen«, sagte Tracy sanft. »Was wäre, wenn Abbie Richter Griffen und Laura ermordet hätte?«

»Das ist unmöglich. Ich kenne Abbie zu gut. Man hat sie reingelegt. Das Metallstück beweist das. Und was ist mit dem Geld? Woher hat Charlie Deems die 100 000 Dollar?«

»Sie kann Deems für den Mord an Richter Griffen bezahlt haben. Sie ist eine sehr wohlhabende Frau.«

»Warum ist dann Deems zum Staatsanwalt gegangen und hat Abbie angezeigt? Nein. Jemand anderes hat Richter Griffen getötet und es Abbie angehängt.«

Als Tracy Reynolds' Büro betreten hatte, war sie völlig von

Abbies Schuld überzeugt gewesen. Jetzt war sie sich nicht mehr so sicher.

»Was haben Sie jetzt vor?« fragte Matthew.

Tracy erinnerte sich daran, daß Barry ihr genau diese Frage gestellt hatte.

»Was habe ich für eine Wahl? Ich muß heute nachmittag Richter Baldwin davon in Kenntnis setzen. Glauben Sie, das würde mir leicht fallen? Sie sind einer der besten Menschen, die ich je gekannt habe. Wenn ich zu Richter Baldwin gehe, werden Sie von der Anwaltskammer ausgeschlossen und wandern ins Gefängnis. Wenn ich aber nichts sage, dann leiste ich Beihilfe und gehe die Gefahr ein, genauso bestraft zu werden, und außerdem verletze ich meinen Eid als Anwalt.«

»Es geht mir nicht um mich, Tracy. Wenn Sie das, was Sie wissen, dem Richter sagen, dann muß er es Chuck Geddes sagen. Geddes wird es als Beweis in Abbies Prozeß benutzen, und dann wird sie sicher verurteilt.«

»Aber sie wußte nichts davon. Haben Sie gesagt.«

»Das muß Geddes nicht glauben. Wenn er von dem Foto erfährt, wird er argumentieren, daß Abbie wußte, daß es eine Fälschung ist, und dagegen wird nur mein Wort stehen. Geddes wird den Umstand, daß ich ein gefälschtes Foto gezeigt habe, dazu benutzen, Charlie Deems zu rehabilitieren. Die Geschworenen werden ihm glauben, daß er das Dynamit im Schuppen gesehen hat. Sie werden der Überzeugung sein, daß ein Staatsanwalt, der mordet und dann versucht, den Mord mit gefälschten Beweisen zu vertuschen, den Tod verdient hat.

Wenn Sie Richter Baldwin erzählen, was ich getan habe, dann unterzeichnen Sie das Todesurteil für eine unschuldige Frau.«

3

Die Kletterpartie die hundert Meter hohe Felswand hinauf war einfach und relativ unspektakulär gewesen, bis Tracy den schmalen Sims, der sich horizontal zwanzig Meter weit an dem Felsen entlangzog, erreichte. Der Sims maß an seiner breitesten Stelle nicht mehr als zwei Zentimeter und verschwand an einigen Stellen gänzlich.

Tracy hatte den gewölbten Überhang, der drei Meter über dem Sims und vier Meter unter dem Gipfel vorsprang, nicht erkannt, weil sie beim Blick vom Fuße des Felsens diesen Überhang für den Gipfel gehalten hatte. Tracy stand angespannt auf Zehenspitzen, den Körper an den Felsen gepreßt, und studierte den Überhang. Er lag über dem Sims wie ein Vordach, und die Felswand zu beiden Seiten des Überhangs war zu glatt, als daß Tracy ihn dort hätte umgehen können. Es war zum Verrücktwerden: So weit zu kommen und so nah am Gipfel nicht in der Lage zu sein, die Kletterpartie abzuschließen.

Tracy hatte die Unterseite des Überhangs einige Minuten lang Zentimeter für Zentimeter studiert, als sie mit dem Fuß einen kleinen Felsen lostrat. Sie achtete nicht darauf, als das Stück nach unten polterte und am Ende seiner Bahn in Stücke zerbarst, denn ihre Aufmerksamkeit war auf einen Riß im Fels konzentriert, der durch die Mitte des Überhangs verlief. Der Riß erschien ihr groß genug, um ihre Hand, wenn sie sie gerade und steif hielt, hineinzustecken. Tracy dachte über den Riß nach und welche Möglichkeiten er ihr bieten würde. Das Gelingen ihres Plans hing von Bruchteilen von Sekunden und der Möglichkeit ab, daß der Riß im Inneren des Felsen breiter wurde. Doch in dieser Lage hatte Tracy keine Wahl. Die einzige Alternative war, die Niederlage anzuerkennen und abzusteigen.

Tracy trug weite Kleidung: einen langärmeligen, weißen Pulli und eine ausgebeulte, schwarze Hose, die bis über ihre enganliegenden Kletterschuhe reichten. Der Tag war kühl und die Luft trocken. Wenn es geregnet hätte, hätte sie die Felswand nicht in Angriff genommen. Eine Solokletterpartie war schon bei schönem Wetter gefährlich genug.

Was sie vorhatte, war mit einem Risiko verbunden, aber Tracy durfte keinen Gedanken an die Gefahr verschwenden. Unsicherheit ist der schlimmste Feind eines Kletterers, denn dann beginnen die Handflächen zu schwitzen und beeinträchtigen die Sicherheit eines festen Griffes. Während sie über ihr Vorhaben nachdachte, steckte Tracy beide Hände in den roten Beutel mit Kreide, der auf ihrem Rücken an der Taille befestigt war. Die Kreide würde dafür sorgen, daß ihre Hände trocken blieben.

Tracy starrte auf den Riß im Fels und beruhigte ihre Atmung. Hinter ihr breitete sich die Wildnis wie ein grüner Teppich aus, doch Tracy sah nur die graue, unregelmäßige Felswand vor sich. Sie suchte den Bereich über sich nach einer Haltemöglichkeit für ihre Hände ab. Als sie sich ausgeruht hatte, arbeitete sich Tracy an dem Felsen bis unter den Überhang vor.

Tracy drehte sich um und balancierte auf den Füßen, dann streckte sie den rechten Arm langsam aus, bis ihre Hand den Riß erreicht hatte. Bitte, bitte, bitte, flüsterte sie zu sich selbst, als ihre Finger sich Zentimeter für Zentimeter nach vorne schoben. Als sie spürte, daß sich der enge Riß nach innen zu einer Art Tasche weitete, stieß sie vorsichtig die Luft aus.

Hier oben war der Himmel so blau wie in einem Märchen, und die Wolken waren wie weiße Kissen. Um den Felsen zu besiegen, würde Tracy auf der Luft entlanggleiten müssen. Sie beobachtete die Wolken, bis ihr Körper sich so leicht wie

diese anfühlte. Sie war eine Spinnwebe, der Flügel eines Schmetterlings, der Samen einer Pusteblume.
Tracy ballte ihre rechte Hand zur Faust, die sich fest in den Riß krallte. Sie atmete ein, stieß dann die Luft heftig aus und drückte sich mit einem wilden Stoß von dem Felsen ab. Ihre rechte Hand war wie aus Stahl und einen Moment lang ihre einzige Verbindung zur Erde. Dann drehte sie sich und schwang über die vordere Kante des Überhangs. Ihre freie Hand griff nach oben. Sie würde nur einen Augenblick des Kontakts haben, in dem sie fest genug zugreifen mußte, um ihrem Körper Halt zu geben.
Tracy drehte sich, und die Finger ihrer linken Hand fanden einen Halt genau in der Sekunde, als das Drehmoment des Schwungs ihre Faust aus dem Spalt herausriß. Einen Augenblick lang hing sie frei in der Luft, auf halbem Weg zwischen Sicherheit und Absturz. Dann schlossen sich ihre Finger um den Halt, und sie zog ihren Körper mit einem einarmigen Klimmzug nach oben. Die rechte Hand griff über den Überhang und fand einen Halt. Einen Moment später war Tracy auf dem Überhang, streckte sich bäuchlings aus, das Adrenalin schoß durch ihren Körper, während sie vor Stolz zitterte.
Auf den Gipfel zu kommen war jetzt eine einfache Sache, nicht wert, groß darüber nachzudenken. Als sie den höchsten Punkt erreicht hatte, drehte sich Tracy langsam um, schaute über die immergrünen Wälder zu den zerklüfteten, schneebedeckten Gipfeln der Berge, über die sich ein herrlich blauer Himmel erhob. So sah ein Adler die Welt. Tracy atmete die süße Luft des Gebirges ein. Dann setzte sich sich auf die Kante des Felsens, hakte ihre Wasserflasche los und nahm einen Schluck.
Die Kletterei hatte Tracy gezwungen, alles andere außer der Felswand zu vergessen. Jetzt, nachdem die Kletterpartie

vorbei war, gab es keine Möglichkeit mehr, den Konflikt zu verdrängen, der jeden Moment ihres Lebens bestimmte wie die Kaskadenkette den Horizont. Matthew Reynolds' Leben und Werk war ein Vorbild für jeden Anwalt, der es mit einem Prozeß, in dem die Todesstrafe drohte, zu tun hatte. Wenn Tracy das tat, was die Gesetze und der Ehrenkodex forderten, dann würde sie Matthew vernichten. All seine guten Taten wären vergessen, wegen einer einzigen Sache, die er aus Liebe getan hatte.

Tracy hatte beschlossen, nie die Wahrheit über das Foto aufzudecken, wenn sie sicher sein könnte, daß Abigail Griffen unschuldig war, denn wenn die Geschworenen davon erfuhren, würden sie Abbie auf jeden Fall verurteilen und wahrscheinlich zum Tode. Es war die Möglichkeit von Abigail Griffens Unschuld, die Tracy die Entscheidung so schwermachte.

Matthew war davon überzeugt, daß Abbie von jemandem hereingelegt wurde. Ganz sicher gab es für diesen Schluß genügend Anhaltspunkte. Abbie war hochintelligent. Sie würde niemals denselben Typ von Bombe benutzen, den Deems in der *Hollins*-Sache benutzt hatte, denn sie wußte, daß sie sich damit verdächtig machte. Wenn sie schon eine Bombe benutzt hätte, dann wäre sie nicht so dumm gewesen, einen Rest davon in ihrer Garage liegenzulassen. Das Stück Metall, das Torino in der Garage gefunden hatte, stammte nicht einmal von dem Bombenmaterial und machte es sehr wahrscheinlich, daß man damit Abigail Griffen ans Messer liefern wollte. Dann gab es da noch Deems. Wenn die 100 000 Dollar der Lohn für die Aussage waren, dann war Abbie unschuldig.

Was Tracy zur nächsten Frage brachte. Wenn Abbie unschuldig war, wer war dann schuldig? Deems war die einfachste Antwort. Irgend jemand hatte Deems für irgend etwas 100 000 Dollar gezahlt. Ob es nun für den Mord an Richter Griffen war oder dafür, Abbie reinzulegen oder beides, es mußte noch jemand anderer mit der Sache zu tun haben. Aber wer? Und welches Motiv konnte dahinterstecken?

Plötzlich kam ihr ein Gedanke. Sie war davon ausgegangen, daß entweder Abbie den Richter und Laura umgebracht hatte, weil sie ein Verhältnis hatten, oder daß beide Morde nichts miteinander zu tun hatten. Was wäre, wenn der Mord an Laura und der an Richter Griffen zusammenhingen, aber jemand anderer sie umgebracht hatte? Das würde ein neues Licht auf den Fall werfen.

Richterin Kelly war eine mögliche Verdächtige. Hatte sie gelogen, als sie sagte, daß ihre sexuelle Beziehung zu Richter Griffen ihr nicht viel bedeutete? Und wenn sie krankhaft eifersüchtig war und den Richter und Laura umgebracht hatte, weil Robert Griffen sich Laura als Geliebte genommen hatte?

Dann erinnerte sich Tracy an die Protokolle und die Auflistung der Prozesse auf dem Notizblock. Vor ihrem Tod war Laura seit Wochen über etwas beunruhigt gewesen. Es wäre für Laura nur natürlich gewesen, Richter Griffen von ihren Sorgen zu erzählen, besonders dann, wenn sie nicht nur seine Assistentin, sondern auch seine Geliebte war. Was wäre, wenn die Protokolle und die Prozeßliste den Hinweis auf etwas Illegales beinhalteten? War es das, wonach der Mörder gesucht hatte, als er Lauras Büro und ihre Wohnung durchsuchte?

Das Protokoll war für jedermann öffentlich zugänglich, auch Tracy hatte das Protokoll gelesen und hatte keine Ahnung, was daran wichtig sein könnte. Das gleiche galt für die Prozesse. Nichts, was sie dort gelesen hatte, hatte sie aufhorchen lassen. Das Protokoll und die Liste halfen nicht

weiter, solange sie nicht wußte, wonach sie suchen mußte. Wenn Lauras Mörder herausgefunden hatte, daß Richter Griffen das Protokoll und die Liste hatte und vermutete, daß der Richter um ihre Bedeutung wußte, dann hätte er ein Motiv gehabt, Richter Griffen umzubringen. Aber wie konnte sie nun herausfinden, warum die Prozesse und das Protokoll so wichtig oder ob sie bedeutungslos waren?
Tracy wünschte sich, sie könnte die ganze Sache vergessen, für immer hier auf diesem Felsen bleiben und über allem schweben, aber sie mußte wieder auf die Erde zurück. Sie hatte das Gefühl, dem Prozeß nicht mehr gewachsen zu sein, aber sie mußte weitermachen. Sie hatte keine Wahl. Wenn sie die Morde nicht aufklären konnte, dann würde sie Richter Baldwin über die gefälschte Fotografie informieren müssen. Tracy seufzte und holte eine Mischung aus Nüssen und getrockneten Früchten aus einer Plastiktüte in ihrer Tasche. Sie kaute sie bedächtig und nahm dann noch einen Schluck Wasser. Dann überprüfte sie sorgfältig ihre Kletterausrüstung und begann mit dem Abstieg.

Kapitel siebenundzwanzig

1

Sobald sie am Freitag morgen aufgewacht war, schlüpfte Tracy in einen dicken Pullover und Jeans und nahm sich einen Becher schwarzen Kaffee und ein Vollkornbrötchen mit auf ihre Terrasse. Während sie aß, beobachtete Tracy, wie die Klappbrücke sich öffnete, um einen verrosteten Tanker mit einem spanischen Namen, der unter libanesischer Flagge fuhr, durchzulassen. Sie wünschte sich, Barry wäre an ihrer Seite. Tracy vermißte ihn. Er war ein einfühlsamer und rücksichtsvoller Liebhaber. Und was noch wichtiger war, er war ein einfühlsamer und rücksichtsvoller Mann. Sie verstand, warum Barry jetzt nicht bei ihr war. Sie bewunderte ihn wegen seiner Loyalität. Aber sie wünschte sich, er würde ihr helfen, und sie wußte, daß sie ihn für immer verlieren würde, falls sie ihn nicht schon verloren hatte, wenn sie nicht Abbies Unschuld beweisen konnte.

Nach dem Frühstück meldete sich Tracy krank. Es war keine komplette Lüge. Sie war deprimiert und konnte sich nicht vorstellen, an einem Ort zu sein, wo sie Barry und Matthew begegnen würde. Die Empfangsdame teilte Tracy mit, daß Richter Baldwin den Antrag der Staatsanwaltschaft auf Zulassung der Beweise aus dem Mordfall Laura Rizzatti zur

Entscheidung und die Geschworenen für das Wochenende beurlaubt hatte. Tracy legte auf und rief Bob Packards Büro an.
»Ich möchte Ihnen dafür danken, daß Sie uns die Protokolle überlassen haben«, sagte Tracy. »Sie haben uns sehr geholfen.«
»Freut mich, daß ich Ihnen helfen konnte«, gab Packard zurück.
»Ich frage mich, ob Sie mir noch einmal helfen können.«
»Was brauchen Sie?«
»Können Sie mir etwas über einen Prozeß erzählen, den Sie vor dem Supreme Court geführt haben? *Der Staat Oregon gegen Galarrago.*«
»Ist Ernesto Zeuge in dem *Griffen*-Prozeß?«
»Nein. Warum fragen Sie?«
»Er weiß eine Menge über Charlie Deems.«
»So?«
»Das wußten Sie nicht?«
»Nein.«
»Wissen Sie, wer Raoul Otero ist?«
»Er hat mit Rauschgifthandel zu tun, stimmt's?«
Packard lachte. »Das ist so, als ob man fragen würde, ob Babe Ruth etwas mit Baseball zu tun hat. Otero ist einer der großen mexikanischen Rauschgifthändler, sein Verteilernetz deckt große Teile der westlichen USA ab. Charlie Deems war Statthalter von Oteros Organisation in Portland. Ernesto Galarrago hat für Charlie gearbeitet.«
Tracy dachte einen Moment nach, dann fragte sie: »Sagen Ihnen die Namen Jorge Zamora oder Pedro Cardona etwas?«
Tracy hörte aufmerksam zu, was Packard ihr zu sagen hatte. Nachdem das Gespräch beendet war, rief sie in Medford an und sprach mit dem Bezirksstaatsanwalt, der Pedro Cardona angeklagt hatte. Als sie dieses Telefonat beendet hatte, war

sich Tracy sicher, daß sie herausgefunden hatte, was an Lauras Liste so interessant war. Ihr war übel. So kurz, nachdem sie Matthew Reynolds' Gesetzesbruch entdeckt hatte, war es fast mehr, als sie ertragen konnte. Wenn sie richtig lag, dann konnte sie den Behörden Richter Griffens Mörder liefern und Matthew Reynolds retten. Tracy blickte auf ihre Uhr. Es war erst neun Uhr morgens. Zeit genug, um ein paar notwendige Nachforschungen in der Gerichtsbibliothek anzustellen und um ein Uhr am Supreme Court zu sein.

2

Alice Sherzer umarmte Tracy herzlich und schob sie dann in ihre Räume.

»Und, überleben Sie Matthew Reynolds' Folterkammer?«

»Gerade so«, gab Tracy knapp zurück.

»Macht Ihnen die Arbeit so viel Freude, wie Sie gehofft hatten?«

»Matthew ist ein hervorragender Mann und ein großer Strafverteidiger«, antwortete Tracy, um nicht lügen zu müssen.

»Wie gefällt es Ihnen, an einem wichtigen Mordprozeß zu arbeiten?«

»Genau darüber wollte ich mit Ihnen sprechen, über den Prozeß von Mrs. Griffen.«

Richterin Sherzer sah überrascht aus. »Das kann ich wohl nicht machen, Tracy. Wenn sie verurteilt wird, dann besteht eine große Wahrscheinlichkeit, daß sich der Supreme Court mit ihrer Berufung beschäftigen muß.«

»Das weiß ich. Aber ich habe etwas herausgefunden, das den

Supreme Court in diesem Fall ins Spiel bringt. Etwas, das Sie erfahren müssen. Es geht nicht nur um Richter Griffens Mörder, sondern auch um den Mord an Laura Rizzatti.«

»Das verstehe ich nicht.«

Tracy machte eine Pause. Ihr Magen hob sich, und in ihrem Kopf drehte sich alles. Die volle Konsequenz von dem, was sie jetzt sagen wollte, war ihr bis zu diesem Augenblick noch nicht bewußt geworden.

»Richterin, ich glaube, daß Richter Griffen und Laura Rizzatti umgebracht wurden, weil sie dahinterkamen, daß ein Mitglied dieses Gerichts die Entscheidungen in Fällen, die mit der Rauschgiftorganisation von Otero zu tun haben, beeinflußt hat.«

Alice Sherzer starrte Tracy einen Moment lang an, dann schüttelte sie den Kopf.

»Das glaube ich keine Sekunde lang«, entgegnete sie zornig.

»Lassen Sie mich ausreden! Ich weiß, was Sie empfinden. Mir macht der Gedanke daran auch keinen Spaß, aber für das, was ich herausgefunden habe, fällt mir keine andere Erklärung ein.«

Richterin Sherzer runzelte die Stirn. Dann rief sie ihre Sekretärin an und teilte ihr mit, daß sie von niemandem gestört werden wollte.

Tracy erzählte Richterin Sherzer von Lauras Reaktion, als sie sie beim Lesen der *Deems*-Protokolle angetroffen, und über die Art, wie Laura die Namen, die sie sich notiert, vor ihr versteckt hatte. Dann berichtete Tracy, wie sie das Protokoll und den Notizzettel zwischen den Beweisstücken wiedergefunden hatte, die aus Richter Griffens Arbeitszimmer stammten.

»Ich bin sicher, daß Laura auf eine Verbindung zwischen den Prozessen gestoßen ist und Richter Griffen davon erzählt hat. Ich glaube, daß beide umgebracht wurden, um zu verhindern, daß das, was sie entdeckt hatten, ans Licht kam.«

»Und was ist das?«
»Ich weiß immer noch nicht, warum das Protokoll von Bedeutung ist. Aber ich bin mir sicher im Hinblick auf die Bedeutung der Prozesse.«
Tracy gab Richterin Sherzer eine Zusammenfassung der Prozesse, dann fuhr sie fort: »Ernesto Galarrago arbeitete für Charlie Deems, und beide wiederum waren für Raoul Otero tätig. Jorge Zamora war ein Eintreiber von Otero. Er hat einen ihrer Konkurrenten in einem kleinen Laden umgebracht. Außerdem tötete er noch den Verkäufer, damit der Mord wie ein Raubüberfall aussah. Pedro Cardona war Oteros Stellvertreter im südlichen Teil von Oregon. Als man ihn schnappte, war er gerade dabei, in Medford ein Verteilernetz aufzubauen.
Deems, Cardona, Zamora und Galarrago arbeiteten alle für Otero. Sie wurden alle verurteilt, doch ihre Verurteilungen wurden alle durch ein Mehrheitsvotum aufgehoben. Richter Lefcourt stimmte im Prozeß *Zamora* mit der Mehrheit, doch in den anderen Prozessen stimmte er dagegen. Richter Griffen, Arriaga, Pope und Richterin Kelly gehörten bei allen Fällen zur Mehrheit.
In allen Prozessen, außer *Zamora,* der aufgrund der Beweismittelvorschriften revidiert wurde, war die Revision des Urteils mit einer neuen Richtung der Gesetzesinterpretation begründet. Im Fall *Deems* schloß sich die Mehrheit einer rechtlichen Auffassung an, die nur in drei anderen Staaten Gesetz ist. In den Fällen *Cardona* und *Galarrago* interpretierte der Gerichtshof die Verfassung des Staates Oregon gegensätzlich zur Auslegung des fünften Verfassungsartikels der Bundesverfassung. Ich habe mit dem Bezirksstaatsanwalt gesprochen, der Cardona angeklagt hatte. Er war über die Aufhebung des Urteils entsetzt. Zur gleichen Zeit gab es ein Urteil des Obersten Gerichtshofs der

Vereinigten Staaten in einer ähnlichen Angelegenheit. Er sagte, der Richter wich in jenem Fall keinen Zentimeter von der Auffassung, die er vertrat, ab, und das Berufungsgericht gab ihm einstimmig recht.
Ich habe heute morgen zwei Stunden damit zugebracht, die Strafrechtsprozesse der letzten zwei Jahre nachzulesen, um zu sehen, ob es noch mehr Entscheidungen gibt, die in dieses Muster passen. Ich glaube, das hat auch Laura gemacht. Richterin Sherzer, die Fälle sind etwas Einzigartiges. In den letzten fünf Jahren gibt es keine anderen Strafrechtsentscheidungen mit einer solchen Abstimmungskonstellation.«
»Wie ist Laura auf diese Sache gekommen?« fragte Richterin Sherzer.
»Ich habe keine Ahnung. Die Prozesse verteilen sich über einen Zeitraum von fünf Jahren. Die Aufhebung eines jeden dieser Urteile hätte unbemerkt bleiben können. Ich denke, daß etwas in dem *Deems*-Protokoll sie auf die Spur brachte, aber ich habe keine Ahnung, was es war. Was ich stark vermute, ist, daß entweder Richterin Kelly oder Richter Pope oder Richter Arriaga für Raoul Otero arbeitet, um die Urteile in den Fällen aufzuheben, in denen wichtige Mitglieder von Oteros Organisation verurteilt worden sind. Irgendwie kam der Betroffene dahinter, daß Laura wußte, was vorging, und es Richter Griffen erzählt hatte. Ich glaube, deshalb hat man die beiden umgebracht.«
»Wie könnte eine Person für die Zustimmung von drei anderen garantieren?«
»Es gab keine Garantien. Doch einige der Richter, wie Frank Arriaga und Richter Griffen, waren sehr bedacht auf die Rechte der Angeklagten, und Sie wissen, wie ein geschickter Anwalt eine noch nicht fest gefaßte Meinung beeinflussen kann.«
»Tracy, überlegen Sie sich einmal genau, was Sie hier sagen.

Können Sie sich wirklich vorstellen, daß ein ehrenwertes Mitglied dieses Gerichtshofs Laura und Robert umgebracht hat?«

»Nein, aber ich kann mir vorstellen, daß man Charlie Deems dafür bezahlt hat. Ich glaube, daß die 100 000 Dollar, die man auf Deems' Bankkonto gefunden hat, die Bezahlung für einen Doppelmord waren.«

»Tracy, das ergibt doch keinen Sinn. Ich kenne diese Leute.«

»Hat entweder Richter Pope, Richter Arriaga oder Richterin Kelly bei der Verhandlung dieser Fälle während der Besprechung das Wort geführt?«

»Sie wissen, daß ich Ihnen nicht sagen darf, was während der Besprechungen vorgeht.«

»Das müssen Sie aber. Wir haben es hier mit einem Doppelmord zu tun und der Möglichkeit, daß eine unschuldige Person wegen eines dieser Morde verurteilt wird.«

Richterin Sherzer seufzte. »Natürlich haben Sie recht. Aber ich kann mich nicht mehr an die Besprechung dieser Fälle erinnern. Einige davon liegen schon vier Jahre zurück.«

»Was ist mit *Deems?* Das war doch erst kürzlich. Wer hat da die Aufhebung betrieben?«

»Ich bin sicher, daß Frank Arriaga sehr irritiert über den Einsatz des Polizeiinformanten war. Er und Stuart haben heftig über den Fall gestritten.«

»Warum hat Richter Griffen das Urteil abgefaßt?«

»Frank sollte es eigentlich machen. Dann steckte er in einem komplizierten Bodennutzungsprozeß fest und bat Robert, es für ihn zu tun. Sie stimmten in der Bewertung überein, und bei Robert lagen keine besonderen Entscheidungen an, also erklärte er sich bereit, einzuspringen.«

»Können Sie sich einen Grund denken, warum Richter Arriaga für Raoul Otero arbeiten sollte?«

»Ganz bestimmt nicht! Und ich kann mir auch nicht vorstellen, daß Frank jemanden umbringt. Das ist völlig absurd.«

»Wie steht es mit Geld? Hat er Schulden? Nimmt er Drogen? Irgendwas in dieser Art.«

»Frank Arriaga ist ein liebenswerter Mann mit einer grundsoliden Ehe und zwei Kindern, die ihn anhimmeln. Mein Gott, ich glaube, er trinkt noch nicht einmal Alkohol. Sie sind total auf dem Holzweg, wenn Sie denken, Frank sei der Mörder.«

»Was ist dann mit Mary Kelly?«

Richterin Sherzer runzelte die Stirn. »Geld könnte nicht das Motiv sein. Sie war Teilhaberin einer sehr erfolgreichen Anwaltskanzlei und hat ziemlich viel Glück mit Aktien und Grundstücken gehabt.«

»Wußten Sie, daß sie und Richter Griffen eine Affäre hatten?«

»Nein, aber es überrascht mich auch nicht. Marys Ehe ist nicht gerade als glücklich zu bezeichnen.«

»Wenn sie sich nach Lauras Ermordung getroffen haben, dann hat ihr Richter Griffen vielleicht erzählt, was Laura ihm berichtet hat, ohne zu merken, daß er sie damit warnte. Wenn Richterin Kelly die Mörderin ist, würde dieser Umstand begründen, daß sie von der Gefahr, die ihr drohte, erfahren hat.«

»Es tut mir leid, aber ich kann Ihnen nicht helfen, Tracy. Mir fällt nichts ein, was den Schluß zuließe, daß Mary unehrenhaft ist.«

»Das bringt uns zu dem Hauptverdächtigen: Arnold Pope ist ein konservativer ehemaliger Bezirksstaatsanwalt. Was könnte ihn dazu gebracht haben, die Urteile von zwei Mördern und zwei Rauschgifthändlern aufzuheben?«

»Arnold ist ein schwieriger Mensch. Er ist der unangenehmste und widersprüchlichste Richter, mit dem ich es je zu tun gehabt habe, doch viel von dem, was er tut, ist nur Schauspielerei. Der Mann ist sehr unsicher und sucht verzweifelt unsere Anerkennung. Er weiß, daß man ihn als Komödianten ansieht, und weiß auch, daß jeder die Art, wie er seine Wahl betrieben hat, ablehnt, und auch die Tatsache, daß er einen hervorragenden Richter, der gut gelitten und überaus respektiert war, ersetzt hat, ist nicht sonderlich hilfreich. Nun, um zu beweisen, daß er auch ein Rechtsgelehrter ist, vertritt Arnold manchmal Positionen, die seiner Einstellung widersprechen.«

»Wissen Sie von Lauras Zusammenstoß mit Pope?«

»Nein.«

Tracy berichtete Richterin Sherzer von der Auseinandersetzung in der Bibliothek.

»Ich habe Richter Griffen an meinem letzten Tag bei Gericht davon erzählt. Er sagte, er würde es allen mitteilen.«

»Er war sehr mitgenommen, als Laura ermordet worden war. Vielleicht hat er es vergessen. Was wollen Sie jetzt machen, Tracy?«

»Ich weiß es nicht. Ich hoffte, Sie könnten mir helfen. Ich dachte, Ihnen würde vielleicht etwas einfallen, das Licht in die Sache bringt, wenn ich Ihnen sage, was ich herausgefunden habe.«

»Tut mir leid, Sie enttäuschen zu müssen. Doch ich bin noch weit entfernt, davon überzeugt zu sein, daß einer meiner Kollegen ein Mörder ist, der für einen der größten Drogenhändler arbeitet. Das ist zu unglaubwürdig.«

»So unglaubwürdig wie die Tatsache, daß ein Richter und seine Assistentin in weniger als einem Monat umgebracht werden? Es könnte ein Zufall sein, aber das glaube ich nicht. Ich denke an die Nacht, in der Laura ermordet wurde. Ich war in der Bibliothek und arbeitete an einem Memo für Sie in der Testamentssache *Scott*. Als ich die Treppe hinunterkam, brannte in Lauras Büro das Licht, aber der gesamte sonstige Assistentenbereich war dunkel. Ich habe in Lauras Büro geschaut und habe gesehen, daß jemand es durchsucht hatte, also griff ich nach dem Telefon, um Laura anzurufen. Das war, als ich hörte, wie die Tür zum Aufenthaltsraum der Assistenten geschlossen wurde.

Ich habe damals nicht nachgedacht, später auch nicht, denn ich rannte in die Halle. Da war niemand. Ich lief zur Hintertür, doch auch auf dem Parkplatz sah ich keinen Menschen. Ich war so aufgeregt, und ich wollte nicht allein in dem Gebäude bleiben, also beruhigte ich mich und ging zu meinem Büro, um meine Notizen dorthin zu legen, weil ich mein Memo am nächsten Morgen fertig machen wollte. Dabei habe ich Lauras Leiche gefunden. Haben Sie bemerkt, was ich vergessen habe?«

»Nein, mir ist nichts aufgefallen.«

»Wohin ist der Mörder verschwunden? Ich war nur Sekunden, nachdem sich die Tür zum Aufenthaltsraum der Assistenten geschlossen hatte, in der Halle. Wenn der Mörder das Gebäude durch die Eingangstür verlassen hätte, hätte ich ihn die Tür schließen hören müssen. Dasselbe gilt für die Hintertür. Und auch auf dem Parkplatz war niemand. Ein Fremder wäre mit fliegenden Fahnen aus dem Gebäude gerannt, aber jemand, der dort arbeitet, könnte genausogut die Treppe hinaufgelaufen sein.

Die Person, die Laura getötet hat, mußte mit dem Aufenthaltsbereich der Assistenten vertraut sein, um sich so schnell zu verstecken und in der Dunkelheit nach draußen zu gelangen, ohne daß ich etwas hörte. Ich denke, daß der Mörder nach oben rannte, wartete, bis ich wieder im Aufenthaltsraum war, und dann die Treppe hinunterschlich und das Gebäude verließ. Das deutet alles auf einen Mörder hin, der sich sehr gut im Gerichtsgebäude auskennt.«

Richterin Sherzer dachte über das, was ihr Tracy gesagt hatte, nach. Als sie ihre Entscheidung getroffen hatte, schaute sie grimmig drein.

»Ich kaufe Ihnen die Sache immer noch nicht ab, aber ich werde mit Stuart darüber sprechen.«

»Danke. Und versuchen Sie sich an die Besprechungen zu erinnern. Wenn ich recht habe, dann muß der Richter, der dahintersteckt, hart um die notwendigen Stimmen gekämpft haben. Wenn Ihnen einfällt, wer im allgemeinen diese vier Fälle dominiert hat, dann kennen Sie den Mörder.«

3

Sobald sie sich von Richterin Sherzer verabschiedet hatte, machte sich Tracy auf der Autobahn zurück nach Portland. Sie war sich sicher, zu wissen, warum man Laura und Richter Griffen umgebracht hatte. Was sie nicht wußte, war, welcher Hinweis Laura auf die Identität des Richters gebracht hatte, der für Raoul Otero arbeitete. Niemand würde ihr ohne Beweis glauben, daß ein Richter vom Supreme Court gekauft war, und sie mußte darauf vertrauen, daß sich der Beweis in dem Protokoll befand.

Soweit Tracy bekannt war, hatte Laura nie von Charlie Deems gehört oder von dessen Prozeß, bis dieser in den Akten des Supreme Court auftauchte. Wenn das stimmte, dann mußte sich die Information in dem Protokoll auf den falschen Richter beziehen, aber Tracy hatte das Protokoll gelesen, und im Band XI wurde keiner der Richter erwähnt.

Tracy war um halb fünf nachmittags zu Hause und ging dann hinaus, um am Fluß entlang zu joggen. Obwohl es kalt war,

trug sie nur Shorts und ein T-Shirt. Von ihrer Kletterpartie hatte sie immer noch Muskelkater, doch die Anstrengung lockerte ihre Muskeln schon bald wieder. Als sie in einen angenehmen Trab gefallen war, ging Tracy in Gedanken noch einmal durch, was sie von den Morden an Griffen und Rizzatti wußte. Doch kamen ihr keine neuen Erkenntnisse.
Tracy wendete und schlug die Richtung nach Hause ein. Ein leichter Nieselregen beeinträchtigte ihre Freude am Laufen. Sie wünschte, Barry wäre bei ihr, damit sie Gesellschaft hätte. Wenn sie zusammen waren, fühlte sie sich immer so wohl. Würde Barry sie wirklich verlassen, wenn sie dem Gericht sagen müßte, was Matthew getan hatte? Die Möglichkeit war nicht auszuschließen, und der Gedanke, Barry zu verlieren, machte ihr angst. Aber würde ihre Beziehung sich nicht verändern, wenn sie ihre Prinzipien verriet, um mit ihm zusammenzubleiben? Würde dieser Verrat nicht sowieso ihre Beziehung zueinander zerstören?
Tracy fühlte, wie ihr eng wurde in der Brust, was nichts mit der Anstrengung zu tun hatte. Was sich zwischen ihr und Barry entwickelt hatte, war so schön. Warum konnte es nicht so bleiben? Tracy wußte, daß Barry etwas Besonderes war, schon als er sie zum erstenmal geküßt hatte. Sie würde sich immer an den Morgen am Strand unterhalb des Ferienhauses der Griffens erinnern und an das wunderbare Picknick, das danach folgte.
Tracy blieb unvermittelt stehen. Das Overlook-Motel. Sie beugte sich nach vorn und verschnaufte, mit den Händen auf den Knien abgestützt. Das Overlook-Motel nach ihrem Picknick, und sie hatte sich das Gästebuch angesehen. Es war direkt vor ihrer Nase gewesen, die ganze Zeit. Tracy richtete sich, ohne auf den Regen und die Kälte zu achten, auf. Sie folgte ihren Gedanken zu dem unvermeidlichen Schluß und wußte, daß sie recht hatte.

Tracy rannte zu ihrer Wohnung zurück. Sie duschte schnell und zog sich saubere Kleider an. Sie war ungeduldig, ihre Notizen von dem Besuch im Overlook zu überprüfen, aber sie wollte warten, bis die Angestellten aus der Kanzlei wären und hoffentlich auch Barry.

Um halb sieben hörte es auf zu regnen. Tracy war erleichtert, daß die Lichter in Matthew Reynolds' Privaträumen aus waren, als sie am Bürogebäude ankam. Sie betrat das Haus durch die Hintertür und fand ihre Notizen von dem Besuch im Overlook in ihren Prozeßunterlagen. Tracy las noch einmal die Seiten 1289 und 1290 des Bandes XI durch, um sich ihren Verdacht zu bestätigen. Dann ging sie zu ihrem Wagen und fuhr nach Salem.

4

Genau sieben Uhr zwanzig am Freitag abend, Augenblicke, bevor Tracy in die zweite Ausfahrt nach Salem von der Interstate 5 abbog, stellte Bobby Cruz seinen Wagen auf einem schmalen Feldweg ab und lief über ein Feld, das an das Bauernhaus stieß, in dem Chuck Geddes Charlie Deems verborgen hielt. Das Feld war noch naß von dem Regen, der gegen sieben Uhr aufgehört hatte, und in der Luft lag der Geruch von Ozon. Als Cruz das Haus erreicht hatte, umrundete er es vorsichtig und spähte in die Fenster, um herauszufinden, mit wie vielen Zielen er es zu tun haben würde.

Die beiden Polizisten, die zum Schutz von Deems abgestellt waren, schauten sich im Fernsehen ein Spiel der Portland Trail Blazers an. Ungünstigerweise befand sich Deems nicht bei ihnen. Wenn es anders gewesen wäre, hätte Cruz alle drei mit der Waffe in Schach gehalten, Deems erschossen und wäre dann abgehauen, ohne die Polizisten umbringen zu müssen. Jetzt würde er sie töten müssen. Er konnte nicht das Risiko eingehen, daß Deems entkam, während er sich im Wohnzimmer damit aufhielt, irgendwelche Leute zu fesseln. Cruz machte es nichts aus, Bullen umzubringen, aber Raoul wurde verrückt, wenn er etwas tat, was Unruhe ins Geschäft brachte. Er wußte, daß er das Geschrei von Raoul über sich ergehen lassen mußte, aber hier ging es nicht um Raouls Kopf.

Cruz glitt durch eine unverschlossene Seitentür in einen kurzen Flur, der in die Küche führte. Rechts befand sich eine Treppe in den ersten Stock. Cruz vermutete, daß Deems möglicherweise in einem der oberen Räume lag und schlief. Als Cruz um die Ecke in das Wohnzimmer trat, waren die Polizisten völlig überrascht. Einer trank ein Glas Limonade und hatte ein Tablett mit einem Sandwich auf dem Schoß. Er sprang auf. Brotscheiben, ein Stück Tomate und Streifen von Truthahnfleisch flogen umher. Cruz schoß dem Polizisten, während dieser noch nach der Waffe griff, in den Kopf. Er war tot, noch bevor das Tablett auf den Holzboden klapperte.

Der zweite Polizist hatte schnell reagiert. Während Cruz seinen Kollegen erschoß, rollte er sich ab und nahm Deckung. Er hatte schon fast seine Waffe gezogen, als Cruz ihm eine Kugel durch das Ohr jagte. Er brauchte eine Sekunde, um sich zu vergewissern, daß beide tot waren.

Cruz hatte eine Waffe mit Schalldämpfer, und beide Schüsse hatten kaum ein Geräusch verursacht. Er ging zur Tür des Wohnzimmers und überprüfte den Flur. Er strengte sich an, um jedes Geräusch zu hören, das darauf hindeutete, daß Deems sich bewegte. Als er nichts hörte, ging er den Flur entlang zur Küche, um dort nachzusehen, bevor er seinen Auftrag zu Ende brächte.

Cruz bewegte sich gebückt vorwärts und trat durch die Küchentür, und im selben Augenblick war da mehr Schmerz, als er sich je hatte vorstellen können. Der Schmerz beherrschte jeden Zentimeter seines Gesichtes. Er blendete und paralysierte ihn, machte ihn taub für den animalischen Wutschrei aus Charlie Deems' Kehle, als dieser aus der Küche hinaustrat und die gußeiserne Bratpfanne in der Hand drehte. Diesmal schwang Deems, anders als beim erstenmal, als er die Pfanne mit dem flachen Teil in Cruz' Gesicht geschmettert hatte, die Kante gegen Cruz' rechtes Schienbein. Der Knochen splitterte, und Cruz brach zusammen.

Als er die Pfanne schwang, wirkte Charlies Gesicht wie das eines Verrückten, doch ein schreckliches Grinsen veränderte seine Züge zu einer dämonischen Maske, als er beobachtete, wie sich Bobby Cruz auf dem Boden des Flurs wand. Die Pfanne hatte jeden Zentimeter in Cruz' Gesicht zerschmettert, und es war schwer, überhaupt noch etwas zu erkennen, denn es war blutüberströmt.

Deems hielt die Luft an. Cruz' Waffe lag auf dem Boden, wo er sie hatte fallen lassen, als ihn Charlies erster Schlag traf und er nach hinten fiel. Charlie hob sie auf und legte sie auf den Tisch im Flur. Dann brach er systematisch jeden Finger an beiden Händen von Cruz. Als er sicher war, daß Cruz hilflos war, schaute Charlie im Wohnzimmer nach. Die beiden Polizisten waren augenscheinlich tot. Deems machte sich nicht die Mühe, genau nachzusehen.

Cruz stöhnte.

»Zeit, an die Arbeit zu gehen«, seufzte Deems. Er ging in die Küche und tauschte die Pfanne gegen eine Reihe von scharfen Messern und eine Kanne mit Eiswasser aus. Als er in den Flur zurückkam, blickte ihn Cruz mit trüben Augen an.

»He, Bobby, wie geht's?« fragte Charlie mit seinem bekannten Grinsen. Cruz holte Luft.

»Tut mir leid wegen deiner Zähne.« Deems kicherte. »Wird schwer werden in der nächsten Zeit, eine Verabredung zu bekommen, Amigo.«

Cruz versuchte »Leck mich am Arsch« zu sagen, doch sein Mund funktionierte nicht richtig. Deems lachte und strich Cruz durch die Haare.

»Tut mir leid, Bobby, du bist nicht mein Typ. Das mach' ich lieber bei Abigail Griffen. Aber danke für das Angebot.«

Cruz murmelte etwas, und Deems lächelte.

»Ich wette, du hast mich schon wieder verflucht. Habe ich recht? Aber das ist nicht nötig. Ein netter Junge wie du muß nicht Zuflucht in solchem Macho-Blödsinn suchen. In einer Situation wie dieser solltest du lieber deinen Kopf benutzen. Aber natürlich hast du deinen Kopf nicht benutzt, als du durch die Seitentür hereingeschlichen bist. Hast du dich nicht gewundert, warum sie als einzige unverschlossen war?«

Deems machte eine Pause, um auf Cruz' Reaktion zu warten, aber dieser tat ihm den Gefallen nicht. Das war schon in Ordnung. Charlie liebte die Herausforderung. Er setzte sich neben Cruz und sprach weiter, als ob sie gute Freunde wären, die in einer Kneipe bei einem Bier zusammensaßen.

»Ich wußte, daß Raoul dich auf mich hetzen würde. Früher oder später, also habe ich dich erwartet. Als ich dich wie einen illegalen Einwanderer beim Grenzübertritt durch das hohe Gras kriechen sah, ging ich nach unten und sorgte dafür, daß du hereinkommen konntest.

Ich müßte eigentlich böse sein, weil du mich umbringen wolltest, aber das bin ich nicht. Du weißt es nicht, aber du gibst mir die Gelegenheit, einige wirklich schlimme Sachen zu machen, ohne daß man mich erwischt. Hör zu, ich gehe jetzt für eine Weile weg. Wenn ich dann zurückkomme, rufe ich Geddes an. Ich erzähle ihm, wie du die Bullen umgelegt und versucht hast, auch mich umzulegen. Du wirst mein Alibi sein. Ist das nicht ein guter Plan, oder?«

Cruz starrte immer noch herausfordernd. Deems schien amüsiert.

»Sei nicht so, Bobby. Ich weiß nicht, was du gegen mich hast. Ich habe nichts gegen dich. Also, wenn du mir sagst, wo dein Wagen steht, dann verspreche ich, dich schnell zu töten. Was meinst du dazu?«

»Leck mich«, brachte Cruz hervor. Deems lachte.

»Diese eindeutig sexuellen Angebote zurückzuweisen fällt mir schwer, doch dann würde ich lieber *Jeopardy* spielen. Die Wärter haben es uns ansehen lassen, als ich in der Todeszelle war. Es ist meine liebste Spielshow, und ich bin verdammt gut darin. Bobby, weißt du, wie man *Jeopardy* spielt?«

Cruz sparte sich eine Antwort. Deems rammte eins der Messer in Cruz' Oberschenkel. Der Schrei gellte durch das Haus, und Cruz' rechtes Bein schoß nach vorne, was den Schmerz in dem gebrochenen Schienbein noch verstärkte.

»Tonprobe«, erklärte Charlie Cruz. »Ich mußte mich vergewissern, daß du reden kannst, denn man kann *Jeopardy* nicht spielen, wenn man die Fragen nicht beantworten kann.«

Deems zog das Messer heraus, und Bobby stöhnte. Deems schüttete etwas von dem Eiswasser in Cruz' Gesicht und gab ihm ein paar Ohrfeigen. Cruz öffnete die Augen. Deems schlug ihn wieder hart und sagte: »Paß auf. Ich erkläre dir, wie das Spiel funktioniert. Ich werde dir die Antwort sagen, und du mußt mir die Frage dazu nennen. Zum Beispiel sage ich: ›Er war der erste Präsident der Vereinigten Staaten‹, und du fragst: ›Was war George Washington‹? Kapiert?

Nun, wenn du alle Fragen richtig beantwortest, dann bekommst du den ersten Preis. Es ist eine Reise nach Hawaii für dich, deine Frau und die Kinder, alles inklusive sowie ein

Buick Kabriolett. Hört sich gut an, was? Aber, wenn du die Frage nicht stellen kannst, meine Herrn, dann gibt es eine Strafe. Du darfst raten, welche.«
Charlie warf einen Blick auf Cruz und stellte befriedigt fest, daß der Machoblick aus seinen Augen verschwunden war. Die Furcht hatte sich jetzt dort breitgemacht. Cruz war stark, aber Charlie war verrückt und klang von Minute zu Minute verrückter. Wenn es etwas gab, mit dem starke Jungs wie Cruz nicht zurechtkamen, dann war es das Unbekannte, und verrückte Menschen waren das absolut Unbekannte.
»Unsere erste Abteilung ist amerikanische Geschichte. Hier ist die Antwort. ›Er war Präsident Millard Filmores Außenminister.‹ Wie lautet die Frage?«
»Was?« fragte Cruz.
»Falsch, Bobby. Watt war ein schottischer Ingenieur, der die Dampfmaschine verbesserte.«
Deems griff sich Cruz' rechte Hand und durchstach sie, wobei er sie an den Boden nagelte. Cruz verlor das Bewußtsein. Deems schüttete ihm Eiswasser ins Gesicht und wartete geduldig, bis Cruz wieder zu sich kam. Dann beugte er sich vor und flüsterte ihm ins Ohr: »*Jeopardy* ist ein ziemlich grausames Spiel. Es kann schmerzhaft sein, die falsche Antwort zu geben.«
»Okay, okay, ich sage dir, was du wissen willst«, wimmerte Cruz, die Augen vor Schmerz und Furcht geweitet.
»So läuft das nicht, Bobby. Du mußt auf die Frage warten. Aber egal, die Zeit ist gekommen für *Doppel-Jeopardy.*
Jetzt gibt es zwei erste Preise. Der eine ist eine Reise nach Disneyland, wo du Miß Amerika treffen wirst, der zweite ist, du darfst sie bumsen. Ganz schön gut, was?«
Deems lächelte und nahm sich ein anderes Messer. »Unglücklicherweise steht auf die falsche Frage auch die doppelte Strafe. Es sind deine beiden Augen, Amigo. Fertig? Hier

ist die Antwort. ›Er erhielt 1974 den Pulitzer-Preis für Lyrik.‹ Wie lautet die Frage, Bobby?«
»Bitte, Charlie, bitte«, schluchzte Cruz.
»Boing!« brüllte Charlie in Cruz' Ohr. »Die Zeit ist abgelaufen.«
Deems griff nach Cruz' Kinn und setzte die Messerklinge unter dem rechten Auge an. Cruz begann sich heftig zu schütteln. Er versuchte seinen Kopf von einer Seite zur anderen zu werfen, doch Deems hielt ihn fest. Tränen rannen aus Cruz' Augen.
»Das Auto steht am Feldrand!« schrie Cruz. »Auf dem Feldweg.«
Deems lächelte kalt. Er schüttelte mißbilligend seinen Kopf.
»Du enttäuschst mich, Bobby. Ich war mir sicher, daß du etwas länger durchhalten würdest. Ich denke, du bist doch nicht so ein starker Kerl.«
Deems nahm seine Waffe und schoß Cruz zwischen die Augen. Dann holte er Cruz' Autoschlüssel aus dessen Tasche, ging nach oben und wechselte seine Kleider. Als Charlie das Haus verließ, fühlte er sich gut. Bobby Cruz war eine großartige Ouvertüre gewesen, und jetzt war er bereit für die Hauptvorstellung.

5

Die Eingangstür von Arnold Popes Haus wurde von einer kleinen Frau mit lederner Haut und einem mißmutigen Gesichtsausdruck geöffnet.
»Mrs. Pope, ich bin Tracy Cavanaugh. Ich war die Assistentin von Richterin Sherzer. Wir haben uns damals auf dem Picknick der Assistenten kennengelernt.«

»Ja, stimmt.«
»Ist Ihr Mann, der Richter, da? Es gibt eine wichtige Sache, die ich mit ihm besprechen muß.«
»Es ist schon fast acht Uhr, Miß Cavanaugh. Kann das nicht bis morgen warten? Arnold hat einen sehr schweren Tag gehabt.«
»Ich wünschte, es ließe sich aufschieben, aber es ist wirklich dringend. Ich verspreche Ihnen, daß es nicht lange dauern wird.«
»Nun gut«, lenkte Mrs. Pope ein und gab sich keine Mühe, ihr Mißfallen zu verbergen. »Kommen Sie herein. Ich werde Arnold fragen, ob er Zeit für Sie hat.«
Die Popes bewohnten ein modernes, im Ranchstil gebautes Haus in den Hügeln südlich von Salem. Die Eingangshalle, in der Tracy wartete, hatte einen Natursteinboden und weiß getünchte Wände. An einer Wand stand ein kleiner Marmortisch. Eine schlanke, hohe Vase, in der sich gelbe Narzissen befanden, stand auf der einen Seite des Tisches unter einem goldgerahmten Spiegel.
»Tracy! Schön, Sie zu sehen«, wurde sie von Richter Pope mit einem leutseligen Lächeln begrüßt, als ob sie alte Bekannte wären.
»Es tut mir leid, daß ich Sie so spät stören muß.«
»Kein Problem. Myra sagte, daß Sie etwas Wichtiges mit mir besprechen wollen. Gehen wir doch in mein Arbeitszimmer.«
Richter Pope führte Tracy in den hinteren Teil des Hauses und über ein paar Stufen in den Keller hinab. Rechts lag ein holzgetäfelter Raum, wo vor einem Fernseher mit großem Bildschirm zwei Liegesessel standen. In der einen Ecke befand sich ein kleiner Schreibtisch. Ein Bücherregal mit *Das Beste-Auswahlbüchern*, einigen Bestsellern und einer Menge von juristischen Werken nahm eine Wand ein.

Sobald sie allein waren, verschwand das Lächeln aus Popes Gesicht.

»Sie haben ja ganz schöne Nerven. Kommen in mein Haus, nachdem Sie der Polizei diese verdammten Lügen erzählt haben.«

»Ich war sehr aufgewühlt, als Laura ermordet wurde. Sie war eine Freundin von mir. Ich wollte der Polizei helfen, und für mich sah es so aus, als ob Sie Laura bedrängt hätten.«

»Nun, das habe ich nicht. Und es paßt mir auch nicht, daß Leute hinter meinem Rücken über mich sprechen.«

»Mir ist es aber so erschienen. Wenn ich mich geirrt habe, dann entschuldige ich mich, aber Richter Griffen hat mir erzählt, daß Sie so etwas schon vorher gemacht haben.«

»Wie bitte? Ich habe niemals ...« Pope brach ab. Er war wütend. »Ich will Ihnen mal was sagen, Miß Cavanaugh: Ich weiß, daß alle Assistentinnen Robert Griffen, den großen Beschützer der verfassungsmäßigen Rechte, umschwärmt haben wie Motten das Licht, doch Griffen war kein Engel. Er war derjenige, der den Assistentinnen nachgestellt hat. Es wundert mich, daß er es nicht bei Ihnen versucht hat. Nun, was ist so wichtig, daß Sie mich an meinem Feierabend stören?«

»Ich bin auf etwas gestoßen, das die Vermutung nahelegt, die Morde an Richter Griffen und Laura Rizzatti stehen in Verbindung miteinander. Können Sie mir sagen, warum Laura so empört war, als Sie mit ihr in der Bibliothek gesprochen haben?«

»Nachdem Sie dieses Gerücht ausgestreut haben, sollte ich eigentlich kein Wort mehr mit Ihnen wechseln, und ich weiß auch nicht, wie meine Unterhaltung mit Laura in der Bibliothek in dem Mordfall weiterhelfen könnte.«

»Bitte. Ich versichere Ihnen, es ist überaus wichtig.«

Pope runzelte die Stirn und meinte dann: »Nun, in Ordnung. Ich werde Ihnen erzählen, was los war. Danach verschwinden Sie aber.«

»Danke.«

»Laura wollte dieses Treffen. Als ich dorthin kam, fragte sie mich, warum ich für die Aufhebung des *Deems*-Urteils gestimmt hätte. Ich habe ihr gesagt, daß sie das nichts anginge. Ich muß wütend geklungen haben, denn sie war daraufhin verunsichert. Ich legte ihr meine Hand auf die Schulter, um sie zu beruhigen. Das war der Moment, in dem Sie dazukamen. Sobald Laura Sie gesehen hatte, wich sie vor mir zurück. Sie erschien mir verängstigt. Ich hatte den Eindruck, daß sie befürchtete, Sie hätten gehört, was wir gesprochen haben. Wie auch immer – ich bin gegangen, und das war alles, was an der Sache dran ist.«

»Warum haben Sie für die Aufhebung des *Deems*-Urteils gestimmt?« fragte Tracy.

»Das unterliegt der Schweigepflicht.«

»Richter Pope, ich habe Grund zu der Annahme, daß einer der Richter des Gerichts dafür bezahlt wird, Urteile zu beeinflussen, die den Rauschgiftring von Otero betreffen. In den letzten fünf Jahren wurden die Urteile in vier Fällen, die Mitglieder dieser Organisation betrafen, aufgehoben. Sie, Richter Griffen, Richterin Kelly und Richter Arriaga haben in allen Fällen für die Aufhebung gestimmt. Ich glaube, daß Laura Rizzatti herausgefunden hat, wer von Otero bezahlt wurde. Wenn einer der anderen Richter Druck auf Sie ausgeübt hat, für die Urteilsaufhebung zu stimmen, könnte das heißen, daß dies die Person ist, die Laura Rizzatti umgebracht hat.«

Pope schaute Tracy an, als ob sie verrückt wäre.

»Das ist absolut lächerlich. Haben Sie den Verstand verloren?«

»Nein, Sir. Ich habe Beweise, die meine Vermutung stützen.«

»Das glaube ich einfach nicht. Und außerdem kann ich Ihnen sagen, daß keiner der Richter Druck auf mich ausgeübt hat ...«

Pope brach mitten im Satz ab, als ob er sich plötzlich an etwas erinnerte. Er machte ein unbehagliches Gesicht, und als er weiterredete, klang er nicht mehr so selbstsicher.

»Es gibt da eine Form von Kuhhandel unter den Richtern. Ich habe mich stark bei einem Fall von Fischereirechten engagiert, konnte aber bei den Richtern keine Mehrheit erhalten. Einer der Richter sagte mir, ich bekäme meine Mehrheit, wenn ich meine Meinung im Fall *Deems* ändern würde. Nun, im Fall *Deems* stand meine Meinung auf der Kippe. Es störte mich, wie die Polizei in diesem Fall den Informanten eingesetzt hatte. Deems verdiente die Todesstrafe, aber ich war auch der Meinung, daß das Gesetz gebrochen worden war. Ich hätte diese Sache, als ich noch Bezirksstaatsanwalt war, nicht so angepackt.«

»Also stimmten Sie anders.«

»Richtig. Und der andere Richter besorgte mir dann bei meinem Prozeß die Mehrheit.«

»Sie haben auch für die Aufhebung in den Fällen *Galarrago, Zamora* und *Cardona* gestimmt. Denken Sie nach. Hat derselbe Richter irgend etwas unternommen, um auch in diesen Fällen die Mehrheit zu bekommen?«

»Mein Gott«, stöhnte Pope und wurde plötzlich bleich.

»Welcher Richter war es?« fragte Tracy und war sich sicher, daß sie den Namen, den ihr der Richter nennen würde, schon kannte.

6

Abbie hatte Huhn mit Aprikosen und Avocados in einer leichten Sahnesoße zubereitet. Abgerundet wurde das Essen durch einen guten Vouvray. Es war eines der vielen Essen, die Abbie schon für Matthew gekocht hatte, der begann, eine etwas ausgefallene Küche mehr zu schätzen als sein übliches Steak.

Während Abbie am Abendessen letzte Hand anlegte, machte Matthew ein anständiges Feuer im Kamin des Wohnzimmers. Nach dem Essen nahmen sie ihre Kaffeetassen mit zur Couch und setzten sich Seite an Seite vor den Kamin. Durch den Antrag von Geddes an diesem Morgen vor Gericht war Matthew beunruhigt worden und hatte den ganzen Abend kaum ein Wort gesagt. Abbie war von seinem zurückhaltenden Verhalten nicht überrascht. Sie waren beide besorgt über die Möglichkeit, daß Richter Baldwin der Staatsanwaltschaft erlauben könnte, wieder in die Beweisaufnahme einzutreten. Aber Abbie erwartete von Matthew, daß dieser sich entspannte, wenn sie allein waren.

»Was ist los?« fragte Abbie und legte ihre Hand auf die von Matthew.

»Nichts«, gab Matthew zurück und wünschte, er könne den Abend genießen, aber es war ihm unmöglich, bei dem Gedanken glücklich zu sein, daß Abbies Freiheit und seine Karriere davon abhingen, ob Tracy Cavanaugh beschloß, Richter Baldwin von dem gefälschten Foto zu erzählen oder nicht.

»Du bist so still. Bist du sicher, daß du dir keine Sorgen machst?«

»Es ist der Prozeß«, log er. »Ich mache mir Sorgen, ob ich in der Lage sein werde, Richter Baldwin zu überzeugen, daß die Beweise im Fall Rizzatti draußenbleiben.«

Abbie stellte ihre Kaffeetasse ab und drehte sich zu Matthew. Sie legte ihm die Hand auf die Wange und gab ihm einen Kuß.
»Denk heute abend nicht mehr an Gesetze«, forderte sie ihn auf.
Matthew stellte seine Tasse ab. Abbie schmiegte sich an seine Brust.
»Sehr romantisch«, meinte Charlie Deems von der Tür des Wohnzimmers her.
Abbie fuhr herum, und Matthew sprang auf. Deems schenkte ihnen sein breites Grinsen und fuhr sich mit seinem Finger durch sein linkes Ohr, um das Ohrenschmalz rauszupulen. Er hatte ein gutgebügeltes Hemd und eine ebensolche Hose an. Sein Haar war zurückgekämmt. Er wirkte wie ein Bauernjunge bei einem Tanzvergnügen, wäre da nicht die Waffe mit dem Schalldämpfer gewesen, die er locker in seiner rechten Hand hielt.
»Sieht so aus, als ob ihr zwei es wirklich schön hättet«, meinte Deems.
»Was wollen Sie hier?« fragte Abbie, neben Matthew stehend.
»Ich will dich besuchen«, erklärte Deems und schlenderte durch den Raum, bis er auf zwei Armlängen an Abbie herangekommen war. »Ich wette, daß ich die letzte Person bin, die ihr zu treffen erwartet habt. Habe ich recht?«
»Verlassen Sie mein Haus!«
»Das hättest du gerne. Dann könnten du und dein Kavalier hier schmutzige Sachen treiben. Wenn ich an deiner Stelle wäre, dann wollte ich auch, daß Charlie Deems das Haus verließe. Und ich nehm' es dir nicht übel. Ich als vormals verurteilter Mörder und was sonst noch alles. Wie hast du mich im Prozeß genannt? Ein Tier, ohne jedes Gefühl.«
»Was wollen Sie hier, Mr. Deems?« fragte Matthew.
»Vielleicht will ich mich an der Person rächen, die mich in

die süße, kleine Todeszelle gesteckt hat. Ich erinnere mich noch an jede Minute, die ich dort zugebracht habe, Frau Anklägerin.« Deems lächelte wissend wie jemand, der an einen schönen, warmen Sommermorgen denkt. »Wußtest du, daß in der Zelle über uns die Toilette leck war? Wußtest du, daß wir eine Zeitlang doppelt belegt waren? Mann, war das eng. Ich mußte mein Essen auf der Kloschüssel sitzend einnehmen. Das ist vielleicht unappetitlich. Es gibt bestimmt Menschen, die, wenn sie sich auf einmal in der glücklichen Lage befinden, mit der Person, die dafür verantwortlich ist, allein zu sein, vielleicht voller Wut und von dem nicht zu beherrschenden Antrieb erfüllt sind, dieser Person ein entsetzliches Leid zuzufügen.«

Deems hielt einen Herzschlag lang inne. Dann grinste er. Abbies Mund war trocken, und ihre Nerven waren niemals zuvor in ihrem Leben so zum Zerreißen gespannt gewesen wie jetzt.

»Vergewaltigung. Habe ich recht? Ich wette, daß dies der erste Gedanke war, der dir durch den Kopf ging. Möglicherweise stellst du dir das genau jetzt vor. Kannst du dir das vorstellen? Nackt auf ein Bett gebunden, schreiend und niemand da, der dir helfen könnte? Meiner Gnade ausgeliefert? Das ist keine schöne Vorstellung.«

Deems ließ diesen Gedanken wirken. Dann machte er einen Schritt auf Abbie zu. Sie drängte sich an Matthew.

Deems lächelte wieder. »Ich hatte auf ein langes Wochenende mit uns beiden gehofft, Frau Anwältin. Unglücklicherweise stehe ich etwas unter Zeitdruck, also muß ich jetzt gleich loslegen.«

Matthew trat vor Abbie. »Sie werden ihr nichts antun.«

Deems lachte. »Was willst du machen? Mich ins Kreuzverhör nehmen, bis ich tot bin?« Das Lächeln verschwand. »Mir hat nicht gefallen, wie du mich behandelt hast, so daß ich wie ein Idiot dastand. Eigentlich gefällt mir keiner von euch beiden. So, zuerst werde ich meinen Spaß mit der Kleinen hier haben, während du zusiehst. Vielleicht kannst du ja noch die eine oder andere Sache lernen. Dann werde ich dafür sorgen, daß ihr beide ganz langsam sterbt, und ich werde zusehen.«

Während Deems noch sprach, setzte Matthew zum Sprung an. Der Angriff überraschte Deems. Reynolds warf ihn gegen die Wand, doch es war seit der Schulzeit sein erster Kampf, und er wußte nicht, was er als nächstes tun sollte. Deems stieß Matthew sein Knie zwischen die Beine. Matthew stöhnte auf und brach zusammen. Der Griff, mit dem er Deems festhielt, löste sich. Deems sah, wie Abbie aus dem Raum rannte, und er verpaßte Matthew einen Schlag gegen den Kopf. Matthew taumelte zurück. Deems hörte, wie Abbie die Stufen nach oben polterte, und er schoß Reynolds in die Seite. Matthew bekam glasige Augen und krümmte sich auf dem Boden zusammen.

»Gleich kommen wir zum angenehmen Teil der Sache«, sagte Deems. »Du bleibst hier. Irgendwelche Einsprüche?«

Matthew stöhnte vor Schmerz. Deems trat ihm hart in die Rippen, und Matthew wurde ohnmächtig.

»Einspruch abgelehnt.«

Deems ging zur Treppe. Er lauschte einen Moment und stieg dann hinauf. Oben angekommen, rief er: »Komm schon raus, komm schon, wo du dich auch versteckst.«

Es kam keine Antwort.

»Je länger ich brauche, dich zu finden, desto länger werden du und dein Liebhaber zum Sterben brauchen.« Deems lauschte auf eine Antwort, aber da war nur Stille. Er schaute den Flur entlang. Auf der einen Seite befanden sich zwei Türen, auf der anderen drei. Er öffnete eine Tür, sie führte in ein leeres Gästebad.

Die nächste Tür führte in Abbies Schlafzimmer. Es gefiel Deems. Das Bett hatte ein Kopf- und ein Fußstück, an die er Abbies Hände und Füße fesseln konnte. Er grinste erwartungsvoll. Dann kniete er sich neben das Bett und schaute darunter. Abbie war nicht da. Aber vielleicht war sie ja im Wandschrank. Er trat vor den Schrank und riß die Tür auf. Ein Wall aus Kleidern verbarg die rückwärtige Wand. Deems riß die Kleider auseinander, um sicherzugehen, daß sich Abbie nicht dahinter verbarg. Dann trat er wieder auf den Flur. »Du willst mich hier wohl verarschen, Hure?« schrie er. »Komm sofort raus, oder ich fange an, deinem Liebhaber die Finger abzuschneiden!«

Deems wartete und hoffte, daß sein Schreien Abbie aus ihrem Versteck treiben würde, so wie die Treiber den Großwildjägern die Löwen vor die Flinte trieben, doch der Flur blieb leer.

Deems trat die Tür zum Gästezimmer auf. Aus dem Wandschrank drang ein Wimmern, und er grinste kalt. Er hörte ein weiteres unterdrücktes Schluchzen und entspannte sich. Deems legte seine Waffe auf das Gästebett. Er wollte nicht das Risiko eingehen, Abbie zu erschießen und sich so den Spaß zu verderben. Dann bewegte er sich auf Zehenspitzen zur Tür des Wandschranks, zählte im stillen bis drei, riß die Tür auf und rief: »Überraschung!«

Doch die Überraschung war auf seiner Seite. Abbie saß auf dem Boden des Wandschranks, den Rücken an die Wand gelehnt. Die Pistole, die sie sonst in ihrer Handtasche hatte, war auf Deems gerichtet. Ihr Gesichtsausdruck war ganz ruhig, und es waren keine Tränen auf ihren Wangen. Deems dämmerte, daß ihn Abbie mit falschem Wimmern und falschem Schluchzen zum Schrank gelockt hatte. Er spürte einen kurzen Anflug von Furcht, bis er sich an seinen Dunklen Engel erinnerte.

Charlie richtete sich langsam auf und streckte seine Arme seitwärts aus, als ob es Engelsschwingen wären. Plötzlich wußte er, daß sein Engel bei ihm war, eine schimmernde Erscheinung, bereit, ihn vor aller Unbill zu beschützen. Er fürchtete die Waffe nicht, denn nichts konnte ihm passieren, während sein Engel Wache stand.

»Was willst du jetzt machen, mich erschießen?« fragte Deems mit einem Grinsen.

Abbie gab keine Antwort. Statt dessen drückte sie ab. Deems' Augen weiteten sich ungläubig, als ihn die erste Kugel traf, und er starb mit dem Ausdruck völliger Verwirrung auf dem Gesicht.

Kapitel achtundzwanzig

1

Auf Jack Stamms Bitte hin wurde Abbie an dem Tag, nachdem sie Charlie Deems getötet hatte, von Richter Baldwin von dem elektronischen Überwachungsprogramm befreit. Am Donnerstag nach der Schießerei begab sie sich an Matthews Krankenbett. An diesem Tag hatten die Ärzte am St.-Vincents-Krankenhaus ihm zum erstenmal erlaubt, Besucher zu empfangen.

Tracy wartete, bis die offizielle Besuchszeit vorbei war, und erklärte dann Abbie und den anderen, daß sie eine vertrauliche rechtliche Angelegenheit mit ihrem Chef besprechen müsse.

»Wie fühlen Sie sich?« fragte Tracy, als sie allein waren.

»Geht so«, brachte Matthew hervor.

»Die habe ich Ihnen mitgebracht«, sagte Tracy und hielt ihm eine Vase mit Rosen hin. »Wo soll ich sie hinstellen?«

Matthew hob den rechten Arm und deutete auf eine Reihe anderer Vasen, die auf dem Fensterbrett standen. Die Schwester hatte das Kopfteil seines Bettes in eine Sitzposition gestellt. In seinem linken Arm befand sich eine Infusionsnadel, und in der Nasenöffnung steckte ein Beatmungsschlauch. Er wirkte müde und dennoch angespannt.

Tracy zog sich einen Stuhl neben Matthews Bett.

»Sie müssen sich keine Sorgen mehr machen. Ich werde niemandem von dem Foto erzählen. Es wäre das Schwerste gewesen, was ich je hätte tun müssen, Mr. Reynolds. Sie wissen ja nicht, wie sehr ich Sie bewundere.«

Ihre Blicke trafen sich, und Reynolds nickte stumm seinen Dank. Selbst jetzt war es schwer für Tracy, daran zu denken, wie nahe sie daran gewesen war, das Leben dieses edlen, rechtschaffenen Mannes zu zerstören.

»Warum?« brachte Matthew heraus.

»Ich weiß, daß Mrs. Griffen ihren Mann nicht umgebracht hat.«

»Wer war es?« fragte Matthew heftig. Seine Stimme war rauh.

»Entspannen Sie sich. Ich berichte Ihnen alles.«

Tracy gab eine Zusammenfassung ihrer Nachforschungen und beschrieb, wie die Verbindung zwischen den Prozessen, die Laura aufnotiert hatte, sie zu der Entdeckung geführt hatte, daß ein Richter am Supreme Court Entscheidungen im Sinne von Raoul Otero beeinflußte.

»Was ich nicht herausbekommen habe, ist, wie Laura auf die Prozesse gekommen ist. Sie verteilen sich über mehrere Jahre. Laura war noch nicht einmal am Gericht, als die meisten von ihnen stattgefunden haben, und es gibt auch keinen Grund, warum sie auf alle vier gekommen sein könnte. Je mehr ich darüber nachdenke, desto sicherer bin ich mir, daß die Lösung in dem Protokoll liegt.

Nachdem Charlie Deems wegen des *Hollins*-Mordes verhaftet worden war, durchsuchte die Polizei seine Wohnung. Auf den Seiten 1289 und 1290 des Protokolls erklärt ein Polizist die Bedeutung der Nachrichten, die sich auf Deems' Anrufbeantworter befanden. Einer der Anrufe kam von Arthur Knowland. Knowland brauchte ein paar Hemden und wollte, daß Deems ihn so bald wie möglich zurückriefe. Der Polizist sagte aus, daß die Leute, die mit Drogen zu tun haben, diese selten beim Namen nennen. Statt dessen sprechen sie von Hemden oder Reifen. Das heißt also, Arthur Knowland hat angerufen, um Kokain von Charlie Deems zu kaufen.

Erinnern Sie sich daran, daß Sie Barry und mich zum Overlook-Motel geschickt haben, um die Identität der Frau herauszufinden, mit der sich Richter Griffen dort traf?«

Reynolds nickte müde.

»Nun, ich habe die Eintragungen für den Tag überprüft, an dem Mrs. Griffen ihren Mann, nachdem sie einen anonymen Anruf erhalten hatte, zur Rede stellte. Richter Griffen hatte sich nicht unter seinem Namen eingetragen. Ich habe mir alle Namen aus dem Gästebuch aufgeschrieben. An dem Tag, an dem es Richter Griffen im Overlook mit Richterin Kelly getrieben hat, war ein Arthur Knowland eingetragen.«

Reynolds' Augen weiteten sich, die Bedeutung dieser Information war ihm sofort klar.

»Von Neil Christensons Ermittlungen her wissen wir, daß der Richter sich auch mit Laura Rizzatti im Overlook getroffen hat. Ich habe das Gästebuch noch einmal überprüft und festgestellt, daß ein Arthur Knowland mehrfach dort eingetragen ist.

Ich bin mir sicher, Laura hatte herausgefunden, daß der Richter auch mit Mary Kelly schlief. Aus der Art, wie sie zu mir über ihn sprach, wußte ich, daß sie in ihn vernarrt war. Als sie herausfand, daß der Richter eine weitere Geliebte hatte, rief Laura anonym bei Mrs. Griffen an. Sie muß blind vor Eifersucht gewesen sein und wütend, aber ihn immer noch geliebt haben.

Dann stolperte Laura in dem Protokoll über den Namen Arthur Knowland und erinnerte sich daran, daß der Richter diesen Namen benutzt hatte, wenn er sich im Overlook eintrug. Als Laura herausfand, daß der Richter Rauschgift von Deems bezog, müssen ihr seine Gründe für die Aufhebung des Urteils im Fall Deems verdächtig vorgekommen sein. Ich glaube, sie überprüfte, ob es noch andere verdächtige Urteilsrevisionen gab, seit Richter Griffen am Gericht war. Sie fand die anderen Fälle und wußte, daß Griffen derjenige war.

Griffen brauchte Geld. Er nahm Kokain, und außerdem wissen wir, daß er über seine Verhältnisse lebte. Ich glaube nicht, daß er in der Lage war, einer Bestechungssumme in der Höhe, wie Otero sie ihm anbieten konnte, zu widerstehen. Wer weiß, vielleicht hatte Otero auch Beweise, daß Griffen rauschgiftsüchtig war, und benutzte diese, um ihn zu erpressen.«

»Mein Gott«, stöhnte Reynolds mit krächzender Stimme. Neben dem Bett stand eine Plastikflasche mit Wasser. Tracy füllte einen Pappbecher und half Matthew, es zu trinken. Dann legte sie seinen Kopf vorsichtig wieder auf das Kissen.

»Laura rief mich an dem Abend, an dem sie ermordet wurde, an und hinterließ eine Nachricht auf meinem Anrufbeantworter. Sie sagte, daß sie in Schwierigkeiten sei und Hilfe brauche. Während sie sprach, klopfte es an ihre Tür. Das muß Richter Griffen gewesen sein. Laura war so in ihn verliebt, ich denke, sie hat sich eingeredet, daß sie ihn fälschlicherweise verdächtigte, und ihm alles gesagt, was sie wußte. Dann hat Richter Griffen sie umgebracht.«

Reynolds schaute sie entsetzt an. Er schloß die Augen und gönnte sich einen Moment Erholung. Als er zu sprechen begann, geschah es mit großer Anstrengung.

»Wer hat Griffen ermordet?«

»Charlie Deems. Erinnern Sie sich an den Angriff auf Mrs. Griffen an der Küste? Sie glaubte, in dem Eindringling Charlie Deems erkannt zu haben. Das ist natürlich alles Spekulation, aber ich wette, daß es so war und daß Richter

Griffen Deems die 100 000 Dollar auf dem Konto bei der Washington Mutual für den Mord bezahlt hat. Es wäre das Geld wert gewesen. Wenn Mrs. Griffen umgekommen wäre, bevor die Scheidung ausgesprochen war, hätte Richter Griffen ihr ganzes Geld geerbt. Als Deems versagte, hat Griffen wahrscheinlich das Geld zurückgefordert. Vielleicht hat er den Fehler gemacht, Deems zu drohen.

Deems war verrückt. Aber auch hochintelligent. Den Richter umbringen und der Frau, die ihn in die Todeszelle gebracht hatte, den Mord anzuhängen, war wirklich ein verschrobener Plan. Doch genau die Art von Plan, die einem Verrückten wie Deems entsprach.«

»Ich denke, Sie haben recht. Sie müssen zu Jack Stamm gehen.«

»Das werde ich. Aber ich wollte nicht ohne Ihre Einwilligung gehen. Sie sind immer noch der Chef.«

Matthew versuchte zu lächeln. Dann begann er zu husten. Tracy half ihm, einen Schluck Wasser zu trinken. Dann meinte sie: »Ich gehe jetzt besser. Sie brauchen Ruhe.«

Matthews Augenlider flatterten. Er war erschöpft, stand unter der Einwirkung von Medikamenten, und es fiel ihm nicht leicht, wach zu bleiben. Kurz bevor sich Tracy zur Tür aufmachte, hörte sie, wie er flüsterte: »Danke.«

Barry Frame erhob sich, als Tracy aus Matthews Krankenzimmer kam.

»Wie hat er es aufgenommen?« fragte Barry.

Tracy nahm Barrys beide Hände. »Ich glaube, er ist wirklich erleichtert.«

»Der arme Kerl. Es muß die Hölle für ihn gewesen sein. Erst die Sorge, was du tun wirst, und dann noch angeschossen werden.«

»Du verstehst, daß ich keine andere Wahl hatte, bis ich

herausgefunden hatte, daß Abbie ihren Mann nicht umgebracht hat.«
Barry sah verlegen drein. »Ich muß mich bei dir entschuldigen. Du hattest von Anfang an recht. Nur, ich ...«
Tracy drückte seine Hände. »Keine Entschuldigungen, in Ordnung? Manchmal bedeutet richtig und falsch nicht dasselbe wie schwarz und weiß.«
»Was hättest du getan, wenn du herausgefunden hättest, daß Abbie schuldig ist?«
»Das weiß ich nicht, und ich bin froh, daß ich diese Entscheidung nicht treffen mußte.«
Tracy nahm ihre Aktentasche auf.
»Gehen wir zu Jack Stamms Büro und händigen ihm die Beweise aus.«

2

An diesem Abend saß Abbie neben Matthews Bett und hielt seine Hand, als Jack Stamm das Krankenzimmer betrat.
»Wie geht es ihm?« fragte Stamm Abbie.
»Er ist außer Gefahr, aber er wird noch eine Weile hierbleiben müssen. Ist das ein Freundschaftsbesuch?«
»Nein. Ich wollte es Matt persönlich mitteilen. Ich bin froh, daß du hier bist, da spare ich mir den Weg zu deinem Haus.«
Matthew und Abbie blickten Stamm erwartungsvoll an. Stamm grinste.
»Chuck Geddes und ich haben gerade eine Stunde mit Tracy Cavanaugh und Barry Frame verbracht. Ich hebe die Anklage morgen auf.«
»Hat Geddes zugestimmt?« fragte Matthew.
Stamms Grinsen verschwand. »Er hatte keine Wahl. Sein

Hauptbelastungszeuge ist nicht nur tot, sondern auch gänzlich unglaubwürdig geworden, und sein Hauptbeweisstück ist als solches auch nicht mehr zu gebrauchen. Chuck will nicht eingestehen, daß Abbie hereingelegt worden ist, nicht einmal, nachdem er gehört hatte, was Miß Cavanaugh herausgefunden hat, ich aber habe immer an Abbies Unschuld geglaubt, und jetzt bin ich hundertprozentig davon überzeugt. Der Generalstaatsanwalt stimmt mir zu. Seit einer halben Stunde ist Chuck Geddes nicht mehr Stellvertretender Bezirksstaatsanwalt mit Sonderstatus für Multnomah County.«

Stamm schaute Abbie an. »Ich hoffe, du verstehst, daß ich keine andere Wahl hatte, als mich aus dem Verfahren zurückzuziehen und die Anklage dem Generalstaatsanwalt zu übergeben.«

»Ich habe dir das nie vorgeworfen, Jack.«

»Das freut mich. Diese Angelegenheit hat mich sehr mitgenommen.«

»Matthew hat mir erzählt, wieviel Anteil du daran hattest, daß ich nicht ins Gefängnis mußte. Das werde ich dir nie vergessen. Ich weiß nicht, ob ich durchgehalten hätte, wenn ich dort eingesperrt gewesen wäre.«

»Das hättest du auch gut überstanden. Du bist eine starke Frau.«

»Nicht so stark, wie du immer geglaubt hast.«

Stamm war verlegen. Er wendete seinen Blick einen Moment ab. Dann sagte er: »Ich möchte, daß du ein paar Wochen bezahlten Urlaub machst. Sobald du dich erholt hast, möchte ich, daß du deinen Dienst wiederaufnimmst.«

Jetzt war es an Abbie, den Blick abzuwenden.

»Ich komme nicht zurück, Jack.«

»Hör zu, ich weiß, wie du dich fühlst. Ich habe mit allen darüber gesprochen. Es gibt keinen, der dich nicht wieder an deinen Platz zurückhaben will. Verdammt noch mal, du bist einer der besten Anwälte im ganzen Staat. Wir brauchen dich.«

»Das freut mich, und ich will, daß du allen in meinem Namen dafür dankst. Das, was du gerade gesagt hast, ist sehr wichtig für mich. Aber ich habe ein Angebot, das ich nicht ausschlagen kann.«

Stamm blickte von Abbie zu Matthew und zurück.

»Ich werd' verrückt«, stieß er hervor. Dann machte sich ein Grinsen auf seinem Gesicht breit. »Ich denke, da hatte dann die Sache doch etwas Gutes.«

»Willst du mein Trauzeuge sein?« fragte Abbie

»Zum Teufel, nein. Ich werde mich dagegen sofort melden, wenn der Pfarrer fragt, ob es Einspruch gegen diese Heirat gibt. Wenn du glaubst, ich sehe tatenlos zu, wie ihr beide euch gegen mein Büro verbündet, dann mußt du verrückt sein.«

Teil 7

Nach Einbruch der Nacht

Kapitel neunundzwanzig

So, wie sich Tracy Cavanaugh fühlte, hätte man zu dem Schluß kommen müssen, daß strahlender Sonnenschein herrschte und ein Blumenmeer sich vor ihrem Fenster befand – und nicht der Regen herabprasselte und weitere ausgiebige Niederschläge für den Rest der Woche vor Weihnachten vorhergesagt waren. Tracy summte während der Arbeit vor sich hin und lächelte immer wieder, und für ihre gute Laune gab es mehr als einen Grund. Der Prozeß gegen Abigail Griffen war aufgrund ihrer Detektivarbeit eingestellt worden, Matthew war fast völlig gesund und würde in zwei Tagen aus dem Krankenhaus entlassen, und ihre Beziehung zu Barry lief phantastisch. Ein Klopfen an der Tür ihres Büros ließ sie aufhorchen. Sie wandte sich von ihrem Computer ab. Auf dem Bildschirm konnte man eine Liste von Argumentationspunkten für das Plädoyer beim Prozeß in Texas sehen. Matthew wollte, daß sie ihn begleitete, wenn er vor dem Berufungsgericht dort auftreten würde.

»Tracy«, sagte Emily Webster, Matthews Sekretärin, aufgeregt, »Dennis Haggard hat gerade angerufen. Sie stellen den Prozeß gegen Jeffrey Coulter ein. Mrs. Franklin ist durch den Lügendetektortest gefallen.«

»Phantastisch. Ich werde es Matt sagen, wenn ich ihn heute nachmittag im Krankenhaus besuche.«
»Die Einladungskarten zur Hochzeit sind gekommen«, fuhr Emily fort und reichte Tracy eine. »Sie nehmen ihm doch ein paar mit?«
»Sicher.« Tracy grinste. »Das wird ihn beflügeln.«
»Können Sie ihm auch das hier geben? Es ist die Rechnung von Dr. Shirov. Ich möchte, daß Mr. Reynolds sie abzeichnet, bevor ich den Scheck ausstelle.«
Emily reichte Tracy ein Blatt Papier und verließ den Raum. Tracy legte die Einladungskarten und Dr. Shirovs Rechnung zur Seite und machte sich wieder an die Arbeit. Eine Viertelstunde später hörte sie auf zu tippen und ging in die Bibliothek hinunter, um etwas über einen Prozeß nachzulesen. Sie nahm sich den Band mit den Entscheidungen des Supreme Court der Vereinigten Staaten, den sie brauchte, brachte ihn in ihr Büro hinauf und legte ihn auf Dr. Shirovs Rechnung, damit sie die Passage, die sie benötigte, abschreiben konnte. Als sie damit fertig war, klappte sie den Band zu, und ihr Blick fiel auf den Teil der Rechnung, wo die Anzahl der Stunden, die Dr. Shirov an dem Auftrag gearbeitet hatte, sowie die Daten des Tages genannt, und der Grund der Untersuchung aufgelistet waren.
Tracy runzelte die Stirn. Etwas an der Rechnung stimmte nicht. Sie nahm sie in die Hand und schüttelte den Kopf. Es war eindeutig ein Schreibfehler. Tracy beschloß, sich der Sache anzunehmen, so daß Matthew das nicht von seinem Krankenhausbett aus machen mußte. Sie war sicher, daß er Dr. Shirov schnellstmöglich sein Geld zukommen lassen wollte.
»Dr. Shirov«, meldete sich Tracy, als man sie zu dem Wissenschaftler durchgestellt hatte, »hier spricht Tracy Cavanaugh vom Büro von Matthew Reynolds. Es tut mir leid, Sie

behelligen zu müssen. Ich habe hier Ihre Rechnung vorliegen. Ich will sie mit zu Mr. Reynolds nehmen, wenn ich ihn heute nachmittag im Krankenhaus besuche.«

»Wie geht es ihm?«

»Er wird in zwei Tagen entlassen und keine bleibenden Schäden zurückbehalten.«

»Da bin ich aber erleichtert. Richten Sie ihm Grüße aus.«

»Das werde ich. Nun zu der Rechnung. Da ist etwas nicht in Ordnung. Ich bin sicher, es ist nur ein Schreibfehler. Ich möchte das korrekte Datum einsetzen, damit wir Sie bezahlen können.«

»Schön. Ich will in Urlaub fahren, und Matts Scheck käme da genau recht.«

Tracy lachte. »Ich werde dafür sorgen, daß wir den Scheck sofort abschicken. Haben Sie Ihre Kopie zur Hand?«

»Ich hole sie.«

Tracy wartete nur kurz.

»Wo liegt das Problem?« fragte Dr. Shirov einen Moment später.

»Das Datum auf Ihrer Liste. Es besagt, daß Mr. Reynolds Sie in dieser Sache Anfang Oktober konsultiert hat.«

»Ja.«

»Wir wußten aber nicht, daß wir Sie brauchen würden, bevor der Prozeß schon zur Hälfte vorbei war. Das wäre dann Mitte November gewesen.«

Die Leitung blieb einen Moment lang stumm. Dann sagte Dr. Shirov: »Das Datum stimmt. Ich kann mich an den Anruf erinnern, denn Matthew rief mich zu Hause an.«

»Können Sie mir sagen, um was es da ging, damit ich Mr. Reynolds auf die Sprünge helfen kann, falls er nachfragen sollte?«

»Nun, es war nicht viel. Er sagte mir, daß er bald vor Gericht gehen müßte und vielleicht einen eiligen Auftrag für mich haben könnte. Er wollte sich versichern, daß ich erreichbar wäre. Das war so ziemlich alles, außer ein paar beiläufigen Bemerkungen.«

»Sagte er Ihnen, was er von Ihnen wollte?«

»Nicht genau, aber er fragte nach der Verfügbarkeit des Reaktors.«

»Danke, Dr. Shirov.«

»Denken Sie bitte daran, Matt meine besten Wünsche auszurichten.«

»Das werde ich.«

Tracy legte auf und starrte auf den Monitor. Die Worte verschwammen vor ihren Augen. Ihr Herz schlug so heftig, daß sie das Gefühl hatte, ihre Brust müßte zerspringen. Tracy ging hinaus zu Emily Websters Schreibtisch.

»Wo bewahrt Mr. Reynolds die Kontoauszüge auf?«

»Die verwahre ich.«

»Ich muß nachsehen, ob er schon einen Scheck für Dr. Shirov in der Griffen-Sache ausgeschrieben hat«, log Tracy.

»Ich sehe für Sie nach.«

»Sparen Sie sich die Mühe, ich werde es tun. Es könnte eine Weile dauern.«

Tracy nahm den Ordner mit den Geschäftsauszügen und dem Verzeichnis der Schecks mit in ihr Büro. Sie überprüfte die Unterlagen der letzten Monate, konnte aber nicht finden, wonach sie suchte. Als sie den Ordner und das Verzeichnis zurück zu Emily brachte, war die Sekretärin dabei, zusammen mit der Empfangsdame zum Mittagessen zu gehen.

»Wer hält die Stellung?« wollte Tracy wissen.

»Maggie ist krank. Der Anrufdienst übernimmt während der Mittagspause. Sie sind die einzige, die hier ist. Wenn Sie wollen, dann sage ich Bescheid, daß Ihre Anrufe durchgestellt werden.«

»Nein, ist schon gut.«

Nachdem alle das Büro verlassen hatten, zwang sich Tracy, noch fünf Minuten zu warten. Dann verschloß sie die Eingangstür und lief schnell die Treppen zu Matthews Privaträumen hinauf. Sie war noch nie zuvor dort gewesen. Am einen Ende des Flurs befand sich eine kleine Küche. Sie durchsuchte hastig die Schubladen, fand aber nur Küchenutensilien. Im nächsten Raum befand sich Matthews Schlafzimmer. Sie zögerte einen Moment, bevor sie in seine Privatsphäre eindrang. Die Vorstellung, sein Schlafzimmer zu durchsuchen, stieß sie ab, aber Tracy riß sich zusammen und betrat den Raum.

Die Möbel des Zimmers vermittelten nicht den Eindruck, daß man es mit einem Raum im zwanzigsten Jahrhundert zu tun hatte. Das Eichenbett war groß, das Fuß- und das Kopfteil bestanden aus poliertem Holz und waren mit handgeschnitzten Blumenmotiven verziert. Neben einer Kommode, die den Eindruck erweckte, von einem Kap-Hoorn-Segler zu stammen, stand ein großer Spiegel.

Auf der Kommode standen mehrere Fotos. Sie waren alt. Auf dem ersten waren ein Mann und eine Frau abgelichtet, die nebeneinander standen. Der Mann war groß und breit gebaut. Er hatte ein freundliches Lächeln aufgesetzt und kurzes, stahlgraues Haar. Die Frau war schlank. Keine der beiden Personen sah gut aus, aber beide waren beeindruckende Menschen, mit Gesichtern, in denen man Intelligenz, Humor und Hingabe erkennen konnte.

Das zweite Foto zeigte ebenfalls den Mann. Er trug einen Anzug und ging aufrecht die Stufen eines Gerichtsgebäudes hinunter, seine Hände waren vor ihm mit Handschellen gefesselt. Das Bild war Teil eines Zeitungsartikels. Die Überschrift lautete: OSCAR REYNOLDS ERHÄLT DIE TODESSTRAFE.

Das dritte Bild zeigte Matthew zusammen mit seinem Vater.

Sie standen an einem Fluß im Wald. Matthew mußte sechs oder sieben gewesen sein. Sein Vater hielt in der einen Hand eine Angelrute, der andere Arm lag auf Matthews Schulter. Matthew strahlte aus dem Bild heraus Tracy an, stolz darauf, daß er derjenige war, den sein Vater mit seiner Umarmung ehrte.

Tracy fühlte sich zum Heulen. Sie holte tief Luft. Als sie sich wieder unter Kontrolle hatte, begann sie hastig die Schubladen zu durchsuchen. Matthews Kleidungsstücke waren ausschließlich schwarz oder weiß. Es gab keine Golfhemden, keine Tennishosen, nichts, was auf eine Freizeitbeschäftigung hingedeutet hätte. Nichts, was auf etwas anderes als seine Hingabe für seinen Beruf hindeutete.

Matthews Arbeitszimmer lag seinem Schlafzimmer gegenüber. Tracy blickte auf die Stellung auf dem marmornen Schachbrett. Sie hatte Matthew die Postkarten seiner Briefschachpartien ins Krankenhaus gebracht und erkannte die Stellung wieder.

Tracy blickte von dem Brett auf. In den Bücherregalen an den Wänden standen Sammelbände mit berühmten Schlußplädoyers, Biographien von Benjamin Cardozo, Oliver Wendell Holmes, Felix Frankfurter und anderen berühmten Richtern am Supreme Court, eine Reihe von Notizbüchern mit allen Todesurteilen, die der Supreme Court der Vereinigten Staaten gefällt hatte, Bücher über Philosophie, Psychologie, Gerichtsmedizin und andere Themen, die für Matthews Arbeit von Bedeutung waren. Tracy schaute sich einige der Bände an und ließ ihre Finger über die Buchrücken gleiten. Dies hier war Matthews privates Heiligtum, wo er die Strategien entwickelte, mit denen er Menschenleben rettete. Hier hing er seinen intimsten Gedanken nach. Wenn es einen Ort in dem Haus gab, wo Tracy die Wahrheit finden konnte, dann war es hier.

Tracy arbeitete schnell, aus Sorge, die Stunde Mittagspause könnte vorbei sein, bevor sie fertig wäre. Sie hatte sich halb durch den Schreibtisch mit dem Rollverschluß gearbeitet, als sie zu der untersten rechten Schublade gelangte und den Briefumschlag fand. Sie griff hinein und fand das Scheckbuch. Sie hatte gebetet, nie das zu finden, wonach sie suchte. Nun hatte sie es, und sie hatte Angst, es zu öffnen.

Tracy lehnte sich zurück, und der antike Holzsessel ächzte. Auf dem Konto waren dreihunderttausend Dollar, nachdem Matthew die zweihunderttausend Dollar, die er für die Verteidigung von Joel Livingstone erhalten hatte, eingezahlt hatte. In der Woche, nachdem Richter Griffen ermordet worden war, waren es nur noch einhundertfünfzigtausend Dollar.

Tracy zitterten die Hände, als sie den Inhalt des Briefumschlags auf die Schreibtischunterlage leerte. In ihrem Kopf drehte sich alles. Sie wußte, um was es sich handelte, wünschte sich jedoch von ganzem Herzen, daß es nicht so wäre. Als erstes sah sie die Zeitungsartikel über Abigail Griffen. Sie schob sie zur Seite und bemerkte die Fotos.

»Mein Gott«, flüsterte sie, als sie die Bilder durchsah.

Da waren Bilder von Abbie in einem eleganten Kostüm, wie sie außerhalb eines Bürogebäudes mit ernstem Gesicht zu einem anderen Anwalt sprach, Abbie im Park, der gegenüber dem Gericht lag, sich auf einer Bank ausruhend, den Kopf zurückgelegt, das Gesicht der Sonne zugewandt. Die Bilder waren ganz eindeutig mit einem Teleobjektiv aufgenommen. Dann gab es Fotos von Abbie in dem Haus, wo Richter Griffen ermordet worden war, und dem gemieteten Haus, wo man das Metallteil gefunden hatte. Ein Bild zeigte Abbie in Jeans und einem T-Shirt bei der Gartenarbeit. Da waren Bilder von Abbie im Innern beider Häuser, die eindeutig bei

Nacht durch die Fenster hindurch aufgenommen worden waren.
Tracy nahm eine Reihe von Fotos im Format 20 x 30 Zentimeter in die Hand, die mit einem Teleobjektiv vom Waldrand bei Abbies Haus aus gemacht worden waren und Abbie im Bikini an ihrem Swimming-Pool zeigten. Auf dem ersten trat Abbie aus der Verandatür auf die Terrasse, andere zeigten, wie sie zum Rand des Pools ging. Auf weiteren Bildern war Abbie in aufreizenden Posen zu sehen: sich ausgiebig streckend wie eine Katze, auf der Seite liegend, die Beine wie ein kleines Kind angewinkelt und schließlich den Oberkörper auf den Ellenbogen abgestützt und das Gesicht der Sonne zugewandt. Eine letzte Serie von extremen Nahaufnahmen zeigte jedes Detail ihres Körpers.
Tracy dachte an die Naturbilder, die sie bei ihrem ersten Besuch in Matthews Büro gesehen hatte. Besonders an das Bild von der Hirschkuh und dem Kitz. Sie begriff mit Schrecken, daß Matthew Abbie mit seiner Kamera verfolgt hatte, wie er das Wild verfolgt hatte.
Aber es waren die letzten Bilder aus dem Briefumschlag, die alles klarwerden ließen. Die Bilder, die Matthew von dem Ferienhaus an der Küste gemacht hatte: Abbie, wie sie an dem Tag des Angriffs mit ihrer Pentax um das Haus lief, Abbie beim Strandspaziergang, Fotos von Abbie, gemacht bei Nacht durch die Fenster hindurch. Auf einigen lief sie nackt durch das Wohnzimmer, geistesabwesend mit der Suche nach irgend etwas beschäftigt. Der nächste Stapel von Bildern zeigte, wie Abbie völlig verschreckt durch den Wald floh.
Tracy spürte die Bilder gar nicht mehr in ihrer Hand, als sie sie durchsah. Auf dem nächsten Bild war ein in Schwarz gekleideter Mann zu sehen, der von der Kamera wegblickte. Auf dem folgenden Bild schaute er in die Kamera. Der Mann

trug eine Skimaske, doch er hatte die Figur von Charlie Deems.
Die letzten Bilder lösten das Geheimnis des Eindringlings. Matthew hatte Charlie Deems ohne Skimaske erwischt, wie er auf einem verlassenen Parkplatz unter einer Straßenlaterne stand und mit Robert Griffen sprach.

Kapitel dreissig

Tracy Cavanaugh saß neben Matthew Reynolds in dessen Krankenzimmer und stellte sich vor, es wäre eine enge Zelle in einem Gefängnis nach Einbruch der Nacht. Das Bild hielt nicht lange vor. Die Vorstellung war unerträglich. Doch der Gedanke wich nicht von ihr.

»Die Zusammenstellung für das Plädoyer ist hervorragend«, lobte Matthew, als er den letzten Abschnitt von Tracys Auflistung für den Prozeß in Texas noch einmal gelesen hatte. Obwohl Reynolds müde wirkte und seine bleiche Haut dünn wie Pergament erschien, war doch ein Strahlen in ihm.

»Danke«, antwortete Tracy steif.

Reynolds bemerkte ihre Stimmung nicht. Er legte den Schriftsatz weg und überprüfte nochmals die Hochzeitseinladungen. Er hielt sie glücklich strahlend hoch.

»Ich denke, die haben gute Arbeit geleistet, meinen Sie nicht auch?« wollte er wissen.

Tracy gab keine Antwort. Bis jetzt war sie nicht in der Lage gewesen, ihm den wirklichen Grund für ihren Besuch zu sagen.

»Tracy?« sagte Reynolds leise und legte die Einladungen zur

Seite. Sie starrte aus dem Fenster. Der Regen lief an der Scheibe hinunter. Tracy zitterte.
»Erinnern Sie sich daran, wie Sie mir von Ihrem Vater erzählt haben?« fragte Tracy. »Wie Sie sich gefühlt haben, als Sie aufwuchsen? Daß Sie ihn so geliebt und dann verloren haben?«
Tracy machte eine Pause. Ein harter und schmerzhafter Kloß hatte sich in ihrer Kehle gebildet.
»Was ist los?« fragte Reynolds, und in seinem Gesicht zeichneten sich Verwirrung und Verunsicherung ab.
»Ich habe versucht, mir vorzustellen, was dies alles für Sie bedeutet haben muß«, fuhr Tracy fort. »Zu wissen, daß er sterben würde, und ihn nicht retten zu können. Jetzt weiß ich, wie Sie sich gefühlt haben.«
Reynolds legte seinen Kopf auf die Seite, sagte aber nichts.
»Es war nicht nur die Fotografie, stimmt's? Sie haben *jeden* Beweis gefälscht. Sie haben die Bombe hergestellt und die Metallstücke, dann haben Sie Abbie zum Rosengarten gelockt, damit sie eins der Metallstücke und die Reinigungsmittelflasche in ihre Garage legen konnten. Sie haben Charlie Deems fünfzigtausend Dollar bezahlt, um gegen Abbie auszusagen. Sie haben ihm vorgeschrieben, was er aussagen soll, und Sie haben das Bankkonto mit den 100 000 Dollar eingerichtet, damit Sie ihn im Kreuzverhör auseinandernehmen konnten.«
Matthew war hellwach und schaute sie genau an. Sie hatte seine volle Aufmerksamkeit.
»Wovon sprechen Sie?« fragte Matthew völlig unbeteiligt.
»Wann haben Sie zum erstenmal davon erfahren, daß die Staatsanwaltschaft glaubte, dem Metallstück komme eine Bedeutung zu?« fragte Tracy und ignorierte seine Frage.
»Nach Torinos Aussage. Das wissen Sie.«
»Ich weiß aber auch, daß Sie Dr. Shirov vor dem Prozeß

angerufen haben, um sicherzustellen, daß er da wäre und der Reaktor verfügbar sein würde. Welchen vernünftigen Grund gäbe es dafür, wenn Sie nicht gewußt hätten, daß Sie seine Aussage brauchen würden, um die Aussage von Torino zu entkräften?«

»Wenn ich Sie richtig verstehe, dann wollen Sie ausdrücken, daß ich Richter Griffen ermordet habe und seiner Frau diesen Mord anhängen wollte?«

»Genau das will ich.«

»Haben Sie vergessen, daß Abbie und ich heiraten werden?«

»Nein.«

»Wissen Sie denn, daß ich Abigail Griffen mehr liebe als mein Leben?«

»Ja. Und deshalb haben Sie diesen teuflischen Plan ausgeheckt. Aus Liebe. Es nützt nichts zu leugnen. Ich weiß alles. Ich habe die Fotos gesehen.«

Matthew riß die Augen auf. »Was für Fotos?«

»Ich war in Ihrem Arbeitszimmer.«

Matthews Gesicht war wutverzerrt. Er erhob sich halb aus seinem Stuhl.

»Sie waren in meiner Wohnung? Sie haben es gewagt, meine persönlichen Sachen zu durchsuchen?«

Tracy war so ausgebrannt, daß sie keine Furcht oder Wut oder auch Mitleid mehr empfinden konnte.

»War das schlimmer als das, was Sie getan haben? Im Dunkeln herumzuschleichen, jedes Gesetz des Anstands aufgrund Ihrer Leidenschaft zu brechen? Durch Abbies Fenster zu spähen, sie mit Ihrer Kamera zu vergewaltigen?«

Tracy brach ab. Matthew sank in seinen Stuhl zurück, als ob er geschlagen worden wäre.

»Warum?« fragte Tracy und kämpfte gegen ihre Tränen an. »Warum, Matt?«

Matthew schaute aus dem Fenster auf den Regen. Einen

Moment lang befürchtete Tracy, er würde sie fortschicken. Dann sagte Matthew mit einer Stimme, die von weit her zu kommen schien: »Sie hätte niemals ... Es war meine einzige Chance. Meine einzige Chance. Und ... er hätte sie umgebracht, wenn ich ihn nicht gestoppt hätte. Es war die einzige Möglichkeit, sie zu schützen.«

Matthew lehnte sich zurück und schloß seine Augen.

»Haben Sie eine Vorstellung davon, wie es für mich war, aufzuwachsen mit dem Gedanken an eine Mutter, die Selbstmord begangen hatte, dem Stigma, der Sohn eines Mörders zu sein, und diesem Gesicht? Ich hatte keine Freunde, und der Gedanke, daß eine Frau mich lieben könnte, lag so fern, daß noch nicht einmal ich ihn in Betracht zog, denn ich hätte den Schmerz nicht ertragen können, den er bei mir auslösen würde. Meine Phantasie stellte meine einzige Fluchtmöglichkeit dar, und mein Heil war mein Beruf.

Dann sah ich Abbie. Sie vertrat die Anklage gegen Charlie Deems. Ich war ins Gericht gekommen, um mir den Prozeß anzusehen, weil Deems versucht hatte, mich zu engagieren, und weil ich neugierig war, wie sein Prozeß ausgehen würde. Sie war eine so strahlende Erscheinung, daß ich völlig überwältigt war. Vom ersten Tag an bin ich ihr gefolgt. Ich konnte meine Augen nicht von ihr abwenden. In jener Nacht ist mein Schutzwall zusammengebrochen, und ich erkannte mich als das, was ich war: ein jämmerlicher kleiner Mann, der solche Angst vor der Welt hatte, daß er den Tod seines Vaters als Entschuldigung benutzte, sich nicht dem Leben zu stellen. Ich war weniger noch als ein Mensch. Ich war ein Tier, das sich aus Angst vor dem Licht tief in der Erde eingegraben hatte und für das Licht Leben bedeutete. Und ich stellte fest, daß Leben ohne Liebe sinnlos war.«

Matthew beugte sich vor, verzweifelt um Verständnis bittend.
»Wissen Sie, was es bedeutet, wenn alles, was man tut, perfekt sein muß, weil sonst jemand sterben muß? Ich habe nie ruhig geschlafen. Die Angst davor, einen Fehler zu machen, ließ das nicht zu. Bis ich Abbie begegnete, habe ich es ertragen, weil ich mir etwas vorgemacht habe. Ich war von meiner Mission überzeugt. Ich war wie ein religiöser Eiferer, der barfuß über glühende Kohlen laufen kann, weil sein Glaube ihn vor dem Schmerz bewahrt. Als ich Abbie sah, war es, als ob ich meinen Glauben an Gott verloren und plötzlich erkannt hätte, daß da nichts war.
Ich wußte, daß mein Heil Abbie war. Sie war die Farbe in einer grauen Welt. Einzig der Gedanke, daß es sie gab, ließ mich weiterleben.
Eine Woche, bevor wir nach Atlanta flogen, sagte sie mir, daß sie zu ihrem Ferienhaus fahren würde. Als Joel Livingstone den Handel mit der Staatsanwaltschaft akzeptierte, flog ich nach Hause und fuhr zur Küste hinaus. Ich habe in den Wäldern gezeltet und zwei Tage mit Abbie verbracht.«
Matthew wurde rot und wandte sein Gesicht ab.
»Ich weiß, was Sie denken. Ich bin verrückt, ein Ungeheuer. Das stimmt alles, aber ich kann es nicht ändern. Ich tat etwas, was ich immer gemacht habe, seit ich ihr begegnet war. Ich habe mir nie die Mühe gemacht, darüber nachzudenken. Sie war wie die Luft für mich. Ohne sie wäre ich gestorben.
Dann versuchte Deems, Abbie zu töten. Ich habe gesehen, wie er in das Haus eingedrungen ist. Ich war wie gelähmt. Ich mußte sie retten, wußte aber nicht, wie. Als Abbie in den Wald rannte, folgte ich ihr.
Mein Vater hatte mir beigebracht, mich geräuschlos im Wald zu bewegen. Ich habe abgewartet und alles beobachtet.

Ich sah, wie Deems nach Abbie suchte. Er war so dicht bei ihr, daß er sie gesehen hätte, wenn er sich umgedreht hätte. Ich tat das einzige, was mir einfiel. Ich benutzte das Blitzlicht der Kamera, um ihn abzulenken. Er verfolgte mich, aber es war in der Dunkelheit einfach, ihm zu entkommen. Er muß in Panik geraten sein, denn er suchte nur eine kurze Zeit nach mir, dann ging er zu seinem Wagen.

Bis zu diesem Zeitpunkt hatte ich keine Ahnung, daß das Deems war, der versucht hatte, Abbie umzubringen, denn er trug eine Skimaske. Ich bin ihm gefolgt, um herauszufinden, wer es war. Deems fuhr zu einer Bar und telefonierte. Dann fuhr er nach Portland und hielt in der hintersten Ecke eines Motelparkplatzes. Der Parkplatz war verlassen, doch es gab Straßenlaternen. Ich machte ein Foto, als Deems sich mit Robert Griffen getroffen hat.«

»Ich weiß«, bemerkte Tracy. »Ich habe die Fotografie gesehen.«

»Dann wissen Sie ja, was das bedeutete, Tracy. Griffen hat Deems angeheuert, um Abbie zu töten.

Mein erster Gedanke war, mit den Fotos zur Polizei zu gehen. Sie würden Deems in Haft nehmen, und er würde ihnen von Griffen erzählen. Aber das konnte ich nicht tun. Ich hätte erklären müssen, was ich mitten in der Nacht im Wald bei Abbies Ferienhaus gemacht habe. Die Polizei hätte Abbie erzählt, daß ich sie verfolgte. Sie hätte mich verachtet, und ich hätte sie für immer verloren.

Zu diesem Zeitpunkt habe ich zum erstenmal daran gedacht, Richter Griffen umzubringen. Doch dann wäre Deems immer noch am Leben, und ich war mir über seine Pläne nicht im klaren. Half er Griffen für Geld, oder war es auch Rache, die Deems antrieb? Das Problem schien unlösbar, bis ...«

»... Sie feststellten, daß Sie Griffen loswerden und Deems für sich einspannen konnten«, warf Tracy ein.

»Ja.«
»Und außerdem wurde Ihnen klar, daß Sie mit Abbie die ganze Zeit zusammensein könnten, wenn Sie ihr Anwalt wären und sie im Gefängnis wäre oder unter Hausarrest stehen würde.«
Reynolds nickte.
»Ich wäre der einzige, dem sie vertrauen könnte. Wir würden uns jeden Tag sehen und miteinander sprechen. Ich hoffte, mit der Zeit würde sie mein Aussehen vergessen und, wenn ich sie retten würde, dankbar genug sein, mich zu lieben.«
»Wie konnten Sie sicher sein, daß Abbie Sie anheuern würde?«
»Das konnte ich nicht. Aber wenn sie nicht zu mir gekommen wäre, hätte ich mich angeboten.«
»Und wenn sie abgelehnt hätte?«
Reynolds wurde rot. »Sie hätte mein Hilfsangebot nicht abgelehnt. Auf meinem Gebiet bin ich der Beste. Jeder weiß das. Abbie hat es immer gewußt.«
Tracy schüttelte den Kopf. »Was, wenn es ein Fehlurteil gegeben hätte? Was, wenn Abbie verurteilt worden wäre?«
»Dann hätte ich gestanden. Aber ich wußte, daß ich das Verfahren unter Kontrolle haben würde. Besonders, wenn Chuck Geddes die Anklage vertrat.«
»Sie konnten nicht wissen, daß Geddes sich den Fall unter den Nagel reißen würde.«
»Das war das einzige, was sicher war«, gab Reynolds mit einem dünnen Lächeln zurück. »Chuck Geddes würde niemals einen so spektakulären Fall und zugleich die Möglichkeit, sich an mir für die angetane Schmach früherer Fälle zu rächen, auslassen. Nein, dieser Teil der Rechnung war der einfachste.«
»Woher wußten Sie so viel über die Bombe?«

»Die Bombe war eine einfache Konstruktion, und ich habe ja Torinos Aussage im Deems-Prozeß gehört.«

»Und der Metallstreifen?«

»Deems wollte, daß ich ihn in der Mordanklage im Fall Hollins und seines kleinen Mädchens verteidige. Bevor ich mich dagegen entschied, sah ich mir die Beweisstücke an. Ich habe das Metallstück mit der Kerbe gesehen. Ich habe es noch einmal gesehen, als Torino im Deems-Prozeß die Bedeutung des Stücks erklärte.

Um die Polizei hinters Licht zu führen, mußte der Beweis so überzeugend sein, daß sie gar nicht daraufkäme, weitergehende Tests durchzuführen. Ich nahm zwei Metallteile aus unterschiedlichen Produktionen. Ich habe mit dem Hersteller abgeklärt, daß die Zusammensetzung der beiden Metallstücke unterschiedlich war. Dann spannte ich die beiden Teile nebeneinander in einen Schraubstock und sägte sie gleichzeitig durch. Ich nahm den vorderen Teil des einen Metallstücks für die Bombe und plazierte den hinteren Teil des anderen in Abbies Garage, nachdem ich sie zum Rosengarten gelockt hatte. Mir war klar, daß das Stück, welches ich für die Bombe benutzt hatte, durch die Explosion verformt werden und daß das Stück in der Garage ähnlich genug sein würde, um die Polizei nicht auf den Gedanken kommen zu lassen, weitere Tests durchzuführen.«

»Was wäre gewesen, wenn Jack Stamm Torino nicht angefordert hätte, um nach weiteren Bomben zu suchen?«

»Deems sollte der Polizei sagen, daß Abbie von ihm gefordert hätte, die Bombe in ihrer Garage zu bauen. Sie hätten die Garage durchsucht.«

Tracy schüttelte den Kopf. Sie mußte einfach Reynolds' Fähigkeiten bewundern, selbst wenn er sie für einen solchen Zweck eingesetzt hatte. Reynolds war ein meisterlicher

Schachspieler, der jeden Zug geplant und jede mögliche Schwierigkeit im voraus bedacht hatte.

»Sie wußten, wie Sie Deems erreichen konnten, weil Sie seine Telefonnummern in Ihren alten Unterlagen hatten.«

»Ja.«

»Wie brachten Sie jemanden wie Deems dazu, mit der Polizei zusammenzuarbeiten?«

»Ich habe Kopien der Bilder von der Küste und seinem Treffen mit Richter Griffen in ein Schließfach gelegt. Wir redeten nur am Telefon miteinander, also kannte er mich nicht. Ich sagte ihm, daß die Polizei ihn wegen des Angriffs auf Abbie und des Mordes an Richter Griffen verhaften würde, wenn ich denen die Fotos zukommen ließe. Beweise aus einer früheren, ähnlichen Straftat sind zulässig, selbst wenn eine Person freigesprochen worden ist, wie Sie selbst aus den Nachforschungen in Abbies Fall wissen, wenn die Staatsanwaltschaft Beweise dafür hat, daß es sich dabei um ein Charakteristikum der Tatausübung handelt. Die Kerben bei den Bomben waren einmalig. Ich machte Deems klar, daß ihn kein Geschworenengericht freisprechen würde, wenn sie von den Beweisen im Mordfall Hollins erführen.

Um ihm die Sache zu versüßen, bot ich ihm 50 000 Dollar an, wenn er gegen Abbie aussagen würde, und betete ihm genau die Geschichte vor, die ich mir für ihn ausgedacht hatte. Ich ließ ihn in der Überzeugung, ich sei jemand, den Abbie verurteilt hatte. Ein Verbrecher mit einem Haß im Bauch. Ich habe Deems davon überzeugt, daß die schönste Rache nicht wäre, Abbie zu ermorden, sondern sie in der Todeszelle für ein Verbrechen schmoren zu lassen, das sie nicht begangen hatte.«

»Haben Sie Deems aufgetragen zu sagen, daß Abbie ihm das Dynamit im Schuppen gezeigt und vorgeschlagen hätte, es für die Bombe zu benutzen?«

»Ja.«

»Warum haben Sie das getan? Abbie hatte Ihnen doch nichts von den Fotos erzählt, bis sie verhaftet worden war?«

»Ich habe gesehen, wie sie die Bilder gemacht hat. Ich wußte, daß sie einige hinter dem Haus gemacht hatte. Wenn sie sich nicht daran erinnert hätte, hätte ich sie schon dazu gebracht, sich zu erinnern.«

»Genauso, wie Sie sie dazu gebracht haben, Sie zu lieben?« wollte Tracy wissen, ohne gemein zu sein, aber sie konnte sich nicht zurückhalten.

Reynolds wurde rot. »Es war meine einzige Chance, sie mein Gesicht vergessen zu lassen. Sie wissen zu lassen, daß ich sie liebe. Ihr die Möglichkeit zu geben, mich als das zu lieben, was ich bin.«

»Es war ein Trick, Matt. Sie haben ihr eine Gehirnwäsche verpaßt. Sie haben dafür gesorgt, daß sie unter Hausarrest gestellt wurde. Sie haben sie von der Außenwelt abgeschnitten, sie von Ihnen abhängig gemacht. Das ist keine Liebe, was Abbie empfindet. Es ist etwas, was Sie erzeugt haben. Es ist nicht echt.«

»Nein. Sie liebt mich wirklich«, gab Matthew zurück und schüttelte heftig seinen Kopf.

»Liebe ist etwas, das aus dem Herzen kommt. Würde Abbie Sie noch lieben, wenn sie wüßte, was Sie getan haben?«

Reynolds sah betroffen aus. »Das dürfen Sie ihr nicht sagen«, meinte er verzweifelt.

Tracy starrte Reynolds an. »Abbie nichts sagen? Mein Gott, Matthew. Es geht hier um Mord! Sie haben einen Menschen umgebracht. Ich muß es der Polizei mitteilen. Ich bin hergekommen, um Ihnen die Möglichkeit zu geben, sich selbst zu stellen. Wenn Sie gestehen, dann wird Jack Stamm vielleicht nicht auf Todesstrafe plädieren. Sie können sich einen Anwalt nehmen, der versucht, einen Handel für Sie zu arrangieren.«

»Nein.«
»Welche Wahl haben Sie sonst?«
»Sie können es für sich behalten, so wie mit dem Foto. Ich werde meine Kanzlei aufgeben.«
Tracy beugte sich nach vorne, bis ihr Gesicht nur noch Zentimeter von dem seinen entfernt war. War es möglich, daß Reynolds nicht die Tragweite dessen begriff, was er getan hatte?
»Sind Sie verrückt?« fragte sie. »Glauben Sie, das hier wäre ein Kavaliersdelikt wie die Veruntreuung von Spenden? Es geht hier um Mord. Sie haben mit einer Bombe einen Richter des Supreme Courts getötet.«
Matthew begann mit Tracy zu streiten, um seine Überzeugungskraft einzusetzen, die in der Vergangenheit so viele Leben gerettet hatte, doch dann brach er ab und drehte sich weg, denn er begriff, daß plötzlich der Moment gekommen war, den er so gefürchtet hatte. Er nahm Teil an einem Prozeß, den er nicht gewinnen konnte, und das Leben, das er nicht retten konnte, war sein eigenes.
»Ich gebe Ihnen zwei Tage, um sich zu stellen«, erklärte Tracy. »Dann gehe ich zur Polizei.«
Reynolds wandte sich ihr zu. Er sah verzweifelt aus.
»Ich werde die Beweise vernichten. Ich werde sagen, daß Sie lügen. Ich werde bestreiten, daß wir jemals diese Unterhaltung hatten. Letzte Woche haben Sie behauptet, Deems hätte Griffen umgebracht. Diese Woche soll ich es gewesen sein. Stamm wird meiner Aussage mehr glauben.«
Tracy wünschte, sie könnte einfach weggehen und tun, was Matthew erwartete, aber das war unmöglich. Sie schüttelte traurig den Kopf.
»Ich habe die Bilder, Ihre Bankunterlagen und das gefälschte Foto des Schuppens. Wenn ich Jack Stamm das alles gebe, dann gehen Sie das Risiko ein, daß Jack Stamm zu der

Überzeugung kommt, daß Abbie da mit drinhängt. Wenn Sie gestehen, dann können Sie sie davor bewahren, einen zweiten Prozeß durchstehen zu müssen.«

»Griffen war ein Mörder«, flehte Matthew Tracy an. »Er hat Ihre Freundin, Laura Rizzatti, umgebracht und Deems Geld geboten, damit er Abbie umbringt. Bedeutet das nichts?«

Matthews Augen flehten Tracy an, aber sie stand auf und wandte sich ab. Dabei fiel ihr eine Frage ein, die Matthew ihr bei ihrer ersten Begegnung gestellt hatte.

»Sagen Sie mir, Miß Cavanaugh, waren Sie jemals im Gefängnis von Stark, Florida, nach Einbruch der Nacht?«

Die Vorstellung, ein Gefängnis nach Einbruch der Nacht zu betreten und vor Morgengrauen zu verlassen und ihren Mandanten tot zu wissen, hatte Tracy verfolgt. Als sie mit Matthew in Atlanta war, als sie während Abbies Verhandlung neben ihm gesessen, als sie an der Zusammenfassung für den Prozeß in Texas gearbeitet hatte, war sie von der Furcht getrieben worden, daß die Vorstellung einmal Wirklichkeit werden könnte, wenn sie nicht jeden Moment eines jeden Tages alles geben würde.

Tränen rollten über Tracys Wangen, als sie die Tür des Krankenzimmers hinter sich schloß. Während der Zeit, die sie gerade mit Matthew Reynolds zugebracht hatte, hatte sie endlich erfahren, was all die tapferen Verteidiger beim unausweichlichen Ende im Gefängnis nach Einbruch der Nacht fühlten.

Epilog

Abbie parkte ihren Wagen auf dem Besucherparkplatz des Staatsgefängnisses von Oregon und ging dann den von Bäumen gesäumten Weg zum Eingangstor entlang. Auf beiden Seiten der Straße standen hübsche weiße Häuser, die einmal Wohnungen gewesen waren, aber jetzt als Büros für die Verwaltung dienten. Über den netten Häusern mit ihren kurzgeschnittenen Rasenflächen erhob sich drohend der viereckige, ungefüge Klotz des Gefängnisses mit seinen dicken, dottergelben Mauern, den Stacheldrahtzäunen und den Wachtürmen.

Nachdem sie sich am Besucherschalter gemeldet hatte, ging Abbie durch den Metalldetektor, eine Rampe hinunter, durch zwei Stahlschiebetüren hindurch bis zum Ende eines schmalen Flurs, wo sie warten mußte, bis ihre Eskorte die schwere Metalltür geöffnet hatte, die zum Besucherraum führte.

Abbie zeigte ihren Besucherschein einem Wärter, der auf einer erhöhten Plattform an einem Ende des großen Raums saß, in dem sich im Gefängnis hergestellte Sofas und hölzerne Tische befanden. Der Wärter rief in Matthews Zellenblock an und gab Anweisung, ihn herzubringen. Während der Wärter telefonierte, musterte Abbie den Raum. An der gegenüberliegenden Wand wartete ein Häftling an einem Getränkeautomaten darauf, daß sein Pappbecher mit Kaffee gefüllt wurde. Die Häftlinge waren leicht an ihren blauen Jeans und den Arbeitshemden zu erkennen. Sie spielten mit ihren Kindern, die sie einmal im Monat sahen, beugten sich über die Tische zu ihren Eltern oder standen in den Ecken des Raums und umarmten ihre Frauen oder Freundinnen und versuchten ein paar Augenblicke der Nähe zu ergattern, die ihnen helfen würden, die Trübseligkeit, die ihr Leben im Gefängnis bestimmte, zu vergessen.

»Er wird in ein paar Minuten hier sein«, teilte der Wärter Abbie mit. »Sie können eines der Anwaltszimmer benutzen.«

Auf der linken Seite, außerhalb des Besuchsraums, gab es einen offenen Bereich. An zwei Wänden befanden sich Fenster. Hinter einigen der Fenster waren die Häftlinge, die man für zu gefährlich hielt, um sie in den Besuchsraum zu lassen. Die Besucher dieser Leute saßen auf Klappstühlen und sprachen mit ihnen über Telefone.

In diesem Bereich lagen auch zwei Räume mit Glaswänden, in denen die Häftlinge mit ihren Anwälten sprechen konnten. Jack Stamm hatte den Direktor angerufen und für Abbie die Erlaubnis erwirkt, einen dieser Räume benutzen zu dürfen. Sie schloß die Tür hinter sich und wartete auf Matthew. Dieses Treffen flößte ihr Furcht ein, aber sie wußte, daß es sein mußte, egal, wie schmerzhaft die Begegnung für sie beide werden würde.

Zuerst erkannte Abbie Matthew gar nicht wieder. Das ungesunde Gefängnisessen hatte ihn dick werden lassen. Sein Gesicht war runder geworden und seine Hüften und die Taille voller. Sie bemerkte sogar einen Bauchansatz. Als er den Raum betrat, stand Abbie auf und suchte in seinem

Gesicht nach einem Anzeichen, das ihr verraten hätte, mit welchen Gefühlen er ihr gegenübertrat, doch Matthew hatte sich unter Kontrolle. Als er in der Tür stehenblieb, dachte sie, daß er vielleicht seine Meinung ändern und wieder gehen würde. Statt dessen streckte er ihr seine Hand entgegen. Sie nahm sie und hielt sie einen Moment fest. Dann setzten sie sich.

»Danke, daß du gekommen bist«, begann Matthew. »Außer Tracy und Barry hatte ich keine Besucher.«

»Wie kommst du zurecht?« fragte Abbie, weil sie noch nicht in der Lage war, über den eigentlichen Grund ihres Kommens zu sprechen.

Matthew lächelte. »Eigentlich recht gut. Hier besteht ein echter Bedarf an meinen Fähigkeiten. Als ich ins Gefängnis kam, hatte ich die größte Angst vor der Gewalt, doch ich stehe unter dem Schutz der Häftlinge. Es sieht so aus, als ob ich hier viele Freunde hätte. Leute, denen ich geholfen habe. Und es gibt noch viele, die meinen Beistand benötigen.«

Abbie lachte. »Ich denke fast, einen Strafverteidiger ins Gefängnis zu stecken, ist irgendwie so, als ob man einen Fuchs in den Hühnerstall setzt.«

Beide lächelten.

»Du weißt, warum ich nicht früher gekommen bin, nicht wahr?« fragte Abbie dann.

»Tracy hat mir ausgerichtet, was du zu ihr gesagt hast.«

»Ich habe dich gehaßt, Matt, am Anfang. Es waren die Bilder. Als ich von ihnen erfuhr. Von diesem Nachspionieren. Es war ein Schock.«

Matthew blickte zu Boden. »Ich wünschte, ich hätte sie nie gemacht, aber ich wußte mir nicht zu helfen. Ich war so verliebt in dich und sah keinen Weg, es dir zu sagen. Für mich warst du unerreichbar. Ich konnte mir nicht vorstellen, daß jemand so Schönes wie du mich auch nur ansehen, geschweige denn, sich in mich verlieben würde. Ich bin überrascht, daß du mich nicht mehr haßt.«

»Tracy hat mir erzählt, was du mit Deems gemacht hast, als er mich im Wald verfolgte, und daß du Robert umgebracht hast, um mein Leben zu retten. Sie hat mir erklärt, warum du mir den Mord an Robert in die Schuhe geschoben hast. Sie wollte, daß ich mit dem Richter über dein Urteil sprechen sollte, aber ich konnte es nicht. Es hat eine Weile gedauert, bis ich verstehen konnte, daß du das alles getan hast, damit ich mich in dich verliebe.«

Abbie schaute Matthew an. Er beugte sich erwartungsvoll vor.

»Jack bot dir an, dich wegen Totschlags schuldig zu bekennen – wegen all der Dinge, die über Robert bekannt geworden sind, aber hauptsächlich, weil du Robert getötet hast, um mein Leben zu retten. Du kannst jederzeit begnadigt werden, denn für Totschlag gibt es keine Mindeststrafe. Ich habe dem Begnadigungsausschuß geschrieben. Ich habe ihnen mitgeteilt, daß ich für dich sprechen will, wenn sie zusammentreten, um über deinen Fall zu beraten. Ich weiß, daß du mir niemals weh tun wolltest, und ich will, daß du weißt, daß ich dir vergeben habe.«

Matthew fiel nach vorne, als ob man ihm einen Schlag in den Magen verpaßt hätte.

»Danke«, war alles, was er herausbrachte.

»Geht es dir gut?« fragte Abbie.

»Ja, ja«, antwortete er.

Abbie bemerkte, wie der Wärter das Ende der Besuchszeit ankündigte. Sie war bewußt erst so spät gekommen, damit der Besuch, falls er sich unangenehm entwickeln würde, kurz wäre. Abbie stand auf.

Matthew holte tief Luft und sammelte sich.

»Wirst du mich wieder besuchen?« fragte er.

»Ich glaube nicht.«
»Ich verstehe. Was wirst du machen?«
»Ich bin mir noch nicht sicher. Ich habe bei der Staatsanwaltschaft gekündigt. Ich denke, ich werde eine Zeitlang auf Reisen sein. Ich muß noch etwas Abstand zwischen mich und das, was geschehen ist, bringen.«
Der Wärter klopfte an die Tür.
»Ich muß jetzt gehen. Ich werde dir nicht viel Glück wünschen. Ich glaube nicht, daß dies nötig ist, weil ich weiß, daß du die Sache durchstehst.«
»Ich werde dich immer lieben, Abbie. Alles, was ich getan habe, habe ich für dich getan.«
Abbie streckte den Arm aus und berührte seine Schulter. »Das weiß ich, Matthew.«
Sie schaute Matthew ein letztesmal an, öffnete dann die Tür und reihte sich in die Schlange der anderen Besucher ein, die den Raum verließen. Matthew wußte, daß er nie aufhören würde, Abbie zu lieben, und daß er sie auf immer verloren hatte. Er verstand, daß es ihr jetzt unmöglich war, ihn zu lieben. Trotzdem war er nicht traurig. Er hatte Abbies Leben gerettet, und das wog alles auf, was er durchgemacht hatte und was noch auf ihn wartete. Und wenn es auch nur eine kurze Zeit gewesen war – sie hatte ihn geliebt, und das war mehr, als er sich erhofft hatte.
Und jetzt war ihm vergeben worden.

Dank

Bei den Nachforschungen zu *Nach Einbruch der Nacht* haben mich zahlreiche Personen unterstützt. Besonderen Dank schulde ich Tony Ferriera, Earl Levin, Dr. Michael Kay. Michael Romanos und Dr. William Brady, die mich an ihren technischen Kenntnissen teilhaben ließen, Richter Paul De-Muniz, der mir über den Fall *Staatsanwalt Beach gegen Norblad* erzählte, meinem guten Freund, dem pensionierten Vorsitzenden Richter Edwin Peterson, und seinem Assistenten Steven Briggs, der mich durch das Gebäude des Oregon Supreme Court geführt hat, und allen anderen Richtern, die mich im Gerichtsgebäude und ihren Büros haben herumstöbern lassen. Ich möchte an dieser Stelle den Lesern versichern, daß *alle* Richter des Supreme Court, die in diesem Buch auftreten, rein fiktive Charaktere sind. Die wirklichen Richter arbeiten alle viel zu hart, als daß sie Zeit für Mord, Sex oder Intrigen hätten.

Die Kommentare von Susan Svetkey, Vince Kohler, Larry Matasar, Ben Merrill, Jerry, Joseph, Eleonore und Doreen Margolin sowie Norman Stamm, die verschiedene Fassungen von *Nach Einbruch der Nacht* gelesen haben, waren mir hochwillkommen, und ganz besonders bedanke ich mich für

die Liebe und Unterstützung der drei wichtigsten Personen in meinem Leben: Doreen, Daniel und Amy.
Es ist unmöglich, meiner Agentin, Jean Naggar, und allen anderen Personen in ihrer literarischen Agentur ausreichend zu danken. Sie alle sind absolute Profis in ihrem Geschäft und darüber hinaus sehr nette Leute.
Ich stehe in der Schuld von David Gernert, meines nimmermüden Lektors, dessen hervorragende Vorschläge *Nach Einbruch der Nacht* sehr gutgetan haben und der sich erst zufriedengab, als alles perfekt war. Dank auch an Elisa Petrini, meine Lektorin im Bantam Verlag, und an Doubleday und Bantam für die unglaubliche Unterstützung von ihrer Seite.
Schließlich möchte ich in bezug auf meine Person und die Klienten, die ich in Prozessen, in denen die Todesstrafe drohte, vertreten habe, Millard Farmer danken, der 1984 vor der Vereinigung der Strafanwälte Oregons eine mitreißende Rede gehalten hat, die in einigen Dialogen des sechsten Kapitels Eingang fand. Mr. Farmers Worte waren für mich Ernüchterung und Antrieb zugleich. Ich werde niemals vergessen, was Mr. Farmer an jenem Tag gesagt hat, und zum Teil verdanken einige meiner Klienten ihm ihr Leben.